o livro dos nomes perdidos

KRISTIN HARMEL

o *livro* dos **nomes** perdidos

TRADUÇÃO DE SOFIA SOTER

☰ Editora **Melhoramentos**

Dados Internacionais de Catalogação na Publicação (CIP)
(Câmara Brasileira do Livro, SP, Brasil)

Harmel, Kristin
 O livro dos nomes perdidos / Kristin Harmel; tradução de Sofia Soter. – São Paulo: Editora Melhoramentos, 2022.

 Título original: The book of lost names.
 ISBN 978-65-5539-455-9

 1. Ficção norte-americana I. Título.

22-111309   CDD-813

Índices para catálogo sistemático:
1. Ficção: Literatura norte-americana 813

Eliete Marques da Silva – Bibliotecária – CRB-8/9380

Título original: *The Book of Lost Names*

Copyright © 2020 Kristin Harmel Lietz
Direitos desta edição negociados pela Baror International, Inc.

Tradução de © Sofia Soter
Preparação: Maria Isabel Diniz Ferrazoli
Revisão: Elisabete Franczak Branco e Daniela Georgeto
Diagramação: Amarelinha Design Gráfico
Adaptação de capa e projeto gráfico: Carla Almeida Freire
Imagens de capa: Drunaa/Trevillion Images, Ildiko Neer/Trevillion Images, normallens/Istock

Direitos de publicação:
© 2022 Editora Melhoramentos Ltda.
Todos os direitos reservados.

1.ª edição, julho de 2022
ISBN: 978-65-5539-455-9

Atendimento ao consumidor:
Caixa Postal 729 – CEP 01031-970
São Paulo – SP – Brasil
Tel.: (11) 3874-0880
sac@melhoramentos.com.br
www.editoramelhoramentos.com.br

Siga a Editora Melhoramentos nas redes sociais:
/editoramelhoramentos

Impresso no Brasil

Para minhas irmãs de Swan Valley – Wendy, Allison, Alyson, Emily e Linda –, que entendem, como só escritoras e leitoras podem entender, que livros moldam o destino. E para bibliotecários e livreiros mundo afora, que garantem que livros com o poder de mudar vidas cheguem às mãos das pessoas que mais precisam deles.

Capítulo 1
Maio de 2005

É uma manhã de sábado, e estou no meio do meu turno na biblioteca pública de Winter Park quando o vejo.

O livro que eu vi pela última vez há mais de seis décadas.

O livro que acreditei ter sumido para sempre.

O livro que foi tudo para mim.

Ele me aparece em uma foto num exemplar do *New York Times* que alguém deixou aberto no balcão de devoluções. O mundo se cala quando pego o jornal, minha mão está tão trêmula quanto da última vez que toquei aquele livro.

– Não pode ser – sussurro.

Olho para a foto. Um homem de setenta e poucos anos me olha, o cabelo branco escasso e fino, os olhos se assemelhando aos de um sapo por trás dos óculos redondos e grossos.

"Sessenta anos após o fim da Segunda Guerra Mundial, bibliotecário alemão tenta devolver livros roubados aos donos legítimos", declara a manchete, e quero gritar para o homem na foto que sou *eu* a dona legítima do livro em suas mãos, o exemplar de capa de couro desbotada, descascando no canto inferior direito, cuja lombada dourada traz o título *Epitres et Evangiles*. Pertence a mim – e a Rémy, um homem que morreu há muito tempo, um homem no qual jurei não pensar mais depois da guerra.

Contudo, apesar do meu esforço, tenho pensado nele esta semana. Amanhã, dia oito de maio, o mundo comemorará o sexagésimo Dia da Vitória na Europa. É impossível, com tantos jornalistas jovens falando de forma solene sobre a guerra como se fossem capazes de compreendê-la, deixar de pensar em Rémy, no tempo que passamos juntos à época, nas pessoas que salvamos e em como tudo acabou. Apesar de meu filho dizer que é uma bênção ter uma cabeça tão afiada na minha idade, assim como tantas bênçãos, esta é ambígua.

Na maior parte do tempo, eu só desejo esquecer.

Pisco para afastar lembranças indesejadas de Rémy e volto a atenção à notícia. O homem na foto é Otto Kühn, um bibliotecário da Zentral- und Landesbibliothek de Berlim, que se dedica à missão de devolver livros roubados pelos nazistas. Há aparentemente mais de um milhão de livros só na coleção da biblioteca dele, mas aquele que mostra na foto – *meu* livro – é o que o faz perder o sono.

"Este texto religioso", disse Kühn ao repórter, "é meu favorito entre os muitos mistérios que ocupam nossas estantes. Publicado em Paris em 1732, é um livro muito raro, mas não é isso que o torna extraordinário. Ele é único, pois em suas páginas encontramos um enigma intrigante: uma espécie de código. A quem pertencia? O que significa o código? Como chegou às mãos dos alemães durante a guerra? São essas as perguntas que me assombram".

Sinto lágrimas encherem meus olhos, lágrimas que não deveriam estar aqui. Eu as seco, furiosa comigo mesma por ainda me comover assim, depois de tantos anos.

– Como deve ser bom – digo baixinho para a foto de Kühn – ser assombrado por perguntas, e não por fantasmas.

– Hum, sra. Abrams? A senhora está falando com o jornal?

Sou arrancada da bruma da memória pela voz de Jenny Fish, a assistente administrativa da biblioteca. Ela é do tipo que reclama de tudo – e que parece gostar de sugerir, sempre que possível, que, aos 86 anos, talvez seja hora de eu considerar me aposentar. Ela sempre me olha com desconfiança, como se simplesmente não pudesse crer que, na minha idade, eu ainda queira trabalhar aqui.

Ela não entende o que é amar livros com tanta paixão que se morreria sem eles, simplesmente se pararia de respirar, de existir. Não compreendo, na verdade, por que ela virou bibliotecária.

– Estou, sim, Jenny – digo, sem erguer o olhar.

– Sim, bem, a senhora provavelmente não deveria fazê-lo na frente dos usuários da biblioteca – diz ela, sem ironia alguma. – Podem achar que a senhora está senil.

Ela não tem senso de humor.

– Obrigada, Jenny. Seus conselhos são sempre muito úteis.

Ela assente, solene. Também parece estar longe de entender que alguém como eu – pequena, grisalha, com aparência de avó – seja capaz de sarcasmo.

Hoje, contudo, não tenho paciência para ela. Só consigo pensar no livro. O livro que guardava tantos segredos. O livro que me foi arrancado antes que eu pudesse descobrir se continha a única resposta de que precisava tão desesperadamente.

E agora, a um mero voo de distância, um homem tem a chave para destrancar tudo isso.

– Será que ouso? – murmuro à foto de Otto Kühn. – Preciso – respondo à minha própria pergunta, antes que a dúvida possa surgir. – Devo isso às crianças.

– Sra. Abrams? – diz Jenny de novo.

Ela me chama pelo sobrenome, mesmo que eu tenha pedido mil vezes que me trate por Eva, assim como faz com os bibliotecários mais jovens ao chamá-los pelos primeiros nomes. Contudo, para ela sou só uma senhorinha. A recompensa por avançar pelas décadas é um processo gradual de apagamento.

– Sim, Jenny?

Finalmente olho para ela.

– A senhora precisa ir para casa?

Suspeito que ela tenha sugerido com a expectativa de que eu recuse. Ela está sorrindo de leve, com ironia, certa de ter demonstrado superioridade.

– Para se recompor? – insiste.

É um prazer enorme olhá-la nos olhos, sorrir e responder:

– Sim, Jenny, muitíssimo obrigada. Acho que farei exatamente isso.

Pego o jornal e vou embora.

Assim que chego em casa – um bangalô aconchegante, a cinco minutos a pé da biblioteca –, ligo o computador.

Sim, tenho computador. E, sim, sei usá-lo. Meu filho, Ben, tem o péssimo hábito de pronunciar bem devagar, na minha presença, termos de informática – "in-ter-net" e "en-vi-ar e-mail" –, como se o mero conceito da tecnologia fosse muito difícil para mim. Suponho que não possa culpá-lo, pelo menos não tanto assim. Ben nasceu oito anos após o fim da guerra, e eu já tinha deixado para trás a França – e a pessoa que eu era à época. Ben só me conheceu como bibliotecária e dona de casa que às vezes tropeçava no inglês.

No meio do caminho, ele teve a impressão errônea de que sou uma pessoa boba. O que diria se soubesse a verdade?

É minha culpa nunca ter contado a ele, nunca ter corrigido o erro. Quando encontramos conforto em nos esconder por baixo de uma camada de proteção, é mais difícil do que parece se levantar e dizer: "Na verdade, gente, eu sou *assim*".

Talvez eu também temesse que o pai de Ben, meu marido, Louis, me deixasse se notasse que eu era diferente da pessoa que eu queria que ele visse. Ele me deixou mesmo assim – devido ao câncer de pâncreas, há uma década –, e, apesar de sentir saudade de sua companhia, também cheguei à estranha conclusão de que provavelmente poderia ter me livrado dele muito antes.

Vou ao site da Delta – por hábito, imagino, pois Louis viajava muito a trabalho e usava o programa de milhas dessa companhia aérea. Os preços são exorbitantes, mas tenho uma boa reserva na poupança. É quase meio-dia, e há um voo que sai daqui a três horas e outro que sai às 21h35 de hoje, com conexão de manhã em Amsterdã, chegando, por fim, a Berlim às 15h40. Imediatamente clico e reservo o segundo. Há algo de poético em saber que chegarei a Berlim exatamente sessenta dias após os alemães terem assinado um rendimento incondicional às Forças Aliadas naquela mesma cidade.

Um calafrio me percorre, e não sei se é por medo ou ânimo.

Preciso fazer as malas, mas antes devo ligar para meu filho. Ben não vai entender, mas talvez finalmente seja hora de ele saber que sua mãe não é a pessoa que ele sempre acreditou que fosse.

Capítulo 2
Julho de 1942

O céu acima da Biblioteca da Sorbonne, no Quartier Latin, em Paris, estava cinzento, carregado de chuva, o ar pesado e cerrado. Eva Traube, bem diante da porta, xingou a umidade. Ela sabia, mesmo sem olhar no espelho, que o cabelo escuro, na altura dos ombros, já tinha dobrado de volume, assumindo a aparência de um cogumelo. Não que fizesse diferença; tudo que notavam era a estrela amarela de seis pontas bordada no lado esquerdo de seu casaquinho. O símbolo apagava todas as outras partes importantes de si – sua identidade como filha, amiga, anglófila e doutoranda em literatura inglesa.

Para tantos em Paris, ela era meramente judia.

Ela estremeceu, sentindo um calafrio repentino. O céu parecia carregar um agouro, como se soubesse algo que ela ignorava. As sombras projetadas pelas nuvens eram como a representação física da escuridão que caíra na cidade.

"*Courage*", diria seu pai, falando francês ainda um pouco irregular, com os vestígios do sotaque polonês. "Anime-se. Os alemães só podem nos importunar se deixarmos."

O otimismo dele não era realista. Os alemães tinham liberdade total para importunar os judeus franceses sempre que quisessem, quer Eva e os pais consentissem ou não.

Ela olhou de novo para o céu, pensativa. Planejara voltar para casa a pé para evitar o metrô e as novas regras – os judeus deviam andar apenas no último vagão, quente e abafado –, mas, se o céu desabasse, talvez ela estivesse mais segura no subterrâneo.

– Ah, *mon petit rat de bibliothèque* – veio uma voz grave atrás de Eva, arrancando-a de seus pensamentos.

Ela sabia quem era antes de se virar, pois só uma pessoa a apelidara de "meu ratinho de biblioteca".

– *Bonjour*, Joseph – disse, rígida.

Ela sentiu o calor subindo ao rosto, envergonhada pela atração que sentia por ele. Joseph Pelletier era um dos únicos outros alunos do departamento de inglês que usava uma estrela amarela – apesar de, diferente dela, ser só meio judeu, e não praticante. Ele era alto, com ombros largos, cabelo escuro e cheio e olhos azuis-claros. Ele parecia um astro de cinema, uma impressão que ela sabia ser compartilhada por muitas das moças do departamento – até as católicas, cujos pais nunca permitiriam que fossem cortejadas por um judeu. Não que Joseph fosse de cortejar alguém. Era mais provável que seduzisse as moças em um canto escondido da biblioteca, deixando-as lânguidas.

– Você parece muito pensativa, menina – disse ele, sorrindo para Eva e a cumprimentando com um beijo em cada bochecha.

As mães deles se conheciam desde antes do nascimento de Eva, e ele a fazia se sentir como se ainda fosse a mesma menininha que era ao conhecê-lo, ainda que já tivesse 23 anos e ele, 26.

– Só pensando se vai chover – respondeu, afastando-se antes que ele notasse que o contato físico a fizera corar.

– Eva.

Ouvi-lo dizer seu nome fez o coração dela dar um pulo. Quando ousou olhá-lo de novo, a expressão dele estava tomada por algo preocupante.

– Vim te procurar – disse ele.

– Por quê?

Por um segundo, ela esperou que ele dissesse: "Para convidá-la para jantar". Era completamente ridículo. Afinal, aonde eles iriam? Estava tudo fechado para quem usava a estrela.

Ele se aproximou.

– Para avisá-la. Há rumores de que algo está sendo planejado. Uma batida enorme, antes de sexta-feira – falou, despejando o hálito quente na orelha dela. – A lista chega a vinte mil judeus de origem estrangeira.

– Vinte mil? É impossível.

– Impossível? Não. Meus amigos têm fontes muito confiáveis.

– Seus amigos?

Eles se entreolharam. Ela ouvira falar dos clandestinos, claro, das pessoas trabalhando para derrotar os nazistas em Paris. Era deles que ele falava? Quem mais saberia daquilo?

– Como você tem tanta certeza de que eles estão certos? – perguntou ela.

– Como você pode ter certeza de que não estão? Como precaução, acho melhor você e seus pais se esconderem pelos próximos dias.

– Nos esconder?

O pai dela fazia conserto de máquinas de escrever e a mãe trabalhava como costureira em meio período. Eles mal tinham como pagar pelo apartamento, muito menos por um lugar no qual se esconder.

– Talvez a gente deva pegar um quarto no Ritz, então – disse ela.

– Não é brincadeira, Eva.

– Eu detesto os alemães tanto quanto você, Joseph, mas vinte mil pessoas? Não, não acredito.

– Só se cuide, menina.

Foi naquele momento que o céu desabou. Joseph foi levado pela chuva, sumindo no mar de guarda-chuvas abertos entre os chafarizes da calçada que conduzia para além da biblioteca.

Eva soltou um palavrão baixinho. A chuva fustigava o asfalto, deixando-o escorregadio como óleo na meia-luz do fim da tarde, e ela ficou encharcada assim que desceu os degraus até a Rue des Écoles. Tentou cobrir a cabeça com o casaco para se proteger do aguaceiro, mas o gesto deu ainda mais destaque à estrela, do tamanho da palma de sua mão.

– Judia imunda – resmungou um homem ao passar, com o rosto escondido pelo guarda-chuva.

Não, Eva não pegaria o metrô. Ela respirou fundo e começou a correr na direção do rio, da enorme Notre-Dame, na direção de casa.

– Como foi hoje na biblioteca?

O pai de Eva estava sentado à cabeceira da mesinha, enquanto a mãe, de vestido de algodão puído e cabelo preso em um lenço desbotado, servia sopa de batata aguada na tigela dele e depois na de Eva. Os três tinham pegado chuva e penduraram os casacos para secar na janela aberta, com as estrelas amarelas diante deles como três soldadinhos enfileirados, observando em silêncio.

– Foi bom.

Eva esperou a mãe se sentar antes de tomar uma pequena colherada da refeição insossa.

– Nao sei por que você insiste em estudar – disse a mãe de Eva, tomando uma colherada de sopa e franzindo o nariz. – Nunca vão deixar você se formar.

– As coisas vão mudar, *mamusia*. Sei que vão.

– Esse otimismo da sua geração... – suspirou a mãe de Eva.

– Eva está certa, Faiga. Os alemães não podem manter essas regras para sempre. Não fazem sentido.

O pai de Eva abriu um sorriso que todos sabiam ser falso.

– Obrigada, *tatuś*.

Eva e os pais ainda se chamavam por apelidos carinhosos em polonês, mesmo que Eva, nascida em Paris, nunca tivesse pisado no país natal dos pais.

– Como foi o trabalho hoje? – perguntou ela.

O pai olhou para a sopa.

– Monsieur Goujon não sabe por quanto tempo vai poder continuar me pagando. Talvez a gente precise... – disse, olhando de relance para *mamusia* e depois para Eva. – Talvez precisemos sair de Paris. Se eu perder o emprego, não terei outro jeito de nos sustentar aqui.

Eva sabia que aquele momento viria, mas ainda a atingiu como um soco no estômago. Se eles deixassem Paris, ela sabia que nunca voltaria à Sorbonne, nunca completaria seus estudos de Literatura Inglesa, aos quais se dedicara tanto.

O emprego do pai estava em perigo havia muito tempo, desde que os alemães tinham começado a remover sistematicamente os judeus da sociedade francesa. A reputação dele como melhor técnico para conserto de máquinas de escrever e mimeógrafo em Paris o salvara até então, mesmo que não tivesse mais permissão para trabalhar em prédios do governo. Monsieur Goujon, seu antigo chefe, se apiedara e o pagava por fora pelo trabalho, que em geral ele fazia de casa. Onze máquinas de escrever, em estágios diferentes de montagem, estavam enfileiradas na sala, indicando uma longa noite de trabalho pela frente.

Eva respirou fundo e procurou alguma esperança.

– Talvez seja melhor irmos, *tatuś*.

Ele piscou, e a mãe dela se calou.

– Melhor, *słoneczko*?

O pai sempre a chamava assim, a palavra polonesa para "solzinho", e ela se perguntava se ele via a ironia amarga, como ela via. Afinal, o que era o Sol, senão uma estrela amarela?

– Então, eu encontrei Joseph Pelletier hoje...

– Ah, Joseph! – interrompeu a mãe, levando as mãos ao rosto como uma menina apaixonada. – Que menino lindo. Ele finalmente te chamou para sair? Sempre tive esperança de que vocês fossem acabar juntos.

– Não, *mamusia*, não foi nada disso.

Eva trocou um olhar com o pai. Arranjar Eva com um moço adequado parecia ocupar uma proporção absurda dos pensamentos de *mamusia*, como se não estivesse no meio de uma guerra.

– Na verdade, ele me procurou para me contar uma coisa – continuou. – Ele ouviu falar que vão fazer uma batida para prender até vinte mil judeus de origem estrangeira nos próximos dias.

Eva franziu a testa.

– Que ridículo. O que iriam fazer com vinte mil de nós?

– Foi o que eu disse – disse Eva, olhando de relance para o pai, que ainda não se pronunciara. – *Tatuś*?

– É certamente uma perspectiva assustadora – disse ele, depois de um bom tempo, com palavras lentas e cuidadosas. – Apesar de Joseph parecer alguém que tende a exagerar.

– Duvido. Ele é um jovem tão bom – disse a mãe de Eva imediatamente.

– Faiga, ele assustou Eva, e por quê? Para estufar o peito e mostrar que tem contatos importantes? Moços decentes não sentem que precisam disso – disse *tatuś*, voltando-se para Eva. – *Słoneczko*, não quero ignorar o que Joseph disse. E concordo que *alguma coisa* está sendo tramada. Mas já ouvi pelo menos uma dúzia de rumores só este mês, e esse é o mais absurdo. Vinte mil? É impossível.

– Ainda assim, *tatuś*, e se ele estiver certo?

Em resposta, ele se levantou da mesa e voltou alguns segundos depois com um pequeno folheto impresso, que entregou a Eva. Ela leu por alto. "Tomem todas as medidas necessárias para se esconder... Lutem contra a polícia... Busquem fugir."

– O que é isso? – sussurrou, passando o folheto para a mãe.

– Foi posto por baixo da nossa porta ontem – disse o pai.

– Por que você não disse nada? Parece um aviso, como o de Joseph.

Ele sacudiu a cabeça lentamente.

– Não é o primeiro, Eva. Os alemães usam o medo como usam as armas. Se nos acovardarmos sempre que um aviso falso corre solto, eles vão vencer, não é? Vão ter roubado nosso senso de segurança, de bem-estar. Não vou permitir isso.

– De qualquer forma, não fizemos nada de errado – interveio a mãe de Eva. – Somos cidadãos produtivos.

– Não sei se isso será tão importante no fim – disse o pai de Eva, aproximando-se para acariciar a mão da filha e depois a da esposa. – Mas, por enquanto, estamos bem. Vamos comer antes que a sopa esfrie.

Eva, contudo, perdera o apetite. Empurrando as batatas pela tigela, sentiu o estômago se contorcer com um pressentimento que as palavras do pai não conseguiam afastar.

Mais tarde, depois que *mamusia* fora dormir, *tatuś* encontrou Eva na pequena biblioteca ligada à sala, com estantes repletas dos livros que os dois tanto prezavam. Ele a ensinara a amar a leitura, um dos maiores presentes que um pai pode dar a um filho, e, ao fazê-lo, abrira o mundo para ela. Em geral, à noite, ela e o pai liam ali, em silêncio confortável, mas naquele dia Eva estava muito distraída. Em vez de ler, ela se sentou e no sofá para rabiscar em um caderno, hábito nervoso desde a infância, quando desenhar as pessoas e coisas ao seu redor a deixava mais à vontade.

– *Słoneczko* – disse ele, baixinho.

Ela ergueu o olhar, parando o lápis em meio a um desenho detalhado do lustre modesto do teto.

– Achei que você estivesse dormindo, *tatuś*.

– Não consegui dormir – disse ele, indo se sentar ao lado dela. – Há algo que preciso dizer. Se os alemães vierem atrás de mim e de sua mãe, quero que você procure Monsieur Goujon imediatamente.

Eva o encarou.

– Você disse que não acreditava em Joseph.

– Não acredito. Mas coisas horríveis acontecem aqui o tempo todo. Eu seria tolo de fingir que não podem nos afetar. Mas você, *słoneczko*, deve estar em segurança. Você é francesa. Se formos pegos, você precisa fugir antes que as coisas piorem.

— *Tatuś*...

— Fuja para a zona livre... e, se possível, para a segurança da Suíça. Espere o fim da guerra por lá. Voltaremos para buscá-la.

Ela sentiu-se, de repente, atordoada pela dor. A zona livre? A fronteira ficava a muitos quilômetros ao sul de Paris, delimitando a metade do país que os nazistas aceitaram deixar para os franceses. A Suíça parecia ficar em outro mundo.

— Por que não podemos ir todos juntos? Agora?

— Porque chamaríamos muita atenção, Eva. Só quero que você se prepare para o dia em que precisar ir embora. Você precisará de documentos que não te identifiquem como judia. O Monsieur Goujon vai ajudá-la.

Ela perdeu o fôlego.

— Você já falou com ele?

— Falei e já o paguei, Eva. Todas as minhas economias. Ele me deu sua palavra. Ele tem acesso a tudo que é necessário para fazer novos documentos para você. Isso vai bastar para tirá-la de Paris.

Ela piscou, contendo lágrimas.

— Não vou embora sem vocês, *tatuś*.

Ele pegou as mãos dela.

— Precisa ir, Eva! Prometa que irá, se necessário.

— Mas...

— Preciso que você prometa. Não sobreviverei se não acreditar que você está fazendo tudo o que pode para sobreviver também.

Ela olhou nos olhos dele.

— Prometo. Mas, *tatuś*, ainda temos tempo, não temos? Tempo para encontrar outro plano que nos permita chegar juntos à zona livre?

— Claro, *słoneczko*. Claro — disse ele, mas desviou o olhar.

Quando voltou o olhar para ela, o desespero em sua expressão era sombrio e profundo, e Eva soube que ele não acreditava nas próprias palavras.

Tinha passado um pouco das quatro da manhã, duas noites depois, quando ouviram a primeira batida. Eva estava em sono inquieto, sonhando com dragões ferozes que cercavam um castelo, e voltou à consciência abruptamente, o peito tomado por medo. "Joseph estava certo. Eles vieram."

Ela ouvia o pai andar pelo apartamento, com passos lentos e firmes.

– *Tatuś*! – gritou, pegando o roupão e enfiando os pés nas botas de couro gastas que deixava ao lado da cama havia um ano para o caso de precisar fugir.

Do que mais precisaria se os alemães tivessem vindo buscá-los? Deveria fazer uma mala? Haveria tempo? Por que não ouvira Joseph?

– *Tatuś*, por favor! – exclamou quando os passos do pai se interromperam.

Ela queria mandá-lo esperar, parar o tempo, congelar um último momento no *antes*, mas não encontrou palavras, então, em vez disso, saiu correndo do quarto para a sala. Chegou bem a tempo de vê-lo abrir a porta.

Eva apertou o roupão, esperando as ordens rosnadas dos alemães que certamente estavam do outro lado da porta. Em vez disso, contudo, ouviu uma voz de mulher e viu o rosto do pai se suavizar um pouco quando ele deu um passo para trás. Um segundo depois, Madame Fontain, a vizinha que morava do outro lado do corredor, entrou no apartamento atrás dele, com o rosto tenso.

– *Tatuś*? – perguntou Eva, e ele se virou. – Não são os alemães?

– Não, *słoneczko*.

As rugas no rosto dele não tinham se relaxado completamente, e Eva soube que ele estivera tão assustado quanto ela.

– A mãe de Madame Fontain adoeceu – explicou. – Ela quer saber se você ou sua mãe poderiam fazer companhia às filhas dela enquanto ela leva a mãe ao apartamento do *Docteur* Patenaude.

– Simone e Colette ainda estão dormindo, então não devem dar trabalho – disse Madame Fontain, sem fazer contato visual. – Só têm 2 e 4 anos.

– Sim, eu sei a idade delas – disse Eva, seca.

No dia anterior, Eva encontrara as meninas no pátio. Ela se abaixara para cumprimentá-las, e a mais velha, Colette, começara a tagarelar, alegre, sobre borboletas e maçãs, até que, de repente, Madame Fontain aparecera e levara as duas meninas embora, apressada. Quando elas sumiram, virando a esquina, Eva a escutara adverti-las sobre os perigos de socializar com judeus.

– Tentei os outros apartamentos, mas ninguém mais abriu a porta. Por favor. Eu não pediria se não fosse necessário.

– Claro que cuidaremos das suas filhas – disse a mãe de Eva, que emergira do quarto, já tendo trocado a camisola por um vestido simples de algodão e um casaquinho. – É o que vizinhos devem fazer. Eva irá comigo. Não é, querida?

– Claro, *mamusia*, irei.

O pai das meninas fora mandado ao *front* e, provavelmente, morrera. Elas não tinham mais ninguém.

– Eva, vista-se rápido – disse a mãe, voltando-se para a Madame Fontain. – Pode ir. Não se preocupe. Suas meninas ficarão bem.

– Obrigada – disse Madame Fontain, mas, ainda assim, não encontrou o olhar deles. – Voltarei assim que possível.

Ela entregou uma chave para *mamusia* e foi embora antes que pudessem dizer mais uma palavra.

Eva vestiu rapidamente o mesmo vestido do dia anterior e ajeitou o cabelo antes de se juntar aos pais na sala.

– Vocês sabem o que Madame Fontain acha de judeus, não sabem? – perguntou Eva, sem resistir.

– Metade de Paris concorda com ela – disse a mãe, cansada. – Mas se nos encolhermos, se perdermos nossa bondade, deixamos que eles nos apaguem. Não podemos fazer isso, Eva. Não podemos.

– Eu sei – suspirou ela, e deu um beijo de despedida no pai. – Vá dormir, *tatuś*. Eu e *mamusia* ficaremos bem.

– Boa menina – disse ele, dando um beijo na bochecha dela. – Cuide da sua mãe.

Ele deu um beijo suave em *mamusia* e, assim que as duas saíram para o corredor, fechou a porta. Um clique baixinho indicou que fora trancada.

Duas horas depois, com Colette e Simone ainda dormindo na cama e *mamusia* roncando baixinho ao lado da filha no sofá do apartamento de Madame Fontain, um estrondo no corredor fez Eva, que tinha acabado de adormecer, acordar de sobressalto. A luz fraca do amanhecer entrava pelas bordas das cortinas. Talvez Madame Fontain e a mãe tivessem voltado.

Eva se levantou do sofá, cuidando para não acordar *mamusia*. Ela andou devagar até a porta e olhou pelo olho mágico, esperando ver Madame Fontain mexendo nas chaves. O que viu, contudo, a fez arquejar e dar um passo para trás, horrorizada. Trêmula, se obrigou a olhar de novo.

No corredor, três policiais franceses estavam parados na frente do apartamento de Eva, um pouco além do corredor. O mesmo estrondo que a acordara soou novamente: um policial uniformizado batendo à porta dela. "*Tatuś*, não!", gritou Eva, em silêncio. "Não abra!"

Contudo, a porta do apartamento se abriu, e o pai saiu, vestido no melhor terno, a estrela amarela perfeitamente pregada ao lado esquerdo. Um dos policiais, o que trazia uma resma de papéis organizados, disse alguma coisa, mas Eva não conseguiu escutar. Mordendo a boca com tanta força que sentiu gosto de sangue, ela apertou a orelha contra a porta.

– Cadê sua esposa? – perguntou uma voz grave.

Outro policial entrou à força no apartamento, empurrando *tatuś* para passar.

– Minha esposa?

Tatuś soava estranhamente calmo.

– Faiga Traube, 48 anos, nascida em 1894 na Cracóvia, Polônia – disse o homem, com a voz tensa de impaciência.

– Sim, claro. Bem, ela saiu para cuidar das filhas de uma amiga doente.

– Onde? Qual é o endereço?

– Temo não saber.

– Bem, e quando ela voltará?

– Também não sei exatamente.

Eva ouviu os policiais murmurarem entre si. O homem que entrara no apartamento saiu, sacudindo a cabeça.

– E sua filha? – perguntou o primeiro policial, com mais raiva no tom. – Eva Traube? Vinte e três anos?

– Está com a mãe – disse o pai, com um tom repentinamente frio. – Mas ela nasceu aqui, na França. Não é necessário importuná-la.

– Ela está na nossa lista.

– A lista está errada.

– Nunca estamos errados.

– Alguma coisa aqui lhes parece certa? – retrucou o pai, finalmente levantando a voz, e Eva ouviu um baque abafado e um suspiro agudo.

Ela ousou olhar de novo pelo olho mágico e viu o pai cobrindo o nariz com a mão. Um dos policiais o socara. Eva apertou os punhos, os olhos ardendo de lágrimas, e voltou a encostar a orelha na porta.

– Basta de insolência. Você virá conosco agora mesmo – disse o homem. – Ou, se preferir, podemos abrir fogo bem aqui. Um judeu a menos nos trens, por mim, não tem problema.

Eva conteve um grito.

– Deixem-me fazer as malas – disse o pai.

– Ah, voltaremos para buscar seus pertences, não se preocupe.

Como *tatuś* não respondeu, Eva voltou a olhar, bem a tempo de ver o pai fechar a porta. Ele olhou uma vez por cima do ombro, na direção do apartamento da família Fontain. Será que sabia que ela estava observando? Que ouvira tudo?

Não importava. *Tatuś* se foi antes que ela pudesse piscar e, um minuto depois, a porta do prédio se fechou com um baque alto e decisivo. Eva correu até a janela, afastou as cortinas e olhou para a rua, lotada de camburões escuros da polícia e um enxame de uniformes arrastando homens, mulheres e crianças – alguns confusos, outros furiosos e outros chorando – de suas casas. Eva reconheceu os Bibrowska – a mãe, Ana, o pai, Max, e os filhos, Henri e Aline, crianças ainda pequenas – e os Krosberg, o casal idoso do outro lado da rua que sempre a cumprimentava quando ela estava a caminho da universidade de manhã.

Cobrindo a boca com a mão para conter os soluços, Eva viu o pai ser empurrado para um camburão. Uma mão surgiu da porta de trás e o puxou. Logo antes de desaparecer, ele olhou para o prédio, e Eva encostou a mão no vidro frio. Ele assentiu, e Eva teve certeza de que ele a vira, que sabia que o aceno silencioso era uma promessa de que ela cuidaria de *mamusia* até ele voltar.

– Eva? – veio a voz da mãe, rouca e sonolenta, da sala escura. – O que você está fazendo?

Eva esperou os veículos irem embora para se virar para a mãe.

– *Tatuś* se foi – sussurrou. – A polícia...

Ela não conseguiu acabar a frase.

– *Como assim*? – exclamou a mãe, levantando-se do sofá em um pulo e correndo à porta. – Aonde? Temos que ir atrás dele! Por que não me acordou, Eva?

As palavras dela se embolavam enquanto puxava a tranca, em vão. Suas mãos tremiam, e Eva se aproximou a tempo de segurá-la quando a mãe caiu ao chão, o corpo chacoalhando de soluços.

– Por quê, Eva? Por que não os impediu? O que você fez?

Eva sentiu uma onda de culpa.

– *Mamusia* – disse, suavemente, enquanto a mãe uivava em seus braços. – Eles também vieram te buscar. E a mim.

Mamusia fungou.

– Impossível. Você é francesa.

– Sou judia. É só isso que veem.

Naquele momento, um grito agudo veio do quarto das meninas.

– *Maman*? Cadê você, *maman*?

Era a menina mais velha, Colette, com a voz aguda e assustada.

Mamusia olhou para Eva, angustiada.

– Temos que ir atrás do seu pai – sussurrou, segurando as mãos de Eva com a força de um torno. – Temos que salvá-lo.

– Ainda não – disse Eva, firme, enquanto Colette continuava a gritar pela mãe. – Primeiro, temos que descobrir como nos salvar.

Capítulo 3

Uma hora depois chegou a manhã e, com ela, o caos silencioso. A rua abaixo da janela das Fontain se encheu de gente, mas mal se ouvia um ruído. Vizinhos se aglomeravam, cochichando, nenhum deles usando estrelas amarelas. Os judeus do bairro Marais tinham desaparecido na noite anterior.

– Precisamos procurar seu pai – disse a mãe de Eva, se abraçando e balançando para a frente e para trás no sofá das Fontain.

As duas menininhas, ainda de camisola, estavam sentadas no chão, observando-a com olhos arregalados. Eva finalmente respirou fundo, deu as costas à janela e atravessou a sala para se sentar entre as duas. Ela abraçou Colette de um lado e Simone do outro.

– Não vamos a lugar algum – disse, com alegria forçada, apertando o abraço. – Não antes de Madame Fontain voltar.

– Quando a *maman* volta? – choramingou Colette.

Estava claro que ela lia o medo na sala, mesmo sem entendê-lo.

– Daqui a pouco, querida – disse Eva, forçando-se a sorrir. – Não precisa se preocupar.

– Então por que Madame Traube está com tanto medo?

Eva olhou de relance para a mãe, pálida como uma baguete crua.

– Não está – disse, em tom firme o bastante para chamar a atenção da mãe.

Mamusia levantou o rosto, o olhar desfocado.

– Ela só não está se sentindo muito bem – acrescentou Eva. – Não é, *mamusia*?

A mãe ainda não respondeu.

Colette analisou os olhos de Eva por um minuto e finalmente relaxou o rosto.

– Devo buscar alguma coisa para ela melhorar?

– Acho uma ótima ideia, Colette. Por que não leva Simone também?

Colette assentiu, solene, e pegou a mão da irmã para levá-la ao quarto que compartilhavam.

Eva se virou para a mãe assim que as meninas desapareceram.

– Você precisa se segurar.

– Mas seu pai...

– Se foi – disse Eva, firme, mesmo que incapaz de conter o tremor na voz, pois o medo sempre adentrava as rachaduras. – Vamos criar um plano para garantir que ele seja solto. Prometo. Mas não podemos fazer nada se também formos presas.

– Mas...

– Por favor. Só preciso descobrir como...

– Madame Traube?

A voz de Colette interrompeu a conversa cochichada, e, quando elas se viraram, viram a menina de quatro anos parada à porta, usando uma coroa de papel e segurando uma pequena tiara de metal. Ela ofereceu a tiara.

– Quando estou triste, às vezes gosto de brincar de faz de conta – disse a menina. – Se quiser, a senhora pode ser a princesa, e eu serei a rainha.

– Faz de conta? – perguntou *mamusia*, atordoada.

– É uma brincadeira de fingir ser outra pessoa – disse Colette, franzindo a testa. – A senhora não sabe o que é faz de conta, Madame Traube?

Mamusia não respondeu, mas Eva sentiu que uma lâmpada se acendera em sua mente.

– Sim, claro – murmurou, o coração se acelerando de repente.

Ela pensou no que o pai dissera sobre Monsieur Goujon. Se o chefe do pai fora pago para ajudá-la, certamente poderia ajudar *mamusia* também. Ela e *mamusia* só teriam que se tornar pessoas diferentes, pelo menos no papel – uma brincadeira de faz de conta de alto risco.

– Mademoiselle Traube? Quer brincar também?

Eva se ajoelhou ao lado da menininha.

– Não, Colette, mas você me deu uma ótima ideia. Cuide da Madame Traube, tá bom? – pediu, antes de se virar para a mãe. – Se Madame Fontain voltar, *mamusia*, fique bem aqui no apartamento dela, independentemente do que ela disser. Voltarei assim que possível.
– Mas aonde você vai?
– Visitar alguém que vai nos ajudar.

No próprio apartamento, Eva tateou pela escuridão, grata por ter um pouco da luz do dia filtrada entre as persianas, o bastante para enxergar o desenho dos móveis. Ela conhecia a casa bem o bastante para ser capaz de circular no breu se estivesse em circunstâncias normais, mas, atordoada como estava, não confiava em si. Nem confiava que os vizinhos não fossem traí-la se a ouvissem caminhar por um apartamento que supostamente estava vazio.

Será que fora um vizinho quem denunciara a família? Fazia certo sentido que os nomes dos pais, ambos imigrantes poloneses, vivendo em Paris por mais de vinte e poucos anos, estivessem entre aqueles a serem levados aos campos de trabalho forçado; o aviso assustador de Joseph fora sobre judeus de origem estrangeira. Mas quem acrescentara o nome dela à lista? Alguém que queria que ela também fosse embora para o apartamento da família se tornar disponível? Os Traube moravam ali havia mais de vinte anos, e era inegável que tinham um dos melhores apartamentos no prédio, com o dobro do tamanho da maioria. Será que inveja e ganância teriam feito de um vizinho um traidor?

Eva afastou o pensamento sombrio. Não havia tempo para se deixar consumir pela raiva. Não, seu único trabalho era levar a mãe, em segurança, para longe de Paris. Depois das detenções, elas não podiam circular com estrelas amarelas no peito, é claro, mas simplesmente descartá-las seria ainda mais perigoso. No segundo em que saíssem, correriam o risco de encontrar policiais franceses ou soldados alemães e, se precisassem apresentar documentos, seriam imediatamente detidas pelo crime de deixar as estrelas em casa. Não, elas precisavam virar outras pessoas, e a chave para aquilo se encontrava nas máquinas de escrever silenciosas e pesadas na sala de estar.

Ela levaria uma de volta ao Monsieur Goujon, como pretexto para entrar na prefeitura. *Tatuś* dissera que o antigo chefe prometera fazer documentos falsificados para ela; só seria preciso persuadi-lo a fazer o mesmo por *mamusia*. Era sua única esperança.

Eva seguiu silenciosamente até o quarto dos pais, de onde tirou três dos melhores vestidos da mãe, várias blusas e saias, um par a mais de sapatos e um casaco grosso, apesar do dia de julho estar escaldante. Mas quem sabia por quanto tempo elas ficariam fora? Ela guardou os itens com cuidado na mala de couro gasta da família.

No próprio quarto, acrescentou à mala três vestidos, uma calça, uma saia, algumas blusas, um casaco e um par de botas, e pegou a *carte d'identité*, carimbada com a palavra *JUIVE* em letras maiúsculas e negrito. O documento da mãe era ainda pior, pois imediatamente a identificava como judia de origem estrangeira: portanto, proibida de viajar.

Ela fechou a mala e voltou à sala, onde fechou uma das máquinas de escrever, guardando junto as carteiras de identidade dela e da mãe. Talvez Monsieur Goujon precisasse dos documentos originais para preparar os falsificados.

Fechou a porta do apartamento, deixando para trás, por enquanto, a mala cheia, e seguiu imediatamente para a escada, apertando a alça da caixa da máquina de escrever até os dedos ficarem lívidos e mantendo a cabeça baixa. Sair sem estrela era arriscado, mas ela contava com o fato de a polícia estar muito ocupada com a detenção de outros judeus para notá-la, especialmente se demonstrasse confiança no caminho. Afinal, por que uma judia estaria indo bem ao centro de Paris, com um sorriso no rosto e uma máquina de escrever na mão?

Eva levou vinte minutos de caminhada casual para chegar à enorme *préfecture de police*, a sede administrativa e policial da cidade, do outro lado do Sena, na Île de la Cité. Era onde o pai trabalhava antes do surgimento dos primeiros estatutos antissemitas e, certamente, onde tinham sido planejadas as batidas da noite anterior. Ela estava adentrando a boca da fera, mas não havia alternativa.

De cabeça alta, olhou de relance para as imponentes torres gêmeas da Notre-Dame, bem atrás dela. Abrindo a porta da prefeitura e entrando com confiança, ela se perguntou como os policiais que trabalhavam ali todo dia, aqueles que carregavam judeus como se fossem lixo velho, eram capazes de tanta crueldade à sombra do lar de Deus.

– Mademoiselle?

Uma voz à sua esquerda a assustou assim que a porta se fechou com um baque. Ela se virou e engoliu em seco quando notou que vinha de um soldado alemão que a encarava.

– *Oui*, monsieur?

Ela estava tremendo e suando. Contudo, ele demonstrava apenas exaustão, e não desconfiança.

– Aonde a senhorita vai? – perguntou, com o sotaque alemão forte.

Ela hesitou, e ele a olhou de cima a baixo, o olhar se demorando no volume do seios sob o vestido. Quando ele voltou a olhá-la no rosto, ela já sabia o que fazer. Respirou fundo e abriu o sorriso mais sedutor, pestanejando.

– Não tinha notado como esses uniformes são bonitos de perto, com vincos tão perfeitos – falou, e ele corou. – Estou aqui para entregar esta máquina de escrever em nome de meu pai, senhor. Ele é técnico e a consertou, mas adoeceu, e me informou que era necessária hoje mesmo.

Ela prendeu a respiração enquanto o alemão, que não devia ter mais de 18 ou 19 anos, a analisava. Se ele pedisse os documentos ou revistasse a caixa da máquina, estaria tudo acabado.

– Quem a senhorita veio ver?

– Monsieur Goujon, no segundo andar.

– Sabe onde fica a sala dele?

– Ah, sim, já estive aqui várias vezes.

Era verdade. No início da adolescência, muito antes da chegada dos alemães, Eva adorava acompanhar o pai ao trabalho quando estava de férias da escola. Os selos, as canetas e as máquinas a fascinavam, e Monsieur Goujon oferecia resmas de papel e lápis para ocupá-la enquanto o pai mexia nas máquinas de escrever. Ela sempre gostara de desenhar e se tornara bastante boa, a ponto de Monsieur Goujon sugerir ao pai de Eva que ela considerasse uma carreira artística. Contudo, o desenho nunca fora a paixão dela, como era o caso das palavras, e ela dissera ao pai que não era só por ser boa em alguma coisa que precisava passar a vida fazendo aquilo. O pai rira e dissera que ela deveria considerar a sorte de ter tamanho talento. *Um dia*, dissera, *você agradecerá as dádivas de Deus*.

– Pode ir, então – disse o jovem alemão, relaxando os ombros exaustos.

Eva já estava a caminho da escada.

– *Merci!* – exclamou, olhando para trás.

Ela ainda sentia o coração a mil quando subiu o segundo lance e abriu a porta da sala de Monsieur Goujon, sem sequer bater. Ele estava sozinho atrás da mesa e ergueu o rosto, os olhos arregalados de surpresa sob as sobrancelhas grisalhas e volumosas, quando ela se apressou a fechar a porta.

– Eva Traube? – perguntou ele, piscando, como que certo de que estava alucinando.

O cabelo dele ficara muito mais grisalho desde a última vez que Eva o vira, e ele parecia ter uma década a mais do que o pai da jovem, mesmo que tivessem aproximadamente a mesma idade. As olheiras dele eram pronunciadas, e a papada era flácida, como se lhe faltasse energia para acompanhar o restante do rosto.

– Ora, não a vejo há anos! – exclamou.

– Monsieur Goujon, perdoe a intrusão.

Ele se levantou e a abraçou.

– Soube das batidas e achei que talvez...

– Meu pai foi preso – disse ela, firme, o interrompendo. – Eu e minha mãe também estávamos na lista, mas tivemos a sorte de não estar em casa.

Monsieur Goujon ficou lívido e deu um passo para trás.

– Ah, não.

– Não temos muito tempo, monsieur. Por favor, preciso de sua ajuda. Meu pai disse que conversou com o senhor, fez um acordo. Ele disse que o senhor faria documentos falsos para mim. Eu e minha mãe precisamos sair de Paris o mais rápido possível.

O olhar de Monsieur Goujon foi da máquina de escrever nas mãos de Eva à porta atrás dela. Finalmente, voltou a olhá-la, apertando os lábios com força.

– Mas o que posso fazer? Só prometi que ajudaria você, e não sua mãe.

– Não posso deixá-la para trás. Não deixarei.

– Ela tem sotaque, Eva, e, francamente, tem aparência judia. Seria muito arriscado. Ela certamente será pega. E se me delatar...

– Não acredito que o senhor se recuse a nos ajudar – disse Eva, o pânico se endurecendo em raiva. – Meu pai trabalhou para o senhor por muitos anos, não? Ele era confiável, gentil.

Monsieur Goujon franziu a testa e, por um segundo, pareceu à beira das lágrimas.

– Eva, quero ajudá-las, mas, se eu for pego falsificando documentos, especialmente para uma judia nascida na Polônia...

– O senhor seria preso, talvez até executado. Eu sei – disse Eva, dando um passo à frente e abaixando a voz. – Monsieur Goujon, eu sei o que peço. Mas nossa única chance é chegar à zona livre e, de lá, poderei pensar em uma forma de voltar e buscar meu pai.

– Eu... não posso fazer o que você está pedindo – disse ele, desviando o olhar. – Tenho que pensar em minha esposa e minha filha, e...

– Meu pai confiou no senhor. Ele pagou todo o dinheiro que tinha.

Ele respirou fundo, mas não disse nada.

– *Por favor*, monsieur – insistiu ela, esperando até que ele voltasse a olhá-la. – Eu imploro.

Finalmente, ele suspirou.

– Vou te dar documentos de identidade em branco, Eva, e vistos de viagem também. É tudo o que posso fazer. Você sempre foi boa artista, disso me lembro.

– O senhor... o senhor quer que *eu* faça a falsificação?

Os espaços de informações pessoais – nome, naturalidade, data de nascimento – seriam simples de preencher, mas como ela falsificaria o restante?

– Mas o senhor prometeu ao meu pai, Monsieur Goujon!

Ele ignorou os protestos e continuou falando, em uma voz quase inaudível:

– Tentarei encontrar canetas de cor semelhante à dos carimbos. Devo ter algumas no armário de papelaria. Mas você não pode ficar aqui. E, se alguém descobrir o que você fez, negarei meu conhecimento. Alegarei que você roubou meus documentos.

– Mas... – começou Eva, quando ele passou direto por ela, saindo da sala.

Ela ficou ali parada, respirando com dificuldade, considerando as opções. Deveria insistir, suplicar por ajuda? Nunca tentara fazer nada semelhante ao que ele sugeria.

Ele ressurgiu depois de alguns minutos, trazendo um pequeno envelope.

– Aqui. Deve ser todo o necessário. Use seus documentos originais como guia e veja se pode recortar fotos antigas para as carteiras de identidade; as fotos das carteiras de agora já devem estar manchadas de vermelho. Também incluí um visto vencido para você usar de referência. Você e sua mãe precisarão de vistos para ir à zona livre. Acrescentei também uma certidão de naturalização para sua mãe para justificar o sotaque, assim como uma certidão de nascimento nova para você. Devem ser simples de preencher.

– Mas não sei...

– Guarde debaixo da máquina de escrever – continuou ele, atropelando as objeções e pegando a caixa da máquina, que abriu sobre a mesa.

Ele levantou a máquina da caixa com cuidado, pôs o envelope, acrescentou um grampeador e guardou a máquina de novo, voltando a fechar a embalagem e devolvendo-a para ela.

– Saia daqui como se soubesse o que faz – acrescentou. – Ninguém vai impedi-la e, se tentarem, simplesmente mostre-se ofendida. A maioria dos soldados daqui são só meninos se fingindo de durões.

Ela segurou a alça com força na mão direita.

– Monsieur Goujon, não sou falsária! Isso é impossível.

– É tudo que posso fazer. O que seu pai dizia mesmo? Que Deus lhe deu a dádiva do talento artístico? Bem, agora é hora de usar essa dádiva.

Ela estava atordoada, a cabeça cheia de perguntas, mas o que finalmente escapou de sua boca foi:

– Mas... para onde iremos?

Ele a encarou por um bom tempo.

– Soube pela prima de minha esposa da existência de uma cidadezinha chamada Aurignon, a uns oitenta quilômetros ao sul de Vichy – disse, as palavras rápidas. – Ouvi falar que estão protegendo crianças lá, ajudando-as a chegar à Suíça. Talvez possam fazer o mesmo por você e sua mãe.

– Aurignon? – perguntou ela, que nunca ouvira falar da cidade. – E é perto de Vichy?

A cidade balneária se tornara sinônimo do governo fantoche do primeiro-ministro Philippe Pétain; certamente estava repleta de nazistas.

– Aurignon é uma cidadezinha minúscula, escondida nas colinas ao sopé de antigos vulcões: é uma área nada estratégica. Não há motivo para despertar o interesse alemão, portanto é o lugar perfeito para um esconderijo. Agora vá, Eva, e não olhe para trás. Que Deus a abençoe. Fiz tudo o que pude.

Ele lhe deu as costas com tanta rapidez que ela se perguntou se imaginara a conversa.

– *Merci*, Monsieur Goujon.

Abaixando a cabeça, ela saiu do escritório e desceu a escada em passos confiantes, cada músculo de seu corpo tenso, um sorriso congelado no rosto. O jovem soldado alemão ainda estava lá embaixo e estreitou os olhos quando ela passou.

– Achei que a senhorita tivesse deixado esta máquina de escrever – disse ele, entrando no caminho dela.

– Esta é outra, que precisa de conserto – disse ela, sem hesitar, e voltou a piscar. – Preciso mesmo ir.

– Por que tanta pressa?

O olhar dele voltara aos seios dela, sem pudor, como se ela fosse uma coisa que ele pudesse ter, que ele tivesse o direito de possuir.

Ela se obrigou a manter a calma e aumentar o sorriso.

– Tenho muito trabalho a fazer, entende? Imagino que a prefeitura esteja atarefada, devido às detenções de ontem.

O alemão assentiu, mas ainda franzia a testa.

– Eles mereceram, sabe.

De repente, ela sentiu-se enjoada.

– Perdão?

– Os judeus. Sei que as detenções parecem crueldade, mas essa gente é uma ameaça.

– Bem – disse Eva, já se afastando –, eu, pessoalmente, espero que todos os vermes que poluem nossa cidade recebam o destino que merecem em breve.

O alemão assentiu, entusiasmado.

– Exatamente, mademoiselle. Ouça, se a senhorita se interessar, há um grupo de nós que se encontra quase todo dia, às cinco da tarde, em um café no Quartier Latin, chamado Le Petit Pont. Posso comprar uma bebida para a...

– Que convite maravilhoso. Talvez nos vejamos lá.

Ele sorriu.

– Seria incrível.

Ela se despediu com um aceno e um sorriso genuíno, pois sabia que, com sorte, ela e a mãe já estariam no trem a caminho do sul quando o alemão pedisse a primeira cerveja.

Capítulo 4

Vinte minutos depois, Eva entrou no apartamento da família. Ela precisaria ser rápida, antes que algum vizinho viesse saquear a casa.

Sobre a cômoda, havia fotografias formais emolduradas: uma dos pais no aniversário de 25 anos de casados, três anos antes; uma do pai sorridente, carregando duas máquinas de escrever; e outra da mãe de férias em Cabourg no final dos anos 1930. Havia também uma de Eva, nas mesmas férias na Côte Fleurie, e uma tirada após a formatura do *lycée*, quatro anos antes. Ela pegou todas as fotos e as tirou dos porta-retratos.

Ela encontrou tesouras na sala, ao lado de uma das máquinas de escrever, e voltou correndo para a cozinha. Usando a foto da carteira de identidade da mãe como medida do tamanho correto, cortou com cuidado a cabeça e os ombros da mãe na foto do aniversário de casamento, e fez o mesmo com as outras imagens de si, da mãe e do pai.

Eva enfiou os documentos e as seis fotos recortadas na caixa da máquina e voltou a fechá-la.

Ela olhou pela última vez para as prateleiras de madeira cobrindo as paredes, indo do chão ao teto, repletas de lindos livros, páginas cheias de conhecimento que ela absorvera avidamente ao longo dos anos. A maioria dos livros fora do pai antes de serem dela: textos sobre técnicas de conserto de máquinas de escrever, livros de referência de medicina, astronomia e química, e até um exemplar da primeira edição em inglês de *As aventuras de Tom Sawyer* – um dos primeiros romances escritos à máquina, e um dos bens mais preciosos do pai. Ela os devorara todos e juntara dinheiro para comprar mais. Os livros tinham sido sua fuga, seu refúgio, e seriam os únicos restos dela no apartamento ao qual talvez nunca voltasse.

– Adeus – sussurrou, secando uma lágrima.

Finalmente, olhando uma última vez o único lar em que vivera, ela se foi, carregando a mala e a máquina de escrever e trancando a porta ao passar.

Quando Eva bateu à porta das Fontain, segundos depois, foi Colette quem abriu, de olhos arregalados.

– Cadê minha *maman*? – perguntou. – Ela ainda não voltou, e a senhorita disse que voltaria, Mademoiselle Traube.

– Ela voltará, Colette – disse Eva, com firmeza, passando pela menina e fechando a porta. – Não se preocupe.

Afinal, Madame Fontain era extremamente cristã. Se um policial tentasse levá-la com os judeus, ela sem dúvida rezaria com tanto volume e indignação pela alma dele, que o homem se convenceria de sua dedicação a Jesus mesmo antes de pedir documentos.

O problema era que Eva não podia deixar as meninas sozinhas. Ela e a mãe teriam que esperar a volta de Madame Fontain para fugir.

Mamusia estava exatamente onde Eva a deixara duas horas antes, encolhida no sofá, olhando para o vazio.

– *Mamusia*? – chamou Eva, se aproximando da mãe e levando a mão ao ombro dela, que tremia. – Está tudo bem?

– Ela ainda não quer brincar de faz de conta – relatou Colette, quando *mamusia* não respondeu.

– Sabe, Colette, acho que ela está se sentindo um pouco doente. Querida, que tal você e sua irmã guardarem as fantasias antes de sua mãe chegar? Não queremos que ela se chateie.

– Sim, mademoiselle.

Colette pegou as fitas e os vestidos que espalhara pela casa e chamou a irmã. As duas se foram.

Eva se abaixou rapidamente ao lado da mãe.

– Eu tenho um plano, *mamusia*, mas você precisa acordar. Temos que sair de Paris o mais rápido possível. Você precisa manter as meninas ocupadas enquanto trabalho. E, se Madame Fontain voltar, distraí-la também.

Mamusia piscou algumas vezes.

– O que você vai fazer?

Eva se aproximou.

– Vou fazer documentos falsos.

– Falsificação? Você não sabe fazer essas coisas!

Eva engoliu em seco e tentou juntar uma confiança que não sentia.

– Vou aprender. Mas não temos tempo, então preciso que me ouça. Você será Sabine Fontain.

Mamusia ofegou.

– Você vai me dar o nome da Madame Fontain?

Eva estivera pensando no assunto desde que saíra do escritório de Monsieur Goujon. Elas precisariam de nomes de pessoas de verdade para o caso de serem detidas e o policial decidir conferir registros oficiais.

– Acho que assim é mais seguro – disse Eva. – Além do mais, o nome Sabine também pode ser russo, o que é importante. Explicaria seu sotaque. Se alguém perguntar, você migrou da Rússia após a revolução de 1917. Claro, em seguida se casou com o verdadeiro marido de Madame Fontain, Jean-Louis Fontain, um patriota francês desaparecido no *front*.

A mãe piscou.

– E você?

– Serei Colette Fontain.

– Mas Colette ainda é criança.

– Quando alguém decidir conferir o registro de nascimento, já estaremos muito longe.

– Mas como você fará os documentos? – insistiu *mamusia*.

Eva explicou rapidamente a visita ao Monsieur Goujon e os documentos e materiais que ele lhe fornecera.

– Farei meu melhor – concluiu.

– Não tem jeito de isso funcionar – disse *mamusia*.

– Precisa funcionar, *mamusia*.

Na cozinha, Eva abriu a caixa, ergueu a máquina e pegou o envelope de Monsieur Goujon, guardado embaixo do teclado. Lá dentro, havia três carteiras de identidade novas, três vistos novos, uma certidão de naturalização e uma de nascimento, assim como quatro canetas, azul-escura, azul--clara, vermelha e preta. Por fim, veio o que talvez fosse o maior presente: selos adesivos com imagens de moedas, a única parte dos documentos que seria impossível falsificar com materiais limitados. Ela não poderia comprar selos no *tabac* sem causar suspeitas.

Ela fechou os olhos, sussurrou um agradecimento a Monsieur Goujon, que a ajudara pelo menos daquele pequeno modo, e espalhou os materiais na mesa, junto às carteiras de identidade verdadeiras dela e da mãe. Eva respirou fundo. Ouvia a voz do pai. *Um dia, você agradecerá as dádivas de Deus.*

Ela começou com a carteira de identidade da mãe. Primeiro, precisava imitar de forma convincente a letra de um funcionário atarefado, mas eficiente, da prefeitura. Examinou com cuidado o documento verdadeiro da mãe, lembrou que sua caligrafia fluida e meticulosa não lhe serviria ali, e começou a trabalhar. Com a caneta preta que Monsieur Goujon lhe dera, preencheu o documento com letras de forma retas e curtas. *Nom: Fontain née Petrov. Prénoms: Sabine Irina. Née le: 7 août 1894. À: Moscou.*

Assim continuou, preenchendo a cor do cabelo e dos olhos, a altura e mais. Rangeu os dentes quando chegou a *Nez*, nariz, informação incluída para ajudar as autoridades a identificar judeus. Escreveu *moyen*, médio, e seguiu em frente, registrando um endereço falso e um número de identidade falso, e concluindo com a assinatura grandiosa e elaborada de alguém que passava o dia escrevendo o próprio nome na vida alheia.

Por um segundo, ela se recostou e analisou o trabalho. A caligrafia era muito parecida com a dos documentos originais da mãe, certamente suficientemente oficial para convencer um desconhecido. Eva pegou a fotografia que recortara do porta-retratos do aniversário de casamento dos pais e a encaixou na posição correta do documento. Cuidadosamente, usando o grampeador que Monsieur Goujon incluíra na caixa da máquina, afixou a foto e se afastou para conferir se o documento parecia autêntico.

Não estava perfeito, mas serviria. Ela prendeu a própria foto ao segundo documento, acrescentou os selos adesivos aos dois e, rapidamente, preencheu as informações da falsa Colette Fontain, nascida em 1920 em Paris, de cabelo castanho, olhos castanhos e, claro, nariz médio. Após Eva forjar a assinatura de um funcionário imaginário, a tinta já tinha secado o bastante para começar a desenhar os carimbos oficiais dos documentos, a parte do processo que ela mais temia, pois exigia uma mão firme, mas leve, e não deixava margem para erro. As marcas não podiam parecer feitas à mão e deveriam ser idênticas aos carimbos produzidos em massa que policiais franceses e militares alemães teriam visto milhares de vezes.

Ela começou pela própria carteira de identidade, supondo que, se cometesse um erro, seria menos suspeita do que a mãe, que nascera em outro país. O carimbo no documento original estava irregular e manchado, sinal de que a tinta estava um pouco seca. Não era possível imitar aquele tipo de desgaste, mas, se pudesse reproduzir as linhas exatas do carimbo, Eva imaginava que poderia parecer autêntica, mesmo que um pouco colorida demais.

Inicialmente, desenhou, com cuidado, círculos azuis perfeitos na parte de cima e de baixo do documento, fazendo o de cima cobrir um pouco a foto, e em seguida os preencheu cuidadosamente com o logo da Police Nationale. A parte mais difícil era a tipografia, mas Eva se manteve firme e escreveu as letras com cuidado, se permitindo alguns segundos para admirar o trabalho ao final. Ela duplicou os selos no cartão da mãe e usou a caneta azul mais escura para forjar um carimbo de data. Nos dois documentos, secou a tinta usando um pano de prato de Madame Fontain e suspirou de alívio quando as linhas precisas se suavizaram, borrando de leve, como se realmente carimbadas.

Quando se recostou para olhar os documentos, estava ofegante, mas o terror que pesava em seu peito desde que vira o pai ser levado embora fora afastado por algo mais leve, como uma pequena bolha de esperança. Ela conseguira. O trabalho não estava perfeito, mas talvez os documentos fossem aceitos se não fossem examinados com atenção demais.

Os vistos de viagem eram mais simples; Eva só precisava preencher as informações – nome, data e local de nascimento, profissão, endereço, nacionalidade etc. – à máquina, então preparou tudo e fez o trabalho. A única arte necessária naqueles documentos era uma cópia do carimbo preto da *Reichsadler*, a águia heráldica nazista. Eva copiou cuidadosamente o pássaro de asas abertas empoleirado em uma suástica, assim como as letras alemãs acima da imagem redonda. Por cima da águia, ela escreveu com cuidado as palavras *Dientstempel: Cachet* no que esperava parecerem letras carimbadas. Em *Lieu de Destination* – local de destino –, hesitou e finalmente escreveu o nome da cidade que Monsieur Goujon mencionara: Aurignon. Meu Deus, ela não conseguiria nem encontrar a cidade em um mapa, se necessário; não conhecia nada por lá. Contudo, conteve as dúvidas e se lembrou de que Monsieur Goujon não teria se arriscado em ajudá-la com os documentos apenas para lhe dar informações erradas.

As certidões de naturalização e nascimento eram ainda mais fáceis; simplesmente precisou variar a caligrafia, escrevendo em letras altas e estreitas, e preencher os detalhes falsos. Os carimbos necessários, um em azul e outro em preto, eram quase brincadeira de criança, se comparados aos que desenhara nos outros documentos. Rapidamente, acabou.

Estava prestes a começar os documentos do pai – que deixara por último, para o caso de não ter tempo –, quando ouviu uma chave arranhando a fechadura. Ela se levantou de um pulo, enfiando todos os materiais e documentos por baixo da blusa, manchando-se de tinta azul.

– Meninas? – veio a voz de Madame Fontain da entrada, fechando a porta.

– *Maman*!

Colette e Simone vieram correndo e se jogaram nos braços abertos da mãe, bem quando Eva adentrou a sala.

Madame Fontain estreitou os olhos para Eva, e não desviou o olhar, nem mesmo ao se ajoelhar e abraçar as filhas.

– A senhorita ainda está aqui, Mademoiselle Traube? – perguntou quando finalmente se levantou, soltando as meninas do colo espaçoso.

– Estou, claro – respondeu Eva.

Em vez de agradecer, Madame Fontain franziu a testa.

– E sua mãe?

– Também estou.

Mamusia surgiu do corredor, os olhos ainda atordoados e turvos. Duas mechas de cabelo estavam trançadas, provavelmente pelas meninas.

– A mãe da senhora está bem, Madame Fontain? – perguntou *mamusia*.

Madame Fontain fungou.

– Minha mãe não é da sua conta. E peço que saiam de meu apartamento imediatamente.

Mamusia piscou algumas vezes.

– Foi apenas uma gentileza.

– Não preciso de gentileza de judeus.

Simone estava dançando em círculos, tagarelando sozinha, mas Colette observou a conversa, de olhos arregalados, como se estivesse assistindo a uma partida no Stade Roland Garros.

– A senhora não hesitou em pedir nossa gentileza ontem – disse *mamusia*, com a voz ríspida.

O olhar vago se fora de seu rosto, substituído por puro gelo.

– Sim, bem, agora vocês me puseram na posição de abrigar fugitivas – disse Madame Fontain, fungando.

Mamusia abriu a boca para retrucar, mas Eva se aproximou e segurou o braço dela.

– Estávamos de saída, não é mesmo, *mamusia*?

– Como ela pode agir como se não fôssemos bem-vindas após termos feito um favor? – exclamou *mamusia*. – Após vermos seu pai ser arrastado pela polícia?

– Bem, pelo menos um eles pegaram – disse Madame Fontain, abanando a mão.

– Como ousa... – começou *mamusia*, mas Eva já estava arrastando-a porta afora.

– Madame Traube? Mademoiselle Traube? – perguntou Colette, com a voz baixinha. – Já vão embora?

– Sinto muito, querida, mas precisamos ir – disse Eva, lançando um olhar de raiva para Madame Fontain. – Parece que já não somos bem-vindas.

– Vão voltar para brincar de novo? – perguntou a menina quando Eva passou por ela, ainda puxando a mãe.

Ela pegou a mala, deixando a máquina para trás. Era muito volumosa para carregar, além de chamar atenção.

– Ah, acho que não – respondeu Madame Fontain, abrindo um sorriso arrogante para Eva. – Na verdade, parece que as Traube vão embora para sempre.

Com isso, a porta se fechou atrás delas, deixando Eva e a mãe, com tudo o que possuíam, sozinhas no corredor frio e escuro.

– O que fazemos agora? – perguntou *mamusia*.

– Vamos à estação de trem.

– Mas...

– Nossos documentos não são perfeitos, mas, se Deus quiser, ao menos nos levarão para longe de Paris.

– E se não levarem?
– Precisamos ter fé – disse Eva, descendo a escada.
Até onde sabia, Madame Fontain já estava ligando para a polícia, denunciando duas judias que tinham escapado da peneira.
– Por enquanto, esperança é tudo o que temos – acrescentou.

Capítulo 5

— Para onde vamos? — perguntou a mãe dela em voz baixa, dez minutos depois.

Elas avançavam apressadas e de cabeça baixa, Eva segurando a mala em uma mão e o braço trêmulo de *mamusia* na outra. O dia estava quente e sufocante, e Eva se sentia suar.

— À Gare de Lyon — disse Eva ao passar a Place des Vosges, onde *tatuś* a ensinara a andar de bicicleta, onde a ajudara a se levantar inúmeras vezes depois de ela ralar o joelho.

Com dor no peito, ela afastou os pensamentos.

— Gare de Lyon? — repetiu a mãe, ofegante pela dificuldade de acompanhar o passo.

Ela tinha desfeito as tranças tortas que as meninas fizeram, e o cabelo ondulado grudava no pescoço.

Normalmente, Eva teria desacelerado, mais compreensiva com a mãe, que não se sentia bem no calor e na umidade. Contudo, quanto mais tempo passassem na rua, mas expostas ficariam. Paris estava deserta, o que só faria Eva e a mãe chamarem mais atenção.

— Vamos para o sul.

— Sul? — perguntou a mãe, com dificuldade.

Eva assentiu, virando a esquina abruptamente para entrar no Boulevard Beaumarchais, uma rua arborizada que ela normalmente achava linda.

Naquele dia, contudo, os prédios altos davam a impressão de muros que as encurralavam em um destino incerto.

– Para uma cidade chamada Aurignon.

– Do que você está falando? Sei pai está *aqui*, Eva. Como pode sugerir que a gente viaje para um lugar do qual nunca ouvi falar?

– Ele está preso, *mamusia*! – disse Eva, apertando o passo em frustração. – E só temos chance de salvá-lo se nos salvarmos.

– Se fugirmos? – perguntou *mamusia*, arrancando o braço da mão de Eva e se virando de frente para ela. – Feito covardes?

Eva olhou ao redor, rapidamente. Notou que um homem a observava de uma vitrine do outro lado da rua.

– *Mamusia*, não faça isso aqui. Você está nos fazendo parecer suspeitas.

– Não, Eva, é *você* quem nos faz parecer suspeitas! – disse *mamusia*, segurando o punho de Eva e arranhando-o com as unhas. – Você e esses planos fantasiosos de fuga, como se fôssemos espiãs de um de seus romances. Você não pode estar sugerindo que simplesmente abandonemos seu pai.

– *Mamusia*, ele se foi.

– Não, ele...

– Ele *se foi*!

Um soluço de choro engasgou Eva, e ela o engoliu, se afastando da mãe e voltando a andar. Depois de alguns segundos, a mãe a acompanhou.

– Prometo que voltarei para buscá-lo – disse Eva. – Mas precisamos ir embora *agora*.

– Eva...

– Confie em mim, *mamusia*. Por favor.

A mãe se calou, então, e acompanhou seus passos, e foi tudo de que Eva precisava.

Quinze minutos depois, a estação apareceu.

– Aja o mais naturalmente que puder – sussurrou Eva para a mãe. – Somos cidadãs francesas de classe média que nem pensam sobre o que aconteceu ontem.

– Como é conveniente dar as costas assim ao seu povo – resmungou a mãe.

Eva tentou ignorar as palavras, mesmo que perfurassem seu peito.

– Somos secretárias, nós duas. Você é uma *émigrée* russa, e eu, sua filha. Meu respeitável pai francês – seu marido – não voltou do *front*. Tememos que ele esteja morto.

– Claro, Eva, vamos fingir que mataram seu pai.

Mamusia soava furiosa.

– Me *escute, mamusia*! Nossas vidas podem depender disso. Vamos comprar passagens para Clermont-Ferrand, via Vichy.

– Vichy?

– Eu pesquisei. É o caminho mais rápido até Aurignon.

– Que lugar é esse?

– Sua irmã, Olga, vive lá – disse Eva, firme. – Ela está doente e implorou sua ajuda para cuidar dos três filhos.

Mamusia simplesmente revirou os olhos.

– *Mamusia*, estou falando sério. Você precisa se lembrar de tudo que digo.

– Mas por que Aurignon? Nunca nem ouvi falar.

– Há pessoas lá que ajudam judeus a fugir para a Suíça.

– Suíça? Que ridículo. Se for perto de Vichy, deve estar a trezentos quilômetros da fronteira.

Aquela informação também incomodava Eva, mas ela a ignorou. Talvez fosse aquele fato que tornasse o esconderijo perfeito.

– É nossa única chance de fuga, *mamusia*.

– Então agora você quer que a gente fuja da França sem seu pai?

O tom de *mamusia* era furioso, a voz subindo uma oitava.

– Não – disse Eva. – Quero encontrar alguém para nos ajudar a soltá-lo.

Quando o trem das 14h05 saiu da Gare de Lyon, descendo ao sul a todo vapor e cruzando o rio Marne bem onde saía do Sena, Eva começou a respirar um pouco melhor. Comprar passagens fora mais fácil do que ela esperava; o funcionário mal olhara os documentos e os devolvera com um bocejo. Eva imaginou que não fosse responsabilidade dele pegar ninguém que estivesse fugindo. E o jovem soldado alemão que apareceu logo depois que Eva e a mãe subiram no trem também olhara os documentos sem interesse e os devolvera sem dizer nada. Eva se permitiu sentir uma pontada de esperança – e um pouquinho de orgulho pelo trabalho – quando o trem acelerou, adentrando o campo para além dos subúrbios.

Até que, ao notar a mãe chorando ao seu lado, sacudindo os ombros em soluços silenciosos e encostando a testa na janela, ela voltou a ficar tensa.

– *Mamusia* – murmurou, mantendo a voz baixa.

O vagão estava só parcialmente cheio, e a maioria dos passageiros estava absorta na leitura de livros ou jornais, mas era só questão de tempo até serem notadas.

– Por favor, pare – disse ela. – Você vai chamar atenção.

– Qual é o problema? – sibilou *mamusia*, se virando para Eva, os olhos iluminados. – Estamos nos enganando, Eva. Não vamos conseguir fugir.

– Conseguimos, *mamusia*. Olhe. Já saímos de Paris.

– Vão nos encontrar em qualquer lugar. Não podemos simplesmente desaparecer. Como vamos comer? Onde vamos morar? Onde conseguiremos cartões de racionamento? Isso é loucura. A gente devia ter ficado em Paris. Pelo menos, lá conhecemos as pessoas.

– Mas as pessoas também nos conhecem – lembrou Eva. – E é impossível prever em quem confiar.

Mamusia sacudiu a cabeça.

– Isso foi um erro. Você se aproveitou do meu luto para me persuadir.

– *Mamusia*, não foi...

Eva se interrompeu, tomada por culpa. Ela estivera com tanta pressa para fugir, para encontrar uma saída, que não lhe ocorrera que ficar poderia ser mais seguro. Será que a mãe estava certa?

Conforme o trem seguiu para o sul, cruzando pontes, rios caudalosos e pastos desertos, *mamusia* finalmente adormeceu ao lado dela, roncando baixo, mas Eva estava muito agitada para relaxar. Ela tomara aquela decisão pelas duas, e seria sua culpa se acabassem capturadas. Será que deveriam ter ficado onde estavam, onde amigos poderiam ajudá-las? Mas quem correria tal risco? Elas eram fugitivas, quisessem ou não. Até Monsieur Goujon, que sempre lhe parecera um homem bom, tivera pressa para mandá-las embora.

O trem fez uma parada de meia hora em Moulins, onde duas dúzias de policiais alemães entraram para inspecionar documentos, mas todos pareciam cansados e desinteressados. Um jovem alemão de cabelo preto e rosto corado examinou os documentos de Eva e da mãe só por um momento, já de olho na fileira seguinte. Eva soltou a respiração que nem notara estar prendendo, mas só relaxou quando os alemães desembarcaram e o trem prosseguiu viagem.

– Então esta é a França Livre – murmurou *mamusia* quando o trem desacelerou, uma hora depois, para entrar em Vichy.

Mesmo na luz fraca do anoitecer, a cidade era linda. Jardineiras transbordavam de flores nas janelas e prédios suntuosos do século XIX se erguiam ao céu. O trem parou em meio a um pátio ferroviário, e Eva ficou atenta aos alemães, mas, do outro lado da janela, só havia policiais franceses de patrulha. Por outro lado, fora a polícia francesa que detivera *tatuś* na noite anterior; não podiam confiar em ninguém.

Quando o trem voltou a andar, Eva olhou pela janela, se perguntando se veria o palácio no qual Pétain e os ministros tinham se refugiado ao abandonar Paris, mas tudo o que viu foram parques, apartamentos e cafés. A noite já caía quando o trem cruzou o rio Allier e adentrou o campo de vinhedos, e estava totalmente escuro quando fizeram uma breve parada em Riom e voltaram a avançar. Pouco antes das nove, o trem finalmente parou na quadrada Gare de Clermont-Ferrand.

– E agora? – perguntou *mamusia* quando elas desembarcaram com outras duas dúzias de passageiros. – Certamente não há ônibus partindo a esta hora.

Eva respirou fundo. Mesmo depois de chegar à França desocupada com documentos falsos, aquela lhe parecia a parte mais arriscada da viagem.

– Agora vamos esperar.

– Esperar pelo quê?

– Pela manhã.

A estação estava silenciosa, mas Eva e a mãe não eram as únicas que precisariam passar a noite nos bancos duros de madeira. Mais da metade dos outros passageiros que tinham chegado no mesmo trem também estava se instalando em cantos da plataforma, deitando a cabeça em valises e usando os casacos de cobertor, mesmo que o ar estivesse quente.

– Tente dormir, *mamusia*. Ficarei de olho para o caso de perigo.

Já era o fim da tarde seguinte quando Eva e a mãe finalmente pegaram o ônibus para Aurignon. O trajeto levou uma hora e meia, passando por ruas de casas antigas de pedra e levando a florestas verdejantes e fazendas.

Aurignon ficava cercada por pinheiros densos no cume de uma colina, e quando o ônibus adentrou a cidade com um ronco alto, exigindo toda a força do motor para subir, Eva conseguiu discernir as sombras de uma cordilheira robusta de montanhas ao oeste. Ela encostou a testa no vidro e encarou as colinas enevoadas até o ônibus virar a esquina e parar devagar, com um guincho, em uma pracinha, cercada de prédios baixos e quadrados de pedra.

– Aurignon! – anunciou o motorista à meia dúzia de passageiros. – Ponto final!

Devagar, os passageiros se levantaram, pegando as malas e arrastando os pés até a porta. Elas saíram por último, e, só quando o ônibus foi embora, Eva finalmente relaxou o bastante para olhar e admirar os arredores. Elas tinham mesmo chegado.

Aurignon não se parecia em nada com Paris, nem com nenhum outro lugar que Eva conhecia. Quando ela era pequena, os pais a tinham levado a algumas visitas à Bretanha, no norte, onde o ar marinho lavava as fachadas dos prédios de madeira, deixando-as cinzentas como as asas dos pombos. Eles tinham até ido, uma ou outra vez, a lugares a uma hora de Paris, onde casas pequenas salpicavam pastos infinitos percorridos por riachos, e as cidades em si eram pequenas, curiosas e arrumadas.

Aquela cidade era mais condensada, estruturas de janelas estreitas agrupadas de modo que parecia quase acidental, como se tivessem começado em fileiras alinhadas até a terra as espalhar, subindo ao céu. Ruas de pedra subiam a colina, e algumas das vias que saíam da praça eram tão estreitas que por ali nem passaria um carro. No cume, via-se uma igrejinha de pedra com vitrais coloridos e uma cruz simples de madeira acima da porta.

O que mais chamara a atenção de Eva era a sensação de vida na cidade, mesmo que só um punhado de pessoas percorresse a praça. Em Paris, desde a chegada dos alemães, as pessoas vestiam cinza e preto e mantinham a cabeça baixa, como se tentassem se misturar aos prédios. As cores tinham sumido do horizonte; em muitos lugares, as plantas e flores que um dia haviam se espalhado, dando vida à cidade, tinham desaparecido.

Mas ali jardineiras transbordavam de hortelãs-pimenta, cerefólios e gerânios cor-de-rosa, lilases e brancos, enquanto heras cobriam alegremente os muros dos prédios de pedra, que pareciam ter sido erguidos muito antes da Revolução Francesa. Roupas estavam estendidas para secar em varais nas varandas de madeira, e até a igreja acima da cidade parecia brilhar, com as luzes lá dentro iluminando os vidros coloridos. A praça era ancorada por uma fonte de pedra representando um homem barbado com uma cruz em uma mão e uma jarra de água na outra. Água borbulhava serenamente aos pés da estátua. O coração daquela cidade ainda não tinha sido esmagado e, por alguns segundos, Eva nem soube o que fazer.

– Que lugar é este? – sussurrou *mamusia*, e Eva trocou sorrisos hesitantes com a mãe pela primeira vez desde que o pai fora detido.

Ela sentiu lágrimas de gratidão arderem no canto dos olhos; por alguns segundos, as coisas quase pareceram normais. Eva engoliu o nó na garganta.

– É lindo, não é?

– Me lembra a cidade onde cresci – disse *mamusia*, respirando fundo e fechando os olhos. – O ar fresco do campo. Quase tinha me esquecido.

Eva também respirou fundo, os perfumes suaves de prímula, jasmim e pinho pairando logo além do alcance. Quando abriu os olhos, viu duas menininhas a olhando, segurando nas mãos da mãe e passando apressadas. Ela se recompôs rapidamente. Tinham saído de Paris, mas não do perigo; estavam viajando com documentos falsos e precisavam encontrar hospedagem antes de se tornarem ainda mais suspeitas.

– Venha – disse à mãe.

Com Eva carregando a mala e *mamusia* acompanhando um pouco atrás, elas se afastaram da praça como se soubessem aonde iam. Na verdade, Eva se sentia inteiramente perdida e, se obrigando a andar tranquilamente, procurou algum sinal de pensão nas ruelas. Certamente haveria algum lugar disponível próximo ao centro da cidade.

Levaram mais quatro esquinas inúteis até, finalmente, uma placa pendurada ao longe anunciar uma *pension de famille*. Eva suspirou de alívio e avançou, seguida pela mãe.

A porta estava fechada e trancada, com as cortinas cobrindo totalmente as janelas, quando elas chegaram diante do prédio estreito de pedra a uma quadra e meia da praça principal. Mesmo assim, Eva bateu à porta, e então bateu de novo, com mais insistência, quando não obteve resposta. Ela bateu uma terceira vez, e estava prestes a desistir quando a porta se abriu, revelando uma mulher baixa e corpulenta de vestido simples de bolinhas, que as olhou com raiva. O cabelo dela era grisalho, bagunçado e espetado, e o rosto era redondo e vermelho como um tomate.

– O que foi? – perguntou a mulher sem cumprimentá-las, os olhos furiosos, se dirigindo de Eva para *mamusia*. – Qual de vocês estava fazendo esse estardalhaço todo?

– Hum, madame, boa tarde – disse Eva, incerta, forçando-se a sorrir quando a mulher se virou para ela, abrindo as narinas e lembrando um javali selvagem. – Nós... nós estávamos procurando uma pensão com quarto disponível.

Parte da indignação pareceu se esvair da mulher, mas ela não se mexeu.

– E acharam que podiam simplesmente aparecer aqui e exigir um quarto?

Eva olhou para a placa e de volta para a mulher.

– Bom, é uma pensão, então...

A boca da mulher tremeu de leve, e Eva não sabia se era para conter uma gargalhada ou um rugido.

– E a essa hora? Que tipo de gente chega tão tarde? Já é quase noite!

– Acabamos de sair do ônibus depois de uma viagem muito longa.

– Viagem? De onde?

– Paris.

A mulher estreitou os olhos e cruzou os braços.

– E o que vieram fazer em Aurignon?

– Hum...

Eva se perdeu, atrapalhada pelas perguntas rápidas. Ela não esperara o interrogatório.

– Somos secretárias e viemos visitar minha irmã, que mora por aqui – disse *mamusia* ao lado dela, com calma. – Mas ela tem três filhos e mora em um apartamento muito apertado, então não pode nos receber.

Eva piscou, tentando disfarçar o choque. Era exatamente o que Eva insistira para ela decorar, mas podia jurar que a mãe não tinha escutado.

– Mas se a senhora não tiver quartos disponíveis, podemos ir a outro lugar.

A mulher olhou para *mamusia* antes de deixar a boca se abrir em um pequeno sorriso, mesmo que a expressão ainda fosse desconfiada.

– Ouvi um sotaque, madame. A senhora não é francesa.

A mãe de Eva não disse nada por alguns segundos e, no silêncio, Eva rezou para a mãe não errar aquele detalhe; um deslize poderia fazer a mulher chamar as autoridades, e a farsa toda se acabaria.

– Minha mãe é... – começou.

– Russa – disse a mãe, com firmeza, e Eva soltou um suspiro aliviado. – Saí da Rússia em 1917, após a Revolução Russa, e me casei aqui, na França. Minha filha, Ev... – hesitou, mas se corrigiu com firmeza – *Colette* nasceu aqui, alguns anos depois.

– Russa – repetiu a mulher.

– Uma *émigrée* branca – explicou *mamusia*, confiante.
– A senhora e sua filha Ev-Colette.
A mulher sorriu, e o olhar já não tinha mais tanta raiva.
– Só Colette – disse Eva, nervosa.
– Entendo – disse a mulher.
Ela as encarou, mas ainda não se mexeu.
– *Prekrasnyy vecher, ne pravda li?*[1] – perguntou a mulher, sorrindo, doce, para *mamusia*.
Eva congelou. Aquela mulher falava russo? Quem diria?
Mamusia nem hesitou.
– *Da*[2] – disse, confiante.
A mulher estreitou os olhos.
– *Vy priexali suda so svoyey docher'yu?*[3]
Eva se obrigou a sorrir com educação, olhando para a mãe de relance.
– *Da* – repetiu *mamusia*, com um pouco menos de certeza.
– Hummmm – disse a mulher. – *Vy na samom dele ne russkaya, ne tak li? Vy moshennitsa?*[4]
Dessa vez, *mamusia* parecia completamente perdida.
– *Da?* – arriscou.
Eva prendeu a respiração, e a mulher encarou *mamusia* por muito tempo.
– Muito bem, madame. A senhora e sua filha, *só Colette*, devem entrar antes de escurecer. Podemos estar na França Livre, mas é um erro acreditar que estamos mesmo livres.
Tendo dito isso, ela deu meia-volta e entrou na pensão a passos pesados.
– O que ela perguntou? – cochichou Eva para a mãe.
– Não faço ideia – respondeu *mamusia*, baixinho.
Elas se entreolharam, de olhos arregalados, e acompanharam a mulher, fechando a porta ao passar.
A mulher estava remexendo na gaveta de uma mesinha no salão quando elas entraram. Ela pegou um caderninho fino, de capa de couro vermelho.
– Aqui. O caderno de hóspedes – falou, abrindo-o e fazendo um gesto para Eva, com a mão aberta. – Venha, me dê seus documentos. Não tenho o dia todo.

---

1 Linda noite, não é? (N.T.)
2 Sim. (N.T.)
3 Você veio aqui com sua filha? (N.T.)
4 Você não é realmente russa, não é? Você é uma vigarista? (N.T.)

Eva e a mãe entregaram os documentos e ficaram em silêncio enquanto a mulher os examinava, estreitando os olhos, assentia e preenchia os detalhes no registro. Eva só se permitiu respirar quando a mulher devolveu os documentos.

– Muito bem – disse a mulher, oferecendo a caneta e virando o caderno para elas assinarem. – Madame Fontain. Mademoiselle Fontain. Sou Madame Barbier, a proprietária. Não há frescuras, mas é um lugar seguro, desde que possam pagar. Falando nisso, têm dinheiro?

Eva assentiu.

– Muito bem. Vocês ficarão no quarto dois, ao fim do corredor, mas temo que só haja uma cama. A chave da porta fica na cômoda. Quanto tempo passarão conosco?

– Ainda não sabemos – disse Eva, hesitante. – Há outros hóspedes aqui?

Madame Barbier ergueu as duas sobrancelhas.

– Vocês são as únicas mulheres tolas o bastante para sair de Paris para férias nas montanhas no meio de uma guerra.

Eva se obrigou a sorrir.

– Entendo. Obrigada, Madame Barbier. Boa noite.

– Boa noite – disse Madame Barbier, e se virou para *mamusia*. – *Spokoynoy nochi*.

– *Spokoynoy nochi* – respondeu *mamusia*, educada, e se apressou pelo corredor, sem perder tempo.

Eva a acompanhou, sentindo o olhar de Madame Barbier queimar suas costas.

Quando chegaram ao quarto, Eva trocou de roupa, vestindo uma camisola, e deitou na cama. A exaustão logo a dominou, e ela dormiu profundamente, aninhada junto à mãe.

– Você acha que ela acreditou na gente? – perguntou *mamusia* quando Eva acordou no dia seguinte, piscando em meio ao quarto iluminado.

A luz do sol parecia mais clara ali, mais forte do que em Paris.

– Madame Barbier?

Eva bocejou e rolou para o lado, finalmente soltando a mão de sua mãe. Elas tinham ficado de mãos dadas a noite toda.

– Deve ter acreditado – falou. – Ela viu nossos documentos e nos deixou ficar.

Mamusia assentiu.

– Você falou que temos dinheiro, Eva. O que faremos quando ela notar que não temos?

Eva deu de ombros, culpada.

– Temos, sim.

– Como assim?

– Eu, hum, liberei alguns francos da gaveta da cozinha da Madame Fontain.

– Você o *quê*?

– Eu estava procurando uma caneta! Mas por acaso encontrei dinheiro lá.

– Eva Traube! Não criei você para ser uma ladra!

Mamusia estava tão indignada que Eva precisou conter a risada.

– Eu sei, *mamusia*, e nunca antes roubei nada. Mas precisamos do dinheiro e, sejamos sinceras, ela nos teria vendido às autoridades em um segundo se não estivesse tão ocupada cuidando da mãe.

A expressão de *mamusia* se suavizou um pouco.

– Eva, se ela ligar para a polícia ao notar que a roubamos...

– *Mamusia*, já estamos longe. E o que a polícia fará? Nos incluirá pela segunda vez na lista?

Quando elas saíram do quarto, trinta minutos depois, Madame Barbier as aguardava no salão, diante de uma tigela de morangos vermelhos e suculentos. Ela apontou para os assentos à mesa, e, depois de se entreolharem, nervosas, Eva e a mãe se sentaram. Meu Deus, Eva não via morangos desde antes da guerra.

– Comam – disse ela, simplesmente, e a barriga de Eva roncou tão alto que Madame Barbier levantou a sobrancelha.

– Não podemos – disse Eva. – Não temos cartões de racionamento, e...

– Os morangos são do meu quintal – interrompeu Madame Barbier. – E vocês duas parecem, e até *soam*, famintas. Então comam um pouco. Não pedirei novamente.

Eva hesitou, mas assentiu e pegou uma fruta. Ela mordeu e teve que se conter para não gemer de prazer quando o suco doce encheu sua boca.

– Obrigada – disse, depois de engolir.

Ela pegou mais um morango, já se perguntando o que aquilo custaria.

Contudo, depois que Eva e a mãe comeram todos os morangos da tigela, Madame Barbier simplesmente assentiu com a cabeça.

– Ótimo – disse, se levantando. – Servirei sopa de batatas para o jantar, às sete em ponto.

– Mas não podemos... – começou Eva, e Madame Barbier a interrompeu, levantando uma mão.

– Vocês não podem passar fome. Que impressão passaria sobre meu negócio?

Assim, ela se foi, andando em passos firmes e fazendo as tábuas tremerem.

– Ora, que bondade – disse *mamusia*, após um bom intervalo.

Eva assentiu, mas estava preocupada. Madame Barbier as observava como espécimes engaiolados enquanto comiam, e ela sentia que a tentativa da mãe de conversar em russo na noite anterior saíra pela culatra. Então o que a anfitriã planejava? Mesmo assim, não podiam se permitir recusar comida de graça.

– Acho que você deveria ficar no quarto hoje, *mamusia* – disse Eva, baixinho. – Deixe-me sair um pouco sozinha. Não tenho sotaque, então atrairei menos perguntas.

– Meu sotaque não é tão forte – argumentou *mamusia*, na defensiva.

– *Mamusia*, você fala que nem Władysław Sikorski.

Mamusia fez uma careta.

– *Gdy słoneczko wyżej, to Sikorski bliżej.*

Eva revirou os olhos ao ouvir o ditado popular, que celebrava o primeiro-ministro exilado da Polônia: "Quando o sol estiver mais alto, Sikorski estará próximo".

– Fique aqui, *mamusia*. E deixe a janela aberta, para o caso de precisar fugir rápido.

– Agora você quer que eu pule a janela?

– É só por precaução, *mamusia*. Precisamos sempre pensar dois passos adiante.

– Você fala como se eu fosse Mata Hari, mas veja só o que aconteceu com ela... – resmungou *mamusia*, que se levantou e voltou ao quarto, arrastando os pés.

Eva esperou ouvir o barulho da porta sendo trancada para sair da pensão.

Capítulo 6

À luz do dia, Aurignon era ainda mais gloriosa, com o sol derramando raios de mel nas ruas estreitas e nos prédios, lavando a pedra em um brilho quente. As flores que decoravam as jardineiras na tarde anterior estavam mais coloridas à luz da manhã, pintando a cidade em tons brilhantes de cor-de-rosa, roxo e vermelho. O ar fresco dali, mais de cem quilômetros ao sul da zona ocupada, tinha, para Eva, gosto de liberdade.

Contudo, ela e a mãe não podiam abandonar a França sem *tatuś*. Ele quisera que ela fugisse, mas ela não conseguia, não se tivesse como libertá-lo. E ela tinha, com certeza. Ainda tinha os documentos em branco que Monsieur Goujon dera a ela, assim como as fotos do pai, que, ao acordar, rapidamente escondera no forro do casaco que tinha trazido na mala. Era quase tudo de que precisava para forjar uma nova identidade para o pai, para demonstrar às autoridades que a prisão dele fora um erro. Contudo, ela deixara as canetas para trás em Paris – teriam sido provas, evidentes para qualquer inspetor, de que ela tinha ferramentas de falsificação. Ela não podia arriscar levá-las no trem.

O problema era que ela não podia copiar os mesmos tipos de documento que fizera para si e para a mãe sem a tinta adequada, e canetas normais, de escrever, não serviriam. Ela precisava de canetas artísticas, vermelha, azul e preta. Entretanto, Madame Barbier já desconfiava de Eva e da mãe; nenhum morango convenceria Eva do contrário. Por isso, seria muito arriscado pedir a ela a localização de uma loja que vendesse aquele tipo de artigo. Eva teria que a encontrar sozinha.

Descendo e subindo as ruas estreitas que saíam da praça central como os aros tortos de uma roda, ela olhou todas as vitrines na esperança de encontrar uma loja de artigos artísticos. A cidade era tão silenciosa que Eva quase acreditava que era a única pessoa na rua, um sentimento que nem imaginava na agitação de Paris. Longe da praça, a cidade era ainda mais linda. Algumas das estruturas de pedra davam lugar a prédios de enxaimel que lembravam as ilustrações nos livros de contos de fadas que Eva lera quando criança. Quando ela entrou na quarta rua, já tinha começado a relaxar, tranquilizada pela cidade idílica que não parecia saber estar em meio a uma guerra. Na verdade, estava se sentindo tão à vontade que quase não reparou no homem alto e magro no fim da rua, usando um sobretudo de lapela levantada, muito quente para aquele dia de verão. Ele mancava um pouco, com a perna direita rígida.

Ela o vira duas ruas antes também. Ao virar a esquina, entrou correndo no nicho de uma porta, prendendo a respiração, se perguntando se ele a estava seguindo. Se ele fizesse o mesmo, seria coincidência demais – afinal, que residente de Aurignon precisaria subir e descer metodicamente aquela rede de ruas, no mesmo padrão que ela fazia? Se não a estava seguindo, ela precisaria controlar a imaginação.

Passaram-se alguns segundos. Nada de homem de sobretudo. "Pare de ver todo mundo como bicho-papão alemão, Eva", se repreendeu. Ela se afastou do nicho, revirando os olhos, bem a tempo de esbarrar no homem, que dera uma volta rápida no prédio. Com um arquejo, ela tropeçou para trás.

– Ah, perdão – disse ele, rapidamente, com a voz grave e abafada, escondendo ainda mais o rosto na lapela.

O peito de Eva estava a mil. Pelo menos, ele não soava alemão. Devia ter quarenta e poucos anos e tinha cabelo loiro, nariz estreito e pontudo e sobrancelhas grossas. Seria um policial francês que a seguia, pois Madame Barbier a denunciara? Mas, se fosse, não pediria simplesmente seus documentos? Enquanto refletia rapidamente sobre as possibilidades, ela decidiu que o melhor era confrontá-lo. Como ele mancava, certamente não seria tão ágil para persegui-la se ela precisasse fugir.

– Você está me seguindo? – perguntou ela.

Eva quisera soar firme, mas ouviu o tremor na própria voz.

– Como assim? – perguntou o homem, dando um passo para trás, as lapelas ainda cobrindo parte do rosto. – Não, claro que não. Perdão, mademoiselle. Tenha um bom dia.

Ele se afastou apressado, mancando, e ela o observou, esperando que ele olhasse para trás. Contudo, ele não olhou e, quando desapareceu numa curva mais à frente, ela se permitiu relaxar um pouco. Talvez tivesse se enganado.

Ainda assim, o encontro a assustara, e ela apertou o passo, analisando as vitrines. A sensação pacífica se fora, e Aurignon lhe parecia tão sinistra quanto qualquer outra cidade.

Ela levou mais quinze minutos para encontrar uma pequena livraria e *papeterie* cuja vitrine revelava um mostruário de canetas-tinteiro. Ela entrou, na esperança de que também vendessem as canetas de que precisava. Lá dentro, fechou os olhos por um segundo e respirou fundo, sendo transportada pelos cheiros conhecidos de papel, couro e cola de volta à querida biblioteca da Sorbonne, em Paris. Será que um dia ela voltaria a caminhar entre seus livros, se deleitar em seu silêncio, se alegrar por estar cercada de tantas palavras e tanto conhecimento? Será que Paris um dia voltaria a ser sua?

– Mademoiselle? Posso ajudá-la?

A senhora atrás do balcão a observava, com uma expressão de preocupação e desconfiança, quando Eva abriu os olhos.

– Perdão – disse Eva, sentindo-se corar. – Eu... eu estava só pensando em como amo estar cercada de livros.

As palavras lhe soaram estranhas, e Eva corou mais ainda. A mulher, contudo, não pareceu incomodada. Na verdade, sorriu, livrando-se de dúvida.

– Ah. Eu deveria ter notado. A senhorita é uma de nós.

– Como assim?

– Alguém que se encontra nas páginas – explicou a mulher, apontando para as prateleiras.

As estantes se erguiam altas, em organização desordenada, o que lembrava a Eva a estrutura da própria cidade, caótica, mas ainda assim linda.

– Alguém que se vê refletida nas palavras – acrescentou a senhora.

– Ah, sim, suponho que seja meu caso – disse Eva, e sentiu-se, de repente, em paz.

Queria passar o dia ali, mas havia trabalho a fazer.

– Posso ajudá-la a encontrar alguma coisa? – perguntou a mulher, seguindo o olhar de Eva pelas prateleiras. – Conheço todos os livros daqui.

– Eu... eu adoraria poder comprar um livro – disse Eva. – Mas só tenho um pouco de dinheiro, e preciso de canetas.

– Canetas?

Eva assentiu e explicou do que precisava. Apesar de a mulher parecer decepcionada por Eva não querer discutir sobre livros, foi aos fundos da loja e voltou com três canetas de arte, preta, vermelha e azul.

– É isso o que procura?

– Ah, sim.

Eva estendeu a mão para pegá-las, mas a mulher as afastou, com uma expressão mais desconfiada.

– Por que a senhorita precisa das canetas? É artista?

– É, sou.

– E eu imaginando que fosse uma amante dos livros...

– Eu era. Quer dizer, *sou* – disse Eva, inspirando fundo os cheiros conhecidos e suspirando. – Eu... eu cheguei a trabalhar em uma biblioteca em Paris.

– Em Paris?

Imediatamente, Eva notou que cometera um erro. Por que contava os detalhes verdadeiros de sua vida pessoal para uma desconhecida?

– Bem, eu... – começou Eva, quando a mulher lhe deu as costas, mexendo em uma das prateleiras.

– A senhorita deve sentir saudade. Meu filho também morava lá, antes de ser morto. Paris era mesmo um lugar mágico, até a chegada dos alemães.

– Era, sim – disse Eva, baixo. – Meus pêsames pelo seu filho.

– Obrigada. Ele era um bom homem.

A mulher se virou e ofereceu um livro antes que Eva pudesse fazer mais perguntas. Após um momento de hesitação, Eva pegou o exemplar e olhou para a capa. Era *Bel-Ami*, de Guy de Maupassant.

– A história deste livro se passa em Paris – disse a mulher.

– Sim, eu já li – disse Eva, confusa. – É sobre um homem que seduz praticamente a cidade toda.

A mulher riu.

– Isso mesmo. Quando se trata de livros, quanto mais ousado, melhor, não acha? – disse, com os olhos brilhando. – De qualquer forma, achei que talvez a senhorita sentisse saudade de casa.

– Não há muito em Paris para sentir saudades hoje em dia.

Mais uma vez, Eva temeu ter falado demais.

A mulher assentiu com a cabeça.

– Imagino que seja mesmo o caso, mas este livro fala de Paris muito antes de os alemães pisarem lá, meu bem. Por favor, o aceite. Considere um brinde pela compra das canetas.

– Mas... – começou Eva, assustada pela bondade daquela desconhecida. – Por quê?

– Porque livros nos transportam a outro lugar e a outra época – disse a mulher, entregando as canetas de Eva e aceitando os francos em troca. – E a senhorita parece precisar disso.

Eva sorriu.

– Não sei como agradecer, madame.

– Pode me agradecer se cuidando, meu bem.

Eva saiu da loja e voltou à pensão, observando as ruas em busca do homem manco de sobretudo, e se perguntou como a mulher da livraria soubera que Eva precisava de todos os cuidados possíveis.

Eva passou o restante do dia e da tarde trabalhando nos documentos falsos do pai e treinando o desenho de carimbos nas folhas de um jornal que encontrou largado no salão da pensão. Ela queimaria o jornal na manhã seguinte. Quando Madame Barbier bateu à porta e anunciou bruscamente que era hora do jantar, as duas saíram rapidamente para engolir em silêncio um pouco de sopa de batata servida na sala de jantar. De volta ao quartinho, Eva adormeceu à mesa um pouco após a meia-noite, ainda segurando a caneta azul.

Alguma coisa despertou Eva de sobressalto logo após o amanhecer, e ela levantou a cabeça da mesa, assustada, piscando no quarto escuro, que mal começara a ganhar vida com raios fracos de sol. Na cama atrás dela, a mãe dormia profundamente. A mesa onde estivera trabalhando estava coberta de jornais rabiscados com carimbos falsificados, umedecidos por sua baba.

Enquanto se perguntava por que acordara, ouviu uma batida leve à porta e congelou. Quem poderia estar diante do quarto delas tão cedo? Será que Madame Barbier já viera cobrar o pagamento?

Ela enfiou rapidamente o jornal na gaveta da mesa e escondeu as canetas e os documentos do pai sob o colchão. A mãe nem se mexeu. Eva sabia que precisava abrir a porta, pois, se fosse Madame Barbier, ficaria desconfiada no caso de não ser atendida. E quem mais seria? Afinal, se fossem as autoridades, a batida não seria educada; certamente martelariam a porta e a arrombariam se não fosse imediatamente aberta. Tranquilizada em relação a não ser um perigo iminente à espera do outro lado, Eva entreabriu a porta e olhou para o corredor escuro.

Ela levou meio segundo para ajustar o olhar à luz fraca e outro para perceber, horrorizada, que não era Madame Barbier ali. Era o homem que a seguira pela cidade, o homem alto e magro de sobretudo e perna machucada.

Eva ofegou, conteve um grito e tentou bater a porta, mas, com tremenda velocidade, ele enfiou o pé para impedir.

– Por favor, mademoiselle Fontain – disse apressadamente. – Não venho por mal.

Eva empurrou a porta, em vão. O peito estava martelando. Ele a chamara de Mademoiselle Fontain, o que significava que fora delatada por Madame Barbier; afinal, quem mais saberia seu nome falso?

– O que você quer? – perguntou ela.

Ele começou a falar, mas ela o interrompeu:

– Se der um passo à frente, vou gritar.

De repente, ela lembrou com atenção que a mãe, que podia dormir em qualquer circunstância, ainda estava atrás dela, no quarto.

– Mademoiselle, por favor. Não há necessidade disso, prometo. Sou um amigo.

– Amigos não me seguem pela cidade nem aparecem sem avisar antes do amanhecer – retrucou Eva.

– Na verdade, esperei até *após* o amanhecer, como pode notar.

O olhar dele tinha certo humor, e Eva se chocou ao notar que ele tinha aparência gentil, o que era inesperado. Sem esconder o rosto com a lapela do casaco, ela via o restante das feições: o queixo bem barbeado, a boca larga, a covinha infantil no lado direito. Ele parecia mais jovem do que no dia anterior, e menos ameaçador. Uma cruz dourada reluzia em seu pescoço, logo acima do colarinho da camisa.

– Quem é o senhor? – perguntou ela.

– Sou *le* Père Clément – disse ele. – O padre da Église Saint-Alban, bem no alto da colina.

– Um padre? – perguntou ela, chocada. – Por que um padre católico me seguiu por aí?

– Peço perdão, sinceramente. Achei que fosse mais sutil – disse ele, constrangido. – Foi, hum, minha primeira vez fazendo isso.

– Fazendo *o quê*?

Ele coçou a nuca.

– É que, veja, Madame Barbier me falou dos seus documentos.

Ela ficou tensa novamente.

– O que tem? Estão perfeitamente adequados.

– Sim, na verdade, foi exatamente o que ela disse – falou ele, hesitante. – Ela também disse que os documentos de sua mãe a identificam como *émigrée* russa, mas que ela certamente não é russa.

– Claro que é – protestou Eva imediatamente, o rosto ardendo.

Père Clément parecia desconfortável.

– Veja, Madame Barbier nasceu na Rússia. Ela foi *mesmo* uma *émigrée* branca após a revolução. Ela tem quase certeza de que sua mãe é polonesa e, portanto, viaja com documentos falsificados.

– É claro que o senhor está equivocado – disse Eva, sem encontrar o olhar dele. – E agora? Vai nos denunciar?

– Não, não, nada disso.

– Então o quê?

– Minha esperança era de que a senhorita pudesse me dizer onde arranjou os documentos, mas creio que talvez já tenha encontrado essa resposta.

– Como assim?

– Suas mãos – disse ele, mais suave.

Eva olhou para baixo e notou, horrorizada, que os dedos estavam cinzentos, manchados de tinta.

– Não é o que parece.

Ele deu um passo para trás.

– Se quiser ser deixada em paz, mademoiselle, eu respeitarei. Mas, veja, também tenho amigos de dedos manchados de tinta. Madame Barbier ficou muito impressionada com seus documentos, e eu... bem, acredito que possamos nos ajudar mutuamente.

– Não sei do que o senhor está falando.

– A senhorita me encontrará na igreja hoje, a qualquer hora. Posso oferecer materiais melhores do que os vendidos na livraria.

– Mas eu...

– Os alemães não procuram apenas documentos de identidade, sabe? Será preciso mais do que talento artístico para escapar em segurança.

Ela não respondeu, e ele abriu um leve sorriso.

– Posso ajudá-la. Por favor, pense nisso.

Assentindo, ele deu meia-volta e se foi, rapidamente. Ela o viu descer o corredor e sumir adiante. Um momento depois, ouviu a porta da pensão se abrir e fechar, e só então suspirou, soltando a respiração que nem notara que tinha prendido. Ela precisava tirar a mãe dali, imediatamente. Quer Père Clément tivesse ou não sido sincero, ainda era verdade que elas tinham sido descobertas – e fora culpa de Eva.

Capítulo 7

– Acorde!

Eva cutucou a mãe e, quando *mamusia* piscou, sonolenta, Eva a cutucou de novo, quase a jogando no chão.

– Vamos lá, *mamusia*. Fomos descobertas. Não podemos perder tempo.

– Como assim?

Mamusia ficou alerta imediatamente, tentando pegar a saia e a blusa que usara no dia anterior e que tinha deixado bem dobradas no espaldar da cadeira, perto da janela.

– O que aconteceu? – perguntou *mamusia*.

– Madame Barbier sabe que nossos documentos são falsos. Um homem veio aqui e perguntou sobre eles.

– Como assim? – perguntou a mãe, lívida, abotoando a camisa com dedos trêmulos e passando a saia pelo quadril volumoso. – Era policial?

Ela começou a pegar coisas pelo quarto e jogá-las na mala.

– Não – hesitou Eva. – Era um padre.

A mãe parou o que fazia.

– Um *padre*?

– Foi o que ele disse.

– Mas... por que ele veio? Ele colabora com as autoridades?

– Acho que não.

Eva ainda estava refletindo sobre ele ser amigo ou inimigo. O fato de ele ter ido embora após fazer o convite era um bom sinal, não era?

– Talvez eu esteja enganada, mas acho que ele quis dizer que trabalha com outros falsificadores – contou Eva. – Eu... creio que ele tenha tentado me convidar para trabalhar com ele.

No momento em que as palavras saíram da boca de Eva, ela se perguntou se tinha interpretado mal a conversa toda. Um padre que liderava uma gangue de falsificadores de documentos? Era muito absurdo.

– O que ele disse?

– Disse que podia me oferecer alguma ajuda. Não sei exatamente o que quis dizer.

A mãe a encarou, arregalando os olhos.

– Eva, ele pode ajudar a encontrar seu pai e soltá-lo.

– Ou pode ser uma armadilha.

– Feita por um padre?

– Regra nenhuma diz que todos os padres devem ser boas pessoas.

– Não entendo muito de catolicismo, mas tenho quase certeza de que isso é parte do trabalho.

Eva deu de ombros. Contudo, sobre uma coisa sua mãe estava certa. O padre podia ter a chave para tirar o pai dela da prisão. E o tempo estava se escoando. Desde que levasse a mãe para outro lugar, talvez valesse a pena o risco de ir até a igreja e ver se a oferta do homem fora sincera.

– Muito bem – disse, finalmente. – Irei vê-lo... mas só depois de levá-la para um lugar mais seguro.

– Aonde irei?

– Não sei, mas não pode ficar aqui. Pelo menos até descobrirmos se Madame Barbier está do nosso lado – disse Eva, considerando o assunto por um momento, antes de uma ideia lhe surgir. – Creio que possa levá-la a uma livraria que conheci.

Era a única possibilidade. A mulher da livraria fora gentil, e Eva se recusava a acreditar que uma pessoa que vivia de livros pudesse ser cruel.

Depois de levar a mãe à livraria e contar à senhora da loja uma história nada convincente sobre *mamusia* ter um desejo incontido de passar um tempo lendo, Eva seguiu para a igreja, tranquilizada ao notar que a mulher parecera entender que *mamusia* precisava de pouso por um tempo. "Pode me agradecer se cuidando", dissera a mulher no dia anterior. Eva só podia rezar para o desejo de proteção também se aplicar à mãe.

A cidade estava ganhando vida no calor da manhã, apesar de ainda ser o lugar mais tranquilo que Eva já conhecera. Ela contava nos dedos a quantidade de pessoas por quem passara no caminho: o açougueiro da Rue Pascal, de avental ensanguentado, lavando a vitrine; meia dúzia de mulheres fazendo fila na frente da *boulangerie* na Rue de Levant, trazendo cartões de racionamento, algumas fofocando de cabeça baixa, outras esticando o pescoço para ver o que estava sendo oferecido na loja. Eva cumprimentou, simpática, uma *fleuriste* corpulenta de meia-idade que arranjava um pequeno buquê de peônias cor-de-rosa em um balde na frente de uma loja na esquina, mas, fora isso, nervosa e desconfiada, se manteve quieta.

A Église Saint-Alban ficava a apenas duas quadras da livraria, subindo a colina, então Eva chegou antes de conseguir se recompor completamente – ou desistir do que estava prestes a fazer. Hesitou em frente à porta e levou a mão à maçaneta de ferro, mas não entrou. "Vamos lá, Eva", pensou. "Você precisa se arriscar. Precisa convencer as autoridades a soltarem *tatuś*."

Juntando coragem, ela abriu a porta e entrou. Lá dentro, a igreja era pequena e mal iluminada, com uma dúzia de bancos de madeira compridos e estreitos, enfileirados até o altar. Na plataforma havia um atril; atrás dele, uma pequena urna dourada. Na parede do fundo, havia uma estátua dourada de Jesus pregado à cruz de madeira, com o rosto retorcido de dor e voltado para o céu. Velas reluziam em pequenos pilares no altar. Não havia nem sinal de Père Clément.

Eva estremeceu e sentou-se em um dos bancos de madeira. Ela nunca estivera em uma igreja, então não sabia o que fazer. Com o passar do tempo, como Père Clément não aparecia, ela começou a sentir nervosismo pela mãe. E se fosse uma espécie de armadilha? E se Père Clément a tivesse seguido até a livraria e levado a polícia assim que ela partira? Por outro lado, por que ele faria isso tudo se podia simplesmente levar as autoridades ao quarto delas de manhã?

A porta da igreja se abriu e Eva se virou, na expectativa de ver Père Clément descendo o corredor, mancando. No entanto, era um jovem casal com aproximadamente a idade dela. O homem usava um chapéu puxado para baixo, e a mulher, cuja cabeça estava coberta por um lenço fino, tinha uma aparência especialmente arisca. Ela olhava de um lado para o outro e, depois de ver Eva, fez o sinal da cruz com pressa. O jovem a puxou pelo braço, levando-a à porta no fundo da igreja, cuja plaquinha dizia "Confessionário". Os dois sumiram lá dentro.

Eva se virou de frente para a cruz, mas alguma coisa a incomodava. Católicos não costumavam entrar no confessionário sozinhos? Era o que aprendera nos livros. E mais uma coisa: ela podia jurar que a mulher fizera o sinal da cruz da forma errada. Ela já tinha visto Jean Gabin fazer o sinal da cruz no cinema – não lembrava se em *A grande ilusão* ou *Cais das brumas* – e tinha certeza de que ele tocara primeiro a cabeça, o peito, o ombro esquerdo e, por fim, o direito. Contudo, a mulher nervosa começara na cabeça, seguindo para o ombro direito, o peito e o ombro esquerdo, fazendo um losango, em vez de uma cruz.

Eva fingiu rezar enquanto esperava o casal sair do confessionário. Se os dois não fossem católicos, o que exatamente estavam fazendo ali? O tempo foi passando, e Eva olhou para a estátua de Jesus, que fora esculpida em detalhes minuciosos. Ele parecia um homem de verdade, com a expressão cheia de compaixão e dor, e ela pensou em como ele fora perseguido. Ela nunca passara muito tempo pensando na vida de Jesus, mas, mesmo não acreditando que ele fosse o Messias, certamente acreditava que ele tinha sido uma boa pessoa, cuja vida fora injustamente interrompida. Parecia-lhe que assassinar pessoas diferentes da massa era uma história clássica.

Nesse momento, o ranger de dobradiças quebrou o silêncio, e Eva olhou para trás, vendo o casal sair apressadamente. O homem levava um punhado de papéis, que enfiou por dentro da camisa logo antes de abrir a porta. A luz do sol entrou e logo sumiu, junto do casal. Eva franziu a testa e se voltou para Jesus.

– Aposto que você sabe o que está acontecendo aqui – murmurou para ele, em voz baixa. – Você vê tudo, não vê?

– Ele vê, sim. Ou pelo menos é o que gosto de acreditar.

Eva conteve um grito e se virou para a esquerda, onde Père Clément se encontrava, calmamente no banco, a dois metros dela.

– De onde o senhor veio?

O peito de Eva estava a mil.

– Ah, eu cheguei enquanto a senhorita observava meus convidados partirem. É importante sempre se manter atenta aos arredores. Será uma de suas primeiras lições.

– Lições?

– Mas suspeito que a senhorita tenha algo a nos ensinar, também – continuou ele. – E, para responder à pergunta, gosto de acreditar, sim, que o Senhor nos observa. Assim, me sinto um pouco mais seguro em meio a tanto caos e incerteza. Espero que também encontre certo conforto nisso.

Sem dizer mais uma palavra, ele se levantou e começou a se afastar. Eva o encarou. Ele ia embora? Era só isso? Finalmente, ele se virou e sorriu.

– E então, minha cara? Venha.

– Ir aonde?

– Você logo verá.

Ele não esperou resposta e seguiu caminho. Eva hesitou por apenas um segundo antes de acompanhá-lo. Ele destrancou a porta à direita do altar e entrou sem olhar para trás. Depois de olhar nervosa para a estátua de Jesus mais uma vez, ela o seguiu.

– Bem-vinda à nossa biblioteca – disse ele, fechando a porta, enquanto ela admirava o espaço, abismada.

O lugar parecia saído de um sonho. Era uma sala forrada de livros, com um mural de vitral de um metro de altura acima das estantes na parede do fundo, jogando raios de luz colorida em inúmeros exemplares encadernados em couro, apinhados e empilhados em todas as superfícies. Uma mesa de madeira encontrava-se no meio da sala entre duas cadeiras de madeira.

Fascinada, Eva ergueu a mão para pegar um livro ao acaso da prateleira à direita. Era um volume cuja capa de couro tinha ficado gasta nos cantos e a lombada era gravada com flores e espirais douradas, assim como as palavras *Epitres et Evangiles*. Ela passou o dedo pela capa, reverente. Devia ter uns duzentos anos.

– Acho que esse volume foi publicado em 1732 – disse Père Clément, lendo os pensamentos dela.

Ela ergueu o rosto, ainda segurando o livro, e ele sorriu, fazendo um gesto para indicar a sala.

– A maioria dos nossos livros é de antes da Revolução Francesa – explicou. – Esta igreja está aqui há muito tempo, e nossa biblioteca é um de nossos espaços mais preciosos. É meu lugar preferido no mundo, na verdade, o lugar ao qual venho quando preciso de alento. Achei que talvez a senhorita também fosse gostar.

– É magnífico – murmurou ela, se esquecendo por um momento de que deveria estar desconfiada; livros, em qualquer lugar do mundo, eram seu lar. – O senhor pode vir aqui sempre que quiser?

Relutante, ela deixou o livro na mesa, sentindo os dedos coçarem de vontade de explorar o restante das estantes.

Père Clément riu baixinho.

– Eu diria que sim.

Ela o olhou, e ele sorriu. A expressão dele estava aberta, relaxada, e ela se perguntou se ele era tão apaixonado pelo lugar quanto ela.

– Por que o senhor me trouxe para cá?

– Acredito que possamos nos ajudar.

Ela voltou a ficar alerta.

– Nos ajudar?

O sorriso sumiu do rosto dele e, apesar de o olhar ainda ser gentil, ela também notou certa incerteza. Ele parecia considerar as palavras com cuidado.

– Trouxe seus documentos? Eu gostaria de vê-los.

– Por quê?

Eva deu um passo para trás, se aproximando da porta fechada. Será que aquela bela biblioteca era uma armadilha, afinal? Um vislumbre de perfeição, antes de ser presa para sempre?

– Por favor, mademoiselle, como eu disse antes, não lhe desejo mal algum – disse ele, coçando a nuca, parecendo procurar as palavras certas. – Bem, serei direto. Precisamos de alguém que tenha, digamos, talentos artísticos.

– Talentos artísticos?

– Talentos artísticos que enganem até mesmo o policial mais vigilante. Talentos artísticos que permitam que pessoas que não fizeram nada de errado encontrem uma vida de liberdade.

– Não tenho certeza do que quer dizer.

Ele parecia desconfortável.

– Ah. Bem, veja, meus amigos e eu juntamos certos materiais, mas parece que a necessidade de nossos serviços cresceu mais rapidamente do que nossa capacidade de oferecê-los de modo adequado. Madame Barbier é minha associada e sugeriu que seu talento poderia nos ser útil.

Ela respirou fundo. Sentia-se prestes a mergulhar de um penhasco; não haveria como voltar atrás.

– O senhor está falando de forjar documentos?

Ele se imobilizou e sustentou o olhar dela.

– Sim. Sim, mademoiselle, estou. Por favor, repito: posso olhar seus documentos?

Ela hesitou antes de tirá-los do bolso e entregá-los, sem dizer uma palavra. Enquanto o padre os analisava, franzindo a testa, ela se perguntou se teria cometido um erro ao confiar nele. Finalmente, ele ergueu o olhar.

– São muito bons. Mademoiselle Fontain, não é?

– Sim, claro. É o que diz o documento.

– É mesmo – disse ele, sorrindo. Bem, mademoiselle Fontain, estou muito impressionado. E agora, devo admitir, estou ainda mais desesperado pela sua ajuda.

E se ela pudesse ajudar outros a fugirem assim como ela e a mãe haviam fugido? Mas ela não podia nem pensar naquilo, não enquanto o pai ainda estivesse em perigo. Ela pigarreou.

– Veja bem, eu poderia ajudar, mas estou ocupada no momento. Meu pai foi detido de forma ilegítima – falou, encontrando o olhar do padre. – Em Paris. Houve uma batida alguns dias atrás. Vários judeus foram presos.

– Sim, é uma verdadeira tragédia. Foram por volta de treze mil.

Então a previsão pessimista de Joseph não fora mesmo tão exagerada.

– Como o senhor sabe?

– Como disse, tenho amigos. A maioria dos presos encontra-se em Drancy, ao nordeste de Paris, em um grande campo de detenção. Seu pai está entre eles? Sinto muito por isso.

– Sim.

Eva ainda não tinha certeza se podia confiar no padre. Era a primeira vez que ouvia falar do campo.

– Gostaria de corrigir o equívoco – falou –, mas não tenho os documentos adequados.

– Ah, entendo. Bem, mademoiselle Fontain, talvez eu possa ajudá-la com isso.

– Pode? – perguntou Eva, e prendeu a respiração.

– Claro, se a senhorita levasse a Drancy uma carta do cônsul argentino, explicando que seu pai é argentino, as autoridades teriam que soltá-lo – disse Père Clément, casual. – Os alemães têm um acordo com o governo argentino, sabe? Tentam não deter os cidadãos argentinos, mesmo judeus.

Eva abriu e fechou a boca. Nunca lhe ocorrera que documentos daquele tipo seriam necessários, mas era claro que não bastaria simplesmente aparecer no portão de uma prisão e mostrar uma carteira de identidade, por melhor que fosse a falsificação.

– E o senhor tem amigos na embaixada argentina? – perguntou, com cuidado.

– Não – disse Père Clément, encontrando seu olhar. – Mas sei como são os documentos. E tenho muitos materiais à disposição. Eu gostaria de ajudá-la, mademoiselle. Contudo, precisarei de sua ajuda também. Temos outros documentos que precisam ser preparados.

– Entendo.

– Por que não pensa no assunto?

Ele a conduziu à porta e, assim que a abriu, levando Eva de volta à igreja, a jovem sentiu-se à deriva. Por um momento, se imaginara entre as estantes da biblioteca em Paris, sem preocupações além de concluir o curso de Literatura Inglesa, mas o mundo real voltava a invadi-la.

– Se estiver interessada, venha à igreja hoje, após o anoitecer – disse ele. – Mas é preciso vir sozinha. E posso jurar pela minha vida, mademoiselle Fontain, que a senhorita e sua mãe podem confiar em Madame Barbier.

– Mesmo que ela nos tenha traído levando-nos ao senhor?

Père Clément a conduziu até a porta esculpida e segurou a maçaneta de ferro forjado.

– Foi mesmo traição? Ou uma tentativa de salvá-las?

Com aquela pergunta pairando no ar, ele abriu a porta. A luz do sol invadiu o espaço, ofuscando o olhar de Eva por um momento. Quando ela se virou para se despedir do padre, ele já desaparecera na igreja, deixando-a só, com os pensamentos agitados.

Capítulo 8
Maio de 2005

Ben aparece na minha porta trinta e cinco minutos depois do meu telefonema informando a ele que partiria para Berlim em menos de nove horas e que gostaria de uma carona até o aeroporto.

– Mãe, você está louca? – pergunta ele, sem preâmbulo, quando abro a porta e o encontro à minha espera, a testa suando sob o calor da Flórida. – Você vai pegar um avião para a Alemanha do nada e quer que eu ache normal?

– Pode achar o que quiser – digo, dando de ombros. – Só quero que me leve ao aeroporto. Mas você chegou um pouco cedo, meu bem.

– Mãe, isso é ridículo.

Ele entra e eu fecho a porta, me preparando para a discussão. Quanto mais velho ele fica – quer dizer, quanto mais velha *eu* fico –, mais ele acredita que sabe o que é melhor para mim. Nossa briga mais recente, que ainda não chegou ao fim, é a tentativa dele de me convencer, pelo meu próprio bem, a me mudar para uma casa de repouso. Mas por que eu faria isso? Estou completamente lúcida; minha visão e minha audição ainda estão quase perfeitas; vou trabalhar a pé e tenho total capacidade de dirigir até o mercado e o médico. Claro, desisti de aparar a grama do quintal há três anos porque sofri uma insolação constrangedora, mas contratei um jardineiro simpático que só cobra sessenta dólares por mês.

– Não entendi o problema – digo, dando as costas para ele e indo ao quarto, onde minha mala está aberta na cama. – Preciso fazer as malas, meu bem.

Meu quarto é repleto de livros, a maioria em pilhas desequilibradas nas estantes envergadas que Louis montou anos atrás. São livros cheios de histórias alheias, e passei a vida desaparecendo dentro deles. Às vezes, quando sozinha na noite escura e silenciosa, me pergunto se teria sobrevivido sem a fuga da realidade que aquelas páginas me permitem. Por outro lado, talvez fosse só uma desculpa para me esconder da minha própria vida.

– Mãe – diz Ben, me acompanhando até o quarto. – Me ajude a entender. Por que a Alemanha? Por que agora? Você nunca mencionou a Alemanha!

Ele soa frenético, mas também irritado, transtornado por eu ter atrapalhado seu dia.

Pego um casaquinho de lã cinza na última gaveta da cômoda. Será que faz frio em Berlim nessa época? Dobro o casaco com cuidado e o guardo na mala.

– Há muitas coisas que não mencionei sobre meu passado, Ben.

Ben, que hoje tem 52 anos, nasceu muito depois de eu ter deixado para trás a vida que um dia conhecera. Como filhos muitas vezes não conseguem entender os pais como seres independentes, com sonhos e desejos próprios, Ben nunca me conheceu de verdade. Ele conhece as partes que escolhi mostrar, o corpo que o amamentou, a voz que o repreendeu, as mãos que o acalentaram. Mas há muito mais sobre mim, partes que nunca tiveram nada a ver com meu papel de mãe, partes que nunca revelei.

– Tá – diz Ben, passando a mão pelo cabelo, ainda volumoso e escuro, diferente do pai.

Louis chegou aos quarenta e poucos já praticamente careca, mesmo que tentasse insistentemente cobrir a maior parte da cabeça penteando o redemoinho da parte de trás. Nunca tive coragem de dizer como ficava ridículo.

– Então vamos fazer o seguinte, mãe – continua Ben: – Por que você não espera umas semanas, e assim eu posso ir com você, tá? Vou precisar arrumar minha agenda, vai ser difícil, mas, já que é tão crucial...

– Acho que já está bem claro que você é muito ocupado e importante – digo, tranquila.

Neste aspecto, sei que fracassei. Eu o amo mais do que qualquer outra pessoa nesta terra, mas o tempo me mostrou que cometi um erro ao deixá-lo aprender as prioridades do pai, enquanto me perdia em livros. Onde eu estava quando ele precisava aprender sobre coragem, fé e audácia? Ele é um bom homem, sei que é, mas se importa muito com sucesso e pouco com o que temos no coração, e eu nunca fui assim.

– Mãe, de novo, não – diz ele, em tom cansado. – Sei que você acha que me preocupar com o trabalho é um defeito, mas eu gosto do que faço. Não é pecado.

Eu o ignoro enquanto dobro um vestido cinza-chumbo, seguido de um vestido lilás. São roupas que comprei anos atrás por me lembrarem do passado, então me parece adequado levá-las, já que é ao passado que irei hoje.

– Ben – digo –, já te falei da minha mãe?

Ele passa as duas mãos pelo cabelo, lembrando um cientista maluco.

– O que isso tem a ver com o assunto?

Como não respondo, ele suspira e abaixa as mãos, aparentando estar derrotado.

– Não, mãe. Não muito. Sei que ela era francesa...

– Não, ela era polonesa. Meu pai também.

Por um segundo, ele demonstra confusão.

– Isso. Claro. Mas eles se mudaram para a França ainda jovens, não foi?

Assinto.

– Sim, mas não é disso que estou falando. Nunca falei *dela* mesmo, não é? De como dançava na cozinha quando achava que ninguém estava vendo, do som da gargalhada dela. Não falei da cor dos olhos dela... Ben, eles eram de um castanho profundo, pareciam chocolate... nem do perfume dela, de baunilha e rosas – digo e o sinto me olhar enquanto respiro fundo. – Ela tinha medo de ser apagada, como se fosse o pior destino possível. E o que fiz, já que não falei dela para você? Passei anos apagando-a, não foi? Você sabe o nome dela?

– Mãe – diz Ben, seco. – Você está me assustando. Por que essa história da sua mãe?

– Era Faiga. Ela se chamava Faiga.

Ele nitidamente acha que estou enlouquecendo. Eu o olho por um momento e, junto à compaixão e à preocupação em seu rosto, também vejo distração. Ele está pensando em tudo que precisa fazer, no que custa cada minuto que passa aqui comigo. Assim, noto que a única escolha é ser honesta com ele. Mais ou menos.

– Ben, querido, se você se sentir melhor assim, vou mudar meu voo.

– Isso, mãe, seria ótimo. Podemos conversar melhor à noite, tá? Você pode me contar por que precisa ir repentinamente a um país com o qual não tem qualquer ligação.

O tom condescendente voltou, o que alivia parte da minha culpa.

– Como quiser, querido – digo.

Eu me aproximo e o puxo para um abraço apertado. Ele me apaga, como apaguei minha mãe, ao dar a ele permissão para me enxergar como alguém que não sou. Ao me olhar, ele vê alguém incapaz de se cuidar. Mas não é essa quem sou.

– Eu te amo, Ben – acrescento, quando ele se dirige à porta.

– Também te amo, mãe – diz ele, com um sorriso. – Nada de loucuras enquanto eu não estiver, tá bem?

– Claro, meu bem.

Assim que fecho a porta, pego o celular e ligo o número da Delta. Dez minutos depois, minha passagem é reservada no voo de hoje às 15h11, saindo seis horas antes e chegando a Berlim às 10h50 de amanhã, com conexão em Nova York. Não cheguei a mentir para Ben, me tranquilizo. Mudei *mesmo* meu voo, como disse.

E, como aprendi há muito tempo, a verdade se encontra nas nuances. Chamo um táxi e arrumo minha *nécessaire* enquanto espero o início de meu futuro.

Capítulo 9
Julho de 1942

– Você tem que fazer o que o padre mandou – disse *mamusia*, de volta ao quarto da pensão, após Eva buscá-la na livraria e resumir a história da reunião na igreja. – É pelo seu pai.

No caminho de volta, parecia que o sol do meio-dia fizera a torre cintilar e os telhados de cerâmica reluzirem como se pegassem fogo.

– Acho que não seria só por *tatuś*. Père Clément espera algo em troca.

– Então você pode ajudá-lo a forjar outros documentos – disse *mamusia*, após uma pausa. – Quanto tempo deve demorar? Um dia? Dois? Depois disso, vamos embora. Iremos todos juntos à Suíça.

Eva assentiu, mas não tinha certeza de que seria tão simples.

Pouco depois das sete, ouviram uma batida à porta. Quando Eva atendeu, cautelosa, encontrou Madame Barbier no corredor.

– Servi comida na sala de jantar – anunciou a senhora.

– A senhora deve saber que não temos cartões de racionamento – respondeu Eva.

– Em Aurignon, nós nos cuidamos.

Eva respirou fundo.

– E era isso que a senhora estava fazendo quando falou de nós para Père Clément?

Madame Barbier desviou o olhar.

– Foi para salvar sua vida, mademoiselle, e a de sua mãe. Seus documentos são bons, mas a senhorita não pensou na situação como um todo. Continua não pensando.

Ela lhe deu as costas antes que Eva pudesse dizer qualquer outra coisa.

Quando Eva e a mãe se sentaram, sozinhas, na sala de jantar, havia um verdadeiro banquete esperando por elas. No meio da mesa, posta para três pessoas, havia um frango assado em leito de cebolinha, acompanhado de uma tigela de batatas assadas brilhantes e crocantes, uma garrafa de vinho tinto e uma jarra d'água. Eva e a mãe se entreolharam, inseguras. Parecia bom demais para ser verdade; Eva não via uma refeição daquelas desde antes da guerra. Olhando ao redor, *mamusia* cochichou, apressada, a bênção judaica ao pão, *hamotzi*, seguida pela bênção ao vinho, bem quando Madame Barbier entrou na sala.

– Espero que não se incomodem com minha companhia – disse Madame Barbier, se instalando em uma cadeira sem esperar pela resposta. – Há um fazendeiro nos arredores da cidade para quem fiz certo favor. Em troca, ele me oferece comida vez ou outra. Mas não posso comer isso tudo sozinha.

– Por que a senhora está nos ajudando? – perguntou Eva, enquanto Madame Barbier fatiava o frango.

Um vapor subiu da ave, e Eva fechou os olhos por um segundo, suspirando de deleite ao sentir o cheiro.

– Porque as duas passaram por muita coisa – disse Madame Barbier, servindo um bom pedaço de peito no prato de *mamusia* e uma coxa crocante no de Eva. – E porque espero que decidam passar um tempo em Aurignon. O quarto está disponível pelo tempo que desejarem. Soube que Père Clément poderá oferecer um pequeno salário, que será mais do que suficiente para cobrir os custos da hospedagem.

– Obrigada – disse *mamusia*, alisando o guardanapo no colo –, mas não nos demoraremos aqui.

– Entendi.

Madame Barbier não olhou para nenhuma das duas enquanto servia batatas e folhas nos três pratos. Em seguida, serviu uma pequena taça de vinho para cada uma.

– Tive a impressão de que sua filha tinha conversado com Père Clément – comentou Madame Barbier.

Eva sentiu-se dividida enquanto a mulher murmurava uma breve oração, fazia o sinal da cruz e cortava um pedaço de coxa de frango.

– Ainda não tomamos nenhuma decisão.

Mamusia a olhou com dureza.

– Claro que tomamos. Você vai recuperar seu pai, e então partiremos.

Madame Barbier se virou para Eva, com os olhos faiscando.

– A senhorita concorda? Nos abandonaria logo após nossa ajuda?

O apetite de Eva se foi de repente.

– Eu... não sei.

– Mas seu pai... – disse *mamusia*, subindo a voz em uma oitava.

Do outro lado da mesa, Madame Barbier pigarreou.

– Père Clément é um homem bom, madame. Pode confiar nele. Ele está fazendo um bom trabalho.

Mamusia olhou com raiva para Madame Barbier.

– Não tenho dúvida, mas ele não tem nada a ver conosco.

– *Au contraire*. Acredito que ele tenha tudo a ver, caso a senhora tenha esperança de reencontrar seu marido um dia – respondeu Madame Barbier, tranquila.

Mamusia bufou e afastou a cadeira da mesa. Por um segundo, Eva teve certeza de que a mãe estava prestes a sair batendo os pés de fúria, mas pareceu reconsiderar a reação, talvez encorajada pelo prato cheio de comida. Em vez disso, empurrou a cadeira de volta, resmungando baixinho, enquanto Madame Barbier comia frango, com uma expressão agradável e relaxada.

– Então a senhora mora aqui sozinha? – perguntou Eva, quando o silêncio tornou-se desconfortável.

– Sim, meu bem – respondeu a mulher. – Eu e meu marido administrávamos a pensão juntos em uma época mais feliz. Aurignon era um destino relativamente popular de férias para moradores de Lyon, Dijon, até de Paris, pessoas que queriam vir ao campo no verão. Até que meu marido faleceu em 39, e veio a guerra.

– Meus pêsames pelo seu marido – disse *mamusia*, finalmente erguendo o olhar.

– E meus sentimentos pelo seu, mas pelo menos a senhora ainda tem esperança. E sua filha – disse Madame Barbier, apontando com a cabeça para Eva. – Meu filho foi lutar pela França logo após a morte do pai. E não voltou.

– Meus pêsames por ele também – disse *mamusia*, olhando de relance para Eva, que também murmurou seus pêsames.

Madame Barbier aceitou as palavras com um gesto brusco de cabeça.

– Bem, como podem imaginar, não tenho muito carinho pelos alemães, mesmo que Pétain, aquele tolo, queira lamber as botas deles. Minha França é o país pelo qual meu marido lutou na Grande Guerra, pelo qual meu filho deu a vida – disse ela, virando o olhar incendiado para Eva de repente. – É a França pela qual espero que a mademoiselle também escolha lutar. Agora, se me dão licença, acho que estou satisfeita.

Ela se levantou abruptamente, afastando a cadeira da mesa, e levou o prato embora. Eva viu uma lágrima escorrer por seu rosto.

– Não devemos nada a eles – murmurou *mamusia* um momento depois, quebrando o silêncio que Madame Barbier deixara ao partir.

Eva suspirou.

– Claro que devemos. Eu nunca teria pensado em forjar documentos da embaixada argentina. E, mesmo que tivesse a ideia, não saberia como fazê-lo.

– Então o padre deu boas informações. E Madame Barbier nos ofereceu jantar. E daí?

– É a melhor comida que comemos em dois anos, *mamusia*.

Mamusia desviou o olhar.

– Ainda assim, você não precisa fazer nada que não queira.

– E se eu quiser ajudar?

– Você nem sabe no que o padre está metido.

– Sei que ele ajuda as pessoas. Talvez eu também deva ajudar.

Mamusia apertou o maxilar.

– O que você deveria fazer, *moje serduszko*, meu coração, é cuidar da sua família. Não se esqueça de que a França nos deu as costas. *Te* deu as costas.

Ela voltou a comer com um grunhido, e, enquanto Eva via a mãe jantar, sentiu um enjoo de incerteza.

A França podia ter lhes dado as costas. Mas seria Eva capaz de fazer o mesmo se havia vidas em risco?

Depois de ajudar a mãe a tirar a mesa e lavar a louça na cozinha vazia, Eva se arrumou e saiu em meio ao crepúsculo para encontrar Père Clément.

A porta pesada da igreja estava destrancada, mas, lá dentro, o espaço cavernoso estava escuro e silencioso, iluminado somente por algumas poucas velas, quase inteiramente derretidas. Acima do altar, a estátua de Jesus parecia observar Eva, e ela não sabia se deveria sentir-se em paz ou nervosa. O que esperava, que Père Clément estivesse à sua espera, pronto para estender um alegre tapete vermelho? Ela hesitou por um breve momento antes de seguir até a porta à direita do púlpito, que levava à pequena biblioteca. Também não estava trancada.

Père Clément não estava lá, mas a sala vazia parecia ter sido preparada para ela. Cortinas cobriam os vitrais, dando ao espaço a aparência de uma caverna, e três lamparinas ardiam ao redor do ambiente, uma delas na mesa. Eva entrou devagar, fechando a porta ao passar, e arregalou os olhos ao notar o que havia no meio da mesa. Parecia um formulário oficial do consulado argentino e, ao lado dele, várias folhas de papel grosso, assim como canetas artísticas nas cores vermelha, azul, preta e violeta. Uma máquina de escrever antiga, do tipo que o pai imediatamente teria se aproximado para examinar com prazer, a aguardava bem à esquerda da lamparina. O livro de capa de couro e lombada dourada, aquele que Père Clément dissera ter sido publicado em 1732, estava no canto da mesa, onde ela o deixara mais cedo.

– Père Clément? – chamou, cautelosa, mas tudo estava silencioso.

Após alguns segundos, ela se sentou, com cuidado, em uma das duas cadeiras diante da mesa e pegou a carta autêntica do consulado argentino. O formato era relativamente básico, e os carimbos pareciam simples de imitar. Ela esperou mais um minuto antes de pegar uma das folhas em branco e encaixá-la na máquina. Começaria pela escrita da carta, a partir do modelo verdadeiro, e depois se preocuparia com os detalhes da folha e os carimbos.

Cantarolou, distraída, enquanto datilografava o texto de uma carta formal, anunciando que Leo Traube, da Rue Elzévir, em Paris, na verdade nascera na Argentina e, portanto, encontrava-se isento de detenção alemã. Ele deveria, escreveu, ser solto imediatamente. Quando acabou de digitar, ela copiou a assinatura rebuscada do verdadeiro diplomata e começou a trabalhar com a caneta preta, copiando cuidadosamente os detalhes do papel de carta do consulado.

Em seguida, vieram os carimbos, em azul e vermelho, e ela pegou o exemplar antigo de cartas e evangelhos para segurar o papel enquanto trabalhava. Enquanto desenhava os carimbos falsos, deixou o pensamento vagar, como costumava fazer ao desenhar. Ela sentia o ritmo da respiração alinhado a cada traço e, conforme os carimbos se materializaram lentamente na página, a esperança crescia em seu peito. Ela estava fazendo um bom trabalho e sabia disso.

Estava quase acabando o último carimbo – um sol azul – quando o barulho de uma porta se abrindo a arrancou do devaneio. Com um suspiro, ela se levantou de um pulo e pegou os documentos. Das sombras entre as estantes surgiu um rapaz, e Eva também correu para pegar a verdadeira carta argentina. Ela a enfiou, junto à falsa, na cintura rígida da saia, às costas.

O homem a observou, sem dizer nada. Tinha cabelo preto e olhos esverdeados, ou talvez cor de mel, iluminados pela lamparina bruxuleante. Era bronzeado, de maxilar quadrado, ombros largos e cintura estreita. A expressão era impassível.

– Boa noite, monsieur.

Eva tentou soar tranquila e inocente, mas a voz falhou.

Ele não mudou de expressão ao cruzar os braços, sem desviar o olhar dela.

– O que está fazendo aqui?

Eva abriu um sorriso nervoso e forçado e tateou pela mesa.

– Lendo um pouco – disse, mostrando o livro de capa de couro.

– *Epitres et Evangiles* – disse ele, inclinando a cabeça para ler a lombada.

– Ah, claro. Nada como um guia da missa semanal de duzentos anos atrás para nos animar.

Ela sentiu o rosto arder.

– Bem, eu sou muito religiosa, sabe? Père Clément disse que eu poderia vir.

O homem continuou parado.

– Sim, ele oferece muito apoio a jovens estudiosos religiosos, como a senhorita.

– Muito.

Ele a encarou por mais um bom momento, e Eva não conseguiu desviar o olhar, mesmo que quisesse.

– Suponho, então – disse ele, enfim –, que a senhorita seja a infame Colette Fontain.

O coração dela deu um pulo. Père Clément a traíra, afinal? Ou fora Madame Barbier?

– Pode parar de me olhar como um bichinho perdido, mademoiselle – disse o homem, sem esperar resposta. – Père Clément já me contou tudo.

Eva piscou e olhou para baixo.

– Não sei do que o senhor está falando.

Ele avançou um passo, e mais um. Chegou tão perto que, olhando para os pés, ela sentiu a respiração dele na testa.

– Acho que sabe.

Ele passou a mão ao redor dela de repente, quase em um abraço, e ela gritou. Era isso, então? Ele fora prendê-la? Ele deu um passo para trás e, por um segundo, sentiu uma onda de alívio, mas não durou. Congelou dos pés à cabeça ao notar que ele segurava os documentos que ela tentara esconder na cintura da saia.

– Eu... eu posso explicar – disse ela.

– É melhor não gritar assim – disse ele, tranquilamente, enquanto examinava os documentos. – Lá fora, as pessoas podem ouvir. Quer mesmo expor nosso esconderijo?

– Nosso... o quê?

Ele ergueu o rosto.

– Nosso esconderijo – repetiu, devagar, como se falasse com uma criancinha. – Certamente sabe que precisamos de privacidade aqui. Père Clément a considera bastante inteligente, mas, se a senhorita não entendeu isso, ele exagerou sobre sua pessoa.

Que homem era aquele? Será que ela deveria fugir? Ela começou a se aproximar da porta lentamente.

– Aonde a senhorita vai? – perguntou ele, confuso.

Ela engoliu em seco e voltou ao lugar original.

– A lugar algum.

Deveria haver outra solução.

– Veja bem – disse ela –, acabei de encontrar esses documentos, entende? Estavam aqui na mesa quando cheguei para ler os evangelhos.

– As epístolas, quer dizer.

– Sim, sim, exatamente.

Ele voltou a olhar para os documentos.

– Bem, falta um acento no *e* na assinatura do cônsul. Fora isso, é muito bom. Estou impressionado – disse ele, devolvendo os papéis para Eva, que estava boquiaberta. – Só resta um problema. Seu documento usa o nome Colette Fontain? Soube que é muito bem feito, e a parabenizo por isso. Mas de onde veio o nome?

– É... é meu nome, claro, monsieur.

Ele abanou a mão, desmerecendo o que ela dissera.

– Já é tarde, mademoiselle. Visivelmente não vim aqui para causar-lhe mal algum. Vim ajudar. Identidades tiradas do céu são perfeitamente adequadas em situações de emergência que só exigem viajar. Mas, se planejar fazer qualquer coisa além de pegar um trem, como, por exemplo, ir até os portões de um campo de concentração e exigir que um prisioneiro seja solto, serão necessários documentos mais convincentes.

– Não sei do que...

– As autoridades comparam as carteiras de identidade com os registros oficiais, entende? – continuou ele, atropelando as objeções como se ela nem tivesse falado. – Agora, há várias formas de roubar identidades verdadeiras. Documentos de desmobilização[5] são minha opção favorita, por serem facílimos de forjar, mas só servem para homens em idade de serviço militar, e a senhorita, claro, é mulher. Não há tempo de convencer uma pessoa real a compartilhar sua identidade e, além do mais, em uma cidade tão pequena, imagino que não encontre ninguém disposto a isso. E, pessoalmente, acho de mau gosto percorrer cemitérios em busca de nomes e datas – prosseguiu, parecendo falar sozinho enquanto ela o olhava, boquiaberta. – Mas o *Journal Officiel*. Esse sim é o segredo, mademoiselle. Já nos salvou mais de uma vez.

– O *Journal Officiel*?

Ela estava atordoada, tentando acompanhar a linha de pensamento rápida. Claro que conhecia o diário oficial, comumente chamado de *JO*, que registrava todas as leis, decretos e declarações oficiais do país, mas o que tinha a ver com ela?

– Aposto que a senhorita sempre pula as seções de nascimentos, falecimentos, casamentos, naturalizações e coisas semelhantes. Estou certo? – perguntou ele, sem esperar resposta. – Claro que sim. Quem tem tempo para tanta chatice? Bem, eu tenho, mademoiselle. É um verdadeiro tesouro de identidades prontas para empréstimo.

Ela piscou algumas vezes, finalmente entendendo aonde ele queria chegar.

– O senhor pega nomes verdadeiros do *JO* para usar em documentos falsos.

– A senhorita *é mesmo* inteligente.

Ela o olhou irritada.

– Então é falsário?

Ele sorriu.

– Bem, prefiro me considerar um artista, ou, às vezes, simplesmente um gênio. Mas falsário serve como título se for mais fácil de entender. Agora, soube que a senhorita tem talento. Vamos ver, pode ser?

---

[5] Termo militar usado para o retorno do soldado à vida civil após um combate. (N.T.)

Ele se dirigiu à estante bem à esquerda dela e tirou vários livros. Atrás da estante, a parede falsa escondia um compartimento do tamanho de uma caixa de pão. Ela o viu remover um punhado de folhas de papel, que deixou na mesa antes de voltar a fechar o painel de madeira e pôr os livros no lugar para disfarçá-lo.

– Documentos em branco – anunciou ele, apontando para os papéis.

Ela olhou também. De fato, eram várias carteiras de identidade em branco, assim como algumas folhas de papel soltas.

– Mas o quê...

Ele a interrompeu de novo, com a voz alegre:

– Tomei a liberdade de escolher sua nova identidade. Pode ser tedioso ler o *Journal Officiel*, e, bem, espero que não se ofenda se eu disser que a senhorita parece exausta.

Ela sacudiu a cabeça devagar.

– Marie Charpentier – disse ele, simplesmente.

– Perdão?

– Marie Charpentier. É melhor anotar logo – disse ele, esperando pacientemente enquanto Eva, atordoada, pegava uma caneta para anotar o nome, obediente. – Nome do meio, Renée. Nascida no dia onze de fevereiro de 1921 em Paris. Secretária. Mora em Paris, no número dezoito da Rue Viscoti, no sexto *arrondissement*. Ah, e o ônibus para Clermont-Ferrand sai da praça central às dez da manhã. Entendeu?

Ela o olhou.

– Mas...

– Que bom. Deve dar para soltar os grampos da sua fotografia atual e, se for tão competente quanto Père Clément me disse, também deve poder usar a porção de carimbo que já está marcada nela. Carimbos são difíceis, é claro; são muitos que circulam por aí, e só pude reproduzir os mais comuns, mas vi que a senhorita se virou. É impressionante. De qualquer forma, arranjaremos documentos melhores após sua volta de Paris. E uma última pergunta, mademoiselle Charpentier... espero que não se incomode se eu chamá-la assim. Quanta experiência tem na falsificação de documentos?

– Eu... eu nunca fiz nada assim antes.

Ele franziu a testa.

– Interessante. Bem, por favor, apague as lamparinas ao sair, está bem? Não queremos incendiar a igreja.

– Eu... – começou ela, mas ele já se dirigia à porta.

– Divirta-se com as epístolas! – declarou, alegre, finalmente abrindo um sorrisinho.

Antes que ela pudesse responder, ele se foi, fechando a porta em silêncio e a deixando só com seus pensamentos agitados. Em seguida, Eva olhou para a carta falsificada. Faltava mesmo um acento, como ele dissera.

Capítulo 10

Eva não pregou o olho após voltar da igreja, trazendo a nova carteira de identidade falsificada sob o nome de Marie Charpentier. Antes do amanhecer, enquanto a mãe dormia tranquila, ela falsificou cuidadosamente vistos de viagem para ela e para o pai, para que pudessem voltar a Aurignon depois de libertá-lo de Drancy. Apesar de estar enjoada de tanta dúvida, ela saiu em busca de Père Clément antes que a mãe despertasse. Contudo, a igreja estava vazia e silenciosa, e ela não o encontrou. Madame Barbier também não estava disponível. O moço de cabelo escuro mencionara o ônibus das dez, mas Eva também vira uma rota com saída às oito anunciada na praça. Com pressa de chegar a Paris o mais rápido possível, Eva seguiu ao ponto de ônibus logo após acordar a mãe para relatar o que acontecera na igreja na noite anterior.

– Você ainda não deve nada a essa gente – resmungou a mãe.

– *Mamusia*, se me ajudarem a salvar *tatuś*, devo tudo a eles.

Mamusia suspirou.

– Só o traga de volta em segurança, *moje serduszko*. Conto com você.

Horas depois, em Clermont-Ferrand, as palavras da mãe ainda corriam em sua mente quando ela apresentou o documento ao policial francês entediado e entrou no trem a caminho de Paris. "Só o traga de volta em segurança... Conto com você." Ela sentia-se carregar o peso do mundo nas costas.

Enquanto o trem avançava devagar, levando-a ao norte, a uma terra saturada de alemães, Eva fechou os olhos e encostou a testa na janela fria.

– Por favor, Deus – murmurou –, zele por minha mãe.

A primeira parte da viagem foi tranquila, e Eva teria adormecido se não fosse pela adrenalina percorrendo seu corpo. Vinhedos, moinhos e vilarejos passavam pelas janelas, e Eva fez o possível para ignorar os outros passageiros e os soldados alemães que subiam e desciam os corredores do trem rotineiramente.

Tinham acabado de passar por Saint-Germain-des-Fossés, ao norte de Vichy, quando um homem pigarreou forte ao lado dela. Eva o ignorou, observando a água serpenteante de um riacho estreito que cruzava uma pequena fazenda salpicada de ovelhas.

– *Fräulein*? Seus documentos? – disse o homem em um sotaque alemão inconfundível, e ela precisou olhar.

Encontrou um homem loiro – um menino, na verdade – de uniforme alemão, que a olhava com impaciência. Ele parecia vários anos mais jovem do que ela, mas se portava com postura perfeitamente ereta, como se esticar-se ao máximo lhe desse uma aparência mais ameaçadora. Ela queria dizer que a insígnia nazista no peito já era motivo de medo o bastante, sem a postura exagerada. Contudo, forçou-se a manter a expressão neutra e ofereceu a carteira de identidade e o visto de viagem que tinha preparado naquela manhã.

O soldado examinou os dois documentos, de olhos estreitos. Quando voltou a dirigir-se a Eva, era com uma expressão dura e arrogante.

– Fräulein Charpentier – disse ele, com o tom transbordando de desdém –, qual é o destino de sua viagem?

– Paris.

– Com qual propósito?

O coração dela bateu mais forte. Por que ele escolhera incomodá-la? Os documentos certamente tinham sido convincentes mais cedo. Ela olhou ao redor do vagão rapidamente e viu que várias pessoas a olhavam, algumas com pena, outras com desconfiança. Eva voltou a atenção ao alemão.

– Estou voltando para casa.

– De onde? – perguntou o soldado, com o olhar ainda mais desconfiado.

– Aurignon.

– E qual era seu propósito em Aurignon?

– Estava visitando minha tia.

– Precisarei ver outros documentos.

– Outros documentos?

– Certamente a senhorita tem outros documentos! Para provar ser quem diz ser?

Eva o encarou, o peito a mil.

– Mas para viajar legalmente só preciso de meu visto e de minha carteira de identidade.

Os olhos do soldado estavam iluminados, animados, e Eva sentiu-se como um coelhinho ferido e encurralado por um lobo faminto.

– Ainda assim, a maioria dos cidadãos teria mais documentos provando sua identidade – disse ele, erguendo a sobrancelha. – A não ser que estejam usando documentos falsificados.

– O que está acontecendo aqui? – veio uma voz grave de sotaque francês atrás do soldado.

Quando o soldado se virou, com ar de desdém, Eva ficou boquiaberta. Bem na fileira seguinte encontrava-se o jovem de cabelo escuro, da noite anterior, que a interrompera na biblioteca da igreja. Ela inspirou fundo.

– E o senhor é... – perguntou o alemão.

– O marido dela – disse o jovem, sentando-se tranquilamente no assento ao lado de Eva, levando a mão possessiva à coxa e lhe dando um beijo na bochecha. – Oi, amor. Desculpa por ter demorado tanto. Perdi a noção do tempo de tão distraído com a paisagem.

– O-oi – gaguejou Eva.

– Marido? Deixe-me ver seus documentos, então.

Eva perdeu o fôlego. Como ele sairia dessa?

O jovem, contudo, simplesmente abriu um sorriso relaxado e tirou documentos do bolso, que entregou ao alemão.

– Rémy Charpentier – leu o soldado.

Eva soltou um suspiro audível, e o jovem lhe deu uma cotovelada na costela.

– Desculpe-me, amor – disse ele, sorrindo alegremente, mas olhando-a com irritação. – Meu braço escorregou.

Enquanto Eva o encarava, ainda boquiaberta, ele tirou mais alguns documentos e os entregou ao soldado.

– Pronto. Os documentos estudantis de minha esposa, assim como a carteira da biblioteca e uma multa que levou semana passada por andar de bicicleta sem farol. Ela vive perdendo as coisas, então eu cuido de tudo. O senhor sabe como são as mulheres.

O soldado folheou os documentos sem nem franzir a testa e os devolveu.

– Muito bem. Mas o senhor não deveria deixá-la viajar sozinha novamente. Ela tem uma aparência bem judia.

– Sim, claro, muito obrigado pelo conselho – disse o moço moreno, com um aceno educado.

Eva esperou o alemão não estar mais ao alcance para se aproximar do moço e sibilar:

– Pode, por favor, tirar a mão da minha coxa?

– Que tipo de agradecimento é esse por salvá-la?

O homem sorriu, mas, após alguns segundos, afastou a mão. Contudo, ainda segurava os documentos de Eva.

– O que está fazendo aqui?

– Ora, viajando com você, amor – respondeu ele em voz alta, apontando pela janela. – Olhe, será que estamos passando por Varennes-sur-Allier? Ah, acho que sim. Você não ama aquele riacho que percorre a cidade? Dá para ver daqui, bem além daquele campo.

– Quer que a gente converse sobre a paisagem?

– Não – disse ele, a voz repentinamente sussurrada e urgente ao pé do ouvido dela. – Quero que se acalme e finja estar apaixonada por mim. Ou no mínimo me conhecer. Acabei de salvá-la, e o mínimo que pode fazer é confiar em mim por algumas horas. Explicarei tudo quando chegarmos a Paris. Há muita gente aqui de olho em nós.

Ele abriu um sorriso charmoso para uma senhora que os encarava, duas fileiras atrás. Ela bufou e voltou a se concentrar no tricô.

– Tá – resmungou Eva. – Agora, pode devolver meus documentos?

Ele devolveu os documentos que ela falsificara, assim como aqueles que ele usara para persuadir o soldado alemão de que ela era quem dizia ser. Ao olhá-los, ela franziu a testa.

– Mas esses documentos estão horríveis.

O moço pareceu ofendido.

– Acho que quis dizer "Muitíssimo obrigada, lindo Rémy, por vir me resgatar".

– Eu...

– Pessoalmente, acho que estão bem bons para um trabalho tão apressado.

Ela simplesmente o encarou.

– Ah, minha nossa, lá vem seu olhar de bichinho perdido – disse ele, revirando os olhos. – Agora, entre no jogo e segure minha mão, por favor. Seu amigo soldado está voltando.

Eva olhou de relance para o alemão que voltava da ponta oposta do vagão, com o olhar ameaçador grudado nela. Mas, antes que o soldado pudesse dizer qualquer coisa, Rémy se aproximou e cobriu a boca dela com a dele, os lábios macios e suaves ao beijá-la. Eva hesitou e olhou uma última vez para o alemão arrogante antes de fechar os olhos e retribuir o beijo. O oxigênio pareceu desaparecer ao seu redor, deixando-a tonta. Quando Rémy se afastou, com uma expressão bem-humorada, o alemão já tinha ido embora, e o peito dela martelava. Ela sabia que o beijo fora apenas distração, mas a ternura a desestabilizara.

– Você não pode me beijar assim – cochichou ela.

Ele riu e sacudiu a cabeça.

– Perdão, o que disse? Ah, sim, foi "Muitíssimo obrigada, lindo Rémy, por me resgatar pela segunda vez hoje"?

– Foi só isso? Um resgate?

– Claro – disse Rémy, se ajeitando no assento com um suspiro, a boca ainda repuxada em um leve sorriso satisfeito. – Afinal, você é minha esposa.

Já caía a noite quando o trem entrou em Paris após uma dezena de atrasos. Em um deles, eles tinham ouvido explosões a distância e, mais perto da cidade, um tiroteio. Só fazia mesmo quatro dias que Eva deixara a capital? As coisas já lhe pareciam mais sombrias, mais assustadoras.

Rémy lhe deu a mão, carregando a pequena valise da jovem na saída do trem, e os dois se despediram com acenos educados do alemão que a incomodara. Ele os deixou passar, mas Eva sentiu o olhar ardendo em suas costas enquanto se afastava.

Assim que saíram da estação, caminhando ao norte na Rue de Lyon, Eva soltou a mão dele.

– Está bem, estamos sós. Me diga o que está fazendo aqui.

– Ainda não estou sentindo muito carinho de minha querida esposa – disse ele, sorrindo.

– Estou falando sério. Por que você me seguiu?

– Se precisa mesmo saber, fui entregar mais documentos na pensão, mas você já tinha ido embora. Peguei uma carona para Clermont-Ferrand com o carteiro, na esperança de encontrá-la na estação ferroviária, mas você já tinha embarcado e não consegui achá-la. Então, no último minuto, comprei uma passagem. Estava à sua procura quando vi o alemão que a incomodava.

– Por que você tem documentos que o identificam como meu marido?

Ele riu.

– Fiz ao mesmo tempo que produzia seus documentos estudantis.

– Mas *por quê*?

– Para o caso de serem necessários.

Ela sacudiu a cabeça, frustrada. Quando passaram por um pequeno grupo de soldados alemães às gargalhadas diante de um bar, ele pegou a mão dela de novo e lhe deu um beijo na bochecha.

– Necessários para *o quê*? – perguntou ela, se afastando de novo quando tinham perdido os soldados de vista.

– Para exatamente o tipo de situação que enfrentamos hoje. Parece que cheguei bem a tempo.

Eles estavam andando em círculos, e ela começava a sentir que ele estava se divertindo com aquela tortura prolongada.

– Tudo bem, então, obrigada. Faça boa viagem de volta para Aurignon.

Ele parou abruptamente e, após mais alguns passos, ela também parou, relutante, e se virou. A expressão dele lembrava a de um cachorrinho abandonado.

– O que foi? – perguntou ela, suspirando.

– É sério, Colette. Você estava correndo perigo.

– Teria ficado tudo bem.

– Eu não podia arriscar.

– Por quê?

Ele hesitou.

– Porque, por mais que eu não queira admitir, você é boa no que faz. E nós não podemos perder uma pessoa tão competente.

– "Nós"? – repetiu ela.

Ele olhou ao redor.

– Père Clément. E outros associados.

– Falsários.

– Shhhh – disse ele, imediatamente.

– Olhe, eu agradeço o elogio. E fico comovida por sua companhia até aqui. Mas só vim buscar meu pai e depois vou com ele e minha mãe até a Suíça.

Ele assentiu.

– Imaginei que você pudesse dizer isso.

– Bem, então, sinto muito pela inconveniência. Imagino que nos vejamos em Aurignon – disse ela, e hesitou. – Entendo que terei uma dívida para com Père Clément pela ajuda que vocês prestaram, certo? Ficarei por mais um ou dois dias para ajudar antes de seguirmos para o leste, mas não me demorarei.

– Quer mesmo que eu a deixe sozinha aqui em Paris?

– É minha cidade.

Ele franziu a testa.

– Temo que não seja verdade.

Ele estava começando a enfurecê-la.

– Claro que é. Morei aqui a vida toda.

Ele apontou para os alemães que tinham deixado para trás e para a bandeira da suástica que balançava ao vento na quadra seguinte.

– Colette, Paris não é mais sua. Nem minha. Não é mais francesa. Pelo menos por enquanto.

Ela se virou para a bandeira, piscando, e olhou ao redor com atenção. A Rue de Lyon deveria estar agitada na bela luz do entardecer, cheia de cafés e varandas transbordando de pessoas alegres no ar veranil, mas, em vez disso, estava quase deserta, a maioria das janelas trancadas e apagadas. Ela suspirou e sentiu o que restava de combativo em seu corpo se esvair.

– É Eva.

– Perdão?

– Meu nome. Não é Colette, é Eva. Eva Traube.

No momento em que as palavras escaparam de sua boca, ela temeu ter dito demais. Certamente não devia expor seu nome verdadeiro, não ali. Contudo, ele a salvara no trem; claramente não pretendia traí-la.

Ele assentiu e pegou a mão dela, voltando a andar. Ela não se afastou.

– Bem, Eva, é um prazer conhecê-la.

– E suponho que você não se chame mesmo Rémy.

– Na verdade, me chamo, sim.

Ela o olhou, incrédula.

– Quer que eu acredite que seu sobrenome seja, por acaso, o mesmo da minha identidade falsa?

Ele sorriu.

– Não. O sobrenome Charpentier está incorreto, claro, mas eu me chamo mesmo Rémy.

– Você usou seu nome de verdade em documentos falsos?

Ele deu de ombros.

– Por que correr esse risco? – perguntou ela.

Ele apertou a mão dela.

– Porque acredito que nenhuma amizade deve começar com uma mentira.

– Mas você passou o dia fingindo ser meu marido.

– Bem, neste caso, imagino que você tenha que se casar comigo um dia.

Ela riu e abaixou o rosto para que ele não a visse corar.

– Foi um pedido?

– Não. Você saberá quando eu a pedir – disse ele, sustentando o olhar dela por um bom tempo antes de abrir um sorriso. – E, por sinal, é Rémy Duchamp... só para você saber o sobrenome que adotará após o matrimônio.

Ele a cutucou, sorrindo, enquanto davam a volta na Place de la Bastille. A Coluna de Julho se erguia diante deles, a estátua de asas douradas do *Génie de la Liberté* olhando a cidade de cima, decepcionada.

– Agora, aonde vamos? É quase hora do toque de recolher, e não queremos chamar atenção – disse ele.

– Ao apartamento da minha família.

Ele parou abruptamente, a obrigando a parar também, apertando a mão dela com mais força.

– Eva – falou baixinho.

– O que foi? Vamos. Você está certo. Temos pressa.

– Eva – repetiu ele, e esperou que ela o olhasse. – Seu apartamento? Não podemos.

– Fica a cinco minutos daqui.

– Mas você não pode achar que... – começou ele, e sacudiu a cabeça. – Eva, desculpe, mas não podemos ir para lá.

Ela se soltou e voltou a andar.

– Eu sei o que você vai dizer. O apartamento provavelmente foi saqueado, vai ser difícil vê-lo assim. Sei disso tudo, já estou preparada.

– Não é essa minha preocupação, Eva.

– Qual é, então? Que a polícia esteja de olho? Eles certamente têm coisa melhor a fazer do que espreitar os apartamentos de todos os judeus deportados de Paris.

– Eva... – tentou Rémy, parecendo procurar as palavras certas. – Há uma boa probabilidade de o apartamento não estar vazio.

– Claro que estará.

– Eva, as pessoas não estão só saqueando os apartamentos. Estão se apossando deles. Supõem que vocês não vão voltar.

Ela o encarou, boquiaberta.

– Você acha que tem desconhecidos *morando* no meu apartamento? Já?

– Tenho quase certeza.

– Mas só saímos há poucos dias.

– Saqueadores trabalham rápido – disse ele, apertando e soltando a mão dela. – Veja bem, deixe-me entrar primeiro. Vou bater na porta. Se o apartamento estiver ocupado, direi que estou procurando meu tio e devo ter me enganado de endereço. Se não estiver, bem, venho buscá-la e entraremos juntos.

Ela assentiu, mesmo sentindo o coração afundar no peito como uma pedra no mar.

– Está bem. Mas tenho certeza de que você está enganado.

Cinco instantes silenciosos depois, eles pararam à sombra do prédio de Eva enquanto os últimos raios do sol crepuscular dançavam no horizonte. O toque de recolher logo entraria em vigor; não restava muito tempo.

– Segundo andar, apartamento C? – perguntou Rémy, com o olhar cheio de pena que ela não pedira, nem queria.

– Isso mesmo.

– Voltarei em poucos minutos, Eva. Fique escondida, para o caso de ser reconhecida.

Ela o viu se afastar, sentindo o peito afundar. Quando ele voltou, três minutos depois, ela já sabia o resultado.

– Quem era? – perguntou quando ele a abraçou e a levou para longe do lugar que lhe servira de lar a vida toda. – Quem estava morando lá?

– Uma mulher de cara enrugada, que nem uma ameixa, com duas crianças, duas filhinhas – disse ele, enquanto apertavam o passo na direção norte, apostando corrida com o sol poente. – Ela chamou a mais nova de Simone.

– Madame Fontain.

De alguma forma, Eva não sentiu surpresa alguma.

– Você pegou o nome falso daquela megera?

Eva suspirou.

– Bem, ela sem dúvida é cristã, não é?

Rémy levou alguns minutos para responder.

– Se me perguntar, não é uma atitude muito cristã, não acha? Mudar-se para a casa de alguém assim, no instante em que a pessoa vai embora? É como dançar de alegria em um túmulo. Mas apostaria que, com uma carranca daquelas, Madame Fontain nunca dançou na vida.

Eva não conseguiu conter um sorriso ao tentar imaginar Madame Fontain balançando o esqueleto.

– Desculpa por fazer você perder tempo. Eu deveria ter acreditado.

Rémy deu de ombros.

– De agora em diante, lembre que estou sempre certo.

Eva o olhou com irritação, mas ele sorria.

– E agora? – perguntou ela. – Aonde vamos?

– Sei de um lugar.

Enquanto o seguia escuridão adentro, Eva sentiu-se, de repente, muito exausta para pensar. Ela só queria um lugar no qual dormir, onde não precisasse temer que os alemães fossem arrancar cada pedacinho dela, um de cada vez, até não lhe restar mais nada.

Capítulo 11

— Um prostíbulo? Jura? — perguntou Eva meia hora depois, quando pararam em uma ruela decadente de Pigalle, diante de um prédio de pedra cujo horário comercial ficava listado na janela da esquerda, em alemão e francês. — Quer mesmo que eu fique aqui?

— Primeiro, é um bordel, e não um prostíbulo — disse Rémy, sorrindo para ela e obviamente gostando de causar-lhe desconforto.

— Bordel, cabaré, casa de tolerância, tanto faz.

— Bem, considerando que as gentis damas deste estabelecimento nos hospedarão esta noite, recomendo educação.

— Ah, sim, *gentis damas*, é exatamente assim que chamo mulheres da vida.

Eva franziu a testa, olhando para o prédio. Logo abaixo dos horários, uma frase em alemão fora escrita na janela, em letras garrafais: *Jeder Soldat ist strengstens verpflichtet die frei gelieferten Praeservative zu benutzen.*

— E o que isso quer dizer? — perguntou ela. — Que soldados alemães serão recebidos de braços abertos? Ou de pernas abertas?

Rémy riu.

— Ora, querida, vejo que você até tem senso de humor — disse ele, e a cutucou. — Na verdade, a frase diz, literalmente: "Todo soldado tem a obrigação estrita de usar as camisinhas fornecidas gratuitamente". Sinceramente, eu respeito um lugar tão criterioso.

Eva estremeceu.

– Vamos acabar com isso logo, por favor?

– Como quiser. Mas entremos pelos fundos. Não quero que os alemães achem que você está no cardápio.

Ela fez uma careta, mas o acompanhou até o beco nos fundos do prédio. Ele bateu três vezes em uma porta discreta e a puxou para dentro logo que abriu. Eva se encontrou em uma cozinha escura que cheirava a cigarro, alho e suor, uma combinação que a deixou enjoada.

– *Bonjour*, Rémy.

Uma mulher estava escondida nas sombras, e, quando se aproximou para dar dois beijinhos em Rémy, Eva viu que ela tinha pelo menos cinquenta anos, as faces pintadas de vermelho, um batom rosa-choque nos lábios e o cabelo grisalho preso em um coque sóbrio.

– Você trouxe uma amiga – disse a mulher, olhando interessada para Eva, que desviou o olhar.

– Precisamos apenas de um pouso esta noite. Querida, esta é Madame Grémillon. Madame Grémillon, esta é Marie Charpentier.

– Não é o nome verdadeiro dela, claro – disse a mulher, analisando Eva de cima a baixo.

– Madame, a senhora é tão perceptiva quanto bela – comentou Rémy.

– Se ela precisar ganhar uns trocados... – começou Madame Grémillon.

– Ah, acho que só queremos mesmo um quarto por hoje, muito obrigada – disse Rémy, parecendo estar fazendo um esforço para conter a gargalhada.

Madame Grémillon suspirou.

– Claro, como quiser. Só quero ajudar. Podem ficar com o quarto de Odette, 3G. Ela fugiu com um alemão semana passada, aquela puta boba.

– Obrigada, madame. Fico devendo uma.

A mulher revirou os olhos e, após olhar com interesse para Eva uma última vez, saiu da cozinha, deixando Rémy sorrindo para Eva no escuro.

Quando Eva acordou no dia seguinte, em uma cama desconhecida que cheirava a aguardente de cidra azeda, levou alguns segundos para se localizar. No entanto, logo voltaram à memória os acontecimentos da noite anterior, e ela se endireitou rapidamente, olhando para o quarto que a cercava. À noite, estava muito escuro para enxergar, mas, à luz do dia, ela via robes de pluma espalhados por todo lado e um sutiã de renda pendurado no canto da cabeceira da cama.

Rémy já estava sorrindo, sentado na cadeira em mau estado na qual dormira ao lado da cama.

– Bom dia, flor do dia.

– Vejo que Madame Grémillon não arrumou o quarto desde que a antiga moradora se mudou.

Uma taça de champanhe manchada de batom vermelho encontrava-se na mesinha de cabeceira, ao lado de uma fatia pela metade de pão mofado.

– Madame Grémillon é muitas coisas – respondeu Rémy, alegre –, mas, devo admitir, não é boa dona de casa.

– Imagino que ela seja uma velha amiga sua, então. E se sente perfeitamente à vontade em trabalhar com alemães, é?

Rémy deu de ombros.

– Penso nela como uma versão moderna de Robin Hood. Ela cobra o dobro dos alemães e doa parte do dinheiro para a causa.

– Que causa?

– De pessoas como nós, Eva. Além do mais, bordéis são um ótimo lugar para ouvir segredos. Mais de um alemão já deixou escapar o que não devia em seu momento mais vulnerável.

– Quer dizer que as mulheres daqui são espiãs francesas, é isso? De costas na cama por patriotismo e amor a Deus e ao país?

Rémy caiu na gargalhada.

– Talvez. Muitas pessoas resistem a seu próprio modo. Tome cuidado para não subestimar ninguém. Agora, vamos tomar café?

– Ah, este elegante estabelecimento também serve refeições?

– Você por acaso acha que as mulheres daqui trabalham de barriga vazia? Venha, vamos comer.

Enquanto Eva se arrumava de maneira apressada, jogando água no rosto e passando batom do tubo velho que levara na bolsa, Rémy folheou os documentos que ela levara para garantir a soltura do pai. Quando ela voltou da pia no canto do quarto, ele não estava mais sorrindo como louco. Na verdade, parecia preocupado.

– O que foi? – perguntou ela. – Tem alguma coisa errada com os documentos?

– Não, Eva, estão perfeitos.

– Então o que houve?

Ele demorou a responder.

– Só quero que você se prepare para o caso de seu pai, talvez, não estar mais lá.

Eva sentiu a garganta secar e desviou o olhar.

– Ora, claro que está. Onde mais estaria?

– Talvez já tenha sido deportado. Ou... – disse Rémy, deixando a frase no ar.

Eva ergueu as duas mãos, de palmas para cima, afastando as palavras.

– Ridículo. Vamos encontrá-lo hoje e levá-lo de volta a Aurignon.

Rémy assentiu.

– Estarei ao seu lado de qualquer forma.

Ele ofereceu a mão, que ela segurou após dobrar com cuidado os documentos e guardá-los na bolsa.

Lá embaixo, duas dúzias de mulheres de robes de seda estavam espalhadas ao redor de uma mesa grande na sala pela qual entraram e saíram alemães sem parar na noite anterior.

– Bom dia, senhoritas – saudou Rémy, tranquilo, puxando Eva, por mais que ela tentasse se demorar.

Algumas das mulheres ergueram o rosto, entediadas; outras nem interromperam a conversa. Madame Grémillon veio cambaleando da cozinha, trazendo uma travessa grande, e apontou para eles com a cabeça. À luz forte da manhã, e sem a camada pesada de maquiagem, ela parecia ainda mais velha.

– Chegaram bem a tempo – disse ela para Eva. – Minhas meninas podem trepar que nem coelhinhas, meu bem, mas comem que nem éguas. Comam um pouco antes que a comida acabe.

Eva queria se conter, a princípio, mas a travessa que passou por ela continha pão fresco, laranjas suculentas, linguiças e pedaços grandes de queijo. Boquiaberta, ela encarou a comida.

– Como... – começou.

– Os alemães gostam de deixar as meninas felizes – riu Madame Grémillon, respondendo à pergunta que estivera na ponta da língua de Eva. – Se a barriga estiver feliz, a...

– Ah, acho que não temos tempo para aulas de anatomia hoje, obrigado – interrompeu Rémy. – Perdão, madame Grémillon, mas não podemos nos demorar. Vamos só levar uma boquinha para viagem.

A senhora resmungou.

– Você sempre se acha muito superior para comer com a gente.

– De forma alguma, madame Grémillon. É que tenho outras obrigações – disse ele, pegando algumas fatias de pão, um pedaço de queijo e uma linguiça grossa. – Muito obrigado pela hospitalidade.

Madame Grémillon o olhou, seca, por alguns segundos, antes de se voltar para Eva.

– Como uma moça bonita como você se apaixonou por um homem tão mal-educado, não sei.

Eva sentiu-se corar.

– Mas não... ele não...

Rémy pegou a mão dela e lhe deu um beijo estalado na bochecha.

– Ela quer dizer que já é tarde. Já casamos.

Algumas moças à mesa ergueram o rosto.

– Não, eu... – protestou Eva.

– Vamos, meu amor. Temos que pegar um trem. Até a próxima, senhoritas!

Com uma mão segurando a comida contra o peito e a outra segurando a de Eva, Rémy a levou rua afora, sem olhar para trás.

– Aposto que você se acha engraçado – disse Eva, entre mordidas enormes e famintas no pão, alguns minutos depois.

Estavam seguindo apressados até a *avenue* Jean Jaurès, no 19º, onde Rémy combinara de encontrar um homem conhecido que tinha carro e poderia levá-los a Drancy.

– A maioria das pessoas acaba me achando charmoso, no fim das contas. E você está tentando deixar um rastro pelas ruas de Paris? Viramos João e Maria?

Eva olhou para trás e notou que Rémy estava certo; enquanto enfiava o pão na boca, esfomeada, espalhara migalhas pelo boulevard Haussmann. Ela abriu um pequeno sorriso.

– Acho que meus modos deixam a desejar. Mas estou faminta.

Rémy deu a ela um pedaço grande de queijo, firme e liso, e desacelerou o passo para acompanhá-la.

– Bom, não precisamos de modos aqui, e não vou julgá-la.

Ela queria dizer que também não o julgava, mas era mentira. Ela o julgara desde que o conhecera. Talvez não fosse muito justo.

Levaram mais de uma hora para percorrer os treze quilômetros até Drancy, um subúrbio desolado na fronteira nordeste da cidade. As estradas, destruídas pela guerra, estavam cheias de policiais franceses, fumando cigarros encostados nas viaturas, e jovens soldados alemães, gargalhando no caminhão. O motorista, que Rémy apresentou como Thibault Brun, simplesmente grunhira um cumprimento quando eles entraram na caminhonete velha. Eva e Rémy se encolheram, desajeitados, no banco do carona, quadril contra quadril, e Brun não disse sequer uma palavra o trajeto inteiro. Contudo, ele parecia conhecer quase todos os soldados do caminho e cumprimentava alguns com acenos de mão e outros com gestos de cabeça.

– Chegamos – resmungou ele, estacionando no meio-fio de uma quadra residencial simples. – Vou esperar, mas voltem em no máximo uma hora. E quero metade do dinheiro agora.

Sem dizer nada, Rémy entregou ao motorista um punhado de dinheiro e, sem cerimônia, empurrou Eva para fora do veículo, descendo atrás dela. Brun contou as notas enquanto eles se afastavam e a caminhonete arrotava fumaça que fedia a ovo podre.

– Você tem amigos interessantes – murmurou Eva, conforme desciam a rua sombreada, estranhamente silenciosa para o meio do dia.

– Brun não é meu amigo. É um contato.

Rémy não deu mais detalhes.

– Onde você arranjou o dinheiro?

– É importante?

Eva hesitou.

– Não. E obrigada.

Rémy acenou com a cabeça e segurou o cotovelo dela.

– É melhor prender a respiração.

– Por quê...?

Eva não chegou ao fim da frase porque o motivo a atingiu em cheio. O odor inconfundível de esgoto se ergueu de repente ao redor deles, misturado aos cheiros de lama, suor e água salgada. Ela engasgou, sentindo ânsia de vômito, e tropeçou, mas Rémy a segurou, impedindo-a de cair.

– Tudo bem?

Sem esperar uma resposta, ele acrescentou, baixinho:

– Continue a andar. A reação levantará suspeitas.

– Meu Deus – conseguiu dizer Eva, lacrimejando ao chegar ao fim da quadra e virar a esquina. – O que é isso?

– Drancy.

Eva ergueu o olhar e quase tropeçou de novo quando viu o enorme campo de concentração. Moscas zumbiam pelo ar, entrando e saindo da grade de arame farpado. Os prédios em si eram modernos, três retângulos compridos e retos, formando um U. Cada um tinha seis andares e parecia projetado para abrigar algumas centenas de famílias, mas o pátio enorme no meio transbordava de gente, milhares de pessoas, apinhadas como animais em um trem de gado, algumas chorando, outras gritando, e mais outras com os olhos arregalados em derrota. Havia crianças imundas, bebês aos prantos, senhoras idosas e fracas, homens mais velhos chorando. Torres de guarda subiam entre a multidão, e policiais franceses rondavam o perímetro, inexpressivos.

– Isso tem que estar errado – murmurou Eva, enquanto se aproximavam do portão.

– Claro que está.

– Não, quis dizer que não pode ser aqui que os detentos são mantidos. Não... não é nem adequado para animais.

Eva estava com dificuldade para respirar, mas não era mais pelo incômodo do odor. Era a sensação de ser repentinamente arrancada de qualquer certeza conhecida. As batidas da semana anterior tinham sido hediondas, claro, mas foram conduzidas com um nível mínimo de decoro. Mas aquilo, enjaular seres humanos em meio aos próprios dejetos, era monstruoso. Eva sentiu ânsia de vômito de novo, imaginando *tatuś* entre a multidão.

– Rémy, temos que tirar meu pai daqui imediatamente.

Rémy assentiu.

– Pegue os documentos – sussurrou ele. – E aja com calma, não ultraje. Nossas vidas dependem disso.

Eva não conseguia imaginar como fingiria para a polícia francesa que estava tranquila naquela situação. Como os guardas ali conseguiam fingir? Havia dezenas de soldados andando por ali, e ainda outros nas torres altas, e nenhum deles parecia enojado, nem mesmo incomodado por aquela atrocidade. Podiam ser todos tão cruéis? Ou teriam descoberto um botão dentro de si que os permitia desligar a civilidade? Será que voltavam para as esposas à noite e simplesmente apertavam de novo o botão, voltando a ser humanos?

Rémy trocou algumas palavras com o soldado que cuidava do portão, que folheou os documentos e os deixou entrar, apontando para um escritório. No caminho, vários dos detentos, presos por mais uma camada de arame farpado, gritavam para eles:

– Por favor, vocês precisam falar com meu filho, Pierre, em Nice! Pierre Denis, da Rue Cluvier!

– Por favor, encontrem meu marido, Marc? Marc Wiśniewski? Fomos separados no Vel d'Hiv!

– Meu bebê morreu! Morreu meu bebê? Meu bebê morreu!

Eva sentiu os olhos se encherem de lágrimas, mas Rémy apertou sua mão com tanta força que dava para sentir os ossos estalando, e ela se lembrou do que ele dissera. "Calma", pensou, respirando fundo, trêmula.

Um corpulento soldado francês, de quarenta e poucos anos, com cabelo castanho, saiu do escritório, estendendo a mão com um olhar frio e um sorriso fino, chamando-os para entrar sem dizer uma palavra.

– E então? – perguntou ele, quando fechou a porta, abafando as lamúrias e súplicas do campo.

O ar lá dentro era parado, quente, abafado. No pior do verão, as janelas deviam estar abertas para ventilar, mas abri-las simplesmente faria entrar as vozes das pessoas sendo torturadas do outro lado.

– O que os traz ao nosso simpático estabelecimento? – perguntou o soldado.

O fato de o homem ser capaz de fazer piada sobre aquelas condições deixou Eva ainda mais furiosa, mas a mão forte de Rémy voltou a apertá-la, obrigando-a a se acalmar. Ela forçou um sorriso distante enquanto Rémy tomava a dianteira da conversa.

– Meu nome é Rémy Charpentier, e esta é minha esposa, Marie, que também trabalha como minha secretária. Temo que, por equívoco, um de nossos melhores funcionários tenha sido detido aqui. Viemos buscá-lo.

O tom dele era tranquilo, jovial e leve, e Eva ficou surpresa pela confiança relaxada.

– Por equívoco? – perguntou o soldado, sacudindo a cabeça. – Duvido.

– Claro que entendemos a confusão – continuou Rémy, sossegado, como se o homem nem tivesse se pronunciado. – Nosso funcionário é, de fato, judeu. Mas ele é argentino, entende?

A expressão do soldado mudou.

– Prossiga.

– O senhor certamente está ciente do acordo diplomático entre a Alemanha e a Argentina. O cônsul argentino sentiu-se bastante incomodado ao saber que um de seus cidadãos fora detido. E, como não gostaria de precisar levar a questão a seu correspondente alemão...

Rémy ofereceu a carta falsificada com o selo argentino, e o soldado arrancou a folha da mão dele, resmungando com raiva ao lê-la.

– Bem, não fui eu que cometi o erro – ladrou ele, olhando para os dois. – Leo Traube? Não é um nome argentino.

– Hoje em dia, nunca se sabe – disse Rémy, dando de ombros exageradamente. – Provavelmente é um polaco cujos pais pegaram um navio na geração anterior. Ainda assim, os argentinos não estão felizes...

– Deixe-me ver o que posso fazer.

O homem saiu da sala, batendo a porta ao passar, e deixando Rémy e Eva a sós no calor sufocante.

– Você acha mesmo que... – começou Eva, mas Rémy a interrompeu, erguendo a mão.

– Shhh. As paredes têm ouvidos.

Eva fechou a boca e se voltou para a janela, de onde via a multidão apinhada de gente, todas sofrendo e suando sob o sol avassalador de julho. Será que o pai dela estava ali, sendo tratado como gado? Ela não notou que estava chorando até Rémy sibilar:

– Contenha-se. Você é uma mera secretária.

Mas, quando ela o olhou, não viu irritação em seu rosto, apenas pena. Ele secou as lágrimas dela com o polegar.

O soldado voltou, trazendo um caderno de capa de couro, e bateu a porta, com uma expressão ilegível. Ele não fez contato visual, apenas folheou as páginas do caderno, finalmente parando e apontando com um dedo.

– Leo Traube – declarou, e ergueu o rosto.

– Sim, exatamente – disse Eva, um pouco ansiosa, e Rémy lhe deu uma cotovelada suave na costela.

– Bem, temo que o equívoco não seja mais problema meu – disse o homem, virando o caderno para Eva e Rémy.

Ele apontou com o dedo gordo para a linha trinta e cinco, onde o nome *Leo Traube* fora claramente escrito, ao lado da idade, 52, e do endereço na Rue Elzévir, onde Eva sempre morara.

– Ele foi realocado – disse o soldado.

– Realocado? – perguntou Eva.

O olhar do homem estava vazio quando assentiu e apontou novamente. Eva se aproximou para ler melhor. Ao lado da data da captura do pai – 16 de julho de 1942 – fora escrita, em letra nítida, outra anotação: *Convoi 7, 19 Juil.*

Eva ergueu o rosto, atordoada, e encontrou o olhar do soldado.

– Dois dias atrás. Dia dezenove. O que quer dizer?

– Que ele estava no comboio número sete a partir de Drancy – disse o soldado, com a voz seca.

Rémy se aproximara, tocando a mão de Eva, mas ela sentia frio no corpo todo, muito frio para qualquer conforto.

– E qual é o destino do comboio? – sussurrou Eva.

– Auschwitz.

Eva o olhou, sentindo o mundo girar. Ela ouvia Rémy falar ao seu lado, com o tom calmo, mas os ouvidos tiniam tanto que não distinguiu as palavras.

– Auschwitz? – perguntou, sussurrando.

Ela ouvira falar do lugar, ouvira rumores de que os alemães mandavam judeus para lá e os matavam de trabalhar, mas não acreditara. De repente, acreditou.

O soldado a olhou, irritado.

– É um campo de trabalho a oeste da Cracóvia. Se os pais do seu funcionário emigraram da Polônia, ele vai se sentir bem em casa, né? – disse o homem, e finalmente sorriu.

– Obrigado pela ajuda – disse Rémy, já puxando Eva na direção da porta. Ela sentia os pés pesados, como se feitos de chumbo.

– Venha – disse Rémy para Eva, em voz baixa, quando o soldado se aproximou para abrir a porta. – Aqui, não.

Ele abraçou Eva e a arrastou até a saída, através da cacofonia horrenda de pavor, podridão e perecimento que os cercava, para além da agonia e do desespero das pessoas ainda presas por arame farpado.

Só quando voltaram à segurança da caminhonete de Brun, quicando pelas estradas esburacadas na direção de Paris, que Eva finalmente começou a chorar, de início baixinho, até chegar a um uivo que até a seus ouvidos soava desumano.

– Cala a boca dela, hein? – pediu Brun.

– Não – disse Rémy, puxando-a para mais perto e oferecendo o ombro como conforto. – Não vou calar.

Quando ela finalmente conseguiu falar, passando pela dor que travara a garganta, sussurrou:

– O que faremos? Como vamos tirá-lo de Auschwitz?

Rémy beijou suavemente a testa dela.

– Temo que seja impossível.

Eva fechou os olhos.

– E agora?

– Agora – murmurou Rémy –, só nos resta rezar.

No caminho de volta a Paris, o horror a tomou e, junto a ele, a determinação. Podia ser tarde demais para salvar seu pai, mas ela vira de perto o que estava acontecendo com milhares de outros judeus. Se pudesse ajudar de alguma forma, não tinha outra escolha.

Capítulo 12

– O que vai acontecer com ele?

Foram essas as primeiras palavras que Eva falou em mais de duas horas, as primeiras que conseguiu formar, e sabia que precisava dizê-las, mesmo que não quisesse ouvir a resposta. Estavam no trem, saindo de Paris e seguindo para o sul, e Eva estivera tão atordoada de tristeza que mal reparara no soldado alemão que passara um minuto tenso na análise da carteira de identidade e do visto dela na hora do embarque.

– É impossível adivinhar – disse Rémy, sem olhá-la.

– Tente.

Ela sabia que a voz soara fria, mas não era dirigida a ele – era só que, por dentro, sentia-se congelada.

Rémy suspirou. O trem estava quase vazio, mas ele não parava de vasculhar o vagão com o olhar, em busca de curiosos ou soldados.

– A idade registrada estava correta? Cinquenta e dois?

– Sim.

– E ele é saudável?

– Para a idade, sim.

– Então, se Deus quiser, ele será selecionado para os grupos de trabalho.

– Se Deus quiser?

Rémy pigarreou.

— Soube que a alternativa é pior.

Eva olhou para as mãos. Estava com os olhos vermelhos e ardendo, mas as lágrimas tinham acabado.

— Obrigada – disse, após um momento.

— Por quê? Eu... eu a decepcionei.

Ela sacudiu a cabeça.

— Você foi honesto comigo. Agradeço. E não me decepcionou, Rémy. Eu não poderia ter feito isso tudo sozinha.

Rémy começou a responder, curvando o canto da boca em um leve sorriso, mas pareceu reconsiderar. Em vez disso, olhou para a janela por um instante.

— Sabe, eu também tive pai – declarou, hesitante. – Ele morreu no *front*, dois anos atrás.

— Meus pêsames, Rémy.

Ele acenou com a cabeça.

— E sua mãe? – perguntou ela, pois ele não continuara.

— Ela morreu quando eu era pequeno. Então, agora sobrou apenas eu.

Eva levou sua mão à dele por alguns segundos e voltou a se afastar.

— Pelo menos – disse Rémy, voltando-se para ela –, você ainda tem mãe.

— Minha mãe – disse Eva, fechando os olhos. – Meu Deus. Como darei essa notícia para ela?

Tatuś era o mundo todo de *mamusia*, e Eva temia que a revelação a destruísse.

— Tente descansar um pouco – murmurou Rémy. – Ficarei de olho.

Eva estava muito exausta para protestar, então assentiu e encostou a cabeça no ombro de Rémy. Finalmente adormeceu, sonhando que o pai estava em um trem, destinado a um futuro inimaginável ao leste.

Eles passaram com facilidade pela parada próxima a Moulins, liberados por um soldado que olhou rapidamente para os documentos e apontou para o outro lado com um bocejo, e o restante da viagem até Clermont-Ferrand foi tranquila. Já se passava muito do pôr do sol quando ela e Rémy desceram do ônibus em Aurignon e andaram até a antiga pensão de pedra.

— Venha à igreja amanhã. Vamos pensar em alguma coisa – disse Rémy, apertando a mão dela.

— Como assim?

– Algum jeito de ajudar. De lutar contra os alemães. De proteger outros, na situação de seu pai.

Antes que ela pudesse responder, Rémy acrescentou:

– E sua mãe ficará bem. Você também.

Ele apertou a mão dela uma última vez, e Eva assentiu, calada. Quando Rémy a soltou e se afastou, ela o viu caminhar e virar a esquina e, por fim, respirando fundo, deu meia-volta e adentrou na pensão.

Madame Barbier estava no salão e ergueu o olhar quando Eva entrou. Levantava as sobrancelhas, os olhos arregalados para Eva, como se fizesse uma pergunta. Eva sacudiu a cabeça de leve, e a expressão da mulher desabou.

– Sinto muitíssimo, meu bem.

Quando Eva entrou no quarto, um momento depois, a mãe já estava de pé, com as mãos unidas à frente do corpo, como se em prece. O olhar dela foi de Eva para o espaço vazio ao lado da filha. Eva viu o rosto dela se sombrear.

– Seu pai... – perguntou *mamusia*.

– Ele... ele não estava lá. Sinto muito.

As palavras perduraram no silêncio. Nenhuma das duas se mexeu. *Mamusia* ainda olhava para trás de Eva, como se *tatuś* fosse chegar a qualquer momento e surpreendê-las.

– *Mamusia*? Você me ouviu?

Quando o olhar da *mamusia* finalmente voltou para o rosto de Eva, estava atordoado.

– Onde? Aonde ele foi?

– Ao leste – disse Eva, e respirou fundo. – A um campo de trabalho chamado Auschwitz, na Polônia.

– Mas isso é impossível. Ele foi levado há menos de uma semana. E moramos na França, Eva. Essas coisas não acontecem na França.

– Temo que aconteçam, sim.

Eva via a multidão de pessoas apinhadas e aprisionadas em Drancy sempre que fechava os olhos.

– Mas fomos embora da Polônia. Somos... somos franceses.

– Somos judeus – disse Eva, tão baixo que mal se ouviu.

A mãe dela se virou e andou até a janela. A cortina tinha sido fechada, mas *mamusia* a abriu e olhou para as sombras compridas que pintavam as ruas de Aurignon. Dali a minutos, a cidade estaria no breu, invisível, e a luz se derramando do quarto chamaria muita atenção. Eva queria afastar a mãe da janela, fechar bem a cortina, mas não conseguia se mexer.

– O leste fica para que lado? – sussurrou *mamusia*, e Eva acompanhou seu olhar.

Elas estavam na direção oposta do sol que desaparecia no horizonte, e o céu que viam já tinha se derramado em melaço.

– Para lá – disse Eva, apontando com a cabeça para além da torre grossa da Église Saint-Alban, cuja pontinha viam por trás do prédio do outro lado da rua.

– Ele não vai voltar – disse *mamusia*, vendo a luz se esvair. – Ele vai morrer lá.

– Não.

Eva pensou nas palavras de Rémy e se perguntou se era mentira. Se homens de 52 anos realmente eram postos para trabalhar, ou se isso era deixado para as gerações mais novas, mais fortes. Se Rémy simplesmente dissera o que ela queria ouvir.

– Não – repetiu, já sem acreditar. – *Tatuś* é forte. Ele vai voltar.

Mamusia sacudiu a cabeça e, quando finalmente deu as costas à janela, seu rosto estava lívido, a boca tensa em uma linha tão fina que desaparecia.

– Você prometeu que o traria de volta para mim.

Uma flecha de culpa aguda perfurou o coração de Eva.

– Eu tentei.

– Você chegou tarde.

Eva abaixou a cabeça.

– Desculpa.

– Você falhou com ele.

Fez-se silêncio por alguns segundos, até que um uivo baixo e dolorido estilhaçou a quietude. Era o som de um animal ferido e desesperado, mas vinha da mãe dela, cujo rosto se contorcera em uma máscara de dor.

– *Mamusia*! – disse Eva, se aproximando, mas a mãe levantou as mãos como se fossem garras e, rosnando, se afastou da filha.

O uivo ficou cada vez mais alto, até Eva precisar cobrir os ouvidos, e *mamusia* cair de joelhos, de olhos fechados, ganindo, a voz como um canto primevo de luto que rasgou Eva como uma faca.

– *Mamusia*! – insistiu Eva, mas a mãe se perdera em um mundo próprio.

Eva não ouviu a porta se abrir, mas, de repente, Madame Barbier estava no quarto, com as mãos fortes nos ombros de Eva.

– Venha. Vá dormir no salão – disse, com a voz calma e firme. – Vou cuidar da sua mãe.

– Mas não posso deixá-la!

O uivo continuou, um pranto ensurdecedor e aflitivo.

– Mas é preciso. Dê tempo a ela.

Madame Barbier se aproximou de *mamusia* e a abraçou com força. *Mamusia*, de corpo mole, se permitiu ser acolhida ao seio amplo de Madame Barbier. Ainda assim, o grito continuou.

– Já fez tudo o que podia, meu bem – disse Madame Barbier, falando mais alto. – Agora, descanse. Vá. Eu darei uma coisinha para sua mãe relaxar.

Finalmente, Eva saiu do quarto. Ela sabia que não conseguiria dormir, mas mesmo assim se instalou no sofá e fechou os olhos, deixando os fantasmas de Drancy torturá-la no escuro.

Eva acordou cedo no dia seguinte, sentindo o cheiro de café de verdade, e, ao entreabrir os olhos, por um momento achou que estava sonhando. Não sentia aquele cheiro desde antes da Ocupação; grãos de café estavam entre as muitas coisas que tinham desaparecido de seu cotidiano. Ela não se lembrava de adormecer na noite anterior, mas sentia-se um pouco descansada ao se esticar do sofá e deixar-se guiar pelo faro até a cozinha, onde Madame Barbier cantarolava baixinho, servindo café em xícaras de louça branca.

– Bom dia – disse Madame Barbier, sem se virar. – Infelizmente, não tenho leite, mas, se quiser, tenho um pouco de açúcar.

– Mas... de onde veio esse café?

– Guardei um pouco na despensa para ocasiões especiais.

Finalmente, ela se virou para Eva e ofereceu uma xícara do líquido preto e fumegante. Eva inspirou profundamente.

– Imaginei que você e sua mãe pudessem precisar de ânimo hoje.

– Obrigada.

As palavras soavam inadequadas, e Eva continuou ali parada, segurando a xícara, sem jeito.

– Beba, menina – disse Madame Barbier. – Beba, antes que esfrie.

Ela ergueu a própria xícara, como se fizesse um brinde, e encontrou o olhar de Eva enquanto as duas tomavam um gole.

– Desculpe-me – disse Eva, abaixando a xícara, sentindo o calor encher seu peito, a cafeína correr pelas veias. – Por ontem.

– Ah, meu bem, não há motivo para se desculpar.

– Mas eu não sabia ajudá-la.

– Ninguém saberia. Não naquele momento.

– Mas...

– Eu dei um remédio para ela. Às vezes, só é preciso dormir. Eu ainda tenho alguns comprimidos da época da morte do meu marido.

Eva via a compaixão no olhar da mulher mais velha, que se infiltrou nela junto com a cafeína enquanto Madame Barbier lhe dava um tapinha no ombro e lhe entregava outra xícara.

– Aqui. Leve para sua mãe. Ela já deve ter despertado.

Mamusia estava mesmo sentada na cama quando Eva entrou no quarto. O cabelo estava desgrenhado, e as olheiras eram meias-luas de profundo pesar.

– *Mamusia*? – perguntou Eva, hesitante.

– Eva.

A voz de *mamusia* era seca, mas a vida voltara a seus olhos. Ela parecia presente.

– Madame Barbier fez café.

Eva se aproximou um pouco e ofereceu a xícara à mãe. *Mamusia* aceitou, inspirou fundo o cheiro e deixou a xícara na mesinha de cabeceira. Eva chegou ainda mais perto e sentou-se na beirada da cama. Ela tentou acariciar o braço da mãe e ficou magoada quando *mamusia* se encolheu.

– Eu... me desculpe, *mamusia*. Eu queria ter podido fazer mais.

– Você fez o que pôde. Eu não deveria culpá-la – disse *mamusia*, olhando para a janela. – Só não consigo imaginá-lo tão distante. Em um lugar tão horrível – falou, a voz falhando, e secou uma lágrima. – O que faremos?

– Sobreviveremos – disse Eva. – E estaremos esperando quando ele voltar.

Mamusia suspirou.

– Seu otimismo. Parece até seu pai. Mas veja onde ele foi parar.

– *Mamusia*...

– Não, *moje serduszko*, não quero ouvir suas palavras de esperança agora. Nada que você possa dizer melhorará a situação.

Eva olhou para baixo. O café estava esfriando, e sua barriga revirava culpa, arrependimento e bile.

– Eu sei.

– Estão nos apagando, e estamos deixando – disse *mamusia*, com a voz ainda seca, seca demais. – Ele abriu a porta, não foi? Seu pai se deixou levar, sem lutar. E olhe para nós. Nem usamos mais o nome do seu pai. Faz menos de uma semana que ele se foi, e já vamos negá-lo?

– Mas, *mamusia*, eu...

– O que vai acontecer quando vierem nos pegar também? Quando nos levarem para o leste? Quem lembrará de nós? Quem se importará? Graças a você, não restarão nem nossos nomes.

Eva só conseguiu sacudir a cabeça. Será que a mãe estava certa? Elas desapareceriam como pó, varridas da terra? Como ela podia impedir que aquilo acontecesse?

A voz de Rémy ecoou em sua memória. "Venha à igreja amanhã. Vamos pensar em alguma coisa." Será que eles dois poderiam mesmo ajudar de algum modo? Para isso, precisaria ficar ali em Aurignon, em vez de tentar cruzar a fronteira da Suíça.

Por outro lado, ela seria capaz de não fazer nada? Não era exatamente o que o povo francês estava fazendo? Não era o que o mundo todo estava fazendo enquanto os judeus da Europa iam por água abaixo?

– *Mamusia* – disse, baixinho, e o olhar da mãe finalmente encontrou o dela. – Eu... eu preciso ir.

– Ir? – perguntou *mamusia*, piscando. – Ir aonde?

Ela se levantou.

– Ajudar a nos salvar.

– Não vou ficar aqui, Eva. Nem você. Vamos embora assim que pudermos – disse *mamusia*, franzindo a testa, mas não tentou detê-la. – Então vá encontrar aqueles católicos, mas, ao fim do dia, se despeça. Você é tola de pensar que pode fazer a diferença.

Ao sair da pensão, Eva tentou não imaginar se a mãe sabia algo que ela mesma não sabia. Talvez fosse tarde demais para salvar qualquer pessoa. Talvez Eva não pudesse fazer nada. Mas ela se perdoaria se nem tentasse?

Fazia calor na pequena biblioteca atrás do altar da igreja quando Eva chegou, e a primeira coisa que ela notou foi o cheiro forte: um odor leitoso, salgado e picante que a fez dar um passo para trás. Rémy estava sentado à mesa no meio da sala, debruçado sobre vários papéis espalhados na superfície.

– Que cheiro horrível é esse? – perguntou Eva, levando uma mão à boca.

Ele se virou para ela. Tinha uma mancha de tinta na bochecha direita, e ela precisou conter o impulso estranho de se aproximar e limpá-la.

– Bom dia para você também – disse ele, pegando um pano, secando as mãos e se levantando. – É ácido lático.

– Ácido lático?

Ele ignorou a pergunta.

– Como você está, Eva? E como sua mãe reagiu à notícia?

Ela respirou fundo para se recompor, mas o cheiro piorou, e ela tossiu, cobrindo a boca.

– Ah, daqui a pouco você se acostuma. Mas me conte, o que houve com sua mãe?

– Ela ficou inconsolável. Disse que era um erro eu vir aqui hoje.

– E o que você pensa?

– Eu... não sei o que pensar.

– Mas você veio.

Eva assentiu.

– Vim. Por enquanto – disse, inspirando fundo de novo e franzindo o nariz. – Agora quer me explicar por que está brincando com ácido lático na biblioteca?

Ele sorriu.

– Depois da morte da minha mãe, precisei sair um pouco de Paris e ir morar na fazenda do meu tio, na Bretanha. Uma vez por semana, eu trabalhava como aprendiz na leiteria da rua. Os fazendeiros que vendiam creme às vezes eram gananciosos e tentavam diluir o produto. Sabe o que o químico da leiteria fazia para conferir a porcentagem de gordura?

– Hum, não.

Eva não conseguia nem imaginar o que manteiga e gordura tinham a ver com o assunto.

– Pegávamos uma amostra do creme de cada fazendeiro e dissolvíamos tinta azul de metileno. Em seguida, calculávamos o tempo que levava para a tinta desaparecer. Porque o ácido lático do creme apaga azul de metileno.

– Está bem.

Eva estava completamente perdida.

– A maioria dos documentos verdadeiros que vêm das prefeituras são assinados e carimbados usando tinta azul da Waterman. Essa tinta é composta de azul de metileno, que normalmente é impossível de apagar. Imagino que seja por isso a escolha.

Finalmente, Eva compreendeu. Arregalando os olhos, ela observou a mesa atrás dele, e notou que estava coberta por documentos de identidade que pareciam ter sido lavados com uma esponja molhada.

– Então você usa ácido lático para apagar a tinta? De documentos de verdade?

– Faz meses que temos feito isso. É esperto, né?

– É genial, Rémy. Mas deve levar muito tempo.

– Não tivemos sempre acesso a documentos em branco. Finalmente encontramos um funcionário simpático na prefeitura, e ele nos fornece algum material. Mas, para algumas pessoas, ainda é mais simples modificar os documentos originais.

Eva olhou de volta para a mesa.

– E é com isso que quer minha ajuda?

– Não. Além de entender a química, praticamente qualquer pessoa pode fazer o processo de apagar. Acho que Père Clément tinha a esperança de que você pudesse me ajudar um pouco a reconstruir os documentos já secos. Já que aparentemente é talentosa – disse ele, apontando para a beira da mesa, onde empilhara mais ou menos uma dúzia de documentos de aparência gasta. – Esses precisam de novos nomes e informações.

– Posso fazer isso.

– Que bom. Seria de grande ajuda. Estamos com um atraso de centenas de documentos.

– *Centenas?*

Ele franziu a testa.

– Sou só eu nessa função, Eva.

– Talvez eu possa dar um jeito de acelerar o trabalho.

Ela estivera pensando, desde que falsificara detalhadamente os documentos da família, que deveria haver um método mais eficiente de produzir vários documentos simultâneos, já que os carimbos deveriam ser idênticos de qualquer forma. Chegara a ter uma ideia, mas precisaria voltar à biblioteca para ver se era possível.

– Eva, agradeço pelo entusiasmo, mas já estou fazendo os documentos o mais rápido possível.

– Não tenho tanta certeza.

Ele pareceu ofendido.

– E você sabe disso porque tem muita experiência com falsificação? Você mesma disse que é novata nisso. Eva, não me entenda mal. Admiro seu talento artístico, mas não estamos em um curso de pintura. É questão de vida ou morte.

– E você acha que não sei disso?

– Acho que você teve algum sucesso, sob enorme pressão, e agora acredita que sabe o que faz. Mas veja o que aconteceu no trem para Paris. Há muitos detalhes que você ainda não entendeu.

Ela o olhou irritada.

– Então me ensine.

Ele suavizou a expressão, quase parecendo se divertir.

– Ensinar? Quer dizer que planeja passar um tempo aqui?

Ela se perguntou se, de alguma forma, tinha caído exatamente na armadilha dele.

– Ainda não sei.

Sem esperar resposta, ela saiu da biblioteca, em busca do padre, acompanhada de perto por Rémy. Ela diria para Père Clément que tivera uma ideia para acelerar o processo, mas que não poderia ficar para ajudar indefinidamente. Era o que podia fazer, e lhe parecia adequado.

– Enquanto isso – disse –, não temos tempo a perder, não é mesmo?

Capítulo 13

Dez minutos depois, Père Clément, com uma expressão confusa, estava vendo Rémy e Eva discutirem sobre quem tinha as melhores ideias de falsificação. Eva o encontrara em um confessionário vazio, e ele abaixara a tela e pedira que trouxesse Rémy para conversar.

– Colette – disse ele, quando Rémy finalmente parou para respirar, após lembrar como fora revolucionária sua solução de ácido lático. – Você disse que teve uma ideia para produzir documentos com mais rapidez?

– Isso. Mas não sei se funcionará.

Rémy resmungou alguma coisa ininteligível. Eva o olhou, irritada, e se voltou para o padre.

– E pode me chamar de Eva, Père Clément. Rémy já sabe meu verdadeiro nome; o senhor também deveria saber.

Ele sorriu.

– É um prazer conhecê-la, Eva – disse ele, e se voltou para Rémy. – Eva é boa nisso. Muito boa. Você também notou, sei que notou. Caso contrário, teria corrido atrás dela até Paris sem nem me contar?

Rémy olhou de relance para Eva.

– Bom, eu apago documentos melhor do que ela – resmungou, finalmente. – Disso o senhor não pode discordar.

– Então vejamos se Eva os cria melhor e mais rápido – disse Père Clément. – Precisamos dela.

Rémy olhou de relance para Eva outra vez.

– Eu ficaria feliz em contratá-la como assistente.

A boca de Père Clément estremeceu nos cantos.

– Eu estava pensando no contrário.

Rémy inflou as narinas e, quando resmungou, as palavras foram bem claras – e não muito educadas. Ele deu meia-volta e foi embora, batendo a porta do confessionário.

– Rémy, espere! – chamou Eva, se levantando para segui-lo.

– Deixe ele – disse Père Clément, calmo.

Eva parou e suspirou.

– Perdão – disse. – Eu provavelmente deveria...

– Não se desculpe – interrompeu o padre. – Não há lugar para ego em nossa organização, o que Rémy sabe muito bem. Ele é bom no que faz, sim, mas pessoas diferentes têm qualidades diferentes, e ficamos todos mais fortes quando trabalhamos juntos. Vocês trabalharão lado a lado, Eva, se você aceitar.

– Sim, claro.

– Que bom. Agora, podemos ir à biblioteca e começar o trabalho? Não temos tempo a perder.

Ele saiu por um lado do confessionário e Eva, pelo outro. Ela esperava encontrar Rémy na biblioteca quando entraram no momento seguinte, mas ele não estava lá, o que lhe causou certa culpa. Viu Père Clément afastar uma pilha de livros e revelar o mesmo compartimento secreto que Rémy abrira algumas noites antes. Dali, ele tirou alguns documentos, fechou a porta, guardou os livros e se voltou para Eva.

– Aqui – disse.

Ela olhou para a resma de papel. Havia algumas carteiras de identidade em branco, quarenta ou cinquenta folhas do papel espesso usado para certidões de nascimento e uma lista manuscrita de nomes e datas de nascimento, que ela leu rapidamente.

– Mas são quase só crianças – disse, erguendo o olhar. – Crianças pequenas.

– São – concordou Père Clément, a observando com atenção.

– Quem são elas?

– Pessoas que precisam fugir o mais rápido possível. Muitas são tão jovens que nem precisam de carteiras de identidade, só de certidões de nascimento e batismo, cartões de racionamento para comprovar a identidade, vistos e documentos dessa natureza.

Eva perdeu o fôlego.

– E os pais?

– Já se foram. Ao leste.

Ao leste. Os pais das crianças tinham sido levados embora, como o dela, para Auschwitz, ou outro lugar semelhante.

– Onde estão as crianças agora?

Eva leu a lista de novo. A maioria das crianças parecia ter menos de dez anos, e algumas eram até bebês. Todas tinham perdido os pais? Era quase inimaginável.

– Quem está cuidando delas? – insistiu.

Père Clément a observou por longos segundos.

– Posso confiar em você, Eva?

– Para quem eu contaria? Sou uma judia em um lugar desconhecido, me escondendo com documentos falsos.

Quando ele ergueu uma sobrancelha, ela pigarreou e murmurou:

– Quis dizer que o senhor pode confiar em mim, claro.

Ele assentiu.

– Veja bem, Eva, como você deve ter percebido, a igreja é parte de uma linha de apoio que ajuda pessoas a fugirem em segurança para a Suíça. Trabalhamos junto a grupos de resistência na zona ocupada e, nos últimos meses, conforme as apreensões foram ficando mais frequentes, refugiados têm sido mandados para cá e para outras cidades como a nossa na zona livre – disse ele, respirando fundo. – Em Paris, semana passada, como você sabe, ocorreram batidas e apreensões. Nossas redes ajudaram algumas crianças a escapar antes que pudessem ser levadas com os pais, e agora muitas delas estão aqui, escondidas em lares particulares, todas sem documentos, todas sem os pais.

– Todas judias – disse Eva, baixinho, sentindo o peito doer.

– Todas judias – ecoou Père Clément. – Todas correndo perigo, que cresce a cada dia.

– Como elas escapam daqui?

Chamaria muita atenção fazer um grupo de tamanho volume atravessar a fronteira da Suíça.

– É aí que você entra. As crianças serão levadas à Suíça, três, quatro ou cinco por vez, como se fossem irmãos viajando com a mãe ou com o pai. Mas, para isso, precisamos de documentos convincentes. E precisamos deles rápido – disse ele, e hesitou. – Veja bem, dizem por aí que os alemães planejam ocupar a zona livre também.

Eva arregalou os olhos.

– A zona livre? Mas eles fizeram um acordo com Pétain.

– E você acha que eles cumprem o que prometem? Os acordos deles não valem nada. E, quando eles agirem, será muito mais difícil sair da França.

O olhar dele encontrou o dela, e Eva sentiu que ele sabia exatamente o que ela pensava. Se a fronteira estivesse prestes a se fechar, ela também precisava fugir com a mãe.

– Ainda há tempo – disse ele, respondendo à pergunta que ela não fizera. – Imploro que você fique aqui, Eva. O volume de refugiados só faz crescer.

Ela engoliu em seco.

– Muito bem.

– Você disse que tinha uma ideia para produzir documentos mais rápido?

– Sim, mas não tenho certeza do funcionamento. Tive a ideia ontem à noite. O senhor conhece as prensas manuais de gravura que se usa em escolas? Para copiar fichas de exercício para os alunos?

– Acredito saber do que se trata. Há um rolo de feltro, com uma espécie de gel, não é? E os professores escrevem no gel? Como funcionaria? Os documentos precisam ser escritos à mão.

– E serão, mas não os carimbos. Os carimbos são a parte mais difícil de reproduzir, e, de longe, a que mais demora. Se eu puder desenhá-los no rolo, e tivermos a tinta da cor certa, podemos imprimir cinquenta de uma vez. Posso trabalhar nisso enquanto Rémy preenche os documentos à mão.

Père Clément a olhou.

– Você acha que consegue desenhar os carimbos com precisão suficiente para ser convincente?

Eva assentiu, devagar.

– Acho que sim. *Espero* que sim.

– Eva, que genial! Você gostaria de vir comigo à papelaria para comprar a prensa?

Ela hesitou.

– Não levantará suspeitas?

– Não se a vendedora estiver entre nós – disse ele, com o olhar iluminado. – Madame Noirot só disse boas coisas sobre você.

– Madame Noirot?

– A livreira. Não acha que eu teria abordado você sem perguntar pela cidade antes, acha?

– A mulher que me deu um exemplar de *Bel-Ami*? – perguntou Eva, confusa. – Mas como ela pôde me recomendar? Só conversamos por um momento.

– Sim, mas ela viu em você uma boa alma e desconfiou, corretamente, do que ia fazer com aquelas canetas. Quando veio me ver, ela disse que qualquer pessoa que visse a magia dos livros deveria ser boa.

– Então a cidade toda está envolvida nesse esquema de falsificação?

Ele sorriu.

– Não. Mas somos uma cidade de gente decente. Muitos de nós trabalham pela causa, e muitos outros fazem vista grossa. Então, mesmo que esteja em relativa segurança aqui, Eva, nunca cometa o erro de baixar a guarda. Agora, vamos visitar Madame Noirot?

Ela assentiu, mas, ao segui-lo porta afora, sentiu-se tomada por desconforto.

Dez minutos depois, após percorrer uma sequência sinuosa de ruelas desertas ladeadas por varandas de madeira e mísulas espiraladas e elaboradas, Eva entrou na livraria atrás de Père Clément. A loja estava vazia, exceto por Madame Noirot, que organizava um mostruário de cadernos perto da vitrine. Quando o sino da porta tilintou, ela ergueu o rosto e sorriu.

– Ah, Père Clément. Que bom que o senhor voltou. E vejo que trouxe uma amiga – falou, sorrindo para Eva. – Já conseguiu começar a ler pela segunda vez *Bel-Ami*, meu bem?

– Infelizmente, não, madame.

Eva reparou que se passara o período mais longo que ela já vivera sem ler, uma noção que a deixou horrivelmente triste. Era ainda mais uma coisa que os alemães tinham conseguido arrancar dela.

– Ando... ocupada – explicou.

– Ah, sim, eu soube.

Eva olhou para Père Clément, que parecia ignorá-la de propósito.

– Então, o que os traz aqui hoje? – perguntou Madame Noirot. – Outro livro, quem sabe?

– Não, madame, obrigado. Gostaríamos de saber se a senhora tem uma prensa manual para gravura. Do tipo que os professores usam para copiar fichas de exercícios nas escolas.

Madame Noirot franziu a testa.

– Precisam fazer cópias de alguma coisa?

– Na verdade, Eva teve uma ideia muito inteligente – disse Père Clément, finalmente desviando a atenção das canetas e se aproximando de Eva. – Que método seria melhor para reproduzir carimbos oficiais? – acrescentou, sussurrando.

Madame Noirot abriu e fechou a boca.

– Mas achei que Rémy estivesse esculpindo os carimbos em borracha.

Père Clément assentiu.

– Mas a senhora sabe tão bem quanto eu que esse processo demora... e que são muitos os carimbos. Rémy mencionou esse fato a Eva na noite em que se conheceram, e, após pensar melhor, Eva teve uma ideia: para reproduzir os carimbos usando um rolo desse tipo, só seria necessário imitar os carimbos com um desenho firme.

Madame Noirot assentiu, devagar.

– E acertar a cor da tinta adequada.

– No que também esperávamos ter a ajuda da senhora – concluiu Père Clément.

Madame Noirot se virou para Eva por alguns instantes, com uma expressão fascinada.

– Ora, se eu não soubesse, Eva, acharia que você foi enviada a nós por Deus.

Eva corou enquanto esperava Madame Noirot ir ao fundo da loja, dizendo que tinha certeza de que havia algumas prensas no estoque e que poderia encomendar mais gel, se necessário.

– Por que o senhor deu meu nome verdadeiro para ela? – sussurrou Eva para Père Clément.

Ele demonstrou surpresa.

– Bem, em primeiro lugar, só falei seu primeiro nome, não seu sobrenome. E Rémy não contou? Ele encontrou novas identidades para você e sua mãe no *Journal Officiel*, e a sua usa o nome Eva.

– Mas ele já me deu uma nova identidade. Marie Charpentier.

– Essa foi só temporária. E já que usaram em Drancy, e agora já está registrada oficialmente, é melhor descartá-la. Além do mais, você precisa de uma identidade que possa usar em conjunto com sua mãe, já que moram juntas. Rémy encontrou a família perfeita: uma russa branca naturalizada, com passagem pela Turquia, que se casou com um francês e teve uma filha chamada Eva em 1920. O fato de a família ser russa permitirá que Madame Barbier facilmente alegue que sua mãe é uma prima, o que explicaria a presença de vocês na pensão. Você será Eva Moreau, e sua mãe, Yelena Moreau.

Eva o encarou.

– Encontrar uma família dessas deve ter demorado horas.

– Acho que ele não pregou o olho ontem à noite. Ele sabia que você estava triste por causa do seu pai e queria ajudá-la a sentir-se mais à vontade aqui. Achou que seria bom para você se pudesse usar seu nome verdadeiro.

Eva piscou, contendo as lágrimas que sentia encher os olhos. Ela o julgara mal – não que pudesse ser inteiramente culpada por pensar o pior de um homem que mantinha relações tão amigáveis com a madame de um bordel de clientela nazista.

– Ele é um bom homem, não é?

– É, sim, Eva. É, sim.

Madame Noirot voltou, erguendo, com orgulho, duas prensas embrulhadas.

– Encontrei. Mais tarde levo mais gel, mas isso deve bastar para começar. Tenho um pouco da tinta colorida especial atrás do balcão e encomendarei mais.

– Mas tome o cuidado de não encomendar demais, para não gerar suspeitas – advertiu Père Clément, pegando as prensas e a tinta que a livreira guardara em uma sacola.

Ele entregou alguns francos, que Madame Noirot aceitou sem nem olhar. Ela levou uma mão ao peito.

– Ora, Père Clément, o senhor fala como se fosse minha primeira vez – disse ela, piscando para Eva. – Não se preocupe. Sei muito bem quando fazer o papel de velha doidinha dos livros. É o melhor tipo de disfarce.

Eva sorriu para ela e, quando se virou para ir embora com Père Clément, Madame Noirot a chamou:

– Espere. Eva?

– Sim?

– Obrigada. Obrigada por estar aqui. Você salvará vidas.

Eva sorriu e murmurou um *merci*, mas, quando saiu da loja com Père Clément, não conseguiu deixar de se sentir uma fraude. Afinal, ela não era nenhum tipo de salvadora da causa – só ficaria ali tempo o bastante para ajudar Rémy a reduzir o acúmulo de documentos. Depois, levaria a mãe à Suíça para esperar por *tatuś*.

– Père Clément? – perguntou ela, no caminho apressado até a igreja. – Posso fazer uma pergunta?

– Claro, Eva – disse Père Clément, após interromper a conversa para cumprimentar com um aceno o açougueiro bigodudo, que fechava a loja, e a florista corpulenta para quem Eva dera *bonjour* a caminho da igreja naquele primeiro dia.

– Onde o senhor consegue o dinheiro para os materiais?

Ele sorriu.

– Não trabalhamos sozinhos aqui. Além de oferecer materiais, as organizações clandestinas às vezes também nos ajudam financeiramente. Falando nisso, se você ficar conosco por um tempo, haverá recursos para pagá-la. Você estará trabalhando e merece ser remunerada.

– Não precisa...

– Assim, poderá pagar aluguel, comprar comida – disse ele, com uma piscadela. – Falando nisso, vou arranjar cartões de racionamento para você e para sua mãe.

Ela engoliu a culpa. Ir embora ficava cada vez mais difícil.

– Posso fazer outra pergunta? O senhor disse que as crianças cujos documentos falsificarei estão longe dos pais – disse ela, e respirou fundo. – Quem registra seus nomes verdadeiros?

Ele pareceu confuso.

– Nomes verdadeiros?

– Para que elas sejam reunidas aos pais após a guerra.

– Ah, Eva, você deve entender que os pais delas talvez não sobrevivam à guerra.

– Eu sei.

Ela tentou não pensar no pai e ouviu as palavras que a mãe dissera. "Quem lembrará de nós? Quem se importará?"

– Mas deve haver um jeito, Père Clément – insistiu. – E se, ao fim da guerra, os mais novos não se lembrarem de onde vêm?

– É muito perigoso fazê-los cruzar a fronteira com qualquer coisa que marque suas identidades verdadeiras, Eva – disse ele, com um olhar de pena. – Sinto muito.

– O senhor pode... pode descobrir os nomes deles mesmo assim?

– Do que serviria, Eva? – perguntou Père Clément, em um tom gentil.

– Eu saberia quem eles são – disse ela, baixinho. – Por favor. É... é muito importante para mim que eles não sejam esquecidos.

Ele a estudou por um momento.
– Verei o que posso fazer. Eva?
– Sim, Père Clément?
– Obrigado. Acho que Madame Noirot talvez estivesse certa ao dizer que você foi enviada por Deus.

Naquela noite, enquanto a luz se esvaía dos vitrais coloridos acima das estantes da pequena biblioteca, Eva acabava de carimbar um lote de documentos quando Rémy reapareceu. Ela estava com os ombros duros por causa da postura, debruçada sobre a mesa, e os dedos doloridos de tanto desenhar carimbos minuciosamente, preencher lacunas e assinar documentos. Os olhos estavam secos e a garganta, arranhada. Ela não parara nem para tomar um gole d'água desde que voltara à igreja com Père Clément de manhã.

Levara uma hora para estudar e testar o aparelho rudimentar, que nunca antes utilizara, e mais uma para desenhar o primeiro carimbo de que precisaria. Contudo, após gravá-lo no gel, ela conseguira imprimir o carimbo falsificado em vinte e uma certidões de nascimento novas em rápida sequência. O segundo tempo fora mais rápido, e depois só fora preciso dar às crianças novos nomes e datas de nascimento e, por fim, assinar os documentos com uma letra ilegível. Enquanto trabalhava, deixara os pensamentos vagarem para o destino dos pais daquelas crianças – e o do próprio pai. Quantos deles já estavam condenados? Ela precisara parar algumas vezes para secar lágrimas antes que manchassem a tinta nos documentos.

– E então? – perguntou Rémy, entrando na biblioteca com um pequeno pacote de cheiro delicioso. – Trouxe um pouco de queijo e batata. Você finalizou alguns documentos?

Ele deixou o pacote na mesa, e Eva sentiu a barriga roncar. Ela conteve um sorriso.

– Ah, alguns.
– Diga logo, então. Quantos?

Eva estendeu a resma de folhas.

– Vinte e um, até agora.

Rémy olhou primeiro para ela e depois para os papéis em sua mão.

– Em um só dia? É impossível.

– Veja você mesmo.

Ela entregou os papéis e atacou a comida, soltando um gemido ao morder a batata, que ainda estava quente, recém-saída do forno.

Rémy a ignorou, folheando os documentos, examinando os primeiros com atenção impressionada e olhando os seguintes com pressa.

– Mas... – começou ele, erguendo o olhar. – Estão perfeitos. Como fez isso tão rápido?

Ela já estava embrulhando o resto do queijo e metade da batata, que levaria para a mãe.

– Não sei. Afinal, só tenho qualificação para ser sua pobre assistente, não é mesmo?

Daquela vez, ela não conseguiu esconder o sorriso ao se levantar, pegar o casaco e seguir para a porta. Já estava na metade da igreja quando ouviu passos atrás dela. Rémy a alcançou e pôs a mão em seu braço.

– Espere.

Ela se virou.

– Eu... Me desculpe pelo que disse. Você... você claramente é muito boa nisso, especialmente considerando o pouco treino.

– Bem, você foi me buscar em Paris, não foi? Talvez estejamos quites.

– Pode me mostrar como fez? – perguntou ele, abaixando a voz. – Se pudermos trabalhar juntos...

– Claro – disse ela, hesitante. – Com uma condição.

– Certo...

– Quero manter uma lista com os nomes reais das crianças cujos documentos estamos falsificando. Elas têm família, todas elas.

– Père Clément certamente já explicou o perigo de registrar os nomes verdadeiros.

– Então me ajude a encontrar uma forma de não ser perigoso – disse ela, encontrando e sustentando o olhar dele. – É o que devemos a elas. Aos pais delas. Por favor.

– Por que é tão importante para você?

Eva desviou o olhar, pensando no desespero da mãe. "Estão nos apagando, e estamos deixando."

– Porque alguém precisa lembrar. De que outra forma eles conseguiriam voltar para casa?

Rémy abriu a boca, mas voltou a fechá-la.

– Não posso prometer nada. Mas pensarei no assunto.

– Obrigada – disse ela, com um sorriso. – E obrigada pela comida. Pode entregar os documentos para Père Clément, por favor?

Enquanto ia embora, ela sentia o olhar dele segui-la até desaparecer no crepúsculo silencioso.

– Onde você estava?

Mamusia andava em círculos, com o rosto corado, quando Eva entrou no quarto. Tinha vestido o sobretudo, e as duas malas estavam feitas, alinhadas bem ao lado da porta.

– *Mamusia*, o que é isso? – perguntou Eva, parando na porta.

– Decidi que vamos voltar para Paris – disse *mamusia*, firme. – Mas agora teremos que esperar até amanhã, claro. Já nos atrasamos muito.

Eva olhou em direção às malas e, em seguida, para a mãe de novo, antes de fechar a porta devagar.

– *Mamusia*, não podemos voltar para Paris.

– Claro que podemos! – bufou a mãe. – Já pensei muito e com afinco. Precisamos estar lá quando seu pai voltar. Senão, como ele irá nos encontrar? Se estivermos na Suíça, ele não saberá. Não, Paris é o único jeito.

– Mas, *mamusia* – disse Eva, suavemente –, *tatuś* não vai voltar.

– Como ousa dizer uma coisa dessas? – perguntou *mamusia*, a voz se elevando em um grito. – Claro que vai! A deportação dele foi um equívoco, e assim que repararem o erro...

– *Mamusia* – repetiu Eva, mais firme –, não foi um erro.

– Seu pai dará um jeito de...

– Não – interrompeu Eva. – Não vai. Ele se foi.

– Quer dizer que ele morreu? – guinchou a mãe.

– Não.

No entanto, no fundo do peito, Eva sabia que talvez fosse o caso. Aquela ideia corroía sua mente o dia todo, uma voz que cochichava em seu ouvido enquanto ela cuidadosamente escrevia nomes e datas que talvez salvassem algumas vidas.

– Não, não quis dizer isso, *mamusia* – continuou. – Só que ele não vai voltar tão cedo.

– Você não tem como saber! Não, Eva, vamos voltar para Paris, e ponto final.

– *Mamusia*, Paris não é mais a cidade que deixamos. Nem podemos voltar ao apartamento.

– Isso não faz sentido algum. Por que não podemos? É nosso!

Eva respirou fundo. Ela ainda não contara das vizinhas; quisera poupá-la da dor. Infelizmente, já era tarde.

– Porque as Fontain já se mudaram para lá.

Mamusia a olhou, sem expressão.

– Eva, você está dizendo besteira. As Fontain têm o próprio apartamento, no fim do corredor.

– O nosso é maior, melhor. Madame Fontain sem dúvida estava de olho nele desde o começo da guerra. E o que acha que aconteceria se voltássemos e tentássemos recuperá-lo? Não acha que ela chamaria a polícia imediatamente para nos prender?

– Ela está morando no *nosso apartamento*? – perguntou *mamusia*, e a expressão mudou. – Então a gente tem que deixar aquela mulher horrenda ficar com nossa casa? Mesmo que tenhamos trabalhado duro e pagado honestamente por décadas? Temos que virar de barriga para cima, que nem os cães que ela acredita sermos?

– Não gosto disso também, mas não temos escolha.

Mamusia apertou a boca, e a pele de seu rosto foi ficando pálida de raiva.

– Sempre temos escolha. E parece que a *sua* escolha é abandonar o que é nosso... abandonar seu pai.

– *Mamusia*, não é um abandono. Estamos tentando sobreviver. É o que ele desejaria.

– E como você sabe disso? – perguntou a mãe, engasgando em um soluço. – Nós falhamos com ele, Eva! Não vê? Deixamos ele ser levado! *Você* deixou! Você sabia que eles estavam chegando e só ficou ali parada, esperando acontecer.

Eva abaixou a cabeça, aceitando a culpa. Ela deveria ter insistido mais, tentando persuadir o pai a fugir. Nunca escaparia daquele peso na consciência.

– E agora? – perguntou a mãe, voltando a andar em círculos, pontuando as palavras no ar para dar ênfase às palavras. – Agora quer que comecemos uma nova vida? Quer fingir que Paris não é nosso lar? Você nem me perguntou o que eu queria!

As palavras se desmancharam em um soluço de choro.

Eva piscou, contendo as lágrimas.

– *Mamusia*, nossa antiga vida se foi.

A mãe de Eva franziu a testa e a olhou, em silêncio.

– Está bem. Então vamos à Suíça. Foi o que seu pai sugeriu, certo? Ele nos encontrará lá quando resolver essa situação.

Eva desviou o olhar para a mãe não ver a dor em seu rosto. Será que *mamusia* acreditava mesmo que *tatuś* daria um jeito de negociar a saída de um campo alemão e viajar até o outro lado do continente?

– Vamos, sim, *mamusia*. Mas há algumas coisas que preciso fazer aqui antes.

A mãe a encarou, incrédula.

– Algumas *coisas*? Está falando de falsificação, como as mentiras que nos tiraram de Paris sem seu pai.

– *Mamusia*...

– Mentiras, Eva, são só mentiras! – gritou a mãe, e o cuspe atingiu o rosto de Eva. – E você está mentindo para si! Como pode ser tão egoísta? Por que é mais importante ficar aqui e trabalhar com desconhecidos do que fazer o que é certo pelo seu próprio pai?

– Porque ainda posso ajudá-los! – retrucou Eva. – Porque ainda não são causas perdidas!

Ela se arrependeu das palavras no instante em que as pronunciou, mas já era tarde. O rosto de *mamusia* estava vermelho, os olhos em chamas, a boca em uma linha fina e tensa. Ela passou por Eva bruscamente, empurrando-a no caminho para a porta.

– Aonde você vai? – perguntou Eva, enquanto a mãe saía pelo corredor.

Mamusia não respondeu; simplesmente saiu andando, quase colidindo com Madame Barbier, que provavelmente fora ver a causa de tantos gritos.

– Perdão – murmurou Eva para Madame Barbier, indo atrás da mãe.

Madame Barbier entrou na frente dela, bloqueando o caminho de Eva.

– Deixe ela ir – disse. – Você, meu bem, está tentando seguir em frente, mas sua mãe, por enquanto, só consegue olhar para trás. Ela está sofrendo muito para ver qualquer coisa além do que perdeu.

– Mas...

– Dê tempo a ela – disse Madame Barbier, com a voz tão apaziguadora quanto uma cantiga de ninar. – Farei o que puder para ajudar. Enquanto isso, você precisa descansar.

Finalmente, Eva assentiu e voltou ao quarto. O corpo todo doía, e a cabeça latejava de exaustão, mas ela sabia que não adormeceria até a volta da mãe.

Capítulo 14

Quando *mamusia* entrou no quarto, pouco após as quatro da manhã, e deitou na cama, Eva finalmente se permitiu adormecer, reconfortada pelo calor do corpo da mãe. Acordou algumas horas depois, quando o sol penetrava o quarto com dedos finos pelas bordas das cortinas de blecaute. Eva se virou para olhar a mãe, dormindo tranquila ao seu lado, e sentiu uma onda de tristeza. O combate se esvaíra de *mamusia* e, sem ele, ela parecia uma menininha. Talvez, de certa forma, fosse isso mesmo. *Mamusia* só tinha dezoito anos quando se casara com *tatuś*. Sem o marido ao seu lado, ela não sabia quem era como adulta. Eva se vestiu em silêncio e saiu sem acordá-la.

– Pode cuidar dela hoje? – perguntou a Madame Barbier, passando pela mulher mais velha na saída da pousada.

– Depende. Você vai ver Père Clément?

Eva hesitou, mas assentiu.

– Que bom. Então cuidarei dela – confirmou. – Espere um instante.

Quando ela voltou, trazia uma maçã e uma fatia de queijo. Eva levantou a mão, para recusar, mas o ronco no estômago a entregou, e Madame Barbier insistiu, sorrindo.

– Separei um pouco para sua mãe também. Vocês duas precisam de força.

As ruas de Aurignon estavam silenciosas quando Eva subiu até a Église Saint-Alban alguns momentos depois, agarrada à comida. O silêncio, contudo, não era pacífico; o ar fresco estava parado, como se até o céu prendesse a respiração, e não se ouvia o canto de pássaros. Atrás da igreja, as montanhas baixas a distância pareciam ameaçadoras, jogando sombras na cidade.

Père Clément estava varrendo o corredor e ergueu o olhar quando Eva chegou.

– Está tudo bem com sua mãe, Eva? Eu a vi na praça ontem à noite. Você deve lembrá-la de que é perigoso sair após o anoitecer. É uma cidade pequena, e em cidades pequenas as pessoas falam muito.

– Avisarei. E acho que ela está bem – disse, hesitante. – Só derrotada, suponho.

– Estamos todos – disse ele, com um sorriso triste. – Eva, Rémy me mostrou os documentos ontem. O seu trabalho ficou incrível.

Ela abaixou a cabeça para que ele não a visse corar.

– Obrigada. Vai ajudar?

– Já ajudou. Eu trouxe mais materiais. E, enquanto você estiver disposta, seremos muito gratos por sua ajuda – disse ele, entregando-lhe uma chave. – Aqui. Assim poderá entrar na biblioteca. Além de mim, só você e Rémy têm chaves.

Ele se afastou antes que ela pudesse responder. Ela se permitiu um pequeno sorriso antes de seguir para a minúscula biblioteca.

Ao entrar, se surpreendeu: Rémy já estava sentado à mesa, debruçado sobre alguma coisa. Ele ergueu o rosto quando ela fechou a porta.

– Trouxe uma maçã e um pouco de queijo, se quiser dividir – disse ela, tirando a comida do bolso da saia e a oferecendo, como um sinal de paz.

Ele olhou para a pequena refeição.

– Não precisa dividir.

– Sei que não preciso – disse ela.

Mesmo assim, entregou o queijo e esperou que ele desse uma pequena mordida.

– Obrigado – disse ele, devolvendo o queijo e recusando a maçã. – Na verdade, também tenho algo para você.

Ele mostrou o livro que ela pegara, em pânico, na noite que o conhecera: *Epitres et Evangiles*, o guia grosso e desbotado das missas semanais do século XVIII. Ela franziu a testa, pegando o livro da mão dele.

– Está caçoando de mim?

Ele riu.

– Não, muito pelo contrário. Por favor, abra na primeira página.

Ela o olhou, incerta. Ele riu de novo e apontou para o livro.

– Abra – insistiu.

Devagar, ela abriu o livro e virou a folha de rosto, que continha o título, um subtítulo, o nome da editora e o ano de publicação. Ela o olhou, confusa.

– Mas o que...

– Não, não, continue. Página número um.

O papel velho estalou, protestando, quando ela passou pelas primeiras oitenta e poucas páginas, numeradas com algarismos romanos, e chegou à página número um. Havia uma minúscula estrela preta desenhada no *e* de *Le*, seguida por um ponto no *v* de *l'Avent* na mesma linha.

Eva ergueu o olhar, confusa.

– Você deu para vandalizar livros antigos?

Rémy riu.

– Por uma boa causa, espero. Continue. Página dois.

Na segunda página, havia um ponto acima do *a* de *car* e, na terceira, outro acima do *t* em *perfécuteurs*, mas nada fora escrito na página quatro. Na página cinco, havia um ponto acima do *r* em *alors*, mas, na página seis, não havia marca alguma.

– Não entendi – disse ela, abaixando o livro.

– Já ouviu falar da sequência de Fibonacci? – perguntou Rémy.

– Acho que não.

– Eu sempre amei matemática. Veja, a sequência de Fibonacci começa com o número um e, em seguida, o número um novamente. Somam-se os dois, e o resultado é dois. Soma-se dois e um, e o resultado é três. Dois e três, cinco. Três e cinco, oito. A série continua assim, somando os dois números anteriores para chegar ao seguinte. Entendeu?

Eva estreitou os olhos.

– Entendi a matemática, mas não entendi o que tem a ver com este livro velho.

Ele sorriu.

– Me acompanhe, Eva. Agora, continue a sequência, por favor.

– Rémy...

– Confie em mim.

Ela suspirou, sentindo-se de volta à *l'école primaire*, no dia de uma prova surpresa de matemática.

– Muito bem. Um, um, dois, três, cinco, oito, treze, vinte e um, vinte e quatro... – foi dizendo, e deixou a frase no ar.

Rémy anotou os números conforme ela os listava e entregou o papel com o que escrevera.

– Agora, vá a cada página dessas e encontre o ponto. Escreva a letra marcada nesta folha.

Eva franziu a testa, mas fez o que ele dissera. Na página oito, havia um ponto acima do *a* de *apôtre*. Na página treze, um ponto em *u* de *suite*. Só ao chegar no ponto acima do *b* de *considérable*, na página vinte e um, ela entendeu o que escrevia.

– É meu nome?

– Exatamente. É uma forma de registrar quem você é para que nunca seja apagada.

Ela o olhou, abismada.

– Rémy...

– Não é impecável, claro. Mas quem procurará os nomes de crianças judias desaparecidas em um livro religioso católico antigo? E quem consideraria decodificar as estrelas e os pontos dessa forma? Deve ser suficientemente simples. Cada nome começará em uma nova página, e simplesmente somaremos esse número a cada número da sequência. Por exemplo, o segundo nome começará na página dois, e continuará na três, em vez de na dois, na quatro, em vez de na três, na seis, em vez de na cinco, na nove, em vez de na oito, e assim por diante. Se já houver um ponto na página, bem, é simplesmente o caso de acrescentar outro ponto, o que tornará o código ainda mais difícil de decifrar, caso alguém tente fazê-lo.

Eva ficou atordoada.

– Mas e os nomes falsos que estamos dando às crianças? Como os associaremos, sem as expor?

– Simples. É só começar no fim de cada sequência e registrar os nomes falsos na ordem inversa. Vamos usar você como exemplo. O livro chega até a página seiscentos e oitenta e oito, então o último número que se encaixaria, na sua sequência, seria o seiscentos e dez. Começaremos lá, com um triângulo acima do primeiro *e*, outro acima do *v* na página trezentos e setenta e sete, o *a* na duzentos e trinta e três, e seu sobrenome falso, *Moreau*, começará na página cento e quarenta e quatro. Assim por diante, até registramos o nome todo, ao contrário, nas mesmas páginas do seu nome verdadeiro. Se acabar o espaço em qualquer sentido, e houver mais letras do que páginas na sequência, tudo bem. O começo dos nomes deve bastar para lembrarmos esses casos. Viu, Eva? É quase perfeito.

Ele sorriu, e ela sentiu-se perder o fôlego. Olhou para o livro, e de volta para ele.

– Você acabou de inventar isso?

– Passei a noite em claro. Você estava certa, Eva. Não podemos apagar as crianças que não podem falar por si mesmas. Vamos manter uma lista de todas.

– Eu… eu nem sei o que dizer.

– Pode dizer "Rémy, você é um gênio". Ou talvez "Rémy, você é devastadoramente lindo".

Eva riu, surpresa ao notar que estava lacrimejando.

– Sim, digo isso. E também, Rémy, você é um herói. Isso é incrível. Mas será que Père Clément está certo quanto aos perigos de manter esta lista?

Rémy deu de ombros.

– Ele está, sim. E é por isso que o sistema funcionará. Tenho certeza. Ninguém descobrirá o livro e, se descobrir, as estrelas, os pontos e os triângulos não terão significado algum. Além do mais, vamos mantê-lo à vista, na estante; quem pensaria em procurar qualquer coisa de suspeito ali dentro? – disse ele, e parou um instante. – As páginas vão ser preenchidas rápido, então começaremos com tinta preta e, se acabar o espaço no livro, voltaremos ao começo, com tinta azul – continuou, abrindo o livro na primeira página e o empurrando para Eva. – Mas nunca começaremos outro nome na página um. Esta é só sua.

Quando Eva o olhou, a expressão dele estava séria. Ela encontrou seu olhar e abaixou o rosto para o livro, sentindo-se corada.

– Não sei como agradecer por isso, Rémy.

– Bem, sim, você ficará em dívida eterna, claro.

O sorriso tranquilo voltou ao rosto dele.

Eva sorriu também e pegou a caneta que ele deixara na mesa. Sem dizer uma palavra, ela virou para a página dois e desenhou uma estrelinha no *r* de *feront* e um ponto no *é* de *étoit*. Na página três, marcou um ponto no *m* de *Romains* e, na página quatro, outro ponto no *y* de *il y a*. Quando ela levantou o rosto, Rémy a olhava.

– Você está escrevendo meu nome – disse ele, baixinho.
– Sim – respondeu ela. – A página dois é só sua.

Eles levaram três dias para convencer Père Clément do sistema de registro, e ele só aceitou, relutante, depois que Eva ameaçara parar a produção de documentos e Rémy o desafiara a pegar o livro e tentar decifrar o código. O padre passou um dia e meio debruçado sobre as páginas de *Epitres et Evangiles* e, quando finalmente o devolveu, ainda estava hesitante.

– Sabe, nem todas as crianças chegarão com nomes – avisou ele.

– Então devemos fazer o possível para descobrir quem elas são antes que suas identidades sejam apagadas – respondeu Rémy, imediatamente. – É importante.

Eva o olhou, impressionada, agradecida por tê-lo ao seu lado.

Père Clément franziu a testa.

– Você entende que Deus sempre saberá quem elas são.

– Claro – disse Rémy, dando de ombros. – Mas Deus anda ocupado com muitos problemas agora. Faz mal dar uma ajudinha para Ele?

– Mas se alguém se apossar dos nomes...

– Não acontecerá – disse Rémy, firme. – Quem pensaria em procurar neste texto religioso velho e chato?

Os cantos da boca de Père Clément estremeceram.

– Você acha este livro chato? – perguntou, mostrando o exemplar.

– O senhor não acha? – retrucou Rémy, sorrindo.

Père Clément gargalhou.

– Acho melhor não responder.

Rémy foi embora poucos minutos depois, deixando Eva e Père Clément sozinhos na biblioteca pequena e escondida.

– Sabe, Eva – disse o padre, deixando *Epitres et Evangiles* na mesa entre eles. – Eu nunca quis apagar as crianças. Só quero salvá-las.

– Eu sei – disse ela, baixinho. – Eu também. Mas alguém precisa impedi-las de se perder.

Ele tocou mais uma vez a lombada do livro.

– Fico feliz por você ter se juntado a nós, Eva.

Ela pensou na mãe.

– Não sei se poderei ficar muito mais tempo.

– Lembre-se: o plano de Deus para você pode ser diferente do plano que você tem para si.

Eva assentiu. Ela queria acreditar que havia algo à sua espera, um projeto maior para sua vida, mas como qualquer uma das coisas que estavam acontecendo poderia ser plano de Deus? Por outro lado, Deus não estivera presente na hora de conduzir Eva até ali, a Aurignon, a uma igreja onde ela encontrara um lar e uma utilidade? Ela queria perguntar a Père Clément se, como ela, ele temia que Deus tivesse lhes dado as costas, mas não sabia se aguentaria a resposta.

– Como o senhor se envolveu em ajudar pessoas como eu? – foi o que perguntou, enfim.

Ele sorriu.

– Eu também vim de Paris. Já estava aqui havia cinco anos quando começou a guerra e soube imediatamente pelos meus contatos na zona ocupada que as coisas estavam ficando muito difíceis. Não há importância estratégica em Aurignon, pois estamos nas colinas, no meio do nada, então sugeri a alguns velhos amigos que poderiam se esconder aqui.

– Se esconder?

Ele deu de ombros e sorriu.

– Um amigo cometeu a gafe de bater em um soldado nazista no metrô e foi perseguido pelos alemães. Ele seria executado, junto ao irmão, que estivera presente no incidente e não oferecera assistência.

– Seu amigo socou um nazista? Ele também é padre?

Père Clément riu.

– Não. Colega de escola. Não é má pessoa, mas, quando ele e o irmão chegaram, avisei que talvez o melhor jeito de atingir o inimigo não fosse no meio da cara, e sim debaixo do nariz. De qualquer forma, ele precisava sair da França antes que fosse encontrado pelos alemães – continuou o padre, enquanto Eva sorria. – Ele arranjou os próprios documentos falsos, então só precisei apresentar ele e o irmão a um *passeur* para ajudá-los a atravessar a fronteira da Suíça, uma tarefa simples. Mas, na noite antes da partida deles, ficamos acordados até tarde, bebendo vinho, e, antes de ir deitar, ele perguntou se eu teria interesse em ajudar outros amigos. Disse que já me recomendara e que, se eu estivesse disposto, uma rede que ele conhecia poderia começar a mandar pessoas para o sul, para Aurignon, quando houvesse necessidade. Imaginei que encontraria um ou dois *résistants* por mês, então concordei, agradecido por poder prestar alguma ajuda à causa.

"Mas, quando ele informou aos conhecidos em Paris que eu estava disposto a ajudar, foi como se tivessem aberto as comportas. Um homem de sotaque britânico apareceu na semana seguinte para me fazer várias perguntas, e depois começaram a chegar os refugiados. De início, *résistants*, e depois, judeus. Até alguns pilotos que tinham sido derrubados no norte da França e queriam voltar para casa. Outras pessoas foram enviadas para formar uma rede aqui, analisar quem era de confiança e quem deveria se envolver. E, quando o volume de gente começou a crescer, me mandaram Rémy.

– Rémy?

Père Clément assentiu.

– Ele fazia parte de um grupo em Paris e tinha começado a ganhar certa fama como falsário, mas havia outros lá, mais rápidos e melhores, e, bem, como você bem sabe, Rémy tem um orgulho um pouco difícil. Acho que talvez ele tenha contrariado um pouco demais as pessoas erradas. Mas a rede não podia perder um falsificador tão talentoso, então o realocaram para Aurignon.

– Como castigo? – perguntou Eva.

– Prefiro considerar uma oportunidade – disse Père Clément, sorrindo. – Espero que Rémy concorde comigo. O que quer que tenha acontecido, eles perderam, mas nós ganhamos. Por mais que eu às vezes goste de sugerir o contrário, ele é, sim, talentoso e dedicado. E, por mais que toda uma rede tenha se desenvolvido aqui, Rémy ainda é a única pessoa na qual confio minha vida.

Eva abriu a boca para perguntar o porquê, mas reparou que sabia a resposta. Ela conhecia Rémy havia pouco tempo, mas ele já a resgatara e se provara um aliado. Por mais impulsivo que ele fosse, ela também sentia que, se decidisse que estava ao seu lado, ele seria ferozmente fiel.

– Como você disse, Rémy é uma boa pessoa – disse Père Clément. – E acredito, Eva, que você também seja. É perigoso ter princípios em meio a uma guerra, mas acredito que é ainda mais perigoso não os ter.

– Como assim?

Ele pareceu procurar as palavras.

– Prefiro morrer sabendo que tentei fazer a coisa certa a viver sabendo que dei as costas. Entende?

Um calafrio percorreu Eva. Mesmo que ele não tivesse sido explícito, ela sentia que ele perguntava se ela compartilhava do sentimento.

E compartilhava? Valia a pena dar a vida por aquela causa? E, mesmo se valesse, ela se arrependeria da escolha se acabasse do lado errado do fuzil de um nazista? Seria um erro se aliar àquele desconhecido, ou por acaso não era para onde sua vida a estivera levando desde sempre? Afinal, qual era a probabilidade de parar bem no meio de uma rede de fuga que precisava de falsificadores talentosos?

Assim, ela respirou fundo e olhou para o livro de capa de couro desbotada diante deles, aquele que guardaria segredos e talvez, um dia, restauraria vidas.

– Entendo – disse, finalmente. – Entendo e acho que talvez esteja exatamente onde deveria estar.

Capítulo 15
Maio de 2005

"Talvez esteja exatamente onde deveria estar." Eu dissera essas palavras a Père Clément mais de seis décadas atrás, e elas ainda me assombram quando volto à minha língua de origem toda vez que acredito, mesmo por um momento, que poderia deixar o passado para trás.

Sessenta e três anos atrás, em meio a uma guerra, escolhi ficar em Aurignon, uma escolha que mudaria minha vida para sempre. E agora cá estou novamente, sentada em um portão do Aeroporto Internacional de Orlando, esperando meu mundo mudar irrevogavelmente outra vez. A vida depende das decisões que tomamos, dos pequenos momentos que transformam tudo.

Ainda não é tarde para mudar de ideia desta vez. Posso dar meia-volta, ir para casa. Posso deixar o passado para trás, deixar os fantasmas dormirem, ligar para Ben, dizer que não vou a Berlim. Seria a escolha mais simples e só Deus sabe que escolhi o caminho mais fácil sempre que possível, desde que deixei a França.

Quando escolhi um futuro com Louis, embarcando em um navio em direção aos Estados Unidos, me esforçando para perder o sotaque francês, tentando ao máximo me assimilar, achei que seria relativamente simples deixar o passado para trás. Afinal, eu já não me tornara mestre em mudar de identidade? Além do mais, Aurignon ficara do outro lado do oceano, e eu podia contar o tempo desde a morte de Rémy, primeiro em meses, depois em anos, e enfim em décadas. Era para ficar mais fácil, até tudo desaparecer no passado.

Mas não foi o que aconteceu. Nunca foi. E agora chegou a hora de recuperar pelo menos parte do que perdi.

Secando lágrimas repentinas, meu olhar encontra um menininho, de 3 ou 4 anos, que está deitado no chão, desenhando em um livro de colorir aos pés de uma mulher, a três assentos do meu. Ele tem o cabelo cacheado e castanho, igual ao de Ben quando era pequeno, e, quando ergue o olhar, sinto meu coração dar um pulo, porque, por um segundo, os anos todos desaparecem, e vejo meu filho, como ele era tanto tempo antes. Devo olhar por tempo demais, entretanto, porque o menino arregala os olhos, confuso, antes de, em uma sequência rápida, franzir a testa e cair no choro.

A mãe ergue o olhar da revista.

– Jay, meu amor, o que foi?

– Aquela moça – diz ele, apontando para mim. – Ela me olhou esquisito.

Olho para a mãe, horrorizada.

– Mil desculpas. Não era...

– Não, não, ele só está chateado porque não o deixei comprar bala para a viagem – diz a mãe, rápido. – Jay, querido, educação.

Ela sorri, se desculpando, e vejo que está exausta. Lembro de me sentir assim também nos primeiros anos de Ben, de me perguntar se eu voltaria um dia a me sentir quem eu era. Mas aqui estamos, décadas depois, e ainda não sei que sensação é essa. Quem sou, afinal? A estudante? A falsificadora? A esposa fiel, sem passado? A velha bibliotecária cansada, que deveria se mancar e se aposentar? Talvez eu não seja nada disso, ou talvez seja tudo isso.

Afasto as perguntas sem resposta e me forço a sorrir.

– Ele me lembra meu filho.

Quando a mulher franze a testa, esclareço:

– Bom, meu Ben já tem 52 anos, mas, muito tempo atrás, era muito parecido com seu menino.

– Ah.

A mulher acena com a cabeça e passa a mão de forma carinhosa no cabelo do menino. Ele já voltou a atenção para o desenho, trocando um lápis vermelho por um turquesa para colorir uma vaca que me lembra os personagens de *Click, Clack, Moo*, um livro infantil que recomendo aos clientes da biblioteca há cinco anos. É quase milagroso ver os olhos de uma criança se iluminarem quando oferecemos um livro que a intriga. Sempre achei que são essas crianças – as que percebem que livros são mágicos – que terão as vidas mais incríveis.

– Ele gosta de ler? – pergunto, abruptamente. – Seu filho?

De repente, desejo fervorosamente que ele goste.

A mulher me olha de novo, mas, dessa vez, sua expressão é mais resguardada.

– Eu leio para ele quase toda noite – diz, devagar. – Ele ainda não sabe ler sozinho – acrescenta, como se eu talvez não tivesse notado que um menino daquela idade ainda não soubesse devorar romances por conta própria.

– Claro. Sou bibliotecária – digo, e a expressão dela se suaviza um pouco. – Só perguntei porque, bem, é sempre bom ver crianças que amam livros. Acho que livros mudam o mundo.

A mulher assente e volta a ler a revista, interrompendo nossa conversa. Olho para o relógio – cinco minutos até a hora de embarque – e depois para a janela, pela qual vejo o avião gorducho reluzir no asfalto, sob o sol da tarde. Sacudo o pé, balanço os ombros, tento me livrar do nervosismo. Eu me sinto um peixe fora d'água, um peixe que não faz ideia de como nadar até o lugar aonde deve chegar.

Meu olhar volta para o pequeno Jay. Cometi tantos erros com Ben quando ele era pequeno, erros que não podem ser corrigidos, porque formaram o cerne de quem ele é. Desejo um futuro melhor para Jay, mas, na verdade, pais cometem todo tipo de erro, porque nossa capacidade de criar filhos é sempre moldada pelas vidas que vivemos antes que eles cheguem.

Sinto uma pontada de culpa. Não posso ir embora sem avisar meu filho, mesmo que ele nunca tenha me visto por quem realmente sou. É minha culpa, e não dele. Pego o celular da bolsa e disco o número dele. Respiro fundo, esperando o celular tocar duas vezes e começar uma gravação. Franzo a testa. Ele me mandou para a caixa postal.

Hesito, e desligo. Melhor assim. E se ele me convencesse a desistir? E se insistisse para eu voltar para casa? Será que eu teria voltado? Será que eu teria abandonado o passado de novo, ignorado o canto da sereia de Aurignon? Talvez, mesmo que me arrependesse para sempre.

Uma voz metálica sai do alto-falante.

– Embarque imediato, voo Delta 2634 para o aeroporto JFK em Nova York, no portão 76.

Meu coração bate forte quando me levanto. Os passageiros ao meu redor começam a se dirigir à fila, se empurrando para encontrar a melhor posição, mas eu hesito. É isso. Se eu embarcar, não poderei voltar atrás. Minha escala em Nova York será curta, e eu estarei muito ocupada na correria para o portão de embarque a Berlim para mudar de ideia.

– Boa tarde, a senhora precisa de auxílio para o embarque? – pergunta uma funcionária solícita da Delta, me observando com os olhos arregalados de vinte e tantos anos. – Talvez uma cadeira de rodas para ajudar no trajeto?

– Não, obrigada, eu sei me cuidar, meu bem – digo, com doçura artificial, mesmo sabendo que minha irritação é com Ben e com os jovens em geral, e não com ela. – Ainda não estou com o pé na cova.

Meu celular começa a vibrar bem na hora que ela dá de ombros e se afasta. Pego o aparelho na bolsa e vejo o nome de Ben piscar na tela. Hesito, o dedo próximo ao celular. Por fim, antes que possa mudar de ideia, recuso a ligação e desligo o aparelho.

Não posso mais dar as costas ao passado. Assim, dou um passo atrás do outro e me junto à fila que serpenteia na direção do avião. Chegou a hora.

Capítulo 16
Novembro de 1942

Quando as folhas acabaram de cair em novembro, os alemães e os italianos tinham invadido a zona livre, e toda a França estava sob controle do Eixo. Os refugiados não estavam mais seguros no sul do que estariam em Paris, então aqueles que chegavam a Aurignon tinham ainda menos tempo a perder; precisavam atravessar a fronteira da Suíça rapidamente. E havia cada vez mais refugiados tentando fazer a travessia, o que se tornava um problema crescente.

Em agosto, os suíços fecharam as fronteiras, as abriram de novo e, finalmente, as fecharam de vez – pelo menos oficialmente – no dia vinte e seis de setembro. Dali em diante, a Suíça só aceitaria idosos, doentes e grávidas, assim como crianças sozinhas e famílias com filhos que tivessem menos de dezesseis anos. O controle de fronteira se recrudescera e, para chegar à Suíça, aqueles que tentassem fugir precisavam viajar por um trecho cada vez mais perigoso da França.

Apesar de *mamusia* ter implorado a Eva para que ela mudasse de ideia, a jovem decidira ficar por pelo menos mais alguns meses em Aurignon para ajudar Père Clément, e *mamusia* ficara com ela, a contragosto – uma decisão que acabara se tornando permanente devido ao fechamento da fronteira suíça. Mesmo com documentos falsos impecáveis, uma mulher na casa dos vinte acompanhada de uma na casa dos quarenta teria enorme dificuldade de entrar na Suíça; portanto, Eva e *mamusia* tinham acabado presas ali.

– E agora, como vamos soltar seu pai? – choramingava *mamusia* às vezes, após murmurar as orações da noite, deitada junto à filha na pequena cama da pensão. – O que você fez, Eva?

As lamúrias bastavam para fazer Eva nadar constantemente nas águas fundas e escuras da culpa. Ainda assim, ela não podia dar as costas ao trabalho, que se tornava cada dia mais vital.

Eva e Rémy passavam quase o dia inteiro juntos, trabalhando o mais rápido possível, mas não conseguiam acompanhar a demanda crescente. Não eram mais somente judeus que precisavam de documentos. Pelo menos uma vez por mês, a rede recebia um piloto ferido, normalmente da Grã-Bretanha, às vezes do Canadá e dos Estados Unidos, que mal falava francês, e cada vez mais apareciam jovens da resistência com necessidade urgente de identidades falsas e documentos para evitar o *service du travail obligatoire*, STO, que obrigava homens de 18 a 50 anos e mulheres solteiras abaixo de 35 a se disponibilizarem para o trabalho forçado na Alemanha. Para os homens de menos de 25, era relativamente fácil ganhar um ou dois anos com documentos que os identificavam como menores de dezoito, mas os homens com aparência adulta tinham mais dificuldade; era preciso estabelecer um histórico de documentos que os identificasse como fazendeiros, estudantes, ou até médicos, tornando-os isentos do envio ao leste. Para as mulheres, era mais fácil; era raro serem convocadas, mas, caso fossem, bastava apenas inventar maridos cujos documentos resistiriam a qualquer averiguação.

Contudo, os documentos mais importantes eram aqueles preparados, com minúcia, para as crianças. O livro de nomes crescia dia após dia.

– Obrigada – disse Eva para Rémy um dia, enquanto trabalhavam, lado a lado, nos documentos de um novo grupo de órfãos chegado naquela semana de Paris, onde mil e quinhentos judeus tinham acabado de ser detidos.

Eva estava criando uma certidão de nascimento para uma menina de três anos nascida logo após a invasão alemã na Polônia; ela nunca conhecera um mundo sem guerra.

Estavam sentados tão próximos que encostavam os cotovelos, mesmo que houvesse muito espaço na mesa. Ultimamente, ela andava lutando contra o impulso de se aproximar dele, e ele parecia estar sentindo o mesmo. Tinham se tornado praticamente inseparáveis. Era nele que ela pensava ao acordar, e em quem pensava logo antes de adormecer. *Mamusia* a advertira – "Você não deveria passar tanto tempo sozinha com um homem jovem, muito menos um que não seja judeu!" –, mas Eva passara a confiar nele mais do que já confiara em qualquer outra pessoa.

– Obrigada por quê? – perguntou Rémy, erguendo o olhar de um lote de cartões de racionamento que apagava com ácido lático.

A sala estava tomada por um odor acre, mas Eva mal reparava.

– Por acreditar em mim.

Ela sentiu-se boba no mesmo instante em que as palavras saíram de sua boca.

Ele se virou, tão próximo que ela podia ver as manchas verdes nas íris dos olhos cor de mel dele.

– Claro que acredito em você – disse ele, confuso.

– Me refiro ao Livro dos Nomes Perdidos. Sobre o motivo de precisarmos registrar quem as crianças são antes de mudar a identidade delas.

Ele franziu a testa, olhando para a certidão de nascimento na mão dela. Foi só então que ela notou que tremia.

– O Livro dos Nomes Perdidos? – perguntou Rémy, cobrindo as mãos dela com as dele gentilmente, até o papel parar de tremular. – Eva, o fato de ser tão importante para você... – começou ele, deixando a frase no ar ao olhá-la nos olhos. – Diz muito sobre quem você é. E fico feliz por ser seu parceiro nisso tudo.

Ele afastou as mãos, e ela soltou a respiração, ainda sentindo o coração a mil. Parecia que todo o oxigênio se esvaíra da sala. Ela respirou fundo, mas, junto ao ar, inalou produtos químicos, que a fizeram tossir forte a ponto de se curvar. Rémy deu tapinhas nas costas dela e, quando Eva finalmente parou de tossir e se endireitou, ele manteve a mão ali, com o dedo fazendo um carinho leve e circular na coluna. Calafrios arrepiaram a pele dela quando seus olhares se encontraram novamente.

– Eva... – começou ele, numa voz grave e rouca.

De repente, o cômodo pareceu muito pequeno, muito quente, e ela se afastou. No entanto, não conseguiu desviar o olhar, e ele continuou firme.

– O... o que foi? – gaguejou ela, o coração batendo forte.

Ele continuou a olhá-la nos olhos, com uma firmeza que lhe dava a impressão de ser capaz de enxergá-la até a alma.

– É importante que você entenda que não estamos tirando as identidades dessas crianças. Quem faz isso são os nazistas. Estamos dando a elas a oportunidade de sobreviver. Nunca se esqueça disso.

Ela piscou.

– Mas, ao mudar quem elas são...

– Não mudamos quem elas são.

Ele voltou a tocar a mão dela e, quando a soltou, ela precisou se conter para não o tocar de novo imediatamente.

– Eu e você também mudamos de nome, mas isso não muda quem somos aqui dentro – disse ele, tocando-a, com suavidade, abaixo da clavícula e acima do coração, e ela sentiu o peito acelerar. – Não muda o que sentimos.

– Mas eu não sou mais quem fui. Faz só quatro meses que deixei Paris, e às vezes me pergunto se saberia reconhecer quem eu era lá – disse Eva, hesitante. – Se meu pai voltar, será que ele achará que mudei demais?

– Eva – disse Rémy, sustentando o olhar dela. – Você ainda é você. Só encontrou a força que já estava dentro de si.

Ele hesitou e se aproximou mais um pouco, a ponto de ela sentir seu calor.

– Você é extraordinária – disse.

Rémy aproximou o rosto e, por um segundo, ela só conseguiu pensar no beijo do trem, em como fora perfeito, mesmo que tivesse sido puro teatro. Até que, abruptamente, ele se afastou e tossiu.

– Eu, hum, preciso pegar ar fresco.

Ele saiu antes que ela conseguisse conter o coração célere e, depois de voltar, dali a meia hora, trabalharam em silêncio, em lados opostos da mesa.

Naquela noite, a mãe dela a encarou enquanto comiam ensopado de miúdos de bife com batata à mesa da pensão. Madame Barbier saíra, deixando-as sozinhas pela primeira vez em semanas.

– Soube que você tem frequentado missas na igreja – disse *mamusia*, finalmente quebrando o silêncio. – Na igreja *católica*.

Eva ergueu o olhar, sentindo-se inundada por culpa.

– Bem, sim. Foi ideia do Père Clément.

Fazia dois meses que ela frequentava as missas de domingo para ajudá-la a se assimilar. Madame Barbier proclamava a quem quisesse ouvir que sua prima russa estava na cidade para fazer o luto do marido, e que a filha da prima arranjara um trabalho como faxineira da igreja e recebia uma miséria. As pessoas da cidade começariam a duvidar se não a vissem como fiel.

– Ele está tentando convertê-la, Eva, e você o segue cegamente.

Eva sacudiu a cabeça.

– *Mamusia*, não é isso. É simplesmente parte do disfarce. Se as pessoas daqui tiverem motivo para suspeitar que sou judia, poderemos ter muitos problemas.

A mãe bufou.

– Aquele padre fez lavagem cerebral em você, assim como você faz com aquelas criancinhas que diz ajudar.

– Como assim?

– Você dá a elas nomes cristãos e as manda para lares cristãos onde terão que esquecer quem são, não é? E depois você se ajoelha todo domingo em frente a uma cruz e reza. Nem sei quem você está virando, Eva. Certamente não foi assim que eu a criei.

Eva abriu e fechou a boca.

– *Mamusia*, não é isso.

– Não é? Você nem recita mais o Shemá comigo.

– Eu... eu não costumo chegar a tempo em casa.

Na verdade, quando Eva era pequena, os pais a ensinaram que recitar a oração antes de dormir a protegeria dos demônios que chegavam nas sombras. O pai murmurara o Shemá toda noite, mas, em uma noite de julho, os demônios chegaram mesmo assim.

– Você está inventando desculpas, Eva. Você é judia, assim como eu. Assim como seu pai. E, ao jogar isso fora, ao ir àquela *igreja*, você me mostra claramente que esqueceu quem é.

Lágrimas arderam nos olhos de Eva, e ela não respondeu imediatamente. Queria protestar, mas e se a mãe estivesse certa? Ela nunca fora tão praticante quanto os pais, mas, ainda assim, estaria se apagando, assim como apagava os nomes pelos quais às vezes chorava de manhã antes da chegada de Rémy?

– Nunca esquecerei, *mamusia* – sussurrou ela.

Mas e se já tivesse esquecido?

Em dezembro, Aurignon estava coberta por um manto de neve, a comida se tornara escassa, e *mamusia* se retraíra ainda mais. O Chanucá começara no dia três de dezembro, mas *mamusia* recusara a oferta generosa de velas preciosas de madame Barbier e dissera, seca, que não comemoraria sem o marido.

– É uma celebração de louvor e agradecimento – disse na primeira noite, deitada no escuro junto a Eva, sob uma pilha de cobertas para se proteger do frio. – E o que temos a agradecer? Além do mais, a menorá deve ser posta na janela para mostrar ao mundo que não nos envergonhamos. Mas aqui estamos nos escondendo de tudo que nos faz sermos quem somos. Não, Eva, não vamos acender velas no escuro para celebrar um milagre. Este ano, não.

A amargura que crescia na mãe assustava Eva, pois ela sentia que a mulher que conhecia estava desaparecendo. Enquanto Eva florescia, *mamusia* parecia estar endurecendo, tornando-se pedra.

– Bem, eu estou agradecida por estarmos as duas vivas e saudáveis – disse Eva. – Estou agradecida por estarmos juntas.

– Mas não estamos, não é? – disse *mamusia* após um longo silêncio. – Você só anda pensando naquele rapaz católico.

Eva tossiu.

– Quem?

– Você sabe exatamente de quem estou falando. Aquele tal de Rémy. Aquele cujo nome te faz corar. Aquele que você menciona tanto no jantar que estou começando a suspeitar de ser *ele* o verdadeiro motivo para você passar o dia entocada naquela igreja.

As palavras doeram, até porque Eva andava tentando ignorar o que sentia. Ela se envergonhou ao saber que mencionava Rémy com tanta frequência.

– *Mamusia*, ele é só alguém com quem trabalho.

– Você acha que não vejo, Eva? Que você anda por aí como se guardasse um segredo perigoso? Acha que não sei reconhecer uma paixonite? Você devia se envergonhar. Seu pai está preso, e você parece uma menininha apaixonada.

– *Mamusia*, não há nada entre Rémy e eu.

Mas a verdade era que, quanto mais tempo passavam juntos, mais aumentavam seus sentimentos por ele. Ele era bom, gentil e decente, e arriscava a vida todo dia por pessoas como ela. Como poderia ser um erro? Ela nunca antes se apaixonara, mas se perguntou se o começo era sempre assim: um desejo de se embeber daquela pessoa o quanto pudesse, mesmo se precisasse mandar a lógica às favas. Talvez a mãe estivesse certa, afinal.

– Eu... Me desculpa – murmurou Eva, baixinho. – *Mamusia*?

Não houve resposta. A mãe lhe deu as costas, virando para o outro lado da cama, e Eva olhou para o teto, tentando não chorar, até finalmente ser dominada pela exaustão.

Na manhã, após o fim do Chanucá, chovia quando Eva chegou à igreja, entrando e fazendo o sinal da cruz, como sempre fazia, para o caso de alguém vê-la. Tornara-se uma rotina se ajoelhar em um dos bancos por um ou dois minutos, antes de seguir para a biblioteca, para confirmar que mais ninguém estava por perto. Às vezes, havia mais alguém ali, rezando o terço ou ajoelhado diante da cruz, e Eva fingia orar também, até a pessoa ir embora. Ultimamente, contudo, Eva começara a achar aquele lugar perfeito para conversar em silêncio com Deus. Seria uma traição encontrar Deus em uma igreja católica, sendo judia? Ela se perguntou se, em algum lugar, o pai também ainda falava com Ele atrás de uma cerca de arame farpado em alguma terra desolada.

Naquele dia, a igreja estava vazia, e, quando Eva se ajoelhou para rezar, se pegou pensando nas palavras da mãe. "Você só anda pensando naquele rapaz católico." Será que *mamusia* estava certa? Estaria Eva abandonando a mãe, conforme aumentava a atração por Rémy?

– Por favor, Deus, me ajude a fazer a coisa certa – sussurrou Eva, antes de se levantar e seguir para a biblioteca.

No caminho até o altar, Père Clément apareceu e a cumprimentou com um aceno de cabeça e a expressão grave. Ela acenou de volta, sentindo um mau pressentimento formar-se na boca do estômago quando ele a seguiu, mancando, até a salinha escondida.

– Temos um problema – disse ele, assim que fechou a porta.

– É Rémy? – perguntou ela, imediatamente. – Está tudo bem com ele?

– Rémy? Ah, sim, que eu saiba, está tudo bem. Não, Eva, é um problema com os documentos.

Eva perdeu o fôlego.

– Os documentos?

– Você se lembra de falsificar documentos para um homem de nome Jacques Lacroix? A pedido dele, manteve o nome, mas mudou a data de nascimento e a profissão?

– Lembro, claro.

Eva fizera aqueles documentos na semana anterior. Ele tinha quase 24 anos, mas ela e Rémy tinham decidido diminuir a idade dele para dezessete, para evitar riscos de ser convocado para trabalho forçado, já que, na foto imberbe, poderia passar por adolescente. Ela não soubera qual era o papel dele na clandestinidade, mas Rémy o conhecia, e ela sentira que ele era importante, cuja proteção era vital. Ela sentiu a garganta apertar.

– Père Clément, o que fiz de errado?

– Não foi você – disse ele, imediatamente. – Seus documentos passariam por qualquer verificação, mas os papéis que você está usando, aqueles que não vêm da prefeitura... bem, parece que os alemães têm novos métodos para identificar carteiras e vistos feitos do tipo errado de papel.

Eva engoliu em seco.

– Ah, não. Monsieur Lacroix...

– Ele está bem. Alguém na cadeia aceitou suborno, e Lacroix já desapareceu. Mas, Eva, as autoridades estão começando a reparar que há alguém na área que faz falsificações, e boas falsificações. Isso põe você em perigo e também membros da nossa rede – disse Père Clément, e fez uma pausa. – Um dos líderes da clandestinidade nesta área, um homem que chamam de Gérard Faucon, aparentemente pode ajudar, mas, primeiro, precisa saber se você é de confiança.

– Claro que sou. O senhor não pode me recomendar?

– Já recomendei, mas ele mal me conhece. Veio de Paris e está tentando implementar algumas soluções que funcionaram lá. Ele gostaria de conhecê-la pessoalmente hoje.

Ele a olhou, com expectativa.

– Sim, claro. Rémy também irá?

– Não, ele... – começou Père Clément, mas se interrompeu bruscamente, escondendo o que estava prestes a dizer. – Não.

Um fio de preocupação percorreu Eva novamente.

– Mas está tudo bem com ele?

– Prometo. Vamos? Acho que os documentos de hoje podem esperar até a tarde.

Eva olhou ao redor, se demorando em *Epitres et Evangiles*, o Livro dos Nomes Perdidos, que se encontrava em uma estante, encaixado entre outros textos religiosos, bem disfarçado. Quanto mais nomes acrescentava às páginas, mais relutante se sentia ao deixá-lo para trás, mesmo que, ali, estivesse em maior segurança.

– Sim – disse ela, voltando a atenção ao padre. – Vamos.

Père Clément conduziu Eva pelo labirinto serpenteante de ruelas nevadas até uma escola que ela nunca vira, dentro da qual se encontravam algumas crianças, embrulhadas em suéteres e casacos desbotados, vendo uma professora escrever no quadro-negro.

– Lembre-se – murmurou Père Clément enquanto davam a volta até os fundos do prédio, esmagando neve com os pés –, Faucon só a conhece como Eva Moreau. Não é bom compartilhar sua identidade verdadeira.

Havia uma porta vermelha desbotada no outro lado da escola, e Père Clément bateu duas vezes, pausou, e bateu uma terceira vez. Em seguida, pegou uma chave no bolso e, sem olhar para Eva, destrancou a porta, entrou e fez sinal para que ela o seguisse.

Eles adentraram o que parecia ser uma sala de aula grande e abandonada nos fundos da escola. Estava escura, mas as janelas sujas permitiam a entrada de um pouco de luz e, conforme os olhos de Eva se ajustaram, ela enxergou mesas e cadeiras vazias e tortas. Era como se as crianças que estudavam ali tivessem fugido correndo, deixando rastros no caminho. Eva sentiu um pressentimento desagradável, mas não tão ruim quanto o que lhe ocorreu quando Père Clément, gentilmente, disse que planejava ir embora antes da chegada de Faucon.

– Ele quer encontrá-la sozinha – disse ele, olhando para a porta.

– Por quê?

– Acho que ele prefere manter entre o mínimo possível de pessoas algumas das coisas que quer discutir.

A voz de Père Clément soou tensa de repente, e Eva entendeu que, por algum motivo, Faucon estava afastando o padre.

– Perdão.

Parecia a coisa errada a dizer, mas o fez sorrir um pouco.

– Meu bem, você não tem motivo algum para pedir perdão.

– O senhor tem certeza de que esse homem é de confiança?

– Absoluta – disse Père Clément, sem nem hesitar. – Ele se provou muito talentoso e útil. E não se preocupe, Eva, não estarei longe. Se precisar de mim, estarei logo aqui fora. Tudo bem?

Ela assentiu, encontrando algum alento nas palavras, mas, quando Père Clément saiu para a manhã clara e gelada, fechando-a de novo no escuro, ela sentiu um desconforto. Os minutos se passaram, e ela se perguntou se deveria ir embora. E por que Rémy não estava lá? Ele estava tão envolvido quanto ela nas falsificações.

Ela ainda estava pensando nele, com cada vez mais desconfiança, quando a porta se abriu e um homem entrou, iluminado por um lampejo de luz congelante, com o colarinho do sobretudo de lã levantado, os olhos escondidos por um chapéu baixo. Quando ele fechou a porta, as sombras o envolveram e ele avançou.

– *Bonjour* – disse ele, a voz grave abafada pelo cachecol.

– *Bonjour*.

Havia algo de reconhecível nele, o que lhe causou uma sensação estranha, como se estivesse deixando de entender alguma coisa. Finalmente, quando ele desenrolou o cachecol, tirou o chapéu e sorriu, ela ficou boquiaberta.

– Joseph Pelletier? – arquejou.

– Ora, ora, se não é minha *petit rat de bibliothèque*. Como é possível?

Ele avançou um passo e a puxou em um abraço apertado, a cabeça dela a mil. Ela nunca imaginaria cruzar o caminho do charmoso estudante da Sorbonne novamente, certamente não ali, naquela nova vida, onde se tornara alguém que a Eva de antigamente mal reconheceria.

– Gérard Faucon é *você*?

– Eu mesmo. E você é Eva Moreau, a exímia falsificadora?

Eva assentiu, mesmo que as palavras dele a fizessem sentir-se boba.

– O que você está fazendo aqui, Joseph?

– Bom, lutando contra esses malditos alemães, é claro – disse ele, alegremente, finalmente soltando o abraço e levando uma mão gelada ao rosto dela.

Ele a olhou, inclinando a cabeça de leve, como se quisesse confirmar que era mesmo ela.

– Mas quem adivinharia que a jovem falsária talentosa de quem tanto ouvi falar era você?

Capítulo 17

O choque de ver Joseph levou dois minutos para se atenuar, e Eva deixou de encará-lo, incrédula.

Ele estava mais bonito do que nunca, o rosto delineado pela fome, os ombros largos, um cacho caindo elegante na testa, incitando nela a vontade de arrumá-lo. Ela sacudiu a cabeça. Estavam os dois lutando pela França, e ela sucumbia aos sentimentos como se fosse uma menininha boba.

– Mas... como você veio parar aqui?

– Eu perguntaria o mesmo, Eva. Como você se envolveu nisso? Devo dizer que achei inesperado.

Ela mal sabia por onde começar, então achou melhor indicar o momento em que tudo mudara.

– Levaram meu pai.

– Eu soube. Sinto muito.

Ela deu de ombros, tentando fingir que estava tudo bem, que aceitara aquele fato, mas, para seu horror, começou a chorar. Joseph a abraçou de novo, murmurando em seu cabelo enquanto ela tentava se recompor. Finalmente, envergonhada, ela se afastou.

– Eu... eu não sei o que houve. Faz meses que não choro por ele. Mas ver você aqui...

– Ver você também traz o passado de volta para mim, Eva.

A voz dele era ainda mais grave do que ela lembrava, quase como se o tempo o tivesse endurecido, transformado. Será que ele pensava o mesmo dela?

– Como você veio parar aqui? – perguntou ela.

– Claro que eu não deveria falar por causa dos protocolos, mas, pelo amor de Deus, você é Eva Traube – disse ele, rindo, como se mal pudesse acreditar. – Veja, Eva, eu estava trabalhando com uma rede semelhante em Paris. Lembra quando avisei dos planos da batida de julho e sugeri que você advertisse seus pais?

A pergunta foi feita com leveza, mas Eva sentiu a culpa nas palavras. Ele lhe dera a informação necessária para salvar o pai, mas ela a desperdiçara. Eva desviou o olhar.

– Eu tentei, Joseph, mas eles não acreditaram.

– Muitas pessoas não achavam que era possível – falou ele, imediatamente. – Mas agora sabemos a verdade. De qualquer forma, descobri que eu levava jeito para me manter um passo à frente do inimigo – disse ele, com um sorriso, e ela lembrou que, por mais charmoso que fosse, Joseph nunca fora muito modesto. – Quando surgiu a necessidade de expandir a rede para esta região da França, em conexão com a clandestinidade em Paris, me chamaram.

– Há quanto tempo você está aqui?

– Desde o fim de agosto – disse ele, e fez uma pausa. – E sua mãe, Eva? Ela também foi levada com seu pai?

Eva sentiu uma pontada de dor.

– Não, graças a Deus. Ela está aqui comigo.

Ele pareceu surpreso.

– Ora, então vocês tiveram sorte. Ela está bem?

Por um momento, Eva pensou em desabafar a história da amargura da mãe, da impressão de que ela culpava Eva pela prisão do pai. Mas Joseph não viera até ali para ouvir suas lamúrias, e ela sabia que seus problemas nem se comparavam ao peso que ele carregava, se era ativo na clandestinidade.

– Imagino que ela esteja tão bem quanto é possível – falou, por fim.

– Por favor, mande meus cumprimentos a ela.

– Ela adoraria vê-lo. Você pode vir jantar conosco hoje.

Eva sentiu-se boba no instante em que fez o convite. Não era como se ela pudesse oferecer uma refeição gourmet. Mesmo com o pequeno salário pago por Père Clément e uma boa quantidade de cartões de racionamento falsificados, era quase impossível obter alimentos decentes em pleno inverno. Na noite anterior, por exemplo, Madame Barbier servira uma panela de ervilha-forrageira, que passara o dia fervendo. Os grãos duros normalmente eram utilizados apenas para alimentar animais e, quando Eva tentou engolir algumas colheradas, entendeu o motivo: tinha gosto de chulé. Além do mais, mesmo se Joseph gostasse de comer ensopado de meia, ele deveria ter coisa melhor a fazer do que jantar com Eva e *mamusia,* e certamente tinha pessoas mais importantes a encontrar.

Portanto, ela se surpreendeu quando Joseph, após uma breve hesitação, sorriu.

– Quer saber? Eu adoraria. Levarei os materiais comigo.

– Materiais?

– O que eu queria apresentar para a falsária Eva Moreau. Ainda não acredito que é você – disse ele, dando um tapinha carinhoso na cabeça dela, como faria com uma criancinha. – Me dê seu endereço, que eu aparecerei para jantar.

– Estamos hospedadas na pensão de Madame Barbier. Sabe onde fica?

– Sei. E, lembre-se, Eva, você não pode contar a ninguém minha verdadeira identidade – disse ele, sacudindo a cabeça antes de acariciar o rosto dela uma última vez com a mão ainda gelada. – Quem diria, a pequena Eva Traube lutando contra os alemães? Nunca paro de me surpreender.

Em seguida, voltando a enrolar o cachecol e vestir o chapéu, ele se foi, sumindo pela manhã ensolarada.

No caminho breve até a igreja, Eva não contou a Père Clément que Joseph era um conhecido do passado; só disse que a reunião correra bem e, grata, aceitou o silêncio confortável que se estabeleceu. Ele se despediu na porta da igreja, com um beijo paterno na testa, e Eva entrou na pequena biblioteca com a cabeça a mil, repleta de pensamentos.

– E então? Conheceu Faucon?

A voz de Rémy a assustou a ponto de fazê-la soltar um gritinho; ele estava nas sombras da estante dos fundos, e ela entrara tão atordoada que não reparara. Ele saiu da escuridão, franzindo a testa.

– Imagino que ele quisesse dizer tudo que estamos fazendo de errado por aqui? – perguntou Rémy.

– Na verdade, o achei muito agradável.

– Não é exatamente como eu o descreveria.

Eva piscou, surpresa.

– Vocês se conhecem?

– Já o encontrei duas vezes. Se ele passasse tanto tempo trabalhando quanto passa penteando o topete no espelho, talvez já tivéssemos derrotado os alemães.

– Rémy, não o achei tão ruim...

Ela queria explicar que, desde pequena, estudara com o homem que Rémy conhecia como Gérard Faucon, que ele conhecia a mãe dela e ela conhecera os pais dele, que sabia que ele era uma pessoa decente, mesmo que um pouco egocêntrica. Contudo, isso seria revelar informações que não eram sua responsabilidade.

– Acho que ele é razoável. Nosso santo só não bateu. Então, diga. O que ele queria criticar?

– Ainda não sei. Ele disse que explicará hoje à noite.

Rémy levantou a sobrancelha.

– Hoje à noite?

– Isso. Ele, hum, virá jantar comigo.

Mágoa percorreu o rosto de Rémy, e ele desviou o olhar.

– Entendo. É um encontro?

– Não, não, claro que não.

Mas Eva não podia elaborar. Ela engoliu em seco e mudou de assunto:

– Então quer dizer que vocês já se encontraram algumas vezes? Por quê?

Rémy voltou a olhá-la, com uma expressão triste.

– Tenho buscado formas de me envolver mais com o trabalho, Eva. Achei que ele pudesse me ajudar.

– Você já faz tanto! Veja só as crianças que ajudamos juntos.

– Mas você nunca deseja fazer mais? Às vezes me sinto tão impotente aqui, especialmente desde a chegada dos alemães, mês passado – disse ele, com um suspiro. – Algumas semanas atrás, pedi uma reunião com Claude Gaudibert. Já ouviu falar dele?

Eva assentiu. Era o codinome usado pelo líder da Resistência na área deles; ela ouvira Père Clément e Madame Noirot mencioná-lo.

– Bem, ele mandou Faucon como representante, mas aparentemente eu não causei boa impressão. Ele me fez muitas perguntas sobre o trabalho que estamos fazendo aqui e disse que me daria notícias sobre outras formas de ajudar. Eu não tive notícias dele até o começo desta semana. Ele disse que Gaudibert queria saber se eu estaria disponível para outras operações.

– Que tipo de operação?

O olhar de Rémy voltou a encontrar o dela.

– Ele precisa de mais transportadores para ajudar a acompanhar as crianças pela fronteira da Suíça. Parece que há uma necessidade imediata, pois um dos homens que normalmente agia nessa rota foi preso.

– Mas, Rémy, deve ser muito perigoso. Você não está considerando, está?

Eva sentiu-se lacrimejar e sabia que Rémy notou, pois ele finalmente suavizou a expressão, dando um passo à frente e acariciando o rosto dela.

– Preciso fazer isso, Eva. Preciso ajudar. É isso que vim contar para você hoje. Já falei com Père Clément.

– Contar o quê?

– Que parto hoje à noite com meu primeiro grupo de crianças.

O corpo dela congelou inteiro.

– Ho... hoje? Mas estamos em pleno inverno. Uma travessia dessas certamente é perigosa.

Ele sacudiu a cabeça.

– Fui informado de que as crianças atravessam perto de Genebra, sem passar pelos Alpes, então o clima não é um empecilho tão grande. Na verdade, como limita os movimentos das tropas, serve a nosso favor.

– Mas, Rémy, e se alguma coisa acontecer com você?

– Eu tomarei cuidado.

Ele se aproximou mais um passo, respirando quente contra o rosto dela e, por um segundo, ela acreditou que fosse beijá-la. Contudo, ele simplesmente roçou a boca na testa dela e se afastou imediatamente, como se tivesse se queimado.

– Enfim, aproveite bem seu jantar com Faucon.

– Rémy, eu...

Mas ele já lhe dera as costas e, alguns segundos depois, se fora, fechando a porta ao passar. Eva pensou em segui-lo, implorar a ele que desse o trabalho de transportador para outra pessoa, mas por que ele a escutaria? Afinal, ele não lhe devia nada.

Como Gaudibert poderia arriscar a vida de Rémy com tanta facilidade? Se ele fosse capturado, como a rede absorveria a perda de um falsificador tão talentoso? Ela tentou afastar aqueles pensamentos, voltar a atenção para as dezenas de documentos que precisava falsificar ainda naquele dia, mas sabia que não conseguiria se concentrar. Sempre que piscasse, veria Rémy, sozinho e com frio em uma nevasca, diante de um fuzil nazista.

– Joseph Pelletier?

O olhar de *mamusia* se iluminou quando Eva chegou em casa, mais cedo do que de costume, para informar que teriam um convidado inesperado para o jantar daquela noite – mas que não podiam mencionar o nome verdadeiro dele diante de Madame Barbier. Fazia meses que Eva não via a mãe tão feliz.

– Ora, é um milagre! Você sabe o que ele gosta de comer, *moje serduszko*? Vamos preparar um jantar especial.

– *Mamusia*, tenho certeza de que ele entende tão bem quanto nós como funciona o racionamento e ficará agradecido pelo que tivermos a oferecer.

– Mas é *Joseph Pelletier*! Era o menino mais bonito da sua escola, e ainda vem de uma boa família. Certamente posso pedir a Madame Barbier e seu amigo fazendeiro que nos ajudem.

Eva mordeu o lábio antes de responder.

Quando Joseph chegou, logo após o anoitecer, ele tinha trocado de roupa e vestia um suéter de lã cinza-escuro e calças pretas bem passadas, dando a impressão de que acabara de chegar de um café elegante parisiense. *Mamusia* o cercou de carinhos, exclamando como ele estava bonito, como era ótimo vê-lo, que honra era recebê-lo para jantar. Madame Barbier, que conseguira um frango precioso e algumas batatas para tamanha ocasião, também parecia muito impressionada. Ela tinha envolvimento o bastante na organização clandestina para conhecer o nome Gérard Faucon e para saber que ele tinha importância na Resistência.

– Jo... *Gérard* – disse *mamusia*, se aproximando, faminta, quando Madame Barbier abriu uma garrafa de vinho para eles e, relutante, se foi, deixando-os em paz. – Não é extraordinário que você e Eva tenham se reencontrado aqui, tão longe de casa?

– *Mamusia* – advertiu Eva, sussurrando.

Joseph sorriu, primeiro para *mamusia* e depois para Eva, deixando seu olhar demorar-se nela.

– Bem, Eva também é muito extraordinária.

Mamusia corou e se abanou dramaticamente, como se fosse ela própria o alvo do elogio de Joseph.

– Ah, você é muito gentil, Joseph. Ela é um partido e tanto, não é?

– *Mamusia*, por favor!

Joseph sorriu de novo para Eva, encontrando o olhar dela.

– Ela é, sim, certamente.

– Talvez a gente possa mudar de assunto – disse Eva, entredentes.

– Muito bem.

A mãe suspirou e começou a contar a história de uma festa à qual fora por convite dos pais de Joseph no verão de 1937, no enorme apartamento deles na Rue du Renard, e que comentara com o marido que ali era o ápice do glamour e da elegância. Contudo, ao mencionar *tatuś*, ela perdeu o fio da meada, o sorriso foi murchando, e olhou para a porta, como se tivesse alguma esperança de que ele pudesse aparecer a qualquer momento.

– Fiquei muito triste de saber da deportação do marido da senhora – disse Joseph, sério, tocando a mão de *mamusia*.

– Obrigada, Joseph – disse *mamusia*, fungando. – Mal posso esperar para reencontrá-lo após o fim da guerra. Mas agora sinto muita saudade.

Eva engoliu em seco, olhando para o prato. *Mamusia* parecia ter cada vez mais dificuldade de aceitar a possibilidade de que talvez não houvesse reunião alegre com *tatuś* no futuro.

– *Mamusia* – disse ela, baixinho, mas Joseph pegou a mão de Eva sob a mesa, a apertou com carinho e não a soltou.

– Madame Traube, seria um prazer perguntar por ele, caso seja de alguma ajuda – disse Joseph, e Eva viu a mãe levantar a cabeça em um gesto abrupto.

– Perguntar pelo meu Leo? – perguntou *mamusia*, a voz aguda e fraca. – É possível?

Joseph deu de ombros, como se não fosse nada obter informações de um campo de trabalho forçado nazista, como se houvesse uma secretária de correspondência à espera da carta dele na terra da morte e do desespero.

– Tenho muitos contatos – disse ele. – Seria um prazer tentar descobrir se alguém sabe me dizer onde o marido da senhora se encontra agora. Tenho certeza de que ele pensa na senhora o tempo todo, Madame Traube.

– Joseph, acho que não... – começou Eva.

– Ah, Joseph – interrompeu *mamusia*, os olhos reluzindo de lágrimas, abrindo um sorriso imenso. – Sempre soube que você era um menino maravilhoso. Sempre falei, não é, Eva, querida? Você deveria acabar com um bom menino judeu, que nem Joseph, é o que eu sempre digo.

Eva cobriu os olhos com a mão direita, morta de vergonha, mas Joseph não riu, nem soltou sua mão esquerda. Ele só a apertou mais forte e começou a acariciar a palma com o polegar, em um gesto de conforto e intimidade.

– Bem, Madame Traube, seria uma sorte imensa encontrar uma mulher como Eva. A senhora e seu marido criaram uma filha incrível.

Mamusia se abanou de novo e soltou uma gargalhada adolescente antes de pedir licença para buscar a comida na cozinha. Assim que ela se foi, Eva soltou um gemido.

– Mil desculpas pela minha mãe. Ela parece achar que estamos em um encontro romântico.

– E seria assim tão ruim? – perguntou Joseph, esperando, até que ela o olhou com surpresa. – Você deve admitir, Eva, que faríamos um bom par.

Eva soltou a mão dele e olhou para baixo, envergonhada, de repente.

– Joseph, eu...

– Ah, não se preocupe, Eva – disse Joseph, rindo. – Meu trabalho não permite muito tempo para romance. Só quis dizer que você é um encanto e parece ter mudado muito desde a última vez que nos vimos – falou, esperando Eva voltar a encontrar seu olhar. – É tão errado de minha parte?

– Obrigada – disse ela, sentindo-se como a menina tímida que um dia fora, agora desesperada para mudar de assunto. – Você, por acaso, sabe quão perigoso é para membros da clandestinidade trabalharem no acompanhamento de crianças judias na travessia da fronteira suíça?

Joseph caiu na gargalhada.

– Achei que estivéssemos tendo um momento, Eva, e agora você me pergunta sobre a segurança de nossos transportadores? Isso não é seu forte.

Ela sentiu-se corar ainda mais.

– Estou só preocupada com alguém.

Ele parou de sorrir.

– Ah. Seu parceiro de falsificação. Rémy, não é?

– É, isso mesmo.

– Vai ficar tudo bem, Eva. Ele sabe se cuidar.

Ela procurou o olhar dele.

– Você não gosta dele. Por quê?

– É que, em momentos como este, acho mais confortável me cercar de pessoas mais previsíveis, pessoas como você.

Eva se perguntou se era só sua imaginação que fazia aquele comentário parecer uma ofensa. Estaria Joseph ali por acreditar que ela era a mesma Eva de sempre, a dócil estudante de Literatura Inglesa que nunca se pronunciava, a menina inexperiente e inocente cujo nervosismo a impedia de paquerar?

– Não sei. Acho que há certo valor em ser capaz de mudar, quando necessário. Caso contrário, nunca cresceríamos.

Joseph ergueu uma sobrancelha.

– Você está certíssima, Eva. Só quis dizer que admiro seu caráter, sua estabilidade. É bom saber que sempre saberei como me portar com você.

Ele abriu outro sorriso charmoso.

– Então você acha que Rémy ficará bem? – insistiu ela.

– Bem, ele está viajando com documentos que vocês dois fizeram juntos, então imagino que haja fortes motivos para crer que ficará tudo bem. Aproveitando, Eva, vamos voltar ao assunto que eu gostaria de discutir com você.

Ele esticou o pescoço para olhar pelo corredor. Satisfeito por notar que *mamusia* aparentemente tentava deixá-los a sós por um instante, ele voltou-se para Eva.

– Veja bem – começou –, os documentos que você tem forjado são ótimos. E o seu trabalho com os carimbos é genial. Mas os papéis de base têm sido pegos em análise ultimamente.

Eva arregalou os olhos. Será que houvera mais problemas, além do que soubera, com o *résistant* Lacroix?

– Joseph, eu sinto muitíssimo. Alguém foi pego por causa de nosso trabalho?

– Não importa. O problema é que o papel em que os documentos são impressos precisa ser mais convincente.

Eva sentiu-se corar.

– Nós... nós tentamos fazer papéis melhores, mas não é nossa especialidade.

Ela sempre soubera que aquele era o ponto fraco de seu trabalho. Documentos diferentes eram impressos em tipos de papel inteiramente diferentes – alguns de trama fechada, outros finos, alguns com textura, outro sem –, e ela e Rémy faziam o possível para utilizar as variedades corretas. Rémy até experimentara a fabricação de papel, usando polpa de celulose e água, mas não houvera tempo de acertar, considerando a quantidade de documentos que precisavam ser feitos. Eles eram só dois, e os dias nunca tinham horas o bastante.

– Não é sua culpa; é culpa da rede por não fornecer os materiais necessários. Mas isso está prestes a mudar.

Joseph se levantou e foi até o gancho na parede onde pendurara o sobretudo. Do bolso, ele tirou um embrulho da grossura de um dicionário e, enquanto voltava à sala de jantar, Eva se perguntou como ele conseguira disfarçá-lo tão bem.

– Aqui – disse, entregando o embrulho a ela.

– O que é isso?

Ele olhou mais uma vez para o corredor. A mãe dela e Madame Barbier tinham sumido de vista.

– Abra. Rápido.

Eva soltou o fio que amarrava o embrulho e desdobrou o papel pardo. Lá dentro havia uma resma de papéis diferentes, alguns mais grossos, outros da finura do mata-borrão, em uma variedade de formatos, de cartões de racionamento a atestados de desmobilização. Ela os folheou e olhou para Joseph, impressionada.

– Esses são diferentes de tudo que já conseguimos aqui. Como...

– São fabricados na Argélia livre e caem aqui de paraquedas.

– De paraquedas? – perguntou Eva, que já ouvira rumores de armas mandadas assim pelos Aliados, mas nunca papéis. – Quem manda?

Joseph sorriu.

– Quanto menos você souber, melhor. Mas esses devem durar um bom tempo. Agora, guarde-os em segurança por hoje. Deixarei algumas pessoas de olho em você no caminho até a igreja amanhã, mas você não deve ter problema nenhum, desde que guarde o embrulho no casaco. Os alemães sabem que há uma organização falsificadora bem debaixo do nariz deles, mas não estão procurando por moças. Muito menos moças tão belas como você.

Ela sentiu-se corar.

– Obrigada. Vou escondê-los no quarto.

Ela se levantou.

– Que bom – disse Joseph, dando um tapinha na barriga. – Agora estou faminto. Onde está sua mãe com a comida?

Joseph foi embora uma hora depois – cheio de frango, vinho e café improvisado com um toque de creme de verdade – e, na saída, tranquilizou a mãe de Eva, dizendo que faria o possível para ter notícias de *tatuś*.

– Então você acredita mesmo, como eu, que ele está vivo e saudável? – perguntou *mamusia*, segurando a mão dele.

– Acredito, sim, Madame Traube – disse ele, se despedindo dela com dois beijos. – Temos todos os motivos para nos manter otimistas.

Eva vestiu um sobretudo para acompanhar Joseph até a saída. Estava nevando, e as ruas estavam escuras, vazias e geladas pelo vento.

– Você acha mesmo que conseguirá notícias do meu pai?

Joseph demorou para responder.

– Você certamente deve saber que ele pode estar morto, Eva.

Ela engasgou-se em um soluço. Claro que sabia que era provável, mas ouvir aquelas palavras, ditas com tanta clareza, era como um tapa na cara. A pena no olhar de Joseph era ainda pior.

– Então por que dizer à minha mãe que acredita que ele está vivo?

– Eu só queria oferecer um pouco de conforto. E acho que consegui.

Ele levantou a gola do sobretudo, o vento carregando lufadas de neve.

– Esperança vazia não é conforto, Joseph – protestou Eva.

Joseph se aproximou e acariciou o rosto dela, gentil, com o dedo áspero e frio.

– Discordo – disse, baixinho. – Estamos todos fingindo ser quem não somos, não é?

Ele abaixou o rosto e a beijou suavemente na boca, se demorando lá por alguns segundos. Quando ele se afastou, encontrou o olhar dela.

– Em épocas como esta, acho que o único jeito é mentir para nós mesmos – disse.

Capítulo 18

Pelos quatro dias seguintes, Eva trabalhou freneticamente, produzindo carteirinhas de biblioteca, cartões de associação a sindicato, cartões de racionamento, certificados de desmobilização – todo tipo de documento que não pudera reproduzir fielmente antes de receber os papéis da Argélia livre. Carteiras de identidade eram fáceis, porque os documentos em branco eram vendidos em várias lojas, e certidões de batismo e nascimento também eram relativamente básicas quando se pegasse o jeito dos vários carimbos e selos, assim como as diferenças entre os documentos de cada região. Os outros, contudo, eram muito mais difíceis, e portanto tinham se tornado os documentos de apoio que os alemães examinavam com atenção, caso tivessem qualquer desconfiança.

Rémy ainda não voltara, mas ele e Eva tinham passado os meses anteriores transformando a pequena biblioteca da igreja em uma oficina, equipada com uma guilhotina de corte para acertar as margens do papel, uma máquina de escrever Underwood, dois grampeadores, uma dezena de frascos de produtos químicos, corretivo líquido para apagar cartões de racionamento e uma coleção de tintas minuciosamente preparadas que Rémy misturara para replicar os tipos usados com mais frequência nos documentos oficiais. Havia carimbos de borracha comuns que Eva esculpira com cuidado, assim como uma dúzia de prensas para carimbos menos frequentes, mas que precisariam de reprodução rápida, e um aparelho simples a manivela que Rémy criara para dar uma aparência mais antiga aos documentos, usando poeira e grafite velho de lápis. Havia até uma máquina de costura Singer velha, doada por uma moradora muitos anos antes, que Eva notara, havia um mês, que poderia ser usada para cortar selos se trocasse somente a agulha fina por uma maior.

À noite, todos os materiais – exceto pelas máquinas de escrever e de costura – eram guardados em gavetas de fundo falso, ou entre livros nas estantes, dando a impressão de inocência ao espaço, mesmo que perdurasse o cheiro de produtos químicos.

Joseph apareceu na igreja na manhã de quinta-feira, levando um novo pacote de papéis que chegara do norte por meio de um transportador. Père Clément o levou à pequena biblioteca, o que assustou Eva, que se acostumara a ver somente Rémy e o padre naquele espaço particular. Quando o padre pediu licença e os deixou a sós, Eva sentiu que, de certa forma, ele violara sua confiança. Contudo, não seria razoável esperar que Père Clément escondesse aquela sala secreta de um membro da rede de Resistência na qual ele tanto confiava, seria?

– Você está fazendo um trabalho extraordinário aqui, Eva – disse Joseph, olhando fascinado para as máquinas, as tintas e os produtos químicos, antes de sentar-se ao lado dela e tocar suas costas de leve.

O gesto era íntimo, e Eva se afastou um pouco. Não estava incomodada com o toque. Sabia bem que, não tanto tempo antes, ela sonhara acordada com aquele toque. Não, o problema era que ele se sentara em uma cadeira que pertencia a outrem.

– Obrigada, mas esta semana tem sido difícil, trabalhando sozinha. Você teve notícias de Rémy?

– Não, mas, se alguma coisa tivesse dado errado, já estaríamos sabendo. Essas coisas demoram. Ele vai voltar.

Joseph se levantou e se despediu dela com um beijo em cada bochecha.

– Mande um abraço para sua mãe – disse ele, e se foi, fechando a porta ao passar.

Eva estava debruçada na mesa, preenchendo cartões de racionamento, quando a porta voltou a ser aberta, vinte minutos depois. Ela se virou, acreditando que fosse Joseph, trazendo alguma coisa que esquecera antes, e, quando viu Rémy entrar, se levantou de um pulo e se jogou nos braços dele.

– Ah, Rémy, você está bem! – exclamou.

Ele hesitou antes de puxá-la contra o peito e apertar o rosto no cabelo dela. Ele não disse uma palavra, mas ela sentiu seu peito acelerar, e já bastava. Estava vivo, estava ali, e estava nos braços dela. Ele a abraçava com tanta força quanto ela o segurava, e isso deveria ter importância.

Quando ele finalmente se afastou, Eva o encarou, observando os arranhões no rosto, o corte no pescoço, o hematoma amarelado abaixo do olho esquerdo.

– Você se machucou.

Ele tocou o hematoma, parecendo surpreso por encontrá-lo ali.

– Não foi nada.

– E as crianças?

Ele sorriu um pouco.

– Eram quatro, todas da Polônia. Aquelas cujos documentos criamos semana passada.

– Arlette, Jeanine, Jean-Pierre e Roland.

Ela preferia lembrar os nomes de verdade, em vez dos falsos que lhes dera. Eram crianças de 2 a 7 anos – muito novas para precisarem correr para sobreviver.

Ele assentiu.

– Páginas cento e sete a cento e dez do nosso livro. Estão bem e em segurança, em Genebra.

– Ah, graças a Deus. E você? Rémy, quem fez isso com você?

– Eu voltei, Eva, e estou bem. O resto não importa – disse ele, e desviou o olhar. – Fiquei preocupado com você.

– Mas era você que estava em perigo.

– Ainda assim, era só em você que eu pensava.

Rémy tossiu e desviou o rosto, e ela ficou agradecida por ele não ver seu rosto em chamas.

– Então – disse ele, sem olhá-la –, como foi seu jantar com Faucon?

O tom cortante na voz dele substituiu o calor de meros segundos antes, e a mudança abrupta a perturbou.

– Foi bom, Rémy. Ele vai trabalhar mais conosco a partir de agora, trazendo materiais.

Rémy levantou as sobrancelhas.

– Materiais?

Eva apontou para a mesa.

– Papel muito melhor do que conseguimos sozinhos. Precisamos dele.

Rémy olhou para os documentos na mesa e tensionou o maxilar.

– Claro. Faucon salvou o dia.

– Rémy...

– Perdão – disse ele, piscando algumas vezes, antes de finalmente suspirar, relaxando os ombros. – É que... foram dias longos. A destruição fora das maiores cidades... – falou, hesitante, e sacudiu a cabeça. – Eva, não consigo deixar de sentir que ainda não faço o bastante.

Um calafrio a percorreu.

– Mas claro que faz. O trabalho que fazemos aqui é inestimável. E, agora que você voltou, podemos fazer ainda melhor com esses papéis...

– Eva, em um mundo perfeito, não haveria nada que eu preferiria mais do que ficar aqui com você. Mas sair daqui, viajar com aquelas crianças... Tem muito mais a ser feito. E não posso fazer aqui.

Ela sentiu um nó no estômago. Entendia o que ele dizia, o significado, mas ele precisava ver que estava enganado.

– Eu preciso de você, Rémy. Quer dizer... temos tanto trabalho a fazer.

Tarde demais, ela apontou para os documentos na mesa, mas sabia que ele ouvira o significado real por trás das palavras. Ele desviou o olhar e, quando voltou-se para ela, havia tanta dor em sua expressão que doeu também nela.

– Quero construir uma França melhor para você, Eva – disse ele, baixinho. – Um país no qual você poderá viver. Não posso fazer isso se ficar aqui.

– Prometa que vai esperar antes de tomar uma decisão.

Ela prendeu a respiração, e ele sustentou seu olhar por um bom tempo.

– Prometo.

À noite, jantando um caldo aguado de carne com macarrão fino, *mamusia* estreitou os olhos para Eva, que conversava sobre amenidades com Madame Barbier e tentava não se preocupar com Rémy e com as decisões que ele tomaria sem ela. Depois de tirarem a mesa, Madame Barbier subiu para se deitar, e Eva e *mamusia* ficaram lado a lado na pia, a filha secando os pratos que a mãe lavava.

– Você está jogando fora uma oportunidade enviada por Deus, *moje serduszko* – disse *mamusia* de repente, quebrando o silêncio desconfortável.

– Que oportunidade?

– Joseph Pelletier, é claro.

– *Mamusia*...

– Dá para ver que ele está interessado em você. Ele mesmo disse: você é um ótimo partido. Está imersa no seu trabalhinho de falsificação a ponto de não enxergar? Ele é perfeito para você, Eva. E certamente foi o destino que o trouxe para cá.

– Na verdade, acho que foi a Resistência – murmurou Eva.

– Pode fazer quantas piadinhas quiser, mas não pode fugir do plano de Deus. Ele trouxe Joseph bem à sua porta. O que mais precisa ver? Não pode imaginar a felicidade do seu pai se, ao voltar da Polônia, a encontrasse em um casamento feliz com um jovem judeu cujos pais conhecemos?

– Acho que *tatuś* já ficaria feliz de voltar e nos encontrar vivas.

– Você pode me ouvir pelo menos uma vez, Eva? Sei que você acha que não sei do que estou falando, que sou apenas uma velha boba. Mas tradição é importante. Manter-se juntos em momentos difíceis é importante. Nossa *fé* é importante, por mais que você esteja decidida a abandoná-la.

Eva jogou o pano de prato na pia e piscou, contendo lágrimas.

– Não estou abandonando minha fé, *mamusia*!

– Você parece achar que sou cega, Eva, mas eu vejo bem como você fala daquele rapaz católico. Eu avisei, e você não me ouviu.

As palavras, frias e cheias de vergonha, foram como um tapa no rosto de Eva. Ela sentiu o rosto arder, o sangue subir carregando culpa e confusão.

– *Mamusia*, você nem o conhece. Rémy é um homem bom.

– Há muitos homens bons por aí, Eva, mas você quer perder tempo com um papista? Você acha que ele é melhor do que sua origem, mas não pode fugir de quem é.

– Não estou tentando fugir!

– Ah, Eva, você está fugindo desde que chegamos.

Quando Eva se virou para discutir, levou um susto repentino ao reparar como a mãe emagrecera. Como não notara antes? As omoplatas pareciam asas de passarinho, as clavículas, pontas protuberantes sob a gola da blusa. Eva sentiu uma pontada de preocupação, mesmo em meio à raiva e à mágoa.

– *Mamusia*, não estou fugindo. Estou só... estou sentindo coisas que não esperava. Mas não aconteceu nada.

O rosto de *mamusia* ficou vermelho.

– Então você admite? Você o ama?

– Não foi o que falei.

– Bem, só lembre o seguinte. Eu e seu pai saímos da Polônia quando jovens em busca de uma vida melhor... para nós e para o filho que desejávamos ter um dia. Você, Eva, foi essa filha, nascida livre por causa dos nossos sacrifícios. Se jogar isso fora, estará nos traindo de uma forma que não poderá consertar.

– *Mamusia*...

A mãe já se dirigia à porta.

– Estou decepcionada com você, Eva, mais decepcionada do que nunca.

Eva ficou muito tempo parada ali, olhando para o lugar da mãe mesmo depois de ela ter ido embora, com a cabeça a mil, e se perguntando por que parecia que todo mundo que ela amava estava decidido a magoá-la.

Na tarde seguinte, Eva estava trabalhando sozinha quando Père Clément apareceu à porta da pequena biblioteca.

– Como vai o trabalho? – perguntou ele.

– Os novos papéis estão ajudando – disse Eva, apontando, com um suspiro, para a pilha alta de documentos que já preparara. – Eu... eu não conseguiria fazer isso sem Rémy. O senhor sabe disso, não sabe?

– Eu também gostaria que ele ficasse – disse Père Clément. – Mas a rede clandestina talvez precise dele em outro lugar. Ele se provou bom no transporte e também pode ser útil em outras tarefas.

– Ele é útil aqui. Não posso fazer isso sozinha.

Père Clément suspirou.

– Provavelmente mandariam alguém para substituí-lo e trabalhar com você.

Eva piscou, incrédula. Como ele poderia acreditar que alguém seria capaz de substituir Rémy?

– Père Clément...

– O trabalho que você faz aqui é muito importante, Eva. Você sabe disso, não sabe?

Ela abaixou a cabeça.

– Sei, mas...

– Eva – interrompeu ele –, você pode parar por uma hora, mais ou menos? Gostaria de mostrar uma coisa a você.

Ela hesitou, mas assentiu. Sem dizer nada, ele a conduziu para fora da biblioteca e da igreja, saindo para a tarde ensolarada.

Em silêncio, caminharam pelo centro da cidade. Gelo pendia das calhas, cintilando na luz clara, e neve imaculada cobria os telhados de barro. Père Clément cumprimentou com um aceno educado uma dupla de soldados nazistas encostados em um prédio, e Eva desviou o olhar. Eles andavam mais presentes, de uniformes engomados, olhares ameaçadores. Chamavam muita atenção naquela cidade pequena, onde novos moradores – mesmo sem uniforme alemão – causavam alvoroço.

– Posso fazer uma pergunta? – disse Eva, quando saíram da praça e desceram a silenciosa Rue Girault.

– Sempre, Eva.

– O senhor acha que... – começou, e respirou fundo. – O senhor acha que estou traindo minha religião? E meus pais?

Ele a olhou, surpreso, e os dois interromperam a conversa para cumprimentar Monsieur Deniaud, que estava na frente do açougue em conversa intensa com um gendarme uniformizado que Eva já vira pela cidade. Monsieur Deniaud o cumprimentou, distraído, e o gendarme nem os notou.

– Eva, claro que não acho – disse Père Clément, enquanto entravam em um beco estreito e escuro entre dois prédios de pedra. – Por que diz isso?

Eva sentiu vergonha das lágrimas que subiram aos seus olhos.

– Minha mãe – foi tudo que conseguiu dizer.

– Ah, Eva.

Père Clément a olhou com uma expressão triste. Um gato desgrenhado, cujas costelas magras se destacavam na pelagem parca, saiu por uma porta escura e correu para trás de uma bicicleta nevada encostada no muro, e Eva sentiu uma pontada de tristeza pelo animal. Ele morreria de fome ali, ou de frio, se ninguém o resgatasse logo.

– Talvez ela esteja certa – murmurou Eva. – Não oro como ela, e sei que deveria. As tradições sempre foram mais importantes para meus pais do que para mim, e acho que eu deveria sentir vergonha disso, especialmente agora. Especialmente quando os alemães tentam nos apagar.

Père Clément suspirou.

– Eva, há vantagens em seguir as regras de uma religião ao pé da letra. Sabe-se bem que essas regras são grande parte da vida de um padre. Mas, se aprendi uma coisa desde o início desta guerra, é que, desde que tenhamos fé, nós a levamos conosco, para o que quer que façamos, aonde quer que vamos, se nossas intenções forem puras – disse ele, virando a esquina da Rue Flandin, uma ruazinha residencial com vista para as colinas nevadas. – Acho que o mais importante é o que está em seu coração. Você ainda acredita em Deus?

– Claro que sim.

A pergunta a pegou desprevenida, porque, mesmo em meio a tanta escuridão, mesmo quando ela duvidava de que Deus ouvia, ela nunca duvidara Dele.

– E você se tornou católica desde que começou a trabalhar na igreja?

Ela o olhou com firmeza.

– Claro que não!

Ele sorriu.

– É esse o medo da sua mãe, não é? Que você espontaneamente se torne uma de nós?

Eva hesitou.

– É. Ela... ela fala do catolicismo como se fosse um dos piores horrores que pudessem acontecer com alguém. Perdão – acrescentou, apressada.

Père Clément sacudiu a cabeça.

– Eva, ela está simplesmente assustada. E não a culpo. Você encontrou um modo de ajudar, de fazer o bem, mas pense em como ela deve se sentir impotente, especialmente desde que seu pai se foi. Você não pode culpá-la por temer perder você também. E, se isso ajudar a tranquilizá-la, você pode tentar orar com ela com mais frequência. Talvez também encontre conforto nisso. Mas, acima de tudo, lembre-se de ouvir o que está em seu coração. Você não deve ser convencida pelas palavras dela, nem pelas minhas. Só você conhece sua relação com Deus, e nunca deve deixar ninguém tirá-la de você.

Eva sentiu uma certa paz quando o silêncio confortável se estabeleceu entre eles.

– Obrigada, Père Clément.

– Pode sempre me procurar, Eva. E sempre pode procurar Deus, também. O caminho da vida fica mais escuro quando escolhemos percorrê-lo sozinhos.

Um momento depois, Père Clément virou à direita em uma ruazinha perpendicular, a Rue Nicolas Tury, e Eva foi atrás. Ele parou abruptamente diante de uma casa de pedra estreita, de três andares, com uma varanda estreita sobressalente. Ele bateu uma vez à porta preta e descascada, parou, e em seguida bateu de novo, três toques rápidos. Fez-se um longo intervalo antes de a porta ser aberta por alguém que Eva reconhecia da igreja, mas com quem nunca falara, uma mulher matronal de olhos estreitos e cabelo grisalho preso em um coque, que abriu um enorme sorriso ao reconhecer o padre.

– Père Clément!

Ela se aproximou e o cumprimentou com dois beijos nas bochechas. Quando viu Eva, estreitou os olhos de novo.

– A que devo tal prazer? – perguntou.

– Madame Travere, eu gostaria de apresentá-la a Mademoiselle Moreau – disse Père Clément, com um gesto formal para Eva. – Mademoiselle Moreau, Madame Travere.

Madame Travere cumprimentou Eva com um aceno de cabeça, mas ainda parecia desconfiada.

– E o que traz Mademoiselle Moreau aqui hoje? – perguntou, voltando a olhar para Père Clément.

– Ela é uma de nós – disse Père Clément. – E gostaria de apresentá-la às crianças.

Madame Travere ficou imóvel por um segundo.

– Père Clément, com todo o respeito, gostamos de limitar as interações delas com desconhecidos – falou, e se virou para Eva, com um sorriso frio. – Sem dúvida, a senhorita entende.

– Madame Travere – disse Père Clément –, tenho certeza de que a senhora está familiarizada com os documentos e vistos falsificados que temos usado para transportar as crianças.

– Não sei do que...

– Mademoiselle Moreau é a responsável por fazê-los – disse Père Clément, interrompendo o protesto de Madame Travere.

Um pouco da frieza se dissipou do rosto da mulher quando ela voltou a analisar Eva.

– Não me diga.

– É difícil para ela, acredito, passar o dia todo trancada na igreja, sem contato com as pessoas que salva. Ajudaria lembrá-la exatamente o motivo de se arriscar tanto.

A mulher mais velha abriu e fechou a boca e, apesar de ainda ter uma expressão desconfiada, finalmente deu um passo para o lado e, com um gesto, convidou Eva e o padre a entrarem. Eva murmurou um *merci*, que Madame Travere reconheceu com um leve aceno.

Eles seguiram a mulher mais velha escada acima, subindo dois lances até o último andar, onde havia uma sala ampla e vazia. Eva, confusa, olhou ao redor. Não havia criança nenhuma ali, nitidamente. Então, franzindo a boca,

Madame Travere pegou a vassoura e deu três batidas rápidas no teto com força. Ela parou, bateu mais duas vezes, parou de novo, e bateu uma última vez.

– O que ela está fazendo? – sussurrou Eva para Père Clément, que simplesmente sorriu.

Alguns segundos depois, um alçapão escondido no teto se abriu e, da escuridão no alto, desceu uma escada. Eva, impressionada, viu descerem um menino de mais ou menos dez anos, outro menino um pouco menor, uma menina de uns treze, e outra menina, de maria-chiquinha torta, que não podia ter mais de sete anos.

– Eles estavam acabando de estudar quando o senhor bateu – disse Madame Travere. – Levou mais tempo do que o costumeiro para levá-los ao sótão.

Eva a olhou.

– Eles se escondem quando alguém bate à porta – explicou Père Clément. – Por via das dúvidas.

– E... eles estudam?

– Ora, estudam, claro – disse Madame Travere, irritada. – Não achou que isso era só férias, achou? Certamente não espera que eu os deixe ficar à toa, só *brincando*. A cabeça deles viraria sopa.

– O que Madame Travere quer dizer – interveio Père Clément, sorrindo – é que tentamos manter a vida deles o mais normal possível enquanto estiverem aqui. Isso significa que eles continuam a estudar. Ela dá aulas a eles aqui.

– A guerra vai acabar um dia – disse Madame Travere –, e, se eles não tiverem uma boa educação, em que situação vão acabar?

As crianças tinham olhado para Eva com leve interesse na descida, mas já estavam absortas nas próprias atividades, sem dar-lhe atenção. Os dois meninos jogavam xadrez no canto; a adolescente escrevia furiosamente em um caderno; e a menina mais nova se aninhara no canto do sofá para ler um livro. O olhar de Eva se demorou nela.

– São todos refugiados judeus?

Madame Travere desviou o olhar, mas Père Clément assentiu.

– Sim, do norte.

– E o que acontecerá quando chegarem à Suíça?

– Serão adotados – disse Madame Travere, a voz brusca. – Temporariamente. Até serem reunidos com os pais.

Eva pensou no próprio pai e piscou para conter as lágrimas.

– E se nunca conseguirem ser reunidos?

– Também há salvaguardas para isso – disse Père Clément. – Alguns voltarão à França, alguns ficarão com as novas famílias. Mas garantiremos o cuidado de todos. É o trabalho mais importante que fazemos – disse ele, e fez uma pausa. – E você, minha cara, é parte fundamental disso.

– Agora – disse Madame Travere, batendo as mãos –, já viram tudo que há para ver. Vamos?

Madame Travere começou a se afastar, mas a menininha de maria-chiquinha erguera o olhar e encontrara o de Eva, que se sentiu compelida a se aproximar. Ela atravessou a sala, ignorando a mulher mais velha, que murmurava alguma coisa sobre o fato de ser bastante incomum a interação com crianças.

– Como você se chama, querida? – perguntou Eva, se abaixando ao lado da menina, que ainda estava com o livro aberto no colo.

A menininha piscou.

– Anne.

Pelo jeito que ela respondera, desviando o olhar, Eva sabia que não era o nome com o qual ela nascera, mas uma nova identidade que alguém lhe dera para que ela chegasse ali em segurança.

– É um prazer conhecê-la, Anne. Eu sou a Mademoiselle Moreau.

Anne a analisou.

– Mas não é seu nome de verdade, é, mademoiselle?

Eva sacudiu a cabeça, sentindo uma pontada de culpa. Como poderia mentir para uma criança? Mas dizer a verdade era mais perigoso.

– Não, não é.

Um dia, quando Eva precisasse produzir documentos falsos para a menina, saberia quem ela era mesmo. Ela se perguntou de onde a menina viera, para onde iria dali. Parecia tão nova para ter a vida toda arrancada assim.

– Quantos anos você tem, Anne? – perguntou.

– Seis e meio. Quase sete.

– E o que está lendo?

A menina olhou para o livro no colo.

– *O mágico de Oz*. A senhorita conhece? É sobre uma menina chamada Dorothy, que é levada a uma terra estranha, chamada Oz, onde conhece um espantalho, um homem de lata e um leão covarde.

Eva sorriu.

– Eu já li. Mas não é um livro difícil para a sua idade?

A menininha deu de ombros.

– Sei a maioria das palavras, e Madame Travere me deu um dicionário para pesquisar as que não sei. Além do mais, acho que não importa, desde que a gente entenda os personagens.

– É bem divertido ler a história de criaturas tão fantásticas.

– Pode ser, mas não foi isso que eu quis dizer. Quis dizer que, de certa forma, sou como a Dorothy, não sou? Vivo uma grande aventura e, um dia, encontrarei o caminho de casa.

Eva precisou engolir um nó na garganta antes de responder.

– Acho que isso faz muito sentido.

A menininha procurou o olhar de Eva.

– A senhorita sabe como acaba? Dorothy volta para casa, não volta?

– Volta. Sim, volta, sim.

– E a família está lá esperando por ela?

Eva só conseguiu assentir com a cabeça.

– Que bom – disse Anne. – Um dia, a estrada de tijolos amarelos também me levará para casa. Eu sei que sim.

Père Clément apareceu ao lado de Eva e a abraçou.

– Eva, precisamos mesmo ir. Mas vejo que você conheceu nossa leitora residente.

Anne sorriu para o padre.

– Mademoiselle Moreau também já leu *O mágico de Oz*, Père Clément!

– Ora, Anne, você acredita que Mademoiselle Moreau já trabalhou em uma biblioteca enorme, cheia de livros? Acho que ela ama ler tanto quanto você.

Anne se virou para Eva, arregalando os olhos.

– Um dia, também quero trabalhar em uma biblioteca. A senhorita acha possível?

– Claro – respondeu Eva, a voz chorosa. – Bibliotecas são lugares mágicos.

Anne acenou com a cabeça, solene, e voltou a atenção às páginas, já perdida de novo na terra de Oz. Eva a observou por alguns segundos antes de ser levada embora, gentilmente, por Père Clément.

A noite já começara a cair quando Madame Travere fechou a porta com firmeza ao saírem, e Eva e Père Clément finalmente se afastaram da casa das crianças, voltando à igreja. A neve caía silenciosa, se prendendo às calhas.

– Obrigada, Père Clément – disse Eva, baixinho, quando viraram a esquina.

– Há outras dezesseis casas na cidade, e sete fazendas no campo, protegendo crianças dessa forma. Madame Travere as abriga há mais tempo do que qualquer outra família da cidade. Ela foi a primeira a agir quando as crianças começaram a chegar de Paris.

As quatro crianças que Eva conhecera eram só uma fração minúscula dos órfãos cujos pais tinham sido levados. O que aconteceria com elas? Será que teriam vidas normais novamente? Seria-lhes possível reconstruir a vida, se não lhes restava nada?

– Como vamos salvar todas elas? – perguntou finalmente, em um sussurro.

– Com coragem, Eva – respondeu Père Clément, imediatamente. – E um pouco de fé.

Capítulo 19

Quando 1943 começou, ficou difícil lembrar como era um clima mais quente. O inverno enfiara as garras geladas em Aurignon e se recusava a soltar, derramando granizo e neve, congelando as ruas, soprando lufadas frias de vento ardido pelas vielas.

A única vantagem do frio era que assustava os alemães e os tirava das ruas. Em vez de cuidar dos postos nas esquinas, se recolhiam no único café da cidade, ao lado da lareira quente, e bebiam café que tinham trazido da Alemanha. Às vezes, o cheiro de chocolate quente flutuava até a rua, causando em Eva uma onda de raiva tão forte que a assustava. Quem eram eles para aproveitar todos os confortos de um inverno francês, enquanto as crianças escondidas em casas na região passavam frio e fome? Apesar do povo de Aurignon saber se preparar para os invernos duros e longos, a população da cidade crescera com a chegada dos refugiados do ano anterior, e simplesmente não havia comida para todo mundo.

Mesmo com as objeções murmuradas de Madame Travere, Eva começara a visitar as crianças toda semana, com o cuidado de só entrar na casa quando estivesse totalmente sozinha na rua, sem que ninguém pudesse ver aonde ia. Aurignon era um lugar pequeno, com menos de mil moradores, então todo mundo tinha pelo menos uma vaga noção do que todo mundo fazia. Quanto menos gente a visse fora da missa de domingo, melhor – especialmente porque às vezes sentia o olhar de gendarmes ardendo em suas costas quando ela se ajoelhava para rezar. Deixar que eles – ou qualquer outra pessoa – a vissem se aproximar da casa de Madame Travere toda semana seria perigoso.

Não havia novos refugiados por causa do frio congelante, então as crianças que Eva conhecera logo após o Chanucá ainda estavam lá e tinham se acostumado ao novo lar. Toda manhã tinham aulas com Madame Travere e passavam o restante do tempo se distraindo na sala.

– A senhorita imagina que meus pais estejam vivos? – perguntou Anne para Eva, abruptamente, em certo dia de fevereiro.

Estavam sentadas lado a lado no sofá, Anne com um exemplar surrado de *Os filhos do Capitão Grant* no colo. Diante delas, os dois meninos e a menina adolescente estavam aglomerados ao redor de um toca-discos que Rémy arranjara, ouvindo um disco de jazz em volume baixo e cochichando entre si. Madame Travere declarara que a mera existência de um toca-discos na casa dela seria um escândalo, mas Père Clément a convencera de que ajudaria a melhorar o humor das crianças. "Tudo bem", resmungara ela. "Mas nada de dançar."

– Acho que temos motivos para acreditar que sim – respondeu Eva, com cuidado, após longa hesitação.

Ela sabia muito pouco da vida de Anne antes de chegar a Aurignon, porque as crianças eram proibidas de falar do passado, mas entendia, pelo que soubera de Père Clément, que Anne viera de uma cidade nos arredores de Paris e que seus pais tinham sido levados no fim de outubro.

– Sabe – disse Anne após um momento –, quando Dorothy está em Oz, ela não sabe se sua casa, em Kansas, foi destruída pelo furacão. Ela se esforça tanto para voltar para casa, para a tia e o tio, mas não tem como saber se eles estão lá.

– Sim – disse Eva, cuidadosa.

Anne acabara de ler o livro logo após o Ano-Novo, e desde então não parava de falar nele, baseando sua esperança na mágica fictícia que mostrara a uma menininha de um lugar chamado Kansas como voltar à sua vida.

– Mas eles estavam, sim, Mademoiselle Moreau. Estavam lá o tempo todo, preocupados com ela. E quando Dorothy voltou para casa, eles voltaram a ser uma família.

– Sim – concordou Eva de novo, e respirou fundo. – Mas, Anne, meu bem, não estamos em Oz.

– Eu sei, Mademoiselle Moreau – disse Anne, imediatamente. – Mas podemos imaginar, não é?

Eva não disse nada, porque a garota estava certa, claro. Era para isso que serviam os livros, afinal. Eram portais para outros mundos, outras realidades, outras vidas que se podia imaginar. Mas, em épocas como aquela, não seria perigoso sonhar sonhos irreais?

– Mademoiselle Moreau – disse Anne, diante do silêncio prolongado de Eva. – Sei que às vezes é difícil acreditar no melhor. Mas é melhor do que acreditar no pior, não acha?

Eva piscou. A menininha só tinha seis anos; como conseguia pensar assim?

– Você está certíssima, Anne.

– De qualquer forma, prefiro ter esperança – concluiu a menina, dando um tapinha na mão de Eva, como um adulto faria com uma criança. – Acho que a senhorita também deve ter. Senão, as coisas ficam muito assustadoras, e é difícil seguir em frente. Agora, a senhorita já leu este livro? *Os filhos do Capitão Grant*?

Eva sorriu.

– De Júlio Verne? Sim, li quando tinha a sua idade.

– Que bom. Então deve saber que, mesmo nos tempos mais sombrios, há esperança.

Eva lembrava vagamente que as crianças do título acabavam reencontrando o pai após uma viagem apavorante ao redor do mundo.

– Acho que há, Anne. Acho que há.

Naquela tarde, Eva estava trabalhando sozinha na biblioteca da igreja, à luz de uma única vela, quando Père Clément apareceu, com expressão sombria.

– Precisamos de uma leva de documentos urgentes – disse ele, entregando a lista para Eva. – Até amanhã de manhã, se possível.

Eva olhou para a lista. Eram quatro nomes, e todos tinham se tornado conhecidos dela ao longo dos meses. Ela parou, trêmula, ao chegar à última linha: a pequena Anne.

– Achei que os transportadores planejassem esperar por um clima mais ameno – disse, baixinho, erguendo o olhar.

– Soubemos que os alemães planejam invadir a casa de Madame Travere, talvez até amanhã. Eles suspeitam que crianças judias estejam escondidas lá.

Eva sentiu o sangue congelar.

– Mas como assim? Quem pode ter contado?

Père Clément apertou a boca em uma linha fina.

– Pode ser qualquer um: um vizinho invejoso, um pedestre intrometido, um policial ambicioso. Apesar de a maioria das pessoas da cidade odiar a Ocupação, ainda há aqueles que veem a oportunidade de ganhar vantagem.

– Como podem delatar *crianças*? – perguntou Eva, sentindo a fúria crescer. – E o que os alemães querem com elas, afinal? O que elas podem fazer de ruim?

Père Clément suspirou.

– Acho que essa não é a questão.

– Posso ao menos me despedir?

– Temo que não seja possível. Se os alemães estiverem de olho na casa, não podemos correr o risco de associar você com o lugar. Além disso, acho que terá uma noite muito ocupada, para que os documentos estejam prontos ao amanhecer. Quer que eu avise à sua mãe que você não deve voltar para casa hoje?

Eva assentiu, devagar, e passou o dedo pelo nome usado por Anne, aquele que conhecia, assim como uma data de nascimento falsa, que a identificava como tendo cinco anos e meio, em vez de seis.

– Quem ela é de verdade?

Père Clément tirou do bolso uma segunda lista e entregou a Eva. Aquela se tornara a norma; ela registrava os nomes das crianças, os nomes de verdade, e queimava o papel. Os nomes verdadeiros eram listados separadamente dos falsos, só para o caso de alguém encontrar as anotações antes que pudessem ser destruídas.

– Ela é a primeira.

Eva olhou para baixo.

– Frania Kor – leu em voz alta, e olhou para Père Clément, a visão embaçada de lágrimas. – O nome é polonês. Sabe o que significa?

– Não.

– *Frania* significa *francesa*, ou *livre* – disse Eva, engolindo em seco. – Ela provavelmente nasceu na França, como eu, e os pais dela acreditaram que esse fato a manteria segura, daria a ela uma vida melhor.

– Mas nós podemos fazer isso, Eva – disse Père Clément. – Podemos cuidar dela por eles, mantê-la segura, garantir que ela tenha um futuro, afinal – falou, e hesitou. – Eu não deveria ter deixado você se apegar tanto a ela.

Eva secou uma lágrima.

— Não, eu fico feliz que tenha deixado. Me ajudou a lembrar por quem estou fazendo isso.

Além do mais, Père Clément não poderia fazer nada para impedi-la. No momento em que Eva vira a menininha, reconhecera uma semelhante, outra sonhadora que se perdia e se encontrava em livros.

— Mas nada bom pode vir ao entregarmos pedacinhos de nosso coração no meio da guerra – disse Père Clément, e esperou que ela erguesse o rosto e encontrasse seu olhar. – É perigoso, Eva.

Eva sabia que ele não falava só das crianças. Pensou em Rémy, que ela andava vendo cada vez menos, conforme ele se envolvia em outras tarefas clandestinas.

— Acho que não o fazer é mais perigoso – disse ela.

Com um suspiro, ela se virou para a estante, pegando o Livro dos Nomes Perdidos.

— Vou chamar Rémy – disse Père Clément. – Você precisará de ajuda para completar todos os documentos a tempo.

— Obrigada – disse Eva.

Père Clément foi embora, fechando a porta, e ela abriu o livro na página 147. Na segunda linha, desenhou uma estrelinha preta no *F* de *Fils*, um ponto no *r* de *parconséquent*. Ali, ao menos, uma menininha chamada Frania Kor ainda existiria, mesmo que o mundo tentasse apagá-la. Se ela chegasse a Oz, um dia precisaria encontrar o caminho de casa.

Eva já tinha conseguido fazer os dois primeiros conjuntos de documentos quando Rémy apareceu, uma hora depois, com o sobretudo preto ainda salpicado de neve, trazendo uma bolsa no ombro. Ele deixou a bolsa no canto e tirou o chapéu, que remexeu, nervoso.

— Como vão os documentos?

Eva suspirou.

— A noite será longa.

— Entendo. Bem, como posso ajudar?

Eva apontou para o nome do garoto que vira jogar xadrez dezenas de vezes, o menino de dez anos que ela conhecia por Octave. Ela finalmente sabia que, na verdade, ele se chamava Johann, o que lhe fazia supor que os pais dele tinham vindo da Alemanha ou da Áustria, mas era impossível ter certeza. Ele era um dos mais velhos, que tinha a chance de carregar os segredos do passado dentro de si, mas Eva o incluiu no livro mesmo assim, como fazia com todas as crianças. Se ele fosse capturado ou morto no processo de fuga, pelo menos haveria registro de seu nome. Se um parente um dia viesse procurá-lo, ela poderia contar pelo menos parte da história, que, por um tempo, ele fora acolhido por uma cidade pequena na montanha.

– Você anda sumido – disse, tranquila, enquanto Rémy começava a preencher cuidadosamente os detalhes falsos em uma das certidões que Joseph fornecera em novembro.

Os papéis já estavam quase acabando, e Eva sabia que precisaria procurá-lo e pedir mais.

Rémy desviou o olhar.

– Tem homens se organizando na floresta – disse ele, devagar. – Treinando. Preparando-se.

– Por quê?

– Para a luta que sabemos que vai chegar.

– Mas achei que você estivesse trabalhando só no transporte.

Ele se virou para ela e, em seus olhos, havia dor, mas também uma determinação ferrenha.

– Sei que Père Clément acredita que só venceremos essa guerra com resistência pacífica. Mas temo não concordar mais.

– Como assim?

Eva já sabia a resposta e imediatamente conteve lágrimas que sabia que deveria chorar depois, sozinha.

– Alguém tem que levar a luta aos alemães, Eva. Ninguém vem nos salvar. Os britânicos ajudam, claro, mas não estão aqui, estão? Nem os americanos. Estamos sozinhos, e os alemães só fazem crescer em poder, enquanto esperamos e nos esgueiramos debaixo do nariz deles com documentos falsos. Precisamos impedi-los antes que seja tarde, ou não teremos ninguém a culpar pela perda da França além de nós mesmos.

– Rémy, eu...

Ele a olhou, mas ela não sabia o que dizer. Como poderia suplicar que ele parasse, se, no fundo, concordava com ele? E como poderia explicar que discutir com ele enquanto trabalhavam lado a lado por sete meses a fazia querer protegê-lo intensamente? Ela conheceu o humor dele, os talentos nos quais tinha tanta confiança – mas também as inseguranças que sua arrogância ocasional tentava esconder. Mas não era direito dela sentir-se assim, era?

Eles não tinham feito promessas nem juramentos. Então ela não disse nada, nem ele, por alguns minutos.

– Eva, vai ficar tudo bem – disse ele, por fim. – Sempre fica. Eu sempre dou um jeito de sair por cima, lembra?

– Rémy, eu morro de medo de isso não importar, no fim.

Ele não respondeu e, pelas horas seguintes, trabalharam em silêncio, Eva desenhando os carimbos necessários com cuidado na prensa, e Rémy preenchendo documentos com a letra treinada de secretário. Ela deixou a pequena Anne – Frania Kor – por último e, ao pegar os documentos das mãos de Rémy e pedir que deixasse ela mesma preenchê-lo, sentiu uma lágrima escorrer pelo rosto, no lado esquerdo. Ela desviou o rosto, mas já era tarde. Rémy vira e, devagar, com uma suavidade que a surpreendeu, se aproximou e secou a lágrima com o polegar, em um gesto de ternura.

Ele parou, o indicador bem abaixo do queixo dela, e, quando ela o olhou, viu que seu rosto estava a meros centímetros. Os primeiros raios da alvorada penetravam a escuridão fora daquelas janelas e, em breve, Père Clément apareceria para buscar os documentos, e as crianças seguiriam viagem para o leste. Mas, por enquanto, o tempo ficou tão congelado quanto a neve na calha lá fora e, quando Rémy se aproximou para beijá-la, ela sentiu-se voltar para casa.

Ele a puxou em um abraço, e ela se encaixou perfeitamente no arco do corpo dele, com suas curvas macias e os músculos sólidos do peito dele como um quebra-cabeça que ela nunca percebera. O beijo dava a impressão, impossível, de que ele sempre a conhecera, talvez mais do que ela própria se conhecia. Ele passou as mãos pelo cabelo dela, e então pelo corpo, de início tímidas, contidas, e ganhando confiança.

Ninguém beijara Eva assim antes, como se a conhecesse por dentro e por fora. Ela passara a vida sendo recatada e reservada, dedicada a dar orgulho aos pais, transbordando de culpa nas poucas vezes que beijara bons moços judeus na escola, mesmo que nunca tivesse deixado a situação passar disso. Mas ali, quando Rémy a segurou pelo quadril e a sentou na mesa onde trabalhavam, tudo que ela queria era sentir a pele dele contra a sua, se aproximar dele o máximo possível.

Até que, abruptamente, ele parou, se afastando rápido e a deixando ali, ainda inteiramente vestida, o rosto ardendo, o corpo pegando fogo.

– Eu... nós não podemos fazer isso – disse ele, desviando o olhar dela e ajeitando a camisa apressado.

– Mas... – sussurrou ela, perdida.

Será que tinha feito alguma coisa errada? Talvez sua falta de experiência fosse óbvia.

– Não é você – disse ele, respondendo à pergunta que ela não fizera.

Ele ainda não a olhava, mas, ao se endireitar e ajeitar o cabelo bagunçado, Eva sentiu que ele sabia que ela estava em lágrimas.

– Então o quê...

– Eu... eu não posso decepcionar mais ninguém – murmurou ele, olhando para os pés.

– Mas, Rémy, você não...

– Vou, sim – interrompeu ele, com um leve tremor na voz firme. – Vou, sim, Eva, você não vê? Vou te decepcionar e não conseguirei viver com isso. Eu... Me desculpe. Preciso ir.

Com isso, ele se foi, saindo correndo da pequena biblioteca secreta, como se o prédio estivesse em chamas. O único conforto de Eva era que, antes de fechar a porta, ele olhara para trás, uma só vez, encontrando o olhar dela. E, naquele segundo, ela lera dor e tristeza em seu olhar. Ele estava sendo sincero, ela sabia; estava fugindo porque achava que a magoaria.

E talvez a assombrasse para sempre a memória de, em vez de ir atrás dele, ficar onde estava, presa ao lugar por vergonha e lealdade à mãe. Quando ela se recompôs e chegou à frente da igreja, ele já estava longe. As pegadas na neve, seguindo na direção do lar das crianças, eram o único sinal de que ele estivera lá.

Eva não voltou para casa de manhã; ela queria entregar os novos documentos a Père Clément pessoalmente e, no fundo, tinha esperança de que Rémy mudasse de ideia e voltasse.

Ela também não conseguiria encarar a mãe, não naquele turbilhão de emoções. Quando Rémy a beijara, fora a melhor sensação do mundo, a coisa mais natural do mundo. Mas como isso poderia ser, se ele não era judeu? A mãe nunca a perdoaria, e se *tatuś* também nunca a perdoasse? Como ela ousava traí-los naquele momento? Quanto mais tempo passava ali, sentada nos degraus da igreja, mais confusa ficava. Seria mais corajoso seguir o coração e correr o risco de decepcionar os pais? Ou mais corajoso dar as costas à pessoa que fora proibida de amar para preservar a história arrancada de seu povo? Nenhum dos caminhos parecia a resposta correta.

Quando Père Clément chegou, uma hora depois, e a encontrou sentada sozinha no frio, as pegadas de Rémy já tinham desaparecido sob uma camada de nova neve.

– O que você está fazendo aqui? – perguntou Père Clément ao subir os degraus, apressado, o rosto vermelho de frio. – Aconteceu alguma coisa?

– Eu...

Como ela explicaria, sem soar tola?

– Só saí para pegar ar fresco – falou, enfim.

Ele não pareceu estar convencido, mas assentiu, e a ajudou a se levantar.

– Entre, Eva, ou vai morrer de friagem. Você e Rémy acabaram o trabalho?

Ela desviou o rosto antes que Père Clément a visse corar.

– Sim, *mon* Père.

Por dentro, a igreja estava quente, mas Eva, acompanhando Père Clément de volta à pequena biblioteca, sentia-se feita de gelo, com o coração quase tão frio quanto o rosto vermelho e ardido.

– Minha nossa, Eva – disse Père Clément, olhando para ela preocupado quando chegaram à sala secreta. – Quanto tempo você ficou lá fora? Parece congelada.

– Não foi muito tempo – disse ela, distraidamente.

Ela perdera a noção dos minutos. Só sabia que era tempo o bastante para apagar os últimos rastros de Rémy.

– Rémy se foi – disse ela.

– Sim – concordou Père Clément, e ela notou que ele já sabia.

– O senhor sabe onde posso encontrá-lo? – perguntou Eva, hesitante. – Acho que há algumas coisas que preciso dizer, coisas que deveria ter dito ontem.

Père Clément franziu a testa.

– Ele não contou?

– Contou o quê?

– Eva, ele acompanhará algumas das crianças hoje.

– Ele... o quê?

– Ele disse que sabia o quanto você tinha se aproximado das crianças cuidadas pela Madame Travere, especialmente de Anne, e queria garantir que elas atravessariam a fronteira em segurança.

Eva engoliu em seco.

– Ele foi por minha causa?

O sorriso de Père Clément era gentil, e Eva teve a impressão, não pela primeira vez, de que ele enxergava seu coração.

– Ele foi porque é um homem bom, que tenta fazer a coisa certa.

– Mas ele não me contou.

– Talvez não quisesse preocupá-la.

Ou talvez soubesse que ela tentaria impedi-lo. Talvez o beijo tivesse sido sua forma de se despedir. Era àquilo que se referia quando dissera que não podia decepcioná-la? Será que ele temia não voltar? Um calafrio a percorreu, mais frio do que o que sentira no clima invernal lá fora.

– A travessia será perigosa nesta época – disse ela, num fio de voz.

– Sim.

– Quanto tempo o senhor acha que ele levará para voltar a Aurignon?

– Eva, não sei se ele voltará – disse ele, após um momento. – Soube que a rede clandestina tem outras necessidades para a especialidade dele.

– Que especialidade?

O olhar de Père Clément foi tomado por preocupação.

– Antes de chegar a Aurignon, ele aparentemente trabalhou um pouco com explosivos.

– *Explosivos*? Rémy?

– Ele tem conhecimento químico.

– Claro – murmurou Eva. – O ácido lático.

Père Clément assentiu com a cabeça.

– Pelo que entendi, formular explosivos requer alguma experiência nessa área.

Então Rémy estaria longe, explodindo coisas, arriscando a vida. Quando ela o veria novamente? De repente, sentiu-se afundar.

– Mas preciso dele – disse ela, fraca.

Ela não sabia se Père Clément realmente não entendera o significado da fala, ou se escolhera poupá-la do constrangimento de uma resposta verdadeira.

– Ficará tudo bem, Eva. Na verdade, o movimento vai mandar outra pessoa para ajudar nas suas falsificações por um tempo.

– Outra pessoa?

Eva olhou ao redor da sala, desolada. Aquele era o espaço que ela dividia com Rémy. Não conseguia imaginar outra pessoa ali, respirando o ar que deveria ser dele, ocupando o espaço que não deveria ser ocupado por mais ninguém.

– Na verdade, soube que ela tem mais ou menos a sua idade.

– É uma mulher?

Eva não esperava aquele fato, mas por que não?

Père Clément assentiu.

– Ela deve chegar em menos de um mês.

Lentamente, Eva pegou os documentos que falsificara com Rémy na noite anterior, aqueles que permitiriam acesso seguro das crianças à Suíça se tudo corresse como planejado. Quando os entregou a Père Clément, criou coragem.

– Posso ir com o senhor? Para me despedir dele?

Pelo olhar que ele lhe dirigiu, Eva sentiu que o padre via exatamente o que estava em seu peito.

– Não, Eva, temo que não. Na verdade, as crianças e os transportadores já saíram da cidade. Vou mandar alguém entregar os documentos agora. É muito perigoso agir de outra forma.

– Então o senhor também não verá Rémy.

Ele pegou as mãos dela.

– Tenho certeza de que nós dois o veremos novamente em breve. Lembre-se, Eva... precisamos ter fé.

Contudo, ela não sentiu conforto nas palavras, pois sabia que católicos acreditavam que se veriam novamente do outro lado, após a morte. E Père Clément não prometera que Rémy voltaria vivo. Talvez só quisesse dizer que, se todos vivessem boas vidas, se reencontrariam, muito longe dali. Mas já seria tarde.

Capítulo 20

A nova falsária, enviada pela rede clandestina duas semanas depois, era uma mulher de 26 anos que usava o nome Geneviève Marchand. O cabelo curto, preto e ondulado fez Eva se lembrar imediatamente da atriz Marie Bell, e, com aquelas pernas compridas e aquele lindo rosto, também poderia ter sido uma estrela em outro lugar e outra época. Ali, contudo, a aparência dela a fazia chamar atenção, e Eva se perguntou como alguém com aquelas características trabalhava na Resistência, que dependia basicamente de pessoas capazes de se misturar, como a própria Eva.

Ela viera de uma área conhecida como Plateau, a cento e cinquenta quilômetros ao sudeste de Aurignon. Lá, morava em um vilarejo onde a falsificação era um negócio grande, e mais de mil judeus tinham sido escondidos sob a direção de um pastor protestante aliado à Resistência. Quando Geneviève mencionara, parecera exagero, mas Père Clément explicara que era verdade.

– Agora que as redes estão se tornando mais organizadas, estamos em comunicação com essa região – disse ele. – Foi assim que puderam mandar Geneviève para cá. O homem que a treinou, Plunne, já forjou milhares de documentos.

Os métodos de Plunne não eram tão diferentes dos de Eva, apesar de ele trabalhar em uma escala muito maior. Parecia que ele tivera algumas das mesmas ideias para falsificações de grande escala, inclusive o uso das pequenas copiadoras com rolos de gel para reproduzir carimbos. Por isso, Geneviève se adaptou imediatamente e, mesmo que Eva nunca ousasse admitir em voz alta, era melhor do que Rémy fora, mais atenta, mais cuidadosa. Ela às vezes percebia pequenos erros – leves erros de grafia, ou discrepâncias de detalhes – antes mesmo de Eva, e isso já valia o preço da companhia. Se o olhar afiado dela salvasse pelo menos uma pessoa de um alemão igualmente atento, ela deveria estar ali.

Quando a neve finalmente começou a derreter, Geneviève já trabalhava no lugar que um dia fora de Rémy havia mais de um mês, e Rémy ainda não voltara. Eva temia começar a esquecê-lo, mas, todo dia, nos primeiros segundos da manhã, entre os sonhos e o despertar, ela ainda sentia a doçura salgada dele na boca, o espectro do corpo dele contra o dela. Até que acordava, as sensações se iam, e ela se lembrava novamente do quão solitária estava.

Contudo, quanto mais tempo se passava, mais ela começava a se perguntar se estivera se enganando ao acreditar que o que sentia por ele teria futuro. Mesmo em um mundo perfeito – um mundo em que não estivessem em guerra com um inimigo que queria matar pessoas como ela –, ele ainda era católico, e ela ainda era judia, filha de pais que nunca aprovariam a união. Se tinha aprendido uma coisa naqueles nove meses, era que a família deveria ser valorizada e respeitada profundamente. Talvez a mãe estivesse certa, e Eva devesse esquecê-lo, tentar abrir-se para alguém mais adequado, como Joseph. O único problema era que, por mais que Eva se convencesse racionalmente, não podia persuadir o coração de que não valia a pena amar Rémy.

Ainda assim, ele a abandonara, não era? Eva sabia que ele estava lutando, fazendo o bem – se ainda estivesse vivo –, mas, nas noites mais sombrias, Eva se pegava pensando que, se ele a amasse o bastante, teria ficado.

Geneviève não falava muito, o que caía bem para Eva. E, apesar de Eva confiar nela, nunca contou sobre o Livro dos Nomes Perdidos. No início, considerou fazê-lo mais de uma vez, pois trabalhavam juntas todo dia, e não havia dúvida de que Geneviève era tão dedicada à causa quanto Eva. Mas o segredo estava mais seguro se apenas Rémy e Père Clément soubessem, então o padre concordou em não o mencionar na frente de Geneviève, e Eva só acrescentava nomes ao livro quando a outra mulher não estava presente.

No primeiro dia realmente quente de 1943, que só chegou no fim de abril, muito depois de a neve e o gelo derreterem, Eva saiu da biblioteca secreta um pouco mais cedo e convidou a mãe para uma caminhada. Em Paris, ela e a mãe eram *come les deu doigts de la main*, como dois dedos da mão, unha e carne. Elas dividiam tudo, e Eva se esforçava para orgulhar a mãe. Ali, entretanto, tudo mudara. A mãe não aprovava o que Eva fazia e, para sobreviver, Eva precisava fingir não se importar. Contudo, ela se importava, e, mesmo sabendo que o trabalho era importante, a distância entre elas a corroía por dentro. Desde que Rémy se fora, Eva via com clareza o buraco em sua vida onde antes havia afeto e lealdade.

– *Você* quer passear *comigo*? – perguntou a mãe, que parou de dobrar um lençol para encarar Eva, confusa.

Conforme Eva ia se dedicando mais à falsificação de documentos, a mãe começara a cuidar da limpeza e da cozinha para Madame Barbier. No verão, dissera Madame Barbier, talvez viessem hóspedes, mas, por enquanto, *mamusia* a ajudava a manter o lugar arrumado por um pequeno valor. Eva se perguntava se a mãe desconfiava, como ela, que Madame Barbier simplesmente tinha pena de *mamusia* e tentava mantê-la ocupada.

– É tão estranho assim, *mamusia*?

Eva não queria que a voz soasse tão irritada, mas soou mesmo assim.

Mamusia voltou a dobrar o lençol.

– Eu jurava que você tinha esquecido de mim, assim como esqueceu que não é católica.

– Não diga isso.

– O quê? Que abri mão de tudo para te dar uma boa vida e depois fui deixada de lado?

Eva respirou fundo.

– *Mamusia*, não foi isso o que aconteceu.

Mamusia bufou, mas finalmente deixou o lençol de lado e se virou para Eva.

– Tudo bem. Acho que podemos sair para caminhar. Mas prometi a Madame Barbier que faria o ensopado para o jantar, então temos que voltar em menos de uma hora.

Cinco minutos depois, elas se afastavam do centro da cidade, indo na direção oposta à igreja e à casa de Madame Travere, e, pela primeira vez em semanas, Eva sentiu-se capaz de respirar. Gerânios começavam a florescer nas jardineiras das varandas, encharcados de sol, e até os soldados alemães espalhados pelas ruas não pareciam prestar atenção. Ela cumprimentou Madame Noirot, que arrumava a vitrine da livraria, e Monsieur Deniaud, que não estava usando o avental de açougueiro, mas evitou o gendarme de olhos aguçados, cujo nome ela descobriu que era Besnard. Ele acompanhou Eva e *mamusia* com o olhar, até as duas virarem a esquina, apressadas.

– Madame Barbier tem nos tratado bem – comentou Eva, só para quebrar o silêncio.

Mamusia a olhou, irritada.

– Eu faço um bom serviço para ela. Deixo a casa impecável. Não fale como se ela estivesse nos fazendo um favor.

– Não foi isso que eu quis dizer.

– Que bom, porque Madame Barbier tem sorte de ter-me aqui. De qualquer forma, ela não me paga o suficiente. Certamente não pela qualidade do trabalho. Assim como você, que não recebe nem perto do que seu trabalho vale. Eles não nos valorizam, sabe.

Eva suspirou. Na verdade, Père Clément oferecera um salário maior para Eva, dinheiro que chegara pela rede clandestina, mas Eva pedira que a maior parte do salário fosse repassada para os lares que abrigavam crianças. Já havia um novo grupo de refugiados em Aurignon esperando a passagem segura para a Suíça, e um pouco de dinheiro a mais ajudaria a alimentá-los.

– Não precisamos de mais do que temos – lembrou Eva.

– Claro que precisamos. Estou juntando dinheiro para o futuro. Precisaremos, quando reencontrarmos seu pai em Paris.

A mãe ainda estava convencida, por mais improvável que fosse, de que *tatuś* voltaria para casa.

– *Mamusia...* – começou Eva.

– Você é filha do seu pai, Eva – interrompeu a mãe. – Mas parece decidida a criar uma vida sem espaço para ele.

– Não é verdade. Eu... eu sempre terei espaço para ele. Para vocês dois.

A mãe bufou com desdém e se calou. Eva sentiu os olhos arderem com lágrimas de frustração.

– Rémy se foi, *mamusia*. Só queria que você soubesse.

A mãe demorou a falar.

– Ainda assim você pensa nele.

– Estou tentando não pensar.

Outra vez, fez-se um intervalo até a mãe se pronunciar. Quando finalmente falou, a voz dela tinha um calor que Eva não ouvia fazia tempo.

– Então talvez você não tenha se esquecido de quem é, afinal.

No dia seguinte, Eva e Geneviève estavam trabalhando lado a lado à mesa da biblioteca secreta, sem se distrair com papo-furado, enquanto borravam cuidadosamente as linhas das letras que tinham acabado de escrever em um lote de cartões de racionamento, para dar a impressão de serem mais velhos e gastos. Quando acabassem com a tinta, também precisariam dobrar e desdobrar os papéis, um processo mecânico que não exigia pensamento algum, mas era necessário para os documentos parecerem ter sido carregados no bolso por muito tempo.

– O que você era antes de vir para cá? – perguntou Geneviève, quebrando o silêncio tão abruptamente que Eva escorregou a tinta, fazendo uma mancha em um cartão que precisaria descartar. – Desculpe-me – disse Geneviève, abrindo para Eva um leve e culpado sorriso.

– Tudo bem – disse Eva, suspirando e pegando outro cartão. – Não era meu melhor trabalho, de qualquer modo.

Geneviève assentiu com a cabeça, mas não disse mais nada. Eva sabia que ela esperava uma resposta à pergunta que fizera.

– Quer saber qual era meu emprego? – perguntou Eva.

Geneviève assentiu de novo.

– É que você é tão boa nisso – disse, hesitante. – Plunne, por exemplo, queria ser médico, mas as leis proibiam que ele estudasse medicina, então se tornou técnico de máquina de escrever em Nice, antes de ser expulso de lá com a mãe. Mas acho que ele trabalhava com a precisão de um cirurgião.

Eva levantou as sobrancelhas. Não só a reverência contínua que Geneviève demonstrava pelo antigo mentor era um pouco incômoda, mas também a tranquilidade com que compartilhava informações pessoais. Claro que já se estabelecera que Eva era de confiança, mas elas ainda não deviam expor abertamente detalhes que permitissem identificação. Se Eva fosse presa e torturada, por exemplo, saberia de onde viera um dos falsários mais prolíficos – alguém que os nazistas certamente quereriam capturar – e que profissão tivera.

– Você precisa tomar mais cuidado – disse Eva, baixinho. – Eu não deveria saber isso tudo sobre Plunne, mesmo que ele pareça uma pessoa incrível.

Geneviève corou.

– Não é o nome dele de verdade, Eva, só o codinome. De qualquer forma, peço perdão. Só queria puxar assunto.

– Eu sei. É excesso de prudência.

Os olhos castanho-escuros de Geneviève reluziam de lágrimas, então Eva acrescentou:

– E, para responder à pergunta, eu estudava literatura inglesa.

Geneviève secou os olhos e sorriu. Ela pareceu perceber que as palavras tinham sido uma concessão. Na verdade, Eva provavelmente já dissera demais, mas havia muitas faculdades em Paris, o que dificultaria encontrá-la, mesmo que alguém tivesse a informação.

– E você? – perguntou Eva após um momento. – Só sei que você vem do Plateau.

– Eu... – começou Geneviève, mas elas foram interrompidas pela porta da biblioteca secreta sendo aberta.

As duas correram para esconder os cartões de racionamento debaixo de livros espalhados pela mesa; era a reação imediata de Eva sempre que a porta se abria e ela não esperava visitas. Ela e Geneviève estavam muito vulneráveis ali.

Contudo, naquele dia não chegara o perigo. Era simplesmente Joseph.

– Peço mil desculpas por assustá-las – disse ele, entrando e fechando a porta. – Père Clément me emprestou a chave.

Geneviève olhou para Eva, confusa, enquanto Joseph analisava a menina morena de cima a baixo. Eva notou que eles não se conheciam, apesar de Geneviève ter se tornado parte de seu cotidiano.

– Geneviève, este é... Gérard Faucon.

Ainda era estranho chamá-lo pelo codinome, que não combinava com o Joseph que ela conhecera em Paris.

– E, hum, Gérard, esta é Geneviève Marchand, minha nova parceira.

– Ah.

Joseph atravessou a sala, pegou a mão de Geneviève e a beijou, gentil e galante. Ele sorriu para Eva e depois para Geneviève, e Eva teve que se conter para não revirar os olhos diante da reação de Geneviève. A outra moça ficara vermelha e soltava uma risadinha nervosa, pestanejando os cílios compridos.

– Eu não fazia ideia que a nova parceira de Eva era tão bela – acrescentou Joseph, sorrindo. – Se soubesse, eu teria vindo visitar antes.

Geneviève riu.

– É um prazer, Monsieur Faucon.

– Digo o mesmo, mademoiselle. Por favor, pode me chamar de Gérard.

– Tudo bem. Mas só se você me chamar de Geneviève.

– Seria um prazer. Agora, Geneviève, espero que me permita pegar Eva emprestada por um momento.

– Claro.

Geneviève ainda estava da cor de um tomate.

– Obrigado, já, já a devolvo.

Joseph saiu com Eva da biblioteca e apontou para um banco da igreja.

– Não geraremos desconfiança se alguém entrar – falou. – Só um casal vindo aqui rezar pela paz.

As palavras dele lhe desceram mal; não havia outro motivo para um homem e uma mulher estarem juntos na igreja? Mas o olhar de Joseph estava sombrio, a expressão séria, e ela sabia que havia algo de errado.

– O que foi, Joseph?

Ele esperou até estarem os dois ajoelhados, lado a lado, fingindo rezar.

– Algumas pessoas foram presas em Annecy há poucos dias. Seu parceiro de falsificação, Rémy, estava entre elas.

De repente, ela perdeu o fôlego.

– Como assim?

– Ele estava acompanhando um grupo de crianças à Suíça. Os documentos não passaram pela verificação quando ele foi interrogado.

– Joseph, ele está...

Ela não conseguia dizer. Ele a olhou, sem expressão.

– Morto? – perguntou ela, forçando a palavra. – Ele foi executado?

– Não, não. Ele está sendo interrogado agora, assim como a mulher que o acompanhava.

"A mulher que o acompanhava." Certamente era só outra *passeur*, mas as palavras fizeram a barriga de Eva se retorcer de ciúme. Ela se perguntou, por um momento, se essa tinha sido a intenção de Joseph.

– E as crianças? – conseguiu perguntar.

– Estão bem. Ele foi detido na volta, depois de atravessar com elas em segurança.

– Mas... achei que ele estivesse trabalhando em explosivos.

Joseph deu de ombros.

– Estava. Mas ele tem experiência com a travessia, e precisávamos de alguém que soubesse o que estava fazendo. Só não esperávamos que ele fosse ser descoberto pelos documentos.

Ele deu de ombros de novo, e o rosto de Eva ardeu de vergonha.

– Mas como? Como os documentos puderam não funcionar?

– Os nazistas estão ficando mais espertos, Eva.

– Bom, é claro. Por isso temos usado o *Journal Officiel*.

Parecera impecável; havia meses que eles fabricavam identidades irrefutáveis.

– Infelizmente, ele estava usando a identidade de alguém que um gendarme local conhecia. Por isso, o gendarme sabia que o jovem em questão morrera em um acidente na fazenda no ano passado.

– Ah, meu Deus – murmurou ela, sobrecarregada pelo peso da informação.

– Olhe, Eva, sei que é um contratempo – disse Joseph, abraçando-a pelo ombro. – Mas precisamos pensar no futuro. Também vou conversar com Père Clément, mas vocês dois e Geneviève devem passar os próximos dias escondidos.

Ela piscou para ele.

– Por quê?

– Para o caso de Rémy delatá-los.

Lágrimas de raiva subiram aos olhos de Eva.

– Ele nunca faria isso.

– Eva, ele sem dúvida será torturado. Nunca se sabe o que alguém fará nesse tipo de sofrimento.

Ela sentiu-se enjoada.

– Mas eu *conheço* ele.

– Eva – disse ele, e esperou que ela o olhasse. – É impossível conhecer alguém plenamente. Você diria que se conhece?

Ela sustentou o olhar dele.

– Claro.

Ele abriu um sorriso triste.

– Pode *mesmo*? Afinal, você não é a mesma moça aqui que foi em Paris, é? As pessoas mudam, Eva – disse ele, e se levantou. – Tenho certeza de que você está certa em relação a Rémy, mas é melhor prevenir do que remediar.

Ele se foi antes que Eva pudesse protestar mais, e ela se sentiu uma traidora por não defender Rémy mais insistentemente. Meia hora depois, ela ainda estava sentada no banco, o corpo todo dormente, quando Père Clément entrou pelos fundos da igreja e sentou-se ao lado dela.

– Você conversou com Faucon?

Ela assentiu e, quando se virou para o padre, se surpreendeu ao sentir lágrimas voltarem a jorrar.

– Rémy nunca nos trairia, Père Clément.

– Acho que você está certa, Eva..., mas Faucon também está. Você e Geneviève devem partir imediatamente e passar alguns dias fora, só por garantia.

Os olhos dele estavam cheios de compaixão.

– Não posso – disse ela, depois de uma longa pausa, e ele assentiu com a cabeça, como se já soubesse. – Tenho que dar um jeito de salvá-lo. Se foram os documentos que criaram problema, devo a ele resolver a situação.

– Eva, nada disso é culpa sua.

– Eu sei.

Ela sabia, mesmo. Mas, se houvesse algum modo de tirar Rémy das mãos dos nazistas, ela o encontraria.

– Vou conversar com Geneviève e explicar que ela deve se esconder por um tempo – falou. – O senhor também, *mon* Père. O senhor deve tomar cuidado.

Père Clément sacudiu a cabeça.

– Este é meu lar, Eva – disse ele, apontando para o Jesus silencioso na cruz e sorrindo. – Ficarei com Ele, independentemente do que aconteça.

Eva assentiu. Ela também entendia. Quando se ama alguém, não se pode abandoná-lo. Agora, mais do que nunca.

Capítulo 21

Quando Eva voltou à biblioteca secreta, Geneviève estava debruçada sobre a mesa, trabalhando em uma nova identidade para um jovem lutador da Resistência.

– Geneviève – disse Eva, baixinho.

A mulher ergueu o rosto com um sorriso que murchou assim que viu a expressão séria de Eva.

– O que houve?

– Você precisa ir embora agora.

– Perdão?

– Há... há a possibilidade de termos sido expostas. Faucon quer que nos escondamos por alguns dias, até termos certeza da nossa segurança.

Geneviève pareceu confusa.

– Mas temos muito a fazer, há mais um grupo de crianças que precisa partir no começo da semana que vem.

– Posso cuidar disso sozinha. Não quero vê-la em perigo.

– O que aconteceu? – perguntou ela, com o tom mais suave, ao analisar o rosto de Eva.

Eva abaixou a cabeça.

– Rémy, o homem que trabalhava aqui antes de você... ele foi detido.

Geneviève não disse nada, e Eva nem a ouviu se levantar, mas, de repente, ela abraçou Eva apertado. Assustada, Eva tensionou o corpo antes de retribuir o abraço e, por fim, se afastou e secou as lágrimas.

– Ele é muito importante para você – disse Geneviève.

– É – foi tudo que Eva conseguiu responder.

– Como ele...

Enquanto Eva contava a história sobre os documentos de Rémy não baterem com o registro oficial, alguma coisa mudou na expressão de Geneviève.

– O que foi? – perguntou Eva, interrompendo-se no meio de uma frase. – Você acha que já mataram ele?

– Não, não, não é isso – disse Geneviève, e foi então que Eva notou que o olhar da mulher brilhava com o que parecia esperança. – Você disse que a identidade dele veio do *Journal Officiel*? E que vocês escolheram um fazendeiro francês que um gendarme por acaso conhecia?

Eva assentiu, triste.

– Mas e se dermos um jeito de explicar por que ele usava a identidade desse homem? – continuou Geneviève. – E se o tornarmos um cidadão naturalizado de um país aliado à Alemanha, que pode explicar, constrangido, que usava uma identidade falsa porque tinha medo de ser rejeitado pelos vizinhos franceses se eles soubessem? No pior dos casos, ficará preso por uma ou duas semanas por apresentar documentos falsos, mas ele seria deixado para lá, considerado um idiota, e não um traidor a ser executado... especialmente se for aliado da Alemanha. Só precisamos encontrar o registro de alguém que tenha sido naturalizado há muitos anos, quando criança, para explicar por que Rémy não tem sotaque.

O coração de Eva martelou no peito.

– Exigiriam saber onde ele arranjou os documentos.

– Ele pode dar o nome de um falsário parisiense que já tenha sido executado. Laurent Boulanger, talvez. Ou Marius Augustin.

Eva a encarou.

– Você acha que pode funcionar?

– Se encontrarmos a identidade certa, que combinar com tudo e for inteiramente impecável – disse Geneviève, já se aproximando da porta. – Olha, por que não me deixa procurar o nome exatamente ideal? Enquanto isso, pode trabalhar nos documentos da fila. Voltarei assim que possível.

– Por que você está me ajudando, Geneviève? – perguntou Eva, sem conseguir resistir. – Pode ser perigoso.

– Se eu quisesse evitar o perigo, Eva, não estaria aqui.

– Obrigada – sussurrou Eva.

Geneviève simplesmente aceitou as palavras, dando de ombros, e se foi, deixando Eva no silêncio de uma biblioteca vazia que nunca lhe pareceria certa até Rémy voltar. Mas Geneviève também era uma nova aliada, e havia valor em encontrar pessoas nas quais confiar em meio à escuridão.

Incapaz de fechar os olhos sem pensar em como os nazistas poderiam torturar Rémy, Eva trabalhou durante a tarde e noite adentro. Ao amanhecer, quando Geneviève apareceu, trazendo uma bolsa de pano, Eva tinha acabado todos os documentos de identidade e de apoio para o próximo grupo de crianças e já as tinha acrescentado ao Livro dos Nomes Perdidos.

– Você passou a noite aqui? – perguntou Geneviève, largando a bolsa na mesa e olhando para as pilhas de papéis organizadas.

– Não consegui dormir.

– Bom trabalho – disse Geneviève, tirando alguns jornais da bolsa. – Espero que você tenha energia para trabalhar em mais alguns documentos. Encontrei alguém perfeito para o seu Rémy... um homem jovem, de 27 anos, naturalizado vinte anos atrás após chegar da Áustria, e que aparece novamente em um anúncio de casamento de agosto de 1942, então dois documentos poderão ser conferidos nos registros oficiais. Li todos os outros exemplares do *Journal Officiel* depois dessa data que encontrei no escritório de Père Clément, e não há anúncio de morte, então acho que podemos supor que ele ainda esteja vivo. Eis os dois jornais em que ele aparece.

Eva pegou os jornais, um dos quais estava levemente amarelado, e sacudiu a cabeça, chocada.

– Nem sei o que dizer.

– Não precisa dizer nada, Eva. Estamos juntas nessa. Agora, como posso ajudar?

Rapidamente, mas com minúcia, Eva começou a criar os documentos falsos que identificassem Rémy como Andras Konig, nascido no dia 12 de maio de 1915, que emigrara à França da primeira República Austríaca com os pais e fora naturalizado em outubro de 1922. Ele era fazendeiro, explicando por que não fora convocado para o serviço militar obrigatório, e, de acordo com um exemplar de agosto do *Journal Officiel*, casara-se no departamento de Ain com uma moça francesa, nascida Marie Travers em 1920. Ela ainda tinha várias fotos de Rémy, guardadas com várias fotos dela, para o caso de precisarem preparar documentos novos com rapidez, então foi fácil prender uma à nova carteira de identidade e cobri-la com os carimbos adequados. Uma multa por andar de bicicleta sem farol em Servas e um cartão de biblioteca de Bourg-en-Bresse completaram o disfarce.

Quando Père Clément veio ver como elas estavam, ao meio-dia, Eva já estava praticamente acabando.

– Quão perto vocês estão de finalizar os documentos? – perguntou ele, fechando a porta pesada.

– Quase lá.

– Excelente. Quando você acabar, eu vou levá-los.

O sorriso de Eva murchou.

– Levá-los aonde?

– Planejo ir buscar Rémy pessoalmente.

– Père Clément...

Ele ergueu a mão, para impedi-la de continuar.

– Rezei a noite toda, Eva. É a decisão certa. Vou com minha própria identidade, um padre preocupado com um dos membros da paróquia, e poderei persuadi-los que ele simplesmente sente vergonha do passado austríaco e também é um pouco ignorante. Eu me desculparei pelo terrível equívoco do uso de documentos falsos e prometerei que não acontecerá de novo.

– Se já tiverem feito ele confessar...

Eva mal conseguiu soltar as palavras.

– Concordo com o que você disse ontem, Eva, e tenho certeza de que nada aconteceu. Há risco? Sim. Mas passei a guerra até agora em segurança dentro desta igreja, enquanto homens como Rémy e Faucon arriscam a vida lá fora todo dia. É hora de eu fazer o mesmo.

– Irei com o senhor – disse Eva.

Ele sacudiu a cabeça, firme.

– Isso só complicaria as coisas e tornaria a situação mais perigosa. Além do mais, se alguma coisa der errado, não podemos correr o risco de perdê-la também.

Ela não gostou de ouvir aquilo, mas sabia que ele estava certo.

– Eu... eu não sei como agradecer.

– Sou eu que estou em dívida com você, Eva.

Père Clément segurou as mãos dela e as apertou uma vez, em um gesto de conforto, antes de soltá-la.

Três dias depois, Eva estava trabalhando na biblioteca sozinha quando a porta se abriu.

– Rémy? – exclamou, ficando de pé em um pulo.

Mas era só Père Clément, com uma expressão sombria, e o coração de Eva subiu para a garganta de repente.

– Père Clément, ele...

– Ele está bem – disse Père Clément, rápido. – Rémy foi ótimo, seguiu a nossa deixa. Na verdade, por milagre, ele até sabia algumas palavras em austro-bávaro, aparentemente o bastante para enganar os gendarmes. Graças a Deus, ainda não estava em custódia alemã.

Um alívio percorreu Eva, mas ainda era contido pelo medo. Ela olhou para trás de Père Clément de novo.

– Então cadê ele?

Père Clément atravessou a sala e segurou as mãos de Eva.

– Ele não voltará agora.

– Mas...

– Está tudo bem, Eva, mas precisam dele mais ao norte. Não sei por que Gaudibert e Faucon tinham reorganizado a estrutura para Rémy viajar tão frequentemente pela fronteira, mas a rede clandestina precisa da expertise dele em explosivos. Ele não viajará mais como transportador, contudo, agora que entrou no radar das autoridades. Ele está, como dizem, *grillé*.

– Ele foi... ferido?

– Bateram nele um pouco, mas só isso. Aparentemente achavam só que ele estava traficando cigarros por lucro no mercado clandestino. Não fazem ideia que ele estava trabalhando contra a Alemanha. Essa confusão provavelmente salvou a vida dele.

Eva suspirou.

– E ele está em segurança?

– Por enquanto. Mas está fazendo um trabalho perigoso. Se os alemães o pegarem envolvido em sabotagem, ele será executado imediatamente. Eva, você deve entender que as probabilidades não funcionam a favor dele.

– Nem a meu favor. Mas ainda estou aqui.

Ele abriu um pequeno sorriso.

– Suponho que só possamos rezar por ele... e fazer o melhor para dar apoio ao trabalho, como sempre fazemos.

– Père Clément? – perguntou Eva, após um momento. – Ele perguntou por mim?

– Claro que sim.

– E?

Père Clément sustentou o olhar dela.

– Queria saber se você estava bem, se estava segura.

– Só isso? Não mandou nenhum recado?

– Não, Eva, sinto muito.

Só quando Père Clément foi embora ela permitiu que as lágrimas corressem. Tentou contê-las, tentou se convencer de que a notícia certamente era boa: Rémy estava vivo. Estava relativamente ileso e não viajaria mais pela fronteira.

Mas também não voltaria para ela. E ela não teria como saber se ele estava em segurança. Pelo menos os documentos falsos de Andras Konig dariam a ele uma camada extra de proteção, mas ela sabia que não valeriam nada se ele fosse pego envolvido em alguma atividade criminosa – ou se alguma coisa desse errado e ele explodisse. Père Clément estava certo, ela só podia rezar.

Então, ela voltou para a pilha de *Journal Officiel* e começou a folhear os jornais, procurando identidades que pudesse roubar para outros, como Rémy, que se encontravam na linha de frente de uma batalha que os alemães não esperariam.

Na semana seguinte, Eva só dormiu ao lado da mãe na pensão três vezes; as outras noites, passou entocada na igreja, estudando os jornais, falsificando documentos e cochilando por algumas horas quando conseguia. Havia cartões de racionamento a imprimir, identidades a criar, crianças a proteger, lutadores da Resistência a esconder. O trabalho nunca parecia diminuir e, em seu mérito, mesmo que fosse embora antes do anoitecer, Geneviève trabalhava tanto quanto Eva durante o dia e levava certa leveza à biblioteca sombria.

Na noite de quinta-feira após a volta de Père Clément com notícias sobre Rémy, Eva finalmente se permitiu ir embora mais cedo. Ela encontrou a mãe sentada à janela da sala, olhando para a rua com uma expressão vazia.

– *Mamusia*, está tudo bem? – perguntou ela, se aproximando.

A mãe nem se virou para olhá-la.

– Estou só pensando em onde seu pai deve estar agora.

Eva fechou os olhos com força e voltou a abri-los.

– *Mamusia*... – começou, baixinho.

– Você sabe o que estávamos fazendo trinta anos atrás? – interrompeu a mãe.

– Não, *mamusia*.

– Estávamos nos casando. Ele usou um terno emprestado, e eu vesti branco, e achei que todos os meus sonhos tinham se tornado realidade. Achamos que teríamos uma vida tão maravilhosa juntos. Uma vida *longa*. E agora, veja só onde estamos. Ele está lá ao leste, provavelmente preocupado comigo, e eu estou aqui, sozinha.

– Ah, *mamusia*.

Eva esquecera a data.

– Feliz aniversário de casamento – disse. – Desculpa por não ter dito nada. Mas você não está sozinha. Estou aqui.

– Você está no seu próprio mundo, Eva, e não há lugar para mim.

Eva queria dizer que não havia lugar para mais ninguém, mas não seria verdade; houvera espaço para Rémy, mas aquele canto encontrava-se frio e escuro.

– *Mamusia*, estarei sempre aqui. Perdão por tê-la feito sentir-se assim.

Mamusia suspirou.

– Desculpas não vão me devolver seu pai.

Ela se afastou e, alguns segundos depois, Eva ouviu a porta do quarto bater. Madame Barbier surgiu da cozinha, secando as mãos em um pano de prato.

– Está tudo bem?

– Eu... Parece que não faço nada além de decepcionar minha mãe.

– Meu bem, sua mãe só está exausta, cansada de ter esperança, cansada de aguardar – disse Madame Barbier, atravessando a sala e levando a mão ao ombro de Eva. – Estamos todas. Esta guerra já durou demais. E ela só vê que as pessoas mais importantes para ela, você e seu pai, foram arrancados dela.

– Arrancados? Mas eu estou aqui.

– Não é isso que ela sente, mas não é sua culpa.

– Mas ela é minha família.

– E, em meio a uma guerra como esta, notamos que família vai além do sangue. Eu sou sua família agora, e Père Clément também. E todas as crianças que você ajudou a salvar, e os homens e mulheres que podem continuar a lutar pela França porque você os protegeu.

– Isso não conserta a situação da minha mãe.

– Um dia ela vai entender que você fez o que nasceu para fazer.

Eva a olhou.

– Mas sem meu pai...

Ela não conseguiu acabar a frase.

– Querida, você não vê? – perguntou Madame Barbier, com um pequeno sorriso. – Sem pessoas como você, a França será jogada aos lobos. O único jeito de salvar sua mãe é salvar a França. E é exatamente o que você está fazendo.

Depois que Madame Barbier voltou à cozinha, Eva bateu à porta trancada do quarto que dividia com a mãe, mas não houve resposta.

– *Mamusia*, por favor, abra – pediu Eva através da madeira. – Eu te amo. Não quero magoá-la.

– Vá embora.

A resposta da mãe estava abafada, mas as palavras eram inconfundíveis.

– *Mamusia*...

– Eva, por favor. Eu só... quero ficar sozinha.

Eva considerou continuar ali, tentar insistir nas desculpas pela mágoa que causava na mãe, mas Madame Barbier estava certa. Se a França caísse, ela e a mãe acabariam sendo deportadas, simplesmente por causa do sangue judeu em suas veias. Eva precisava impedir que isso acontecesse, e o único jeito de fazê-lo era voltar a trabalhar.

As ruas estavam vazias e ninguém a importunou no caminho de volta à igreja. No interior, velas queimavam no altar, e Eva se ajoelhou para rezar. Não lhe importava mais que o homem de olhos bondosos e tristes na cruz não deveria significar nada para ela. Ela sabia que estavam todos do mesmo lado. Ela rezou pela mãe e pelo pai; rezou por Rémy; e rezou para ter força para fazer a coisa certa, o que quer que ela fosse.

Quando entrou furtivamente na biblioteca secreta e acendeu a lamparina, meia hora depois, sentiu uma paz que não sentia havia tempo. Talvez fossem as palavras de Madame Barbier sobre salvar a França, ou talvez fosse Deus, finalmente ouvindo suas preces e a guiando na direção certa. Ela sentou-se para trabalhar e, talvez por ter se aliviado de um peso, a tinta fluiu mais firme, e o trabalho foi ágil. À meia-noite, ela já tinha feito três novos conjuntos de documentos para as crianças recém-chegadas a Aurignon.

Já passara muito do toque de recolher, então não poderia voltar à pensão, e, apesar das mãos de Eva doerem, a cabeça estava a mil. Ela se levantou para se alongar e, depois de andar alguns minutos em círculo, decidiu voltar à nave para rezar novamente; a prece a acalmara antes, e ela sabia que precisava de todo o conforto possível.

Ela tinha acabado de entreabrir a porta da biblioteca secreta quando ouviu vozes na igreja. Com o coração martelando, voltou a se esconder nas sombras. Quem poderia estar ali, tão tarde da noite? Contudo, era perigoso fechar a porta da biblioteca. Ela tinha bastante confiança, conforme a conversa continuava, que ninguém a ouvira sair, mas, se tentasse voltar, não teria tanta sorte. Ficou imóvel, tentando respirar o mais devagar possível.

As vozes – ambas masculinas – vinham do outro lado da igreja, e ela levou um minuto para perceber que uma delas era de Père Clément. Ela relaxou um pouco; ele tinha todo o direito de estar ali, apesar da hora estranha. O homem com ele podia facilmente ser outro membro da Resistência, ou até um membro da paróquia que procurava Deus em um momento difícil.

Entretanto, logo que ela começou a respirar mais tranquila, o outro homem voltou a falar, e ela precisou conter um grito. O sotaque era inconfundivelmente alemão. Com o coração martelando, ela avançou, com o cuidado de não fazer som algum. "Deve ter alguma explicação lógica."

No entanto, quando finalmente olhou pela beirada de um banco perto da biblioteca e viu Père Clément do outro lado da igreja, sentiu o sangue congelar. A pessoa com ele era um homem mais ou menos da idade dela, de cabelo ondulado e dourado e bochechas vermelhas.

Ele usava um uniforme nazista.

Eva cobriu a boca com a mão e voltou para as sombras. Ela não podia soltar ruído algum; se os homens a ouvissem, ela estaria perdida. "A não ser que essa reunião seja inocente", lembrou-se. "O alemão pode ter procurado Père Clément porque precisava de conselhos religiosos. Talvez eu esteja me precipitando."

Quando se esforçou para ouvir a conversa, contudo, seu otimismo se foi.

– O movimento vai acontecer no dia treze – disse o alemão, baixo, as palavras mal distinguíveis.

– É mais cedo do que o planejado – disse Père Clément, com a voz mais clara.

– É. Por isso vim. Preciso de nomes.

– E depois?

– Esperamos que Schröder ou Krause apareçam no começo da semana.

– Então é isso.
– Por enquanto. A lista?
– Aqui.
– Farei o possível.

Ela ouviu um farfalhar e, em seguida, passos. Encolheu-se mais um pouco, tentando tornar-se invisível junto à parede, mas os sons estavam se afastando, seguindo para o outro lado da igreja. Ela prendeu a respiração até ouvir a porta se abrir e fechar. Père Clément devia ter saído com o alemão, pois não ouviu passos de volta. Com o coração martelando, Eva esperou mais dois minutos antes de voltar à biblioteca e fechar a porta. Se Père Clément a encontrasse, ela fingiria estar ali o tempo todo.

Quando se sentou de volta à mesinha, as mãos estavam tremendo. Estaria Père Clément os traindo? Estaria compartilhando informações com um nazista? Ela repensou na conversa, no tom amigável entre os dois e na familiaridade tranquila do padre com os nomes alemães que o soldado mencionara. E, claramente, ele fornecera algum tipo de lista. Mas o que poderia significar? Estaria Père Clément envolvido desde antes em algum tipo de manipulação que ela não entendia? Ou ela estava entendendo tudo errado?

Então fez-se um ruído na porta da biblioteca, e ela conteve um arquejo. Quando a porta se entreabriu, ela apoiou os braços e a cabeça na mesa, fingindo ter adormecido no meio do trabalho. Apesar de ainda estar tremendo, ela se forçou a respirar devagar e profundamente. Sentindo uma presença aproximar-se, ela até fingiu roncar, na esperança de disfarçar o fato de que as mãos ainda tremiam, descontroladas.

– Eva? – falou Père Clément, baixinho. – Eva, está acordada?

Eva apertou os olhos e torceu para ele ir embora. Ele se demorou mais alguns segundos antes de suspirar e murmurar alguma coisa ininteligível, e então ela ouviu passos se afastando e a porta da biblioteca sendo aberta. Ela entreabriu o olho bem a tempo de ver Père Clément, ainda de batina, desaparecer de volta na igreja, tão silencioso quanto chegara. Ele fechou a porta ao passar, deixando-a na escuridão total.

Capítulo 22

Eva não ousou se mexer nem sair da biblioteca antes do amanhecer e, enquanto esperava, a exaustão finalmente a forçou a cair em um estado semiadormecido, repleto de pesadelos com monstros vestidos de homens.

Quando ela finalmente saiu, logo após as oito da manhã, não havia sinal de Père Clément, mas ela só voltou a respirar normalmente quando chegou à pensão. A mãe ainda estava de camisola e roupão, tomando o substituto de café na sala, e ergueu o olhar cansado assim que Eva entrou.

– Noite após noite, eu morro de preocupação por você – disse ela, em cumprimento. – Mas imagino que não lhe importe, não é?

Eva sentiu a cabeça latejar.

– *Mamusia*, não posso fazer isso agora. Tenho que ir encontrar Joseph.

A mãe se alegrou imediatamente.

– Joseph? Que ótimo. Por que não o convida para jantar aqui de novo? Ele é bonito, jovem, solteiro...

– Pare, por favor.

– Não me despreze assim, Eva. Ele é um bom homem... um bom homem *de família*. Sabia que ele tem vindo me ver toda semana?

Eva a encarou.

– Ele tem feito o quê?

Mamusia encheu o peito de orgulho.

– Ele diz que eu o lembro da própria mãe. Ele vem e ora comigo, Eva, o que é mais do que você faz. Você poderia aprender com ele, sabe. Ele seria um genro maravilhoso.

– *Mamusia*, basta!

– Você devia pensar nele, Eva, só isso. Devia ficar com alguém como nós.

– É, sim, não é isso que os nazistas dizem também quando encorajam os jovens a se unir contra os diferentes?

Eva sabia que tinha passado dos limites, mas não conseguiu se conter. A mãe vivia em um mundo de preto no branco, e Eva sabia que nenhuma dessas cores existia sozinha; era tudo um espectro de cinza.

Mamusia estreitou os olhos.

– É fácil me desprezar. Mas você pode confiar em Joseph. Como pode dar as costas para isso?

Eva suspirou.

– *Mamusia*, por favor, pare de tentar me arranjar namorado.

A mãe franziu a testa, mas não disse mais nada quando Eva saiu do quarto, dez minutos depois, tendo trocado de roupa e lavado o rosto. Ela simplesmente se despediu com um aceno e um sorrisinho encorajador, em clara esperança de que Eva seguisse seu conselho.

Contudo, Eva nem sabia onde encontrar Joseph e não podia perguntar a Père Clément. Também não podia andar pela cidade em busca de Faucon. E então se deu conta de que Madame Travere talvez tivesse como encontrá-lo em caso de emergência, e ela certamente era de confiança. Fazia mais de um ano que arriscava a própria vida para salvar crianças inocentes.

Ela bateu à porta do lar vinte minutos depois, e a cuidadora grisalha apareceu quase que imediatamente, entreabrindo só uma fresta da porta e olhando para fora, desconfiada.

– O que foi? – perguntou, irritada.

– Sou eu, Eva Moreau.

Usar o codinome com pessoas de confiança ainda lhe era incômodo, mesmo após tanto tempo. No entanto, a noite anterior lhe mostrara que ninguém era realmente de confiança.

Madame Travere franziu a boca, refletindo, e abriu a porta para deixar Eva entrar.

– Esta visita é muito irregular, Mademoiselle Moreau. Não fui avisada da sua chegada.

– Peço perdão, madame. É uma... situação irregular. Preciso encontrar Gérard Faucon e achei que a senhora talvez pudesse me ajudar.

Madame Travere não disse nada enquanto subia com Eva os dois lances de escada até a sala, onde cinco crianças, de 3 a 8 anos, brincavam em silêncio. Após as batidas de fevereiro, em que as autoridades não encontraram nada, Madame Travere e os outros esperaram só duas semanas para voltar a receber crianças. Não havia outro jeito; não tinha mais lugares para elas ficarem, mais pessoas que as acolhessem. Uma onda de tristeza tomou Eva ao vê-las.

– Mademoiselle Moreau – disse Madame Travere.

Quando Eva se virou para ela, notou que a mulher mais velha a estivera observando com atenção enquanto ela olhava para as crianças. A expressão se suavizara um pouco, e Eva teve a estranha sensação de ter passado em uma prova à qual não sabia que estava sendo submetida.

– Entendo que há várias moças da cidade que gostariam de entrar em contato com Faucon, mas... – continuou Madame Travere.

– Como? Não, não é isso que... – interrompeu-se Eva, sacudindo a cabeça, constrangida. – Preciso falar com ele com urgência e não sei onde encontrá-lo.

Madame Travere a encarou por outro momento longo e incômodo antes de aceitar a verdade, assentindo com a cabeça.

– Por que não pediu a Père Clément?

Eva engoliu em seco. Apesar de a conversa que entreouvira ser preocupante, e se não fosse nada? Ela não queria espalhar dúvidas sobre o padre até ter certeza. Pelo menos isso ela lhe devia.

– Eu... eu não encontrei Père Clément hoje, então vim vê-la. Por favor, é muito importante.

Madame Travere franziu a boca, parecendo considerar o pedido.

– A senhorita fez um bom trabalho com os documentos das crianças – disse ela. – Arriscou muito para nos ajudar. Por quê?

Eva ficou atordoada pela pergunta abrupta, mas mesmo assim refletiu.

– Porque nenhuma dessas crianças merece o que está acontecendo com elas. Ajudá-las me dá a sensação de poder trazer um pouco de luz ao mundo, mesmo em meio a toda essa escuridão.

– Eu sinto o mesmo – disse Madame Travere, assentindo devagar. – Muito bem, Mademoiselle Moreau. Pode perguntar por Faucon na fazenda ao norte da cidade, aquela que tem o celeiro azul e as rosas vermelhas. Os donos são amigos da rede clandestina. Pelo que sei, é onde Faucon fica abrigado quando está nesta área. Suba pela Rue de Chibottes e acabará chegando lá, na colina. É onde os *résistants*, os que querem ir à floresta ajudar, têm se reunido há meses.

Eva sacudiu a cabeça. Todo dia aprendia alguma coisa nova sobre aquela cidade e os segredos redemoinhando ali.

– Obrigada, Madame Travere.

– Eu que agradeço, Mademoiselle Moreau – respondeu ela, olhando Eva nos olhos. – E, qualquer que seja o assunto, por favor, se cuide. Precisamos da senhorita.

Eva levou quarenta e cinco minutos para caminhar até a fazenda, em uma rua que se tornava uma estrada de terra nos limites da cidade. Ninguém passou por ela, vindo em direção alguma, e quando as fileiras de plantação na colina finalmente apareceram, Eva entendeu por que seria um bom esconderijo.

O terreno era salpicado de construções, incluindo uma grande casa de pedra, um celeiro azul cercado de roseiras vermelhas e vários prédios menores, de aparência agrícola. Alguns homens trabalhavam em silêncio na plantação e ergueram o olhar quando ela se aproximou. Ela os cumprimentou com um aceno simpático e sentiu o olhar deles queimá-la enquanto avançava para bater à porta da casa principal.

Quem atendeu foi uma mulher da idade de Eva, com cabelo castanho comprido e olhos castanhos grandes. A pele bronzeada era impecável, e o rosto, corado. Ela franziu a testa quando viu Eva ali.

– E quem é você? – perguntou, imediatamente.

– Hum, Eva Moreau – disse Eva, hesitante, pega de surpresa pelo cumprimento brusco e ainda um pouco ofegante devido à caminhada.

A mulher olhou Eva de cima a baixo, com uma expressão dura.

– E daí? O que veio fazer aqui? Não estamos vendendo grãos ao público. Nem ovos. Você precisa esperar na fila, como todo mundo.

– Não vim em busca de grãos ou ovos, madame – disse Eva, respirando fundo. – Estou procurando Faucon.

A mulher deu um pequeno passo para trás, a expressão ainda mais fria.

– Falcões? Não temos aves nesta época do ano. Talvez seja melhor observar pássaros em outro lugar.

– Não, eu...

– Obrigada pela visita.

Tendo dito isso, a mulher bateu a porta na cara de Eva. Ela hesitou, pestanejando, antes de bater à porta de novo, mas não houve resposta.

Finalmente, Eva se virou e seguiu na direção das plantações, na intenção de perguntar aos homens que trabalhavam lá se eles sabiam onde encontrar Faucon, mas eles também tinham sumido. Era como se a fazenda toda repentinamente tivesse se tornado uma cidade fantasma deserta.

Eva foi até o celeiro e olhou para dentro, mas estava escuro e silencioso, um trator e alguns outros equipamentos guardando montes de feno.

– Olá? – chamou Eva, mas a única resposta foi o próprio eco.

Derrotada, ela finalmente se foi e começou a voltar para a cidade, de ombros caídos. O que faria? Talvez pudesse deixar um recado com Madame Travere, dizendo que precisava falar com Faucon. Mas quanto tempo a mensagem levaria para chegar até ele? Enquanto isso, Eva teria que continuar a ir à igreja como se nada tivesse acontecido, pois não poderia levantar suspeitas.

Ela estava passando pela casa de Madame Travere quando um movimento nas sombras do outro lado da rua, à direita, chamou sua atenção. Tinha alguém ali? Ela apertou os olhos, esperando que alguém surgisse da escuridão.

Como ninguém surgiu à rua, ela se convenceu de que estava simplesmente imaginando coisas. Mas, quando voltou a avançar, viu outro lampejo de movimento, e se virou bem a tempo de ver um alemão uniformizado entrar na rua, vindo de uma das vielas, olhando para o outro lado.

"Relaxe", pensou. "Você vê alemães todos os dias."

Até que o alemão se virou para ela e, quando encontrou seu olhar, ela o reconheceu. Eva congelou por dentro. Era o homem que vira conversar com Père Clément na igreja, tinha quase certeza. Estaria ele a seguindo? Seria loucura, não? Ela tinha bastante certeza de que ele não a vira na noite anterior, mas Père Clément, sim. E se ele tivesse dito ao alemão que talvez ela tivesse entreouvido a conversa clandestina?

Ela apertou o passo, tensionando os músculos para fugir, se necessário, mas, após alguns segundos, o alemão virou uma esquina. Ela já estava praticamente correndo, mas, quando entrou na Rue Valadon, uma rua mais larga que levava à praça, o alemão não estava mais à vista. Será que ela imaginara que ele a perseguia? Talvez nem fosse o mesmo homem que ela vira na noite anterior; a igreja estivera escura, afinal.

No entanto, os instintos dela diziam que estava certa. Alguma coisa estava estranha. Mudando de direção, seguiu para uma das únicas outras pessoas de confiança na cidade.

A livraria parecia vazia quando Eva entrou, alguns minutos depois, mas os sinos da porta alertaram Madame Noirot, que surgiu com um sorriso, a expressão murchando ao ver o olhar de Eva.

– Meu bem! – chamou, se aproximando de Eva e levando as duas mãos ao seu rosto. – O que foi? Você parece ter visto um fantasma.

Por um segundo, Eva hesitou. O que ela estava fazendo ali? Afinal, Père Clément era íntimo de Madame Noirot; e se ela também estivesse envolvida na traição? Eva olhou para os livros lindos ao seu redor e para os olhos arregalados e preocupados da primeira pessoa a fazê-la sentir-se bem-vinda ali, e sentiu algo dentro de si se partir. Se Madame Noirot tivesse más intenções, nada mais faria sentido. Ela precisava confiar em alguém, e Madame Noirot parecia a melhor opção.

– Eu... eu estava na igreja ontem à noite e ouvi Père Clément falar com um soldado alemão.

Madame Noirot piscou algumas vezes e abaixou as mãos.

– E então? O que estavam dizendo?

– Falaram de uns alemães que chegariam em breve. E de uma lista. Acho que Père Clément deu a ele uma espécie de lista. Foi... foi bem suspeito.

– Deve haver uma explicação.

– E se não houver?

Madame Noirot apertou as mãos de Eva até os dedos ficarem pálidos.

– Eva, não faça nenhuma tolice. Père Clément não fez nada além de ajudá-la, e já o vi arriscar a vida para ajudar outros também. Devemos a ele o benefício da dúvida.

Eva abaixou a cabeça.

– Eu sei.

Era por isso que ela não dissera nada a Madame Travere. Mesmo assim, estava apavorada.

– Estou tentando encontrar Faucon – falou. – Ele saberá o que fazer.

– E você tem tanta certeza de que confia nele?

Eva assentiu. Eles tinham uma história compartilhada, e ele já fizera muito para ajudar a causa.

– Tenho, sim.

– Ainda assim, acho que deveria falar com Père Clément primeiro. Quando falar com Faucon, tudo sairá de suas mãos, não é? E, às vezes, a rede clandestina reage antes de ter todos os fatos em mãos. Eles também estão assustados, sabe, e medo nem sempre nos ajuda a pensar com clareza.

Eva assentiu, lentamente. Madame Noirot estava certa. Ainda assim, ela estava apavorada. E se falar com Père Clément fosse, na verdade, sentenciá-la à morte?

– Se alguma coisa acontecer comigo...

– Encontrarei Faucon e o informarei. E cuidarei da sua mãe. Mas, meu bem, não acho que você tenha nada a temer.

– Espero que a senhora esteja certa – disse Eva, baixinho. – De qualquer forma, sei que é o que devo fazer.

Afinal, ela já estava vivendo um tempo emprestado. Todo momento que se passara desde as batidas de julho em Paris eram momentos que ela não deveria ter. E fora Père Clément quem dera propósito à vida dela ali. Não havia nada a fazer além de entrar no incêndio e esperar não morrer queimada.

– Boa sorte, meu bem – disse Madame Noirot. – Vou orar por você.

Eva saiu da biblioteca absorta em pensamentos. Ela precisava confrontar Père Clément imediatamente antes de perder a coragem. A única coisa a fazer era ir à igreja encontrá-lo. Pelo menos, no meio do dia, seria mais arriscado para ele tentar machucá-la, se os instintos dela estivessem corretos. Mas quem ela queria enganar? Se ele estivesse aliado aos alemães, ela já estava condenada. Pensar nisso, estranhamente, a fez se sentir melhor, pois não havia nada a perder.

– Eva!

Um sussurro das sombras a interrompeu abruptamente no caminho apressado para a igreja. Ela olhou na direção da voz, mas não viu ninguém.

– Eva! – veio a voz de novo, e Père Clément surgiu da viela à direita, o rosto escondido pelo chapéu.

O coração dela parou. Ela estivera, sim, a caminho para vê-lo, mas ainda não estava pronta. Não tinha organizado os pensamentos, nem feito um plano de fuga. Olhou de um lado para o outro e forçou um sorriso para ganhar tempo.

– Père Clément, o que o senhor faz aqui?

– Eu poderia perguntar o mesmo, Eva – disse ele, saindo das sombras e franzindo a testa. – Normalmente, a essa hora você está na biblioteca.

– Eu... eu precisava resolver alguns assuntos.

Ele a encarou com atenção por um bom tempo.

– Você me escutou na igreja ontem, não foi?

Eva sentiu-se corar.

– Eu... eu não sei o que quer dizer.

Enquanto ele analisava o rosto dela, atento, ela notou que, por trás da fadiga, os olhos dele estavam tristes.

– Você já contou para alguém?

Ela hesitou.

– Não.

Se ele fosse machucá-la, também iria atrás de quem mais soubesse.

– Você estava procurando Faucon, não?

Ela abaixou a cabeça.

– Estava.

– Que bom que a encontrei antes. Por favor, Eva, eu gostaria que você viesse comigo. Preciso mostrar uma coisa.

Ela ergueu o rosto para encontrar o olhar dele.

– Eu...

Ele pestanejou.

– Eva, juro por Deus que não tenho intenção de machucá-la.

Como ela não se mexeu, ele avançou mais um passo.

– Eva, você me conhece. Eu nunca trairia o juramento à minha fé e nunca a machucaria. É importante que você entenda o que viu ontem à noite.

Ela respirou fundo.

– Mas eu vi o senhor com um nazista. Eu o vi entregar uma lista.

– Viu, sim – disse ele, e estendeu a mão. – Por favor, Eva. Preciso que confie em mim.

Ela hesitou, antes de esticar a própria mão para segurar a dele. Ele estava certo; ela não conseguia imaginá-lo indo contra Deus. E, se fosse oferecer uma explicação, ela precisava ouvir.

Ele a conduziu, em silêncio, pela ruela escura. Enquanto viravam em ruas menores, se afastando cada vez mais da praça, ela perguntou:

– Aonde vamos?

– Você verá.

Ele virou à direita na Rue de Levant e entrou na Boulangerie de Levant, a padaria da cidade. No fim da manhã, as filas do racionamento já tinham acabado e as prateleiras e mostruários estavam vazios. Eva reconheceu a mulher corpulenta e grisalha de avental branco atrás do balcão. Mesmo que nunca tivesse ido ali comprar pão, pois era Madame Barbier quem se ocupava das compras, ela se acostumara a cumprimentar a dona da padaria, Madame Trintignant, quando passava por ali na volta da igreja, uma ou duas vezes por semana.

A mulher mais velha sorriu quando eles entraram.

– Ah, Père Clément – disse ela, olhando para Eva e de volta para o padre. – O pão já está crescendo lá no fundo.

– *Merci*, madame – disse Père Clément, se aproximando para cumprimentar a mulher com dois beijos no rosto. – Eva, eu gostaria de apresentá-la a Madame Trintignant. Madame, esta é Mademoiselle Moreau.

– É claro. Já nos vimos por aí. É um prazer conhecê-la finalmente – disse Madame Trintignant, o olhar afiado e analítico, apesar do sorriso educado. – Vou trancar a porta e ficar de olho – acrescentou, voltando a olhar para o padre.

– *Merci*.

Père Clément pegou a mão de Eva de novo e a conduziu para trás do balcão, passando por uma porta, com a tranquilidade de quem já estivera ali muitas vezes antes. Eles saíram em uma cozinha, úmida e quente devido aos fornos. Dezenas de pães – provavelmente incrementados de batata, aveia, trigo-sarraceno e até raspas de madeira, para lidar com a falta de trigo – esfriavam no balcão, e o cheiro de levedura os envolveu. Eva sentiu a barriga roncar; não lembrava quando fora sua última refeição.

– Père Clément, o quê... – começou Eva, mas se calou quando um homem de uniforme alemão perfeitamente passado surgiu de outra porta, que parecia levar a uma despensa.

Ela prendeu a respiração; o reconheceu imediatamente. Era o alemão que ela vira na igreja com Père Clément, o que achara ter visto na rua mais cedo. Ela soltou um grito e se virou para fugir, mas Père Clément entrou no seu caminho e a segurou de leve pelos punhos.

– Eva, por favor. Este é Erich. Ele é nosso amigo.

Eva parou de se debater e se voltou para olhar o alemão, que a encarava com olhos arregalados, sem piscar. Ele era mais jovem do que ela imaginara

– talvez só tivesse um ou dois anos a mais do que ela. O cabelo ondulado ficava ainda mais loiro sob as luzes da cozinha e os olhos eram de um azul profundo. Em outras circunstâncias, talvez ela o tivesse achado bonito.

– Mas ele é nazista.

Alguma coisa mudou na expressão do alemão.

– Prometo que estou do seu lado.

O sotaque dele era pesado, cobrindo as palavras como o soro de leite coalhado.

Ela estreitou os olhos.

– Como pode estar? Você luta pela Alemanha!

– Eu visto o uniforme alemão – corrigiu ele, gentilmente. – Mas gostaria de acreditar que luto pela liberdade.

Eva olhou para Père Clément, chocada. Como ele podia confiar no que aquele homem dizia?

– Eva, é ele quem tem nos informado sobre as batidas nos lares de crianças – explicou Père Clément tranquilamente, sem desviar o olhar de Eva. – Os avisos dele ajudaram a salvar dezenas de pessoas.

Ela se voltou para o alemão, que de repente não parecia mais tão ameaçador e imponente.

– Por que você está nos ajudando?

– Porque o que meu país está fazendo é errado. Uma coisa é o *führer* tentar expandir nosso território. Mas o que nos mandam fazer com crianças, com os judeus, com idosos são barbaridades – disse ele, olhando de Père Clément para Eva. – Não sou perfeito. Mas estou tentando ser um bom homem, um bom católico. Foi por isso que procurei Père Clément. Não posso mais ignorar minha consciência.

– Se descobrirem que você está nos ajudando...

– Sim, eu seria imediatamente executado.

Eva o olhou por um bom tempo antes de se voltar para Père Clément.

– Faucon não sabe?

– Não.

– Por quê?

Afinal, ele tinha uma posição de liderança na Resistência, e ela achava que Père Clément confiava nele.

– Quanto menos gente souber, melhor – disse Père Clément. – Erich me procurou ano passado, e desde então mantive a identidade dele em segredo.

– Então por que me contar agora?

– Porque você nos viu. E porque confio em você, Eva. Preciso que você também confie em mim. Provavelmente haverá um momento em que Erich precisará de documentos para fugir, e preciso que você esteja a postos.

Eva se voltou para Erich. De perto, mesmo naquele uniforme apavorante, ele não parecia um monstro assustador. Era só um homem, um homem em quem Père Clément confiava.

– Em fevereiro, foi você que nos avisou sobre as batidas em alguns dos abrigos de crianças?

– Sim.

Eva pensou na pequena Frania Kor, que sonhava em encontrar uma saída de Oz. Por causa daquele alemão, a menininha chegara à Suíça, onde teria a oportunidade de sobreviver.

– Se Père Clément confia em você, então suponho que eu também possa tentar.

Erich sorriu e estendeu a mão.

– Bem, então, podemos tentar outra vez? Erich, prazer.

Ela respirou fundo. Parecia que a terra se mexia sob seus pés.

– Eva. É um prazer conhecê-lo.

Capítulo 23

Eva não viu Erich por algumas semanas, mas saber que ele estava lá, transmitindo informações para o padre, lhe dava algum conforto, apesar de ser difícil de digerir a ideia de ter um aliado alemão. Era um lembrete de que não importava de onde a pessoa vinha; virtude poderia viver em todo mundo. Saber que Erich aparentemente estava arriscando a vida para defender o bem fazia Eva também querer ser mais corajosa.

Em junho, as plantas já floresciam, esplendorosas, e o fluxo de crianças aumentara de novo, graças ao fervor crescente dos alemães em arrancar judeus de onde estivessem escondidos. Havia mais adultos do que nunca chegando às florestas e às colinas ao redor de Aurignon, também, devido às crescentes demandas alemãs por trabalho forçado. Em janeiro, os alemães tinham tentado forçar 255 mil franceses a servir, levando ao decreto de uma lei francesa, instaurada em fevereiro, que obrigava homens nascidos entre 1920 e 1922 a trabalhar para o *führer*. Em abril, mais 120 mil homens foram convocados. O resultado era que cada vez mais homens estavam fartos dos invasores e finalmente prontos para lutar. Os *résistants* armados escondidos nas florestas cresceram de centenas a milhares, talvez até dezenas de milhares, na França. Era impossível saber, porque os *maquisards*, os combatentes no grupo armado *Maquis*, eram especialistas em se manter escondidos, capazes de agir a qualquer instante. E, cada vez mais, confrontavam os alemães com violência. Rémy ainda não voltara, e Eva todo dia tinha cada vez mais medo, devido à experiência dele com explosivos, de ele estar na linha de frente das ações perigosas que aconteciam. Père Clément ouvia menções dele vez ou outra – que participara do bombardeio de uma linha férrea perto de Tresnay, que fizera a invasão armada de uma delegacia em Rion –, mas Eva sentia-se muito distante das notícias. Ainda assim, toda vez era um conforto saber que ele estava vivo.

Eva e Geneviève estavam trabalhando no fim de uma manhã ensolarada, preparando documentos para cem novos homens fugindo do serviço forçado, quando Père Clément apareceu na porta da biblioteca, acompanhado de Joseph. As mulheres os olharam, e Geneviève ficou de pé em um pulo.

– Gérard! – exclamou, se aproximando, corada, mas ele nem a olhou.

Joseph só olhava para Eva, que se levantou devagar.

– O que foi?

– O grupo para quem vocês estão preparando os documentos precisa se mover rápido. Preciso que me entreguem o que vocês têm imediatamente – disse ele.

– O que aconteceu?

– Os alemães estão se aproximando. Eles precisam adentrar mais ao fundo da floresta, antes de serem descobertos, e quero ajudá-los, mas os líderes de lá ainda não confiam em mim. Vêm de outra região da França e não me conhecem bem. Se eu levar os documentos...

– Você quer usar nossos documentos como forma de aproximação? – perguntou Eva.

Ele franziu a testa.

– Eva, estou tentando salvar a vida deles. Por favor, me ajude a fazer isso.

Ela olhou para Père Clément, que assentiu com a cabeça.

– Ainda não estamos nem perto de acabar, Gérard – disse ela. – Perdão.

Ele olhou para a bagunça de documentos espalhados na mesa.

– Bem, o que já fizeram? Carteiras de identidade?

– Só algumas dezenas. Mas a maioria dos cartões de racionamento estão prontos.

Joseph fez um gesto de desdém com a mão.

– Cartões de racionamento não têm muita utilidade no meio do nada. Mas já é alguma coisa. Pode me dar o que tiverem.

Alguma coisa fez Eva hesitar.

– Não é esse o acordo que temos com os *maquisards*. Eles mandam um transportador.

Joseph se aproximou mais e levou a mão suavemente ao queixo de Eva.

– Eva, você confia em mim, não confia?

Ela o olhou nos olhos e viu imediatamente o jovem que, na escadaria da Biblioteca da Sorbonne onze meses antes, a avisara para salvar a família. Foi tomada por culpa, assim como pelo remorso de duvidar dele na época e naquele momento também.

– Claro que sim.

– Estou fazendo isso para proteger os camaradas de lá. Você entende? Rémy pode estar entre eles – disse ele, ainda tocando o rosto dela, olhando-a nos olhos, e Eva sabia que era possível ver sua dor. – Se você me entregar esses documentos, prometo que farei o possível para encontrá-lo. Mas, Eva, se os alemães chegarem antes de mim...

Os dois sabiam que não era preciso completar a frase.

– Gérard, talvez eu possa ajudar – disse Geneviève, ao lado de Eva, olhando para os dois com preocupação. – Posso ir com você.

– É melhor que eu vá sozinho.

– Mas se alguma coisa acontecer com você...

– Não vai acontecer – disse ele, voltando-se para Eva. – Não temos tempo a perder, Eva. E aí?

Eva olhou mais uma vez para Père Clément, que assentiu. Se Rémy estivesse na floresta, e os alemães estivessem de olho nos *maquisards*, não haveria opção. Ela precisava fazer o possível para salvá-lo. Rapidamente, ela fez uma pilha organizada com os cartões de racionamento e outros documentos e os entregou a Joseph.

– Prometa que, se encontrar Rémy, dirá que estou pensando nele.

Joseph franziu a testa.

– Eva, ele não pode voltar. Precisamos dele lá.

– Por favor, só me prometa.

Ele hesitou, mas finalmente concordou com a cabeça.

– Entregarei seu recado.

Tendo dito isso, ele se foi com os documentos sobre os quais elas tinham se debruçado, aqueles com nomes falsos e rostos verdadeiros de homens escondidos nas árvores, prontos para lutar. Apesar de Eva confiar a própria vida a Joseph, apesar de saber que ele tentara salvá-la uma vez e o faria de novo, não conseguiu deixar de sentir uma pontada de dúvida. Se ele não tomasse cuidado, se cruzasse o caminho da pessoa errada no trajeto, entregaria uma lista de alvos para os alemães, em vez da salvação aos combatentes da Resistência. E ela teria responsabilidade.

– Você fez a coisa certa – disse Père Clément, observando Eva de perto.

– Fiz?

– Temos que aproveitar todas as oportunidades para preservar vidas.

– E se alguém o estiver seguindo? E se ele os levar bem ao esconderijo?

– Acho que é um risco que precisamos correr.

– O senhor não se pergunta nunca se isso tudo é à toa? Se só estamos prolongando o inevitável? E se estivermos fazendo exatamente o que esperam?

– Nada disso é em vão se uma só vida for salva, e você já salvou centenas – disse ele, com um sorriso gentil. – Quanto ao resto, Eva, você precisa confiar em Deus e esperar por um sinal. Nas minhas horas mais sombrias costumo reparar que ele está presente.

Quando Père Clément lhe deu as costas, Eva ainda não se sentia muito melhor. Na verdade, sentia que o cerco se fechava todo dia mais ao redor de Aurignon. Se os alemães soubessem onde os *maquisards* estavam escondidos na floresta e se mais de uma vez tinham sido informados sobre as crianças refugiadas, como saber se não sabiam dela também? Ela estremeceu, voltando a trabalhar.

– Tem alguma coisa acontecendo entre você e Gérard? – perguntou Geneviève alguns segundos depois.

Perdida nos pensamentos perturbados, Eva quase esquecera a presença da outra mulher. Ao levantar o olhar, demorou um segundo para lembrar que Gérard era o nome que Joseph usava. Todo mundo na cidade só o chamava de Faucon.

– Não, claro que não – disse Eva.

Pelo olhar preocupado no rosto de Geneviève, e o rubor ainda visível em sua face, Eva entendeu, de repente, o que acontecera.

– Geneviève, tem alguma coisa entre *você* e Faucon? – perguntou.

Geneviève olhou para baixo e, após alguns segundos, assentiu com a cabeça.

– Sim, mas acho que ele gosta de você. Ele fala com você com um carinho especial – murmurou Geneviève. – E, quando estamos sozinhos, ele fala muito de você.

– Geneviève, nós nos conhecemos há muito tempo. Somos velhos amigos, só isso.

– Ele parece se preocupar tanto com você...

– Geneviève, não há nada aqui. Prometo. Você e Gérard estão envolvidos?

O rubor da mulher ficou ainda mais intenso, chegando a um vermelho escarlate.

– Saímos algumas vezes.

– Saíram?

Não era que Eva sentisse ciúme. Só não conseguia imaginar quando Geneviève ou Joseph arranjavam tempo.

– Quando? – perguntou.

– Nós... às vezes nos encontramos tarde da noite. Tem um sótão no celeiro da fazenda onde ele se abriga. É muito particular; a família só usa como depósito. Sei que parece uma ninharia, mas na verdade é bem romântico.

Eva sacudiu a cabeça. Devia ficar feliz por uma delas encontrar alegria em meio a tanta dor, mas aquilo só a lembrava de como Rémy estava distante.

– Você não está chateada comigo, está? – perguntou Geneviève, já que Eva não disse nada. – Eu... eu queria contar, mas Gérard me pediu que guardasse segredo.

– Não, está tudo bem. Fico feliz por vocês – disse Eva, forçando um sorriso.

– Que bom – disse Geneviève, sem parecer convencida. – É bom ter alguém em quem confiar em momentos como esse.

– É, é bom vocês terem um ao outro.

– Não, Eva, eu estava falando de você – disse Geneviève, e esperou que ela a olhasse. – Quis dizer que é bom poder confiar em *você*.

O sorriso de Eva, dessa vez, foi sincero.

– Sinto o mesmo, Geneviève. Fico muito feliz por você estar aqui.

Elas trabalharam em silêncio por uma hora e, no fim da tarde, quando Geneviève perguntou se podia fazer um intervalo, Eva concordou.

– Vai encontrar Faucon?

A moça corou e desviou o olhar.

– Quero ir ao lugar onde nos encontramos, só por via das dúvidas. Não sei quanto tempo ele levará para ir à floresta e voltar, mas, se ele conseguir voltar para casa, talvez precise de conforto.

– Ele tem sorte de tê-la, Geneviève. Por favor, se cuide.

Com um *merci* murmurado, Geneviève se foi, e Eva se voltou para a pilha de cartões de racionamento, suspirando.

No fim da semana, Joseph já tinha voltado com boas notícias: ele tinha chegado aos *maquisards* a tempo e, apesar de o líder ainda não confiar completamente nele, aceitara os documentos, agradecido, e concordara em mudar de localização.

Rémy, contudo, não estivera lá, e Joseph não sabia onde ele estava. Fazia quase quatro meses que Eva o vira pela última vez, e ela se perguntava se ele ainda pensava nela ou se tinha se instalado em outra cidade, talvez até encontrado uma mulher para ajudá-lo a lutar contra os alemães, uma mulher católica que não o afastaria por motivos religiosos e familiares. Se ela o perdesse, seria sua própria culpa.

"Você precisa confiar em Deus e esperar por um sinal." As palavras de Père Clément continuavam a ecoar em sua mente, mas ela começara a se perguntar se Deus tinha tempo de pensar duas vezes em alguém como ela. Havia preocupações muito mais urgentes do que uma mulher que só entendera tarde demais que amava um homem que talvez nunca fosse saber o que ela sentia, talvez nunca voltasse.

Cinco semanas depois, Eva estava sozinha na biblioteca secreta, acabando os documentos de identidade de oito crianças que deveriam atravessar a fronteira suíça no dia seguinte. Quando virou para a página 233 no livro para começar o registro da criança número 231 que ajudava, sentiu o coração dar um pulo. Havia um ponto em um *à* no meio da página, que ela tinha certeza de não ter anotado. E ela sabia que a página era parte de sua própria sequência – *um, um dois, três cinco, oito, treze, vinte e um, trinta e quatro, cinquenta e cinco, oitenta e nove, cento e quarenta e quatro, duzentos e trinta e três* –, números tão familiares que ela poderia recitá-los dormindo.

Com a mão paralisada, ela encarou a página. Os pontos que escreviam *Traube* acabavam na página trinta e quatro e, apesar de haver ali pontos que compunham os nomes de algumas crianças, e um triângulo para sua própria sequência invertida, essas marcas acabavam no primeiro parágrafo. Quem teria acrescentado mais um pouco naquela página? Seria um erro? Uma mancha de tinta que ela não notara? Ou Rémy deixara outra mensagem no livro, sem que ela reparasse? Com as mãos trêmulas, ela voltou para a primeira página e encontrou uma segunda estrela, muito mais nova. A primeira, no *e* de *Le*, e o ponto no *v* de *l'Avent* eram conhecidos, mas a estrela no *J* de *Jean* muitas páginas abaixo não era, nem o ponto no *e* da mesma palavra.

Rapidamente, com o coração acelerado, ela virou para a segunda página e encontrou outro ponto no *r* de *car*, e mais um no *e* de *de* na segunda linha da página seguinte. Foi passando as páginas na sequência que sabia de cor, até a página 610, e, quando acabou de escrever as letras de cada ponto, a mensagem estava clara.

Je reviendrai à toi. Eu voltarei para você.

Ela a encarou, os olhos embaçados de lágrimas. Rémy deixara um recado para ela, afinal, uma promessa, um juramento de retorno.

Era exatamente o tipo de sinal que Père Clément sugerira que ela buscasse. E ali, com a mensagem escrita em preto e branco claros, ela acreditou. Olhou para o céu, fechou os olhos, e murmurou:

– Obrigada, Deus. Obrigada pelo sinal. E, por favor, por favor, traga ele de volta para mim.

Capítulo 24
Maio de 2005

Meu voo pousa em Berlim logo após as onze da manhã. Eu deveria estar exausta – são cinco da manhã lá na Flórida, e dormi mal no avião –, mas estar na Europa pela primeira vez em décadas tem um efeito estranho. Volto a me sentir jovem e, ao olhar pela janela os veículos no aeroporto, que são mais quadrados e encorpados que os dos Estados Unidos, não consigo conter uma fala de um filme no qual não penso há anos:

– Acho que não estamos mais no Kansas.

Palavras que me lembram as de uma menininha que tinha seis anos na última vez que a vi, a menina cujo nome verdadeiro – *Frania Kor* – registrei na página 147 no Livro dos Nomes Perdidos. Eu me pergunto se ela voltou para a França, se os pais voltaram para casa, se ela pôde ver o filme baseado no livro que tanto amava. Não saber se as crianças sobreviveram, ou se reencontraram as famílias, é uma fonte de dor há sessenta anos, e as lágrimas finalmente escorrem de meus olhos. Pego um lenço da bolsa para secar o rosto molhado.

A mulher no assento ao meu lado, que não falou uma palavra durante o voo, apesar de minha tentativa de puxar conversa, me olha com estranheza e se afasta, como se meu luto fosse contagioso.

Saindo do avião no aeroporto agitado de Berlim, sou carregada pela multidão. Ao meu redor, pessoas conversam em alemão, e tenho que lembrar que

Hitler já morreu há tempos. O mal não vive mais aqui; é só um lugar, e as pessoas ao meu redor são só pessoas. E não é essa a moral da história, afinal? Não podemos julgar as pessoas por sua língua, por sua origem – mesmo que pareça que cada nova geração insista em aprender a lição por conta própria. Penso rapidamente em Erich, cujo rosto tentei desesperadamente, ao mesmo tempo, esquecer e lembrar ao longo dos anos, e meus olhos se enchem de lágrimas inesperadas. Tropeço, e o homem que me segura é jovem e loiro, com olhos azuis-claros.

Ele fala algo em alemão e, instintivamente, mesmo que a guerra já tenha acabado há sessenta anos, eu me encolho, com o coração martelando. Ele faz uma cara assustada e se afasta assim que me reequilibro.

– *Danke!* – grito para ele, mas já é tarde; ele se foi.

Depois de uma parada felizmente breve na guarita da imigração e outra em um guichê de câmbio, faço fila para um táxi e entro em um carro momentos depois. O motorista faz uma pergunta em alemão e, de novo, tenho que engolir uma sensação pesada de incômodo.

– Perdão, mas não falo alemão – digo, fechando a porta.

– Ah, inglês.

– Sim.

– Eu estava perguntando pela bagagem da senhora.

O sotaque dele é forte, mas fico aliviada por podermos nos comunicar. Talvez ele tenha uma década a menos que eu, e o penteado cobrindo a careca me lembra meu falecido marido, Louis.

– Só trouxe esta mala de mão – digo, apontando a bolsa no assento ao meu lado. – Não é uma viagem longa.

– Vou levar a senhora ao hotel, então?

– Na verdade, vou a uma biblioteca, a Zentral- und Landesbibliothek.

Tiro um pedaço de papel da bolsa e leio o endereço em voz alta. Ele assente com a cabeça e me olha pelo retrovisor, se afastando do meio-fio.

– E o que traz a senhora a Berlim?

Reflito sobre a resposta.

– Acho que se pode dizer que vim ver um velho amigo.

Berlim é moderna e agitada, mais bela do que eu imaginava que seria. Eu sei que foi destruída nos últimos tempos da guerra, assim como a França, e me impressiono com a renovação ao meu redor. Nem dá para notar que, seis décadas atrás, a cidade estava em escombros. Eu me pergunto como Aurignon está hoje, se também foi reconstruída, se as antigas cicatrizes ainda são visíveis. E a igreja de Père Clément? Ainda está de pé?

Quando o táxi para na frente da biblioteca, meia hora depois, estou emocionalmente exausta. Contudo, a atração do Livro dos Nomes Perdidos está cada vez mais forte, e não consigo impedir as lembranças de caírem em mim como ondas.

– Divirta-se com seu amigo – diz o taxista, alegre, depois de me ajudar a sair do carro e de receber minhas notas novas em pagamento.

Quando o táxi se afasta, finalmente me viro para a biblioteca, com o coração batendo forte.

É enorme, coberta de centenas de janelas idênticas, e, apesar de o prédio ser moderno e angular, alguma coisa ali me lembra a biblioteca Mazarine, de Paris. Tento afastar da memória as vezes que parei naqueles degraus, esperando um futuro que nunca chegou. É impossível esquecer, claro. A memória está ao meu redor. Lentamente, subo até a porta e a abro.

Lá dentro, respiro fundo e deixo meus olhos se ajustarem à luz fraca. É incrível como o lugar me é familiar, mesmo que eu nunca tenha estado ali. Quando nos apaixonamos por livros, a presença deles pode nos fazer sentir em casa em qualquer lugar, mesmo em lugares aos quais não deveríamos pertencer. Ando até a mesinha ao fim do longo corredor de entrada, e a jovem sentada ali sorri para mim.

– *Guten Tag, gnädige Frau* – diz ela. – *Kann ich Ihnen helfen?*

Sacudo a cabeça.

– Perdão, mas você fala inglês?

Ela franze a testa.

– Meu inglês não é muito bom.

– *Français?* – pergunto, mesmo que faça anos que eu não fale minha língua materna. – Hum, *französisch?*

O rosto dela se alegra.

– *Oui* – diz. – *Je parle un peu de français. Puis-je vous aider?*

Que estranho, penso, falar francês na Alemanha, um país que tentou varrer meu povo do mapa não faz tanto tempo assim. Digo em francês que estou procurando Otto Kühn, e me surpreendo ao ouvir o tremor na minha voz.

– *Certainement.*

Ela pega o telefone e me pergunta se pode dizer quem veio vê-lo.

Respiro fundo. De repente, a sensação é de que tudo me trouxe a este momento.

– *Je suis...*

Hesito, pois não importa quem eu seja. Importa o que vim fazer. Então, em vez disso, digo simplesmente que vim por causa do livro.

Ela inclina a cabeça de lado.

– *Le livre*, madame?

– *Oui*.

O mundo parece parar de girar.

– Estou aqui – digo, em francês – por causa do Livro dos Nomes Perdidos.

Capítulo 25

Janeiro de 1944

Em janeiro de 1944, a escuridão caíra em Aurignon, e Rémy ainda não tinha voltado. O inverno foi frio, um dos mais frios da memória de Eva, e a comida estava escassa. A Alemanha sofria baixas, com os Aliados bombardeando Berlim e o Exército Vermelho entrando na Polônia, empurrando os alemães vindos pelo leste. Quanto pior a situação ficava para eles, mais eles descontavam a frustração nos franceses. Ali, nas montanhas do centro-sudeste da França, nunca havia combustível o bastante, calor o bastante, comida o bastante. Até o fazendeiro que fornecia alimentos para Madame Barbier desaparecera, então os dias de ocasionais banquetes de frango assado na pensão tinham acabado. A maioria das pessoas que Eva conhecia na rede clandestina cedia parte da ração mensal para alimentar as crianças nos abrigos para que pudessem aguentar a viagem que fariam através das montanhas; por isso, todo mundo parecia estar secando, só pele e osso. Eva às vezes olhava para o espelho e mal reconhecia as linhas duras do próprio rosto magro.

No início de dezembro, logo antes do início do Chanucá, a polícia francesa prendera Joseph com cartões de racionamento no bolso e o entregara aos alemães, mas de alguma forma – talvez porque Père Clément fora a Vichy argumentar com o alto-comando alemão – ele fora solto. Os alemães, disse Joseph ao voltar para Aurignon com o braço quebrado e engessado, não tinham notado que ele estava envolvido com a Resistência; ele fora preso por suspeita de vender cartões de racionamento falsificados no mercado clandestino. Ele conseguira entrar no jogo do equívoco e recebera uma pena de duas semanas de prisão e a advertência de que, se fosse pego novamente, o castigo seria muito mais severo.

– Imaginem o que teria acontecido se notassem que eu era judeu – disse ele certa noite no jantar com Eva e *mamusia*, abrindo um sorriso que não chegava aos olhos.

Contudo, também havia alegria nas sombras. O relacionamento de Geneviève e Joseph tinha ficado mais sério após o susto dele com os alemães – mas, até onde Eva sabia, ele ainda não revelara seu nome verdadeiro. Ainda assim, nomes eram só palavras, o que Eva aprendera perfeitamente bem. Eles pareciam genuinamente apaixonados e, nas noites em que Joseph estava em Aurignon, Geneviève sempre saía mais cedo da biblioteca secreta, com os olhos estrelados, e passava a noite com ele no sótão do velho celeiro, sob pilhas de cobertores de lã.

– Você acha que um dia ele me pedirá em casamento? – perguntou ela a Eva, timidamente, um dia. – Às vezes sonho que caminho até ele por um caminho branco, ladeado por cerejeiras em flor, carregando um buquê de lírios. O sonho sempre acaba antes que eu chegue ao altar, mas acordo com a sensação de que é possível. Talvez, quando a guerra acabar, ele peça.

– Talvez – concordou Eva, sorrindo, mas ela se perguntava se Geneviève estava se enganando.

A guerra parecia que não acabaria nunca, mas e se a maré estivesse virando? A Alemanha parecia ter perdido a Batalha do Atlântico e estava sendo combatida ao leste e ao oeste, de acordo com as transmissões proibidas da BBC que ela, *mamusia* e Madame Barbier às vezes ouviam no rádio na pensão. Seria possível salvar a França, afinal? Rémy voltar a ela? Eva às vezes se permitia sonhar com um futuro que tivesse a presença dele – e um futuro em que o pai também voltava de Auschwitz. Mas ela sabia que se iludia ao imaginar que *tatuś* sobrevivera tanto tempo e se perguntava se sonhar uma vida com Rémy era igualmente impossível.

Na tarde do último sábado do mês, Eva e Geneviève estavam trabalhando em um conjunto de documentos para o grupo Maquis nas florestas próximas de Aurignon, que cresciam em força e número mais rápido do que o pequeno departamento de falsificação conseguia acompanhar.

Havia também mais crianças do que nunca, quase quarenta escondidas em casas diferentes pela cidade, a maioria vindas de Paris, todas presas ali até o clima se tornar ameno o bastante para permitir atravessar os Alpes. Eva ainda não começara os documentos delas, pois havia muito tempo até poderem partir.

– Você às vezes pensa na vida que tinha antes da guerra? – perguntou Geneviève baixinho, quebrando o silêncio.

Ela estava fazendo uma carteira de identidade para um homem jovem e moreno e, quando olhou para Eva, tinha a expressão assustada.

– Às vezes – disse Eva, após um intervalo. – Mas é dolorido, não acha? Pensar no que já tivemos.

– E no que poderíamos ter – disse Geneviève, tocando suavemente a foto do homem. – Ele lembra muito meu irmão.

– Não sabia que você tinha um irmão.

– Gêmeo – disse ela, com um sorriso leve e triste. – Jean-Luc. A gente se enlouquecia, mas ele também era meu melhor amigo. Foi convocado para o exército e morreu no *front* em maio de 1940. Ele nunca teve a chance de viver.

– Meus pêsames, Geneviève.

– Tudo desmoronou depois disso. Minha mãe ficou inconsolável. Meu pai começou a beber. Fomos nos afastando, mais e mais, mesmo vivendo sob o mesmo teto. Mal estávamos nos falando quando cheguei em casa, um dia, e encontrei minha mãe morta no chão da cozinha. Foi estresse, disse o médico, ou talvez um coração partido. Meu pai morreu um mês depois, de derrame.

Eva cobriu a boca com a mão.

– Geneviève, eu não sabia. Sinto muitíssimo.

Ela fez um aceno, afastando os pêsames.

– Às vezes, quando me sinto tentada a me afastar do trabalho que fazemos, ir a algum lugar e viver uma vida comum e simples, penso neles, Jean-Luc, minha mãe e meu pai, e sei que não posso parar. Se os alemães não tivessem vindo, Eva, meu irmão estaria em casa, cuidando da nossa fazenda, junto do meu pai, e minha mãe estaria na cozinha, fazendo pão e me perguntando quando eu daria netos a ela. Talvez eu até já tivesse filhos e os poria para dormir cantando "Au Clair de la Lune", que nem ela cantava para mim toda noite quando eu era pequena. Os alemães já tiraram tanto de tanta gente. Temos que salvar as que podemos... porque não pudemos salvar as que amávamos.

Era o máximo que Geneviève já dissera a respeito de seus motivos para estar ali, e Eva sentiu-se comovida. Ela não sabia que a outra mulher sofrera perdas semelhantes à dela.

– Eu também não pude salvar meu pai – admitiu. – Ele foi levado pelos alemães.

– Eu sei – disse Geneviève. – Gérard mencionou – acrescentou, quando Eva a olhou. – Mas não foi você que não pôde salvá-lo, Eva. Não podia fazer mais nada.

Eva deu de ombros, mesmo um pouco irritada por Joseph ter falado da tragédia dela para Geneviève com tanta tranquilidade.

– Se eu tivesse me esforçado mais para persuadi-lo a se esconder... Se estivesse mais atenta...

– Penso da mesma forma sobre meu passado. Mas não podemos nos culpar. Só podemos nos responsabilizar por impedir que a mesma coisa aconteça com outras pessoas.

– Você acha que estamos fazendo a diferença? – perguntou Eva, depois de um bom tempo. – Às vezes, ainda acho difícil sentir que somos parte de uma resistência significativa. Há dias em que esqueço a existência de todo um mundo do outro lado dessas paredes.

Um dia depois, entretanto, tudo mudou. Eva estava arrumando a biblioteca antes de voltar para casa à noite – escondendo a tinta e os carimbos, guardando os papéis e documentos falsificados em um dicionário oco, encaixando o Livro dos Nomes Perdidos no lugar discreto na estante – quando Père Clément apareceu à porta, lívido.

– Geneviève está com você? – perguntou ele.

– Não, ela já foi para casa por hoje. Está tudo bem, Père Clément?

– Temo que não esteja, Eva. Venha comigo.

No silêncio, ela o seguiu pela igreja vazia até a salinha do padre, atrás do altar. Quando ele a convidou a entrar, ela viu Erich à espera em uma cadeira, com uma expressão séria.

– É... – ameaçou perguntar, mas parou imediatamente.

Estivera prestes a perguntar por Rémy, mas não sabia se Erich já sabia dele e certamente não o queria expor a um alemão, mesmo que Erich tivesse se provado como aliado. Além do mais, a pergunta fora tola. Ela por acaso seria notificada se alguma coisa ocorresse com ele? Talvez fosse ridículo, quase um ano após tê-lo visto pela última vez, ele ainda ocupar tanto espaço em sua cabeça e em seu coração. Ela pensava nele constantemente, se preocupava, se perguntava, nas noites mais sombrias, se saberia caso ele morresse. Ela soube imediatamente, ao olhar para Père Clément, que ele entendeu exatamente o que ela quis dizer.

– Não, Eva, nosso velho amigo está bem, até onde sei – disse Père Clément rápido, apontando para a cadeira ao lado de Erich. – Por favor, sente-se.

Ela se sentou, cada vez mais desconfortável, e o padre se sentou na cadeira do outro lado da mesa.

– Eva, estamos preocupados – disse o alemão imediatamente.

Como da última vez que ela o vira, ele estava à paisana e, se não fosse pelo sotaque, poderia facilmente ser um deles, um amigo, um vizinho.

– Acredito que meus superiores estejam muito próximos de infiltrar-se na sua rede – falou ele.

– Como assim? Por que acha isso?

– Eles têm nomes... não o seu, nem o de Père Clément, que eu saiba, mas acredito que prisões serão iminentes – disse Erich, olhando para Père Clément. – Não sei quem está abrindo a boca, Eva, mas as crianças estão em perigo.

– As crianças? Que crianças?

– Todas.

A palavra pesou entre os três, apavorante e gritante, antes que Erich continuasse a falar:

– Eles têm o endereço das dezesseis casas que abrigam crianças na cidade e das sete fazendas no campo. Vão começar as batidas logo, talvez até depois de amanhã. Eles têm *nomes*, Eva. Nomes das crianças, de pessoas que as ajudam. É por isso que precisamos movê-las o mais rápido possível. Acho que acabou, Eva.

Eva o encarou, tonta.

– Acabou?

– Tudo. Sua célula foi comprometida.

Ela se virou para Père Clément, incrédula – Erich certamente estava enganado –, mas o padre assentiu, sério.

– O que faremos? – perguntou ela.

– Preciso que você comece a trabalhar nos documentos das crianças e dos responsáveis imediatamente.

– Claro – disse Eva, atordoada. – Geneviève e eu passamos as últimas duas semanas só trabalhando nos documentos dos *maquisards*. Não temos documentos completos para nenhuma das crianças – falou, e levou a mão à boca. – Meu Deus, Geneviève. Alguém precisa avisá-la. Se tivermos sido comprometidos...

– Eu vou avisá-la – disse Père Clément.

– E minha mãe?

– Não há motivo para suspeitar que alguém saiba sobre ela. Assim que eu conseguir localizar Faucon, pedirei a ele que mande alguém vigiá-la. Mas precisamos de você aqui, Eva. Não há tempo a perder.

Eva concordou com a cabeça, o coração a mil.

– E depois? O que faremos quando tivermos os documentos?

– Acho que é hora de dispersar. Então também prepare documentos de apoio para você e para sua mãe. Ela finalmente realizará o desejo de atravessar para a Suíça.

– E o senhor?

Père Clément estava com os olhos tristes, o sorriso pesaroso.

– Ficarei aqui e farei o possível. Está nas mãos de Deus.

Geneviève nunca apareceu na igreja, e Père Clément voltou rapidamente para dizer a Eva que não a encontrara; ela não estava no apartamento, apesar de ter passado do toque de recolher. Quando Père Clément mencionou que também não encontrara Faucon, Eva relaxou um pouco; os dois certamente estavam juntos. Sim, a ausência de Geneviève deixaria Eva sozinha para fazer o trabalho daquela noite, mas, se precisassem fugir de Aurignon no dia seguinte, era bom Geneviève dormir uma última noite de sono.

De manhã, contudo, Geneviève ainda não aparecera na biblioteca secreta, e Eva começou a se preocupar. Ela passara a noite em claro e tinha quase acabado de preparar os documentos, mas teria sido bom ter ajuda nos detalhes finais para garantir que não restava erro.

Certamente, Geneviève já fora informada da tempestade iminente; Joseph devia ter sido notificado o mais rápido possível. Talvez eles já tivessem fugido juntos, mas Eva não conseguia imaginar Geneviève indo embora sem avisar, sem pelo menos uma visita à biblioteca para confirmar que Eva não precisava de sua ajuda. Ainda assim, talvez Joseph tivesse insistido. Talvez ele tivesse prometido pedir notícias de Eva mais tarde, quando ele e Geneviève já estivessem em segurança.

Entretanto, Joseph também nunca apareceu. Quando a tinta secou e Eva verificou uma última vez todas as carteiras de identidade, ela estava sentindo as entranhas se retorcerem de nervoso. Ela correu pela igreja vazia até a sala de Père Clément e o encontrou andando em círculos, com a expressão igualmente preocupada. Ele ergueu o rosto quando ela entrou e tentou sorrir, mas não apagou a tristeza em seus olhos.

– Desculpe-me, Eva – disse ele, antes que ela pudesse falar qualquer coisa. – Fui eu que a envolvi nisso tudo, para começo de conversa.

– Por favor, não se desculpe. Este último ano e meio foi fundamental para mim. Tenho certeza de que é exatamente onde eu deveria estar.

– Mas o perigo...

– Eu sabia desde o início que haveria riscos.

Ele a olhou por um longo momento antes de suspirar.

– Eva, há mais uma coisa que preciso pedir a você.

– Qualquer coisa.

O olhar dele a fez se retorcer por dentro ainda mais.

– A rede precisa de outra pessoa para acompanhar crianças à fronteira. Seu nome foi sugerido.

Ela o encarou.

– O senhor quer que *eu* vá? Mas nunca fiz a travessia.

– Eu sei. Você irá em dupla com alguém mais experiente. Falta uma mulher. Homens viajando sozinhos com grupos de crianças aparentam ser *passeurs*, Eva. Casais com crianças parecem uma família. Eu preferiria pedir a Geneviève, mas ela já partiu. Gérard prometeu que virá pessoalmente buscar sua mãe e levá-la em segurança para a Suíça.

Eva ficou tonta.

– O senhor encontrou Gérard? Geneviève partiu?

– Ele me garantiu que ela estava segura.

Eva sacudiu a cabeça. Doía um pouco que Geneviève tivesse ido embora sem se despedir, mas ela estava feliz pela outra mulher estar em segurança, pelo menos.

– E ele levará minha mãe?

– Sim. Ela a encontrará em Genebra daqui a poucos dias. Vocês duas ficarão lá.

– Mas o senhor precisa de mim aqui, Père Clément.

Ele sorriu, triste.

— Como Erich informou, a célula já era. É muito provável que os alemães já saibam exatamente quem você é. Não vão descansar até encontrá-la. E você seria torturada e executada, Eva.

— Talvez eu possa ir a outro lugar, começar outro centro de falsificação...

— Por favor. Aproveite esta oportunidade de fugir. Se precisarmos de outra falsária, vamos chamá-la, mas você já fez tanto... Eu nunca me perdoaria se fosse encontrada pelos nazistas.

— E o senhor? Ainda planeja ficar?

Ele assentiu.

— Meu lugar é aqui, na igreja.

— Mas se têm seu nome...

— O que acontecer será parte do plano de Deus.

Eles se entreolharam por um bom momento.

— Nós nos veremos de novo?

Ele pegou as mãos dela e, quando sorriu, seus olhos estavam claros e animados.

— Tenho certeza de que voltaremos a nos ver, Eva. Após a guerra. Enquanto isso, orarei por você.

— E eu, pelo senhor.

Antes que ela pudesse chorar, enfiou a mão no bolso fundo do vestido desbotado de lã e tirou os documentos das crianças, que entregou a Père Clément. Ele os aceitou, com um aceno de cabeça.

— Será preciso fazer novos documentos para você. Seu nome é Lucie Besson, esposa de André Besson, um comerciante têxtil com negócios na Suíça. Ele já recebeu os documentos.

— Feitos por outro falsário?

Père Clément hesitou, mas confirmou.

— Também é melhor fazer novos documentos para sua mãe, só para o caso de a identidade dela ter sido exposta.

Eva fechou os olhos. Como poderia viver se pusesse a mãe em risco?

— O senhor não acha que...

— Só queremos ser cautelosos, Eva. Tenho certeza de que ficará tudo bem com sua mãe.

Eva relaxou um pouco.

— Père Clément, antes de partir, eu preciso vê-la.

Ele suspirou.

– Eu sei. Mas tome cuidado para não ser seguida. Precisarei que você volte antes da uma. Você e seu "marido" se encontrarão hoje à noite, em Lyon.

– Então você vai me abandonar.

Mamusia nem se virou quando Eva entrou no quarto compartilhado vinte minutos depois, mas, mesmo assim, Eva sentia a expressão irritada da mãe, a raiva que ela emanava.

– Madame Barbier já explicou tudo – continuou. – Você vai me largar aqui.

– *Mamusia*, é o que você queria! Finalmente vamos embora. Vamos para a Suíça.

– *Você* vai para a Suíça.

– Joseph cuidará para que você também seja levada em segurança, quando estiver tudo preparado. Mas algumas crianças precisam ir agora, antes de serem encontradas pelos alemães.

– E elas são mais importantes do que a sua mãe?

Mamusia finalmente se virou, os olhos em chamas. Eva mal reconhecia a mulher na frente dela, a mulher tremendo de raiva, a mulher cuja decisão de se agarrar a um passado que nunca voltaria a tornara fria e distante.

– Mais importante do que o seu sangue? – insistiu. – Você vai me esquecer com a mesma facilidade que esqueceu seu pai.

– *Mamusia*, eu não o esqueci! – exclamou Eva, secando as lágrimas. – Isso é maior do que a gente. É questão de salvar vidas inocentes. Você não acha isso importante?

Mamusia tensionou o maxilar, mas Eva viu a dúvida em seu olhar, nos ombros caídos.

– O que é importante é você preferir participar dessa família falsa na qual se permitiu acreditar. Seu pai sentiria tanta vergonha...

Eva se afastou.

– Você acredita mesmo nisso? Não acha que *tatuś* estaria orgulhoso de mim por tentar fazer a coisa certa?

– Ele gostaria que você fosse a pessoa que ele a criou para ser – disse *mamusia*, dando-lhe as costas e abanando a mão com desprezo. – Então vá lá, Eva. Fuja para a Suíça com seus amigos papistas e me largue aqui. Sejamos sinceras. Você já desapareceu.

Eva, chocada, ficou encarando a mãe, que ficou de costas para ela. Ela queria ficar, fazer a mãe entender, mas não havia tempo. Elas se veriam novamente na Suíça dali a menos de uma semana, e ela explicaria tudo, quantas vezes fosse necessário. Na verdade, já que iria parar de trabalhar na clandestinidade, teria todo o tempo do mundo para fazer a mãe entender a verdade.

– *Mamusia* – disse baixinho.

Mamusia levou um minuto para se virar e, ao fazê-lo, parte da raiva dera lugar à tristeza. Enquanto as duas mulheres se entreolhavam, Eva entendeu que, enquanto ela própria havia buscado alento em um novo propósito, a mãe encontrara conforto na indignação em que se embrulhara. Era sua armadura, sua nova identidade.

– Eu te amo, *mamusia* – disse Eva, avançando e abraçando a mãe, que inicialmente ficou tensa e imóvel, até finalmente suspirar e abraçar Eva também. – Joseph cuidará de você. Vou vê-la na Suíça daqui a alguns dias, e seremos só nós duas.

– É uma promessa?

– Eu juro, *mamusia*.

Mamusia se afastou.

– Então se cuide, *moje serduszko* – disse ela, hesitante. – Eu também te amo.

Finalmente, Eva não teve escolha: se virou e deixou a mãe para trás. Ao sair da pensão após um breve abraço e desejo de boa sorte de Madame Barbier, sentiu as lágrimas descendo pelo rosto e nem as secou.

Capítulo 26

Eva levou uma hora para preparar documentos novos para Lucia Besson, a esposa falsa de um homem que ela nunca conhecera. Enquanto esperava a tinta secar, ela se ajoelhou e orou pela mãe, por Père Clément e por Geneviève. Acrescentou uma oração para o pai, também, mesmo que parecesse provável que o destino dele já estivesse escrito. Finalmente, pediu a Deus força e coragem para guiar as crianças até a segurança do outro lado da montanha.

Quando ela foi à sala de Père Clément para receber as instruções e se despedir, ele imediatamente a puxou para um abraço apertado. Recordou os abraços do pai após o início da guerra, que a lembrava que, desde que estivessem juntos, ela estaria segura. Apesar de ser reconfortante ouvir o ritmo do coração do padre e saber que ele rezaria ardentemente por ela, Eva sabia que não bastava. Nenhum homem na Terra poderia prometer mais tempo, mais sorte, mais segurança na travessia. Só Deus poderia fazê-lo.

– Aqui – disse ela, se afastando.

Ela estendeu a chave da biblioteca secreta, que usava em um fio no pescoço, logo à direita do coração, desde que a recebera. Doía devolvê-la, mas a chave não seria mais necessária.

Père Clément sacudiu a cabeça e, em um gesto suave, pegou a chave da mão dela. Em seguida, passou o fio de volta no pescoço de Eva e sorriu.

– Fique com ela, Eva, para lembrar que você é bem-vinda aqui assim que a guerra acabar. Sempre haverá um lar para você em Aurignon.

Ela abaixou a cabeça, piscando para conter as lágrimas.

– Obrigada, *mon* Père.

– Agora, você deve pegar o ônibus para Clermont-Ferrand e, de lá, o trem das três para Lyon, via Vichy. Você encontrará seu marido, André Besson, seus filhos, Georges Maurice e Didier, e sua filha, Jacqueline, na estação ferroviária de Lyon para seguir viagem. As crianças estarão viajando com documentos falsos que devem passar pela inspeção básica, mas precisarão de documentos melhores, então, quando você os encontrar, entregará os que fez e seu marido sairá para destruir os antigos. Há um trem saindo de Lyon para Annecy à meia-noite. As crianças dormirão no trem, e seu marido explicará o resto. Você chegará à Suíça perto de Genebra.

– Como saberei quem é o homem que devo encontrar?

– Espere na frente da entrada lateral, à esquerda da porta principal, e o verá chegar com as crianças.

Eva assentiu, com o coração batendo forte. Tanta coisa podia dar errado.

– *Mon* Père, estou com medo.

– Eu também, mas os maiores feitos nesta vida exigem que nos ergamos para além do medo. Pense em Moisés; quando Deus o convocou na sarça ardente e o informou que ele deveria salvar seu povo da escravidão, ele também sentiu temor. Ele questionou Deus, como você talvez esteja fazendo agora. "Quem sou eu para ir ao Faraó e tirar os israelitas do Egito?", perguntou. Mas Deus prometeu que o acompanharia, então ele foi, pois era seu destino. Deus também estará com você, Eva, o que quer que aconteça. Só é preciso ter fé.

– Obrigada – disse ela, sentindo um nó na garganta. – De verdade. Obrigada por tudo.

– Eva, foi um presente conhecê-la.

Quando ele a olhou, havia lágrimas em seus olhos, e esse fato, vindo do padre estoico, comoveu Eva mais do que qualquer outra coisa.

– Você é ousada, forte e corajosa – continuou –, e sei que viverá uma vida longa e feliz.

Ela sorriu.

– Eu gostaria de acreditar nisso, Père Clément. E desejo o mesmo para o senhor.

– Até a próxima vez, Eva.
– Até a próxima vez.

Père Clément levou as passagens de trem à mão dela, e a mão ao rosto, antes de se voltar para a Bíblia aberta em sua mesa. Quando Eva se virou para ir embora, o ouviu pigarrear algumas vezes e soube que, assim como ela, ele tentava não se deixar levar pela emoção. Ainda havia trabalho a fazer, e o sucesso da missão dependia de todos agirem como se o mundo não estivesse em plena explosão.

Eva chegou a Lyon pouco depois das seis e meia e, ao pisar na plataforma, carregando a pequena valise de mão que arrumara com pressa, foi tomada por uma onda de pavor. Ela estava mais ao leste do que jamais estivera. A liberdade estava mais próxima, claro, mas a Alemanha também. Estaria ela fugindo para o abraço da segurança? Ou adentrando o perigo em si? De qualquer forma, era tarde para voltar atrás. Havia crianças que dependiam dela.

Às seis e cinquenta, ela estava bem à esquerda da entrada principal, à espera das crianças e do homem com quem escaparia para a Suíça. Tentando se mostrar tranquila e despreocupada, por dentro estava ansiosa com o encontro. Será que alguém se convenceria de que ela era casada com um homem que nunca vira? Recitou os nomes mentalmente, sem parar. "Meu marido, André. Meus filhos, Georges, Maurice, Didier e Jacqueline." Ela quase imaginava as crianças, pois criara seus documentos pessoalmente: a menininha, nascida em 1939, na verdade se chamava Eliane; os meninos eram Joel, Raoul e Daniel, nascidos em 1935, 1936 e 1940. Os documentos falsos estavam bem guardados no forro do casaco dela, em um bolso escondido na metade da manga. E o homem? Quem era? Ela não sabia nada dele além do nome falso.

Passou das sete e, às sete e quinze, Eva estava se sentindo exposta – e preocupada. Onde estariam eles? Será que algum soldado alemão não se convencera dos documentos temporários? A noite caíra, pesada e escura, em Lyon e, enquanto ela olhava para o breu, se perguntou o que deveria fazer se eles não chegassem. Voltar no dia seguinte seria considerado suspeito, mas ela certamente não deveria prosseguir até Annecy sem eles.

Era quase sete e meia quando ela viu um menino moreno surgir na estação, seguido por outro; pareciam ter as idades corretas para serem as crianças viajando como Maurice, de sete, e Georges, de oito anos. Alguns segundos depois, um menino por volta dos três anos apareceu atrás deles; se ela estivesse certa sobre suas identidades, seria Didier. Ela começou a se aproximar, na esperança de o sorriso demonstrar carinho materno, em vez de alívio, mas parou abruptamente ao ver a última criança – a menina viajando como Jacqueline, de quatro anos – de mãos dadas com um homem.

O rosto do homem estava virado, analisando a pequena multidão diante da estação, mas Eva o reconheceu imediatamente. A curva dos ombros, o desenho da cintura, até os passos confiantes lhe eram tão conhecidos quanto os próprios. Ela parou de respirar por alguns segundos e, quando ele virou para vê-la, arregalou os olhos, e o tempo pareceu se desacelerar. Era Rémy, vivo, saudável e ali. Instantaneamente, Eva voltou a acreditar em milagres.

Ele não desviou o olhar dela ao se aproximar, e, mesmo sabendo que deveria se abaixar para cumprimentar as crianças com abraços e beijos, ela também não conseguia desviar a atenção.

– É você – disse ele, baixinho, quando finalmente chegou ao lado dela.

– É você – suspirou ela.

A boca dele encontrou a dela, e ele a beijou de tal forma que a fez esquecer o mundo ao redor por preciosos segundos. Eram só os dois ali, até que, de repente, um barulho da menininha agarrada à mão de Rémy os arrancou do momento.

– O que foi, Jacqueline? – perguntou Rémy, e no segundo que a boca separou-se da de Eva, ela já o achou distante demais. – Está tudo bem, querida? Eu e sua *maman* estamos bem aqui.

Quando ele se abaixou para falar com a menininha, Eva sentiu o coração pular, pois foi um vislumbre rápido de um futuro que não ousava imaginar, um futuro em que ela e Rémy eram *maman* e *papa* de uma menininha como Jacqueline, ou um menininho como Didier. Na mesma rapidez, ela se lembrou das palavras da própria mãe: "Você prefere participar dessa família falsa na qual se permitiu acreditar". Ela engoliu a culpa e seguiu o olhar da menininha até o soldado alemão uniformizado que acabara de sair da estação para fumar.

– Lembre-se, Jacqueline – disse Rémy, tranquilo e gentil, sem deixar transparecer nenhum resquício da hesitação que devia estar sentindo. – Não há motivo para temer os moços uniformizados. São nossos amigos.

A poucos metros dali, o soldado tentava acender um fósforo, dificultado pela brisa gelada. Com um sorriso relaxado, Rémy soltou a mão da menininha, que imediatamente segurou a de Eva, e andou até o soldado, tirando uma caixa de fósforos do bolso do sobretudo. Ele acendeu um e o protegeu com a mão para o soldado acender o cigarro.

O alemão, loiro com rosto infantil, cumprimentou Rémy e Eva com um aceno de cabeça.

– *Danke* – disse. – Ou, hum, *merci* – acrescentou apressado, com um sorriso de desculpas.

Rémy se afastou e abraçou Eva pelo ombro, como se já tivesse feito aquele gesto mil vezes antes.

– *De rien* – disse.

O soldado seguiu caminho, e Eva suspirou.

– Foi você que fez os documentos? – sussurrou para Rémy, apontando com a cabeça para as crianças.

– Fui eu, mas os meus nunca são tão bons quanto os seus – disse ele, e ela sentiu o sorriso grudado ao seu rosto enquanto Rémy sussurrava em seu ouvido. – Agora admito. Então estou feliz por você estar aqui com os documentos – falou, fazendo uma pausa. – Bom, na verdade, estou simplesmente feliz por você estar aqui – acrescentou.

– Eu também – sussurrou ela.

Quando ele se virou, roçou a boca na dela novamente, e ela desejou ficar naquele momento para sempre. Contudo, ela sabia que precisavam entrar, tirar as crianças da rua, alimentá-las e acalmá-las antes da viagem noturna.

– Vamos lá, meus amores – disse ela, sorrindo para as crianças. – Vamos achar um lugar para sentar, tá bom?

– Já vou encontrar vocês – disse Rémy, baixinho. – Tenho que jogar os documentos fora.

– Como vai fazer isso?

O sorriso conhecido dele aqueceu o peito de Eva.

– Quase sempre tem uma lareirinha na sala do chefe da estação, que os guardas usam para se aquecer. Eles deixam a sala vazia, e aberta, a maior parte do tempo. Só deve demorar um momento para acrescentar esse combustível.

Cinco minutos depois, Rémy os encontrou perto da linha dois, e a família improvisada se aninhou, tentando se aquecer. A noite estava gelada e, fora da sala do chefe, não havia aquecimento na estação, então, quando falavam, as palavras perduravam no ar, nuvens brancas na escuridão.

– O que você está fazendo aqui? – sussurrou Eva, enquanto as crianças dividiam o pão e o pedaço de queijo que Rémy tirara do bolso do casaco.

– Eu posso perguntar o mesmo para você.

A respiração dele aquecia a orelha de Eva, e ela queria se aproximar, fechar os olhos, fingir que eram um casal apaixonado a caminho de alguma viagem. No entanto, ela precisava ficar de olho nos soldados alemães e em gendarmes franceses desconfiados.

– Nossa célula foi exposta – murmurou ela e, quando ele assentiu, Eva percebeu que Rémy já sabia, claro. – Père Clément pediu minha ajuda para acompanhar algumas crianças... e depois ficar na Suíça.

Até dizer aquelas palavras lhe parecia errado, como se abandonasse seu posto, descartasse a causa pela qual tanto trabalhara.

O alívio tomou o rosto de Rémy, e ele a abraçou mais forte.

– Graças a Deus. Finalmente me ouviram.

– Foi sua sugestão? Mas, Rémy, eu devia estar aqui. Na França. Trabalhando.

– Não, você deve estar em algum lugar seguro – disse ele e, ao se virar para ela, tinha lágrimas nos olhos, e ela precisou se conter para não beijá-lo. – Você merece envelhecer, ter filhos, netos, uma vida feliz. Isso não acontecerá se ficar aqui.

– E você?

Ele hesitou.

– Tenho que continuar aqui, Eva. Mas não posso fazer o que preciso se não souber que você está segura.

– Você não entende, Rémy? Eu sinto o mesmo. Não posso apenas ir embora agora.

– É preciso. Você vive abertamente, Eva. Para mim, é diferente. Eu moro na floresta com outras pessoas, tentando diminuir o poder alemão.

– Eu também poderia morar lá – disse ela, baixinho. – Certamente ainda precisam de documentos...

Ele tocou o rosto dela.

– Nós nos mudamos a cada poucos dias e estamos sempre prontos para fugir a qualquer instante. Não teríamos como manter você e suas ferramentas. Além do mais, Eva, a luta está mudando. Não é mais questão de resistência pacífica, de tirar as pessoas daqui. Estamos levando a luta direto para os alemães.

– Rémy...

– Quando essas crianças estiverem em segurança, começaremos a nossa próxima fase – disse ele, um pouco hesitante. – Montamos um arsenal, Eva – acrescentou, ainda mais baixo do que um sussurro. – Documentos falsos não importam mais.

Ela cobriu a boca.

– Vai ser tão perigoso!

– É o único jeito. Precisamos salvar a França, quem sabe até o mundo. Se pudermos fazer os alemães recuarem, invertemos a maré, e vamos conseguir preservar a humanidade.

Ela sacudiu a cabeça.

– Mas o exército Aliado está a caminho, não está? Père Clément diz...

– Os alemães *sabem* que está a caminho – disse Rémy, a interrompendo. – Eles não sabem que também estamos prontos para lutar. Vamos enfraquecê-los antes, atacá-los onde dói. E quando os Aliados finalmente chegarem, os alemães não saberão mais o que fazer.

Quando ele se afastou, os olhos estavam brilhando, e ela reparou que ele estava animado para a oportunidade de lutar.

– Por favor – sussurrou ela. – Por favor, fique comigo na Suíça. E se você perder a vida, Rémy?

Ele virou o rosto.

– Se eu morrer pela França, não terei perdido a vida. Terei salvado um país. Meu único arrependimento será ter custado minha chance de um futuro ao seu lado.

Um soluço subiu à garganta de Eva, e ela conseguiu conter o choro bem quando um gendarme francês uniformizado se aproximou.

– Documentos – ladrou ele.

Eva abriu o que esperava ser um sorriso simpático e tirou os documentos, dela e das crianças, da bolsa, onde os guardara momentos antes, após retirá-los da manga. Rémy ofereceu os próprios documentos, e o policial os analisou, franzindo a testa, passando de um para o outro.

– Deve estar tudo em ordem – disse Rémy, após um longo minuto se passar sem sequer uma palavra do guarda.

Ao lado dela, Eva sentia a pequena Jacqueline tremer.

– Talvez – disse o homem uniformizado, encarando Rémy com o olhar duro e sem fazer qualquer sinal de devolver os documentos. – Mas, veja bem, esta é uma rota comum para contrabandistas.

– Contrabandistas? – perguntou Rémy, com uma gargalhada incrédula convincente. – Senhor, estamos só viajando com nossos filhos. O senhor suspeita que elas contrabandeiem o quê? Dinheiro? Armas?

Eva se conteve para não soltar um ruído de surpresa. Por que Rémy estava provocando o homem?

O guarda olhou de Rémy para as crianças e finalmente se demorou em Eva.

– Como sem dúvida vocês sabem, há *pessoas* sendo contrabandeadas. Como sei que esses filhos são seus?

– Como pode sugerir tal coisa? – exclamou Eva, fingindo indignação. – Eu mesma as pari. Estamos simplesmente indo visitar minha mãe, que mora em Annecy. Voltaremos daqui a dois dias.

Ele a olhou com força e voltou-se para o menino mais velho, com um sorriso irônico.

– Você, aí. É Georges, né? Esses são seus pais? Como eles se chamam?

O menino ficou vermelho e encarou o policial, boquiaberto. Eva estava prestes a intervir, dizendo seus nomes falsos, mas foi impedida por Jacqueline, de quatro anos.

– Minha *maman* é Lucie Besson, e meu *papa*, André Besson – disse ela, calma, de olhos arregalados. – O senhor os vê bem aqui. E quem é o senhor? Meus pais me disseram que os soldados alemães não são assustadores, que são nossos amigos, mas o senhor não é alemão.

O homem a encarou, boquiaberto, e se virou para Rémy.

– Você disse a essa sua filha que ela deve confiar nos alemães?

Rémy deu de ombros, e Eva tentou não suspirar. O homem chamara Jacqueline de filha, o que indicava que acreditava neles.

– Bem – disse o gendarme. – Então vejo que não são contrabandistas. São simplesmente tolos.

Ele empurrou os documentos de volta e se afastou, sacudindo a cabeça. Rémy e Eva esperaram até o guarda virar uma esquina distante antes de se abaixar ao mesmo tempo para falar com a menininha.

– Como você sabia o que dizer? – perguntou Eva. – Você nos salvou.

A menina sorriu.

– Eu tinha dois irmãos mais velhos que me ensinaram que, na hora de mentir, é bom arregalar os olhos para ser bem convincente – disse ela, e abaixou a cabeça, o sorriso murchando. – Eles foram levados embora com minha *maman* e meu *papa* de verdade – acrescentou, cochichando.

Eva abraçou a menina, desejando poder tirar dela a dor que sofrera. Mas já era tarde. A perda marcaria a criança para sempre, como uma tatuagem; poderia desbotar com o tempo, mas nunca seria apagada.

Logo antes da meia-noite, o trem para Annecy chegou à plataforma e, de cabeça baixa, Rémy e Eva embarcaram com a nova "família". Eles tinham passado as horas anteriores cuidando das crianças adormecidas ou conversando aos cochichos sobre o que acontecera no tempo de separação. Eva queria aproveitar cada instante, mas, depois de instalar as crianças nos assentos e o trem levá-los à escuridão do campo francês, a exaustão a tomou. Ela não dormia havia dois dias e, ali ao lado de Rémy, sentia-se mais segura do que se sentira em meses.

– Descanse um pouco – sussurrou ele, enquanto as crianças cochilavam. – Ficarei de olho primeiro e a acordarei se alguém vier pedir nossos documentos.

Ela conteve um bocejo.

– Você também deve estar cansado.

Ele tocou o rosto dela suavemente.

– Eva, será um prazer vê-la dormir.

Assim, ela cochilou por algumas horas no ombro dele e, após ser acordada por um policial alemão de olhar entediado para verificar os documentos rapidamente, insistiu que Rémy descansasse também. Ele se recostou nela, e ela fez cafuné nele, maravilhada com o milagre que os reunira. Quanto tempo se passaria até terem que se separar novamente?

Pouco após as seis, Eva acordou Rémy e, juntos, despertaram as crianças. O trem chegou à pequena estação de Annecy às seis e meia, e eles desceram rapidamente por uma rua estreita que saía da estação, na direção de uma igreja protestante próxima. Era um prédio quadrado de tijolos, com uma cruz grande na frente. Lá dentro, os bancos eram feitos de madeira escura e lisa, e uma cruz de metal simples brilhava no altar.

– Fique aqui com as crianças – sussurrou Rémy para Eva. – Se alguém entrar, finja estar rezando. O pastor aqui se chama Chapal. Ele vai protegê-la.

– Aonde você vai?

– Falar com um padre.

Eva pestanejou.

– Um padre?

– Aqui em Annecy, os protestantes e católicos trabalham juntos para ajudar pessoas como nós a sair. O padre me dirá se hoje o motorista do ônibus para Collonges-sous-Salève é amigo ou inimigo. Se ele não estiver entre nós, passaremos a noite aqui. Se estiver, esteja pronta para partir.

– Você já fez isso muitas vezes.

Ela estava vendo um novo lado de Rémy. Ele assentiu.

– Mas nunca com alguém com quem eu me importasse tanto. Tudo precisa sair perfeitamente.

Ele se foi antes que ela pudesse responder.

As crianças sentaram-se em silêncio ao lado dela, os dois meninos mais velhos olhando para a cruz, Georges batucando um ritmo rápido no joelho e Jacqueline enrolando o cabelo, o embaraçando. Eva sentia o desconforto que emanava delas em ondas.

– Vai ficar tudo bem – disse ela, baixinho, se aproximando delas. – Ele já volta. Ele sabe o que fazer.

– Como a senhora sabe? – perguntou o segundo mais velho, Maurice.

– Eu só sei. Ele já fez isso antes. Confio nele com toda a minha vida.

– Ele é mesmo seu marido? – perguntou Jacqueline.

De repente, ela sentiu um nó na garganta tão apertado que, por um segundo, não conseguiu nem falar.

– Não. Não é. Mas precisamos fingir.

– Mas ele não está fingindo – disse Georges. – Ele ama a senhora mesmo. Dá para notar.

Eva olhou para ele, piscando.

– Nós nos conhecemos há muito tempo.

– Não, é mais que isso. Ele olha quando a senhora não está olhando. É exatamente que nem Herbert Marshall olha para Claudette Colbert em *Zazá*.

Eva sentiu-se corar.

– E o que exatamente você estava fazendo, vendo um filme americano de amor?

Ela perguntou de brincadeira, mas, de repente, o menino pareceu tristíssimo.

– Meu *papa* amava filmes. Sempre que podia pagar, ele me levava ao cinema perto do nosso apartamento em Paris – disse ele, hesitante. – *Papa* não está mais aqui – acrescentou, tão baixo que mal se ouvia. – Não vemos mais filmes.

– Eu sinto muito – foi tudo que Eva conseguiu dizer.

O menino fungou e abriu um sorriso obviamente falso.

– E a senhora também olha para ele que nem a Claudette Colbert olha para o Herbert Marshall. A senhora é Zazá, e ele é Dufresne.

Eva estava prestes a retrucar quando a porta da igreja se abriu e Rémy surgiu, na contraluz.

– Venham – disse ele, chamando Eva e as crianças. – O ônibus parte daqui a pouco. Não temos tempo a perder.

Capítulo 27

Quarenta e cinco minutos depois, Rémy segurou as mãos de Eva enquanto ajudava ela e as crianças a subirem em um ônibus capenga na direção de Genebra. Pelos cumprimentos que Rémy e o motorista trocaram, Eva entendeu que já se conheciam.

Conforme o ônibus rumava para o norte, Eva sentia o olhar de Rémy, enquanto ela própria olhava pela janela direita para os Alpes reluzentes e imensos. Apesar de ter passado um ano e meio em Aurignon, onde via as montanhas a distância, nada se comparava a estar à sombra delas; pareciam subir reto, os picos nevados saídos de um conto de fadas. Se Eva não estivesse apavorada com a viagem e preocupada com as crianças, a vista a teria deixado sem fôlego.

Eles pararam em Épagny, Allonzier-la-Caille, Cruseilles, Copponex, Beaumont, Neydens e Archamps antes de finalmente chegarem a Collonges-sous-Salève, onde o motorista parou abruptamente no topo de uma colina, e não no centro da cidade. Rémy chamou Eva e, quando eles desembarcaram com as crianças, o motorista acenou uma vez e se foi.

– Aqui estamos – disse Rémy, alegre e alto o bastante para ser ouvido, apesar de não parecer haver mais ninguém ali, naquele tempo tão gelado. – A cidade da sua mãe. Vamos visitar o padre, amigo dela, antes de vê-la, que tal?

– Outro padre? – murmurou Eva, enquanto começavam a caminhar pela neve fresca, na qual afundavam até os tornozelos, se dirigindo a uma casinha de pedra ao final da rua.

Fumaça subia ao céu pela chaminé de tijolo levemente torta.

– A mão de Deus tudo toca – respondeu Rémy, suave, e abriu outro sorriso de encorajamento para as crianças quando se aproximaram da casa.

A porta se abriu antes de eles chegarem, revelando um homem baixo e corpulento usando uma batina comprida e escura. Ele era careca, de pele vermelha e olhos azuis-claros.

– Entrem, entrem – disse ele, com um gesto urgente. – Antes que sejam vistos.

Rémy e Eva apressaram as crianças a entrar, e o homem fechou a porta com um baque.

– Eva, apresento Père Bouyssonie. Père Bouyssonie, esta é Eva.

O padre ergueu as sobrancelhas.

– Ah. Eva. Ouvi muito sobre a senhorita.

Eva olhou de relance para Rémy, que de repente começou a analisar o chão com atenção. O padre riu.

– E essas, imagino, são as quatro crianças sob seus cuidados? – perguntou o padre.

Eva assentiu.

– São. Georges, Maurice, Jacqueline e Didier.

O padre se abaixou até estar na mesma altura da menininha e olhou para todas as crianças, uma a uma.

– É maravilhoso conhecê-los. Quero lembrá-las de que Deus sabe quem vocês são. Ele sempre soube e sempre saberá. Ele vê seu coração, mesmo no escuro.

Os três meninos pareciam perplexos, mas a menininha fez que sim com a cabeça, como se entendesse exatamente o que aquilo queria dizer.

– Obrigado, como sempre, por nos receber, Père Bouyssonie – disse Rémy. – Está tudo certo para a travessia?

– Sim, sim. Vamos levar sua família ao sótão, que tal? Depois posso informá-lo dos movimentos do dia dos guardas da fronteira – disse o padre, e sorriu para Eva. – Perdão por não poder oferecer acomodações mais confortáveis, mas o sótão é silencioso e seguro para descansar por hoje. E, melhor ainda, há uma janelinha com vista para o norte. Dá para ver a Suíça a menos de quinhentos metros daqui, logo após a cerca de arame farpado.

Ele puxou uma escadinha frágil do teto, levando a um espaço pequeno que já fora arrumado com cobertores e travesseiros. Uma jarra de água fora disposta em uma mesinha, junto a vários copos, um pão e um pote de geleia.

– Não é muita coisa – disse Père Bouyssonie, encolhendo os ombros, com ar de desculpas. – Com sorte, contudo, vocês não precisarão passar muito tempo aqui – falou, e apontou para a janela. – Olhe, Eva. Logo além das árvores.

Eva se aproximou da janela e perdeu o fôlego. Logo além do quintal do padre, do outro lado de um campo extenso, uma cerca de arame farpado seguia até o horizonte. No lado suíço, esqueletos altos e finos de choupos erguiam-se aos céus e, logo em seguida, vigias do exército suíço, de casacos de lã compridos e pesados, patrulhavam a fronteira, empunhando fuzis. Ela sentiu a respiração de Rémy no rosto quando ele se abaixou ao seu lado.

– É a liberdade, Eva – sussurrou ele. – Está tão perto, que dá para sentir o gosto.

Ao se virar para olhar seus olhos cor de mel esverdeados, tão familiares, ela sentiu-se atordoada.

– Mas o arame farpado... Os guardas...

– Não se preocupe – disse ele, abraçando-a pelos ombros e apertando de leve. – Há uma entrada. Iremos hoje, logo depois das nove da noite, uma vez que os guardas estejam trabalhando na patrulha normal. Enquanto isso, você e as crianças devem descansar um pouco.

– E você?

Ele sorriu.

– Já dormi muito no trem – falou, e se aproximou ainda mais. – Eu sabia que estava seguro, com você ao meu lado – acrescentou, sussurrando.

– Venha. Há muito a fazer – disse o padre, chamando Rémy, com um sorriso gentil para Eva. – Veja se a senhorita e as crianças conseguem comer um pouco e dormir, também – acrescentou, dirigindo-se a Eva. – Precisarão de energia. Voltaremos antes do anoitecer.

Rémy beijou o rosto de Eva e desceu atrás do padre, antes de empurrar a escada de volta para o sótão, deixando Eva e as quatro crianças no escuro, iluminados apenas pela janelinha com vista para a liberdade.

– Vai ficar tudo bem? – perguntou Jacqueline, sentando-se ao lado de Eva.

– Vai, eu tenho certeza.

Pela primeira vez desde que saíra de Aurignon, Eva notou que acreditava no que dissera. O refúgio estava à vista e, se Deus quisesse, ela poderia dar àquelas crianças uma vida, um futuro. Mas e ela própria? E Rémy? Como ela poderia deixá-lo voltar à luta, logo após reencontrá-lo? Ela se sacudiu para afastar as dúvidas e abraçou a menininha.

– Venha, vamos comer um pouco, que tal?

As crianças murmuraram animadas entre si enquanto comiam pão e geleia e se revezaram para ver a Suíça pela janela. Após a pequena refeição, Eva ficou de guarda enquanto as crianças se aninhavam sob as cobertas para dormir. Embalada pelo silêncio e pelo calor, ela acabou adormecendo também. Acordou assustada, um tempo depois, e encontrou Rémy ao seu lado, observando-a com lágrimas nos olhos. Ele desviou o rosto rapidamente.

– Há quanto tempo você está aqui? – perguntou Eva.

A noite caíra lá fora, e a única luz no sótão era o luar adentrando a janela. Ao redor deles, as crianças ainda dormiam, um dos meninos roncando baixinho.

– Pouco tempo – disse Rémy, rouco.

– No que estava pensando?

Ele demorou a responder.

– Em você – falou por fim. – Em nós. No passado. No futuro.

Rémy precisaria ficar vivo para terem qualquer futuro juntos. Ele sabia daquilo, tanto quanto ela, então Eva mordeu o lábio antes de tentar lembrá-lo.

– Aonde você quer ir após a guerra? – perguntou, em vez disso.

– Eva, eu irei aonde você estiver – disse ele, com a voz falhando na última palavra, e pigarreou. – Já basta. É hora de ir. Os guardas neste lado da fronteira trabalham em intervalos regulares, então a travessia deve ser simples.

– Rémy... – começou Eva.

Havia tanto a dizer. Ela queria falar que o amava, que não conseguia imaginar uma vida sem ele, mas as palavras não saíam.

– Está tudo bem – disse ele, após um momento, e se aproximou para beijá-la de leve na boca. – Eu sei, Eva. Eu... eu sinto o mesmo.

– E se nunca mais nos vermos?

– Nos veremos, Eva. Eu prometo.

Passos soaram na escada, e Père Bouyssonie passou a cabeça pela entrada do sótão.

– Chegou a hora – disse ele. – Vamos aprontar as crianças.

Eva assentiu e se forçou a se afastar de Rémy. Os sentimentos que alimentava havia meses, as coisas que não tinha coragem de dizer, não tinham lugar ali, naquele momento. Ela só tinha um trabalho: garantir que aquelas quatro vidas jovens e inocentes fossem salvas. Como Père Clément talvez a lembrasse, o restante estava nas mãos de Deus.

Vinte minutos depois, as crianças estavam acordadas e envoltas nos casacos de lã puídos. Père Bouyssonie se curvou dentro do sótão, de frente para o pequeno grupo, e Rémy sentou-se ao lado de Eva, entrelaçando os dedos nos dela.

– Rezarei por vocês – disse o padre, olhando para cada criança, uma a uma, e depois para Eva e Rémy. – Devem ter coragem e acreditar que Deus vela por vocês. Já vi muitas pessoas fazerem essa travessia para a Suíça e sei que vocês também chegarão lá em segurança – falou, olhando de relance para Eva mais uma vez. – Deus estará convosco. Sempre.

Eva assentiu, Rémy apertou sua mão, e eles começaram a se mexer, descendo a escada para a sala principal da casinha do padre. Eles se revezaram diante da lareira de pedra, se esquentando, enquanto Rémy explicava a situação rapidamente.

– Os alemães patrulham a fronteira aqui, mas a rotina deles é previsível, e há falhas – disse ele, rápido, olhando principalmente para Eva. – Há duas patrulhas, que seguem em direções opostas, na estrada a uns duzentos metros da porta. O único jeito de evitá-las é entrar na estrada após a passagem da primeira patrulha, e esperar a passagem da segunda; se não fizermos isso, não há tempo o suficiente antes da volta da primeira. Père Bouyssonie vai andar pela estrada e, assim que passar a primeira patrulha, voltará para nos dar o sinal. Juntos, iremos à estrada e aguardaremos em uma vala até a segunda patrulha passar. Em seguida, vocês precisarão me seguir o mais rápido possível. Entendido?

Eva e as crianças concordaram com a cabeça, e Rémy prosseguiu:

– Quando passarmos da fronteira, corram na direção do primeiro soldado suíço que encontrarem. Eles os ajudarão a chegar a um lugar seguro. Mas tenham certeza absoluta de que o soldado é suíço e não alemão. O jeito mais fácil de identificar é que os casacos dos suíços são de um cinza muito mais escuro, e eles usam capacetes que lembram tartarugas. Os alemães têm botas mais altas. Se encontrarem um soldado alemão, com botas pretas grandes que chegam até os joelhos, corram na direção oposta o mais rápido possível. Entenderam?

Uma a uma, as crianças assentiram. Finalmente, Rémy demorou o olhar em Eva.

– Quando chegarem à Suíça, precisarão ficar lá até a guerra acabar. Lá, estarão seguros. Não precisarão mais ter medo.

As palavras se dirigiam a todos eles, mas Eva as ouviu como uma advertência principalmente para ela. Seria tolice, ele dizia, abandonar o acolhimento caloroso da neutralidade e voltar à França.

– Eu irei encontrá-la assim que puder – disse ele, dessa vez para Eva, sem dúvida.

Ela engoliu em seco, e assentiu. Ainda assim, não conseguia imaginar que, dali a poucos minutos, se despediriam novamente, que talvez ela nunca mais o visse.

– Lá vou eu – disse o padre. – Estejam atentos ao meu sinal. Boa sorte a todos. Que Deus os abençoe.

Assim, ele se foi, deixando as crianças com Rémy e Eva. A lareira crepitou, ocupando o espaço das palavras, e, após alguns minutos, Rémy chamou as crianças.

– Venham. Vamos esperar na frente da porta de Père Bouyssonie. Estejam prontos para correr quando ele der o sinal.

– Estou com medo – sussurrou Jacqueline.

Rémy se curvou para olhá-la, com a voz firme.

– Estaremos bem aqui. Vamos mantê-los em segurança até atravessar a fronteira. Quando estiverem na Suíça, já estarão livres. Vocês vão correr em dupla, para reduzir o risco de exposição, e sua mãe seguirá logo atrás. Procurem o primeiro guarda suíço que encontrarem e digam que precisam de ajuda.

A menina assentiu e, apesar de não parecer inteiramente tranquilizada, deixou Eva segurá-la pela mão e levá-la até a porta com os outros. Quando chegaram diante da casa do padre, foram engolidos pela escuridão pesada, e o ar gelado ardeu nos rostos, apesar de o vento, pelo menos, ter se suavizado.

– Não enxergo nada – sussurrou Eva para Rémy, e ele pegou sua mão livre.

– Seus olhos vão se adaptar – murmurou ele. – Até lá, lembre que estou bem aqui.

Ele estava certo; quando o padre apareceu na ponta da estrada e acenou para eles, Eva já enxergava os contornos no escuro, e quando começaram a avançar na direção da fronteira, correndo devagar o bastante para as crianças acompanharem, algumas luzes mais adiante, logo após a cerca, iluminaram o caminho.

Eles passaram pelo padre, que não disse uma palavra no encontro, e, quando chegaram à estrada asfaltada, Rémy sussurrou:

– Desçam naquela vala. Vocês vão ouvir soldados passarem daqui a pouco. Prendam a respiração. Avisarei quando for hora de continuar.

Com o coração martelando, Eva obedeceu, ajudando as crianças a se deitarem na terra fria em uma vala rasa bem ao lado da estrada. Quando a menininha começou a choramingar, Eva a acalmou, a abraçando. O choro da menina parou bem quando o baque de botas esmagando pedregulhos e neve soou nas proximidades.

Os seis ficaram imóveis e silenciosos enquanto os passos se aproximavam, pesados e ruidosos na noite quieta. Ouviu-se o som de gargalhadas, algumas palavras em alemão, e mais gargalhadas, até os ruídos dos soldados sumirem na direção oposta. Finalmente, a noite voltou a ficar silenciosa, e Rémy sussurrou:

– Agora.

Juntos, ele e Eva ajudaram as crianças a se levantar.

– Silêncio – lembrou Rémy, e eles avançaram na direção da cerca, no maior silêncio possível.

Quando chegaram, meros centímetros de metal os separavam da Suíça, mas, de repente, Eva notou que não via passagem.

– Como... – começou a perguntar, mas Rémy já avançara mais alguns passos e, confiante, levantara a cerca o bastante para todos conseguirem passar engatinhando.

– Cortamos faz muito tempo – sussurrou ele. – É um milagre ainda não terem notado.

Por fim, ele se virou para as crianças e acrescentou:

– Podem ir. Estão seguros e livres.

O menino mais velho, Georges, foi o primeiro a cruzar a fronteira, se arrastando. Didier começou a segui-lo, e Eva, embasbacada, viu Georges ajudá-lo a passar pela cerca, pegá-lo no colo e começar a correr. O terceiro menino, Maurice, também atravessou, e esperou Jacqueline engatinhar.

– Vou cuidar dela – sussurrou ele para Eva e Rémy. – Obrigado por tudo.

E, assim, os dois se foram, duas pequenas silhuetas na noite escura, correndo na direção das luzes distantes de um vilarejo suíço.

– É hora de você ir também – disse Rémy, apertando a mão de Eva com força. – Rápido, antes que as crianças atraiam a atenção dos alemães do nosso lado da fronteira.

Eva se virou para ele. Um momento antes, ela estivera pronta para seguir as crianças, apesar da dor esmagadora que começara a tomá-la. No entanto, naquele instante, ela soube, tão bem como sabia o que sentia, que não iria à Suíça naquela noite.

– Não posso.

– Eva, é preciso – disse Rémy, o rosto a milímetros do dela, os olhos escuros e urgentes na noite profunda. – É sua chance.

– Eu sei.

E, devagar, suavemente, ela o beijou. Quando ele não se afastou, ela soube que entendera. Ela não podia partir, e ele não podia deixá-la, mesmo que os dois soubessem que seria a melhor decisão.

– Tem certeza? – perguntou Rémy quando Eva finalmente interrompeu o beijo, sem fôlego.

– Tenho.

– Então precisamos ir agora. Fico em um esconderijo no limite da cidade antes de voltar à floresta nos arredores de Aurignon.

– Você não volta para a casa do padre?

– É muito perigoso. Venha.

Ele segurou a mão dela e, após olhar uma última vez para a Suíça, rezando para que as crianças encontrassem o caminho da segurança, Eva o seguiu de volta ao breu da França.

O esconderijo era uma choupana de pedra na periferia da cidade, a quinze minutos de caminhada rápida do lugar onde a cerca cortada oferecia a chance de viver. Enquanto avançavam em silêncio, segurando a mão de Rémy com força, Eva se permitiu sentir o peso daquilo tudo. Aquela noite mostrara a ela o futuro que todo seu trabalho de falsificação possibilitava.

Rémy usou uma chave para abrir a porta do esconderijo frio e escuro. No momento em que fechou a porta, trancando-os no negrume, ele a puxou em um abraço. Sem mais um segundo de hesitação, colou a boca na dela, as mãos no rosto, no cabelo, descendo pelas curvas do corpo.

– Você não deveria ter ficado – disse ele, entre beijos famintos. – Não deveria estar aqui.

– Mas...

– Estou tão feliz por você estar aqui, Eva – disse Rémy, mal desgrudando a boca da dela. – Eu te amo.

Era a primeira vez que ele lhe dizia aquelas palavras, que abriram seu coração ao meio.

– Eu também te amo – murmurou ela.

Ele levou as mãos frias ao rosto dela e desceu os polegares ao côncavo abaixo do pescoço. Ela estremeceu quando voltou a beijá-lo.

– Você está congelando – disse ele, se afastando. – Vou acender a lareira.

– Não quero te soltar – protestou ela.

– Mas quero ver seus olhos, Eva. Deixe-me acender uma luz. Prometo que não vou a lugar algum. Deve ter comida na cozinha. Père Bouyssonie em geral arruma alguma coisa.

Eva não queria se afastar de Rémy, mas ele estava certo; o tempo estava congelante, e ela mal o enxergava naquela sombra. Ela tirou as botas e foi até a cozinha, em busca de comida, enquanto Rémy arrumava lenha na lareira de pedra. No balcão, ao lado de um fogão de uma boca, estavam uma garrafa de vinho tinto, um pedaço de pão e uma fatia grande de queijo, junto de um bilhete escrito à mão. "Que Deus esteja convosco", dizia. Ao olhar para o relativo banquete diante dela, Eva entendeu que Père Bouyssonie soubera, antes mesmo dela, que ela provavelmente voltaria com Rémy. O bilhete, esperava, era sua bênção.

Ela voltou à sala e encontrou Rémy atiçando o começo de fogo, depois de ter deixado o casaco nas costas de uma cadeira. Ele se virou e sorriu quando ela mostrou o vinho em uma mão e o pão e o queijo, na outra.

– Père Bouyssonie cuidou de nós, parece – disse ele.

– Você não acha que ele desaprovaria passarmos a noite juntos? – perguntou Eva.

Afinal, o homem era padre.

– Acho que ele entende o que é o amor – respondeu Rémy.

Ele soltou o atiçador e andou até ela, pegando o vinho e a comida, que deixou na mesinha de canto de madeira. Em seguida, enquanto o fogo começava a crepitar e aquecer a sala, ele tirou o casaco que cobria os ombros dela e puxou o vestido para cima, deixando-a só com a roupa de baixo. Ele se afastou para olhá-la por um segundo, o olhar reluzente, antes de beijá-la novamente. O beijo era carregado de desejo, e ela retribuiu, puxando o cinto dele, desabotoando sua calça.

Eles fizeram amor rapidamente, urgentemente, a dor aguda da primeira vez de Eva imediatamente apagada pela inundação de sensações – o toque da pele de Rémy na dela, o cheiro de fumaça de madeira no ar, o calor da respiração no frio. Depois, aninhados em cobertores diante da lareira, eles beberam o vinho e atacaram famintos a comida, antes de fazerem amor novamente. Da segunda vez, os beijos de Rémy foram mais lentos, profundos, e eles tomaram o tempo de explorar seus corpos. Quando acabou, ela deitou no peito dele, suada e sorridente, e ele beijou o topo da cabeça dela.

– Você precisa ir amanhã, Eva – murmurou. – Precisa fazer a travessia à Suíça. Não aguento pensar na possibilidade de que algo aconteça com você.

– Não posso ficar com você? – perguntou ela, suspirando enquanto ele fazia cafuné, desembaraçando com os dedos os nós que tinham feito no cabelo.

– Você sabe que não pode, Eva. Mas, depois da guerra, irei encontrá-la.

– Como você vai me achar?

Ele ficou em silêncio por um bom tempo, mas nunca parou de mexer as mãos, o que lhe confortava.

– Diga um lugar especial para você.

Ela fechou os olhos e inspirou o cheiro dele, almíscar, sal e pinho.

– Tem uma biblioteca em Paris, chamada Mazarine – disse ela. – Quando eu era pequena, meu pai me levava lá toda semana. Ele consertava as máquinas de escrever de várias bibliotecas antes de ser contratado pela *préfecture de police*, mas a Mazarine sempre foi minha preferida. Eu esperava por ele nos degraus da entrada, com a cabeça nas nuvens, sonhando com príncipes, princesas e reinos distantes – falou, rindo baixinho. – Sabe, eu imaginava que um dia me casaria com um príncipe bem ali, nos degraus da biblioteca.

– Mazarine? – repetiu Rémy.

– Isso, é parte do Palais de l'Institut de France, na Rive Gauche.

Rémy riu e beijou a cabeça dela.

– Eu sei. Eu brincava nos degraus da entrada quando era pequeno. Eu e minha mãe atravessávamos a Pont des Arts e ela me deixava lá na frente quando entrava para ler. "Não saia daqui, Rémy", me dizia. "Tem muita gente ruim no mundo." Então eu ficava bem ali, fingindo ser um cavaleiro que lutava contra inimigos que vinham roubar os livros.

Eva se levantou um pouco, se sentando, e o encarou, incrédula.

– Será que a gente já se viu lá?

– É possível. Passei anos frequentando o lugar, até minha mãe morrer, no verão em que fiz doze anos. Nunca mais voltei.

– Eu também parei de ir quando meu pai conseguiu o emprego na *préfecture de police*.

Ela sacudiu a cabeça e voltou a se deitar no peito dele. Seria possível que o príncipe com quem tanto sonhara quando pequena estivesse ali ao seu lado o tempo todo? A coincidência lhe parecia extraordinária – destino, e não só acaso. Ela suspirou, contente.

– Sinto muito por você ter perdido sua mãe tão jovem, Rémy. Nunca ouvi você falar dela.

– Eu achava que a memória doía menos se a guardasse para mim. Mas talvez não seja verdade. Agora acredito que a dor perde poder quando a compartilhamos.

Com lágrimas nos olhos, Eva assentiu.

– Você sempre pode compartilhar comigo.

– Agora eu sei – disse Rémy, beijando a cabeça dela de novo. – Um dia, quando a guerra acabar, vamos voltar para lá? Para a Mazarine?

Ela sorriu, encostada ao peito dele.

– Paris terá voltado a ser Paris, e ninguém me olhará só por ser judia. Seremos simplesmente duas pessoas, nos encontrando diante de uma biblioteca.

Quando o silêncio caiu de novo, os olhos de Eva começaram a pesar. Ela estava quase dormindo quando Rémy quebrou o silêncio.

– Você disse que sonhava em se casar lá.

– É bobeira, eu sei.

– Não é, não – disse Rémy, e esperou Eva olhá-lo. – E se fizermos mesmo isso?

– O quê?

– Casar. Nos degraus da Mazarine.

– Rémy, eu...

Ela não conseguiu completar a frase. Fechou os olhos, sentindo o peito doer. Queria se casar com ele, mais do que qualquer outra coisa no mundo. Contudo, como poderia fazer isso com *mamusia*, uma mulher que perdera tudo, uma mulher que talvez nunca perdoasse a filha, no que entenderia como se ela estivesse dando as costas ao judaísmo? Entretanto, não podia recusar, pois como o julgamento da mãe poderia ser mais forte que o dela? Era uma ideia horrível viver a vida ditada por preconceitos alheios. Não havia boa resposta.

Quando ela voltou a abrir os olhos, viu que Rémy a observava, e soube, pela expressão dele, que ele soubera o que ela estava pensando.

– Sua mãe – disse ele, baixinho. – Ela nunca aprovaria.

– Não deveria ser importante.

Eva secou uma lágrima que escorrera pelo rosto.

– Claro que deveria – disse ele, gentil, e beijou a testa dela. – Família é tudo, e, agora, sua família está fragmentada.

– Um dia, ela entenderá. Mas agora está com raiva, muita raiva e muito medo. E sente muita saudade do meu pai...

– Quem pode culpá-la? – perguntou Rémy, voltando a fazer cafuné. – Ela teme que, se você amar alguém diferente, alguém que não pertence à sua fé, também vai perdê-la.

– Mas não vai acontecer. Ela nunca me perderá. Eu garantirei. Eu e você nos encontramos assim, Rémy, e deve ser o plano de Deus.

– Então devemos confiar que Ele nos reunirá outra vez – disse ele, respirando fundo. – Por mais que eu te ame, não importa. Não posso pedir a você que passe a vida comigo até que sua mãe entenda.

– Mas, Rémy...

– Se for para ficarmos juntos, sempre haverá tempo. Mas não posso custar o que resta da sua família. Eu te amo demais para isso.

– Eu também te amo – disse Eva, sentindo as lágrimas escorrerem, molhando o peito de Rémy no escuro. – Desculpe-me, Rémy. Por favor, me desculpe por não ser mais forte.

– Eva, você é a pessoa mais forte que conheço. Tão forte que, mesmo agora, está fazendo a coisa certa, por mais que sofra.

Ela sabia, mesmo ao aceitar as palavras, que se arrependeria daquele momento pelo resto da vida.

– Falarei com ela assim que ela chegar à Suíça. Vou fazê-la entender. É que não posso confirmar as acusações dela e abandoná-la. Não posso me tornar a pessoa que ela teme que eu seja. Eu nunca me perdoaria por magoá-la assim.

Rémy acariciou suavemente o rosto dela e a olhou nos olhos.

– Eu sei, querida.

– Você ainda me encontrará? Após a guerra?

– Claro. Vou encontrá-la diante da Mazarine, e o resto da nossa vida poderá começar.

– *Ani l'dodi v'Dodi li* – sussurrou ela.

– O que significa?

– É em hebreu, "Eu sou do meu amado, e meu amado é meu". Está no Shir Hashirim, o Cântico dos Cânticos. É... é uma frase que as pessoas dizem em casamentos para prometer a eternidade.

Rémy sorriu para ela.

– Nesse caso, *Ani l'dodi v'Dodi li.*

Ele se abaixou e a beijou, tão suave que parecia que ele já se fora.

Apesar de a barriga se revirar de incerteza e o calor da lareira estar se esvaindo, deixando a casa mais escura e fria, Eva finalmente adormeceu, sobrecarregada pela exaustão dos últimos dias e pela alegria de reencontrar Rémy. Ele fez cafuné nela até que ela dormisse.

Capítulo 28

Eva sonhou que estava nos degraus diante da biblioteca Mazarine, de vestido branco, esperando um noivo que nunca chegava. Acordou abruptamente, lágrimas escorrendo pelo rosto, e levou alguns segundos para lembrar que não estava em Paris, que não fora deixada no altar e que Rémy estava ali junto dela.

Entretanto, ao piscar para se adaptar à luz do amanhecer que entrava pelas bordas das persianas da choupana, Eva percebeu que a sala estava fria e o fogo, apagado. Rémy se fora.

Ela se levantou de um pulo, mas ele não estava na cozinha, nem no banheiro. Abriu a porta para a manhã gelada, na esperança de ele ter saído só para pegar ar fresco, mas o jardim estava vazio, e não havia passos na neve que ainda caía. Ele devia ter saído algumas horas antes, tempo o bastante para seus rastros desaparecerem.

Eva fechou a porta. Atordoada, voltou para dentro da casa. Foi então que notou um pedaço de papel na mesinha ao lado da qual dormira. Era uma carta endereçada a ela e, quando começou a ler, qualquer resquício de esperança se foi.

Minha querida Eva,
Estar aqui com você me fez acreditar que milagres são possíveis, e guardarei

nossa noite juntos como um tesouro até vê-la novamente. Espero que, um dia, as coisas mudem para nós.
Você deve ir para a Suíça hoje, meu amor. É o único jeito de você viver, e você precisa viver, Eva. Precisa seguir em frente. Avisarei a Père Bouyssonie que ele deve esperá-la; você deve voltar ao presbitério após o anoitecer, e ele a ajudará na travessia.
Eva, por favor, saiba que eu te amo, e que te amarei pelo resto da vida. Eu sou da minha amada, e minha amada é minha.

Rémy

Eva leu a carta duas vezes, lágrimas correndo pelo rosto. Rémy saíra na noite fria, sabendo que ela não tinha tido a força de se comprometer com ele para sempre, o que a feriu profundamente. Era culpa dela, e ela sabia que fizera a coisa errada. Afinal, a mãe dela vira a situação por uma perspectiva estreita, da raiva e do luto. Por que Eva deixara que aquilo definisse sua vida? Seu futuro?

E se Rémy nunca voltasse? E se não sobrevivesse aos meses seguintes? E se ela mesma falecesse? Ela nunca poderia corrigir o erro, dizer que a resposta só poderia ser sim, que o amava com toda a alma.

De repente, contudo, lhe ocorreu uma ideia. O ônibus de volta para Annecy certamente não partiria de manhã cedo. Então Rémy ainda devia estar na cidade, não? Talvez ainda houvesse tempo para encontrá-lo, corrigir seu erro, dizer que nada além dele lhe importava, que se casaria com ele e daria um jeito de fazer a mãe compreender.

Ela já estava vestindo o casaco e saindo porta afora antes que pudesse repensar, mas, atravessando a neve fresca no caminho da casa do padre, a dúvida começou a lhe ocorrer. Será que aparecer na casa do padre em plena luz do dia lhe causaria dificuldades? De repente, parou para reconsiderar, mas só levou alguns segundos para voltar a caminhar. Era preciso encontrar Rémy.

Havia fumaça elevando-se da chaminé da casa do padre, e as luzes estavam acesas, indicando que ele já tinha acordado. Será que Rémy estaria lá? Eva murmurou uma oração, respirou fundo e bateu à porta.

Quando Père Bouyssonie abriu, um minuto depois, pareceu surpreso por vê-la. Piscou algumas vezes antes de puxá-la pelo braço sem uma palavra, fechando a porta com pressa.

– Você só deveria ter vindo após o anoitecer – disse, mas sua voz era gentil, não irritada.

– Perdão. Preciso ver Rémy.

– Sinto muito, minha cara, mas ele já se foi.

– Ele esteve aqui hoje?

O padre fez que sim com a cabeça.

– Ele foi embora antes do amanhecer, com um membro da rede clandestina que ia de carro para Lyon.

Eva sentiu o peito afundar. Era tarde. Não haveria como encontrá-lo quando ele fosse absorvido pelas florestas densas nos arredores de Aurignon. Os olhos dela se encheram de lágrimas, e ela as secou, mas não antes do padre vê-las. Ele a abraçou, e ela soluçou em seu ombro por alguns segundos antes de se recompor e se afastar.

– Peço perdão – disse ela. – Eu... eu não deveria ter vindo.

– Fico feliz que tenha vindo, Eva – disse o padre, e foi então que ela notou que ele fazia uma expressão séria. – Temo ter notícias. Chegaram uma hora após a partida de Rémy.

– Notícias?

Ele suspirou.

– Venha comigo – disse ele, levando Eva para a escada do sótão, já abaixada, e apontou para cima. – Temos visita.

Ele fez um gesto para que ela subisse e a acompanhou ao espaço do sótão. Eva levou alguns segundos para ajustar o olhar ao escuro, mas, assim que conseguiu enxergar, soltou um arquejo. Ali, no canto, encontrava-se Madame Trintignant, a padeira de Aurignon, de cabelo desgrenhado, manga da blusa rasgada, olhos vermelhos.

– Madame? – perguntou Eva. – O que a senhora veio fazer aqui? O que houve?

– Ah, Eva! – exclamou Madame Trintignant, a abraçando, sem jeito. – Acabou tudo em Aurignon.

– Como assim?

– As prisões... – começou, interrompendo-se em um soluço de choro, mas se recompôs como pôde. – Os alemães vieram. Prenderam muitos de nós. Madame Barbier. Madame Travere. Madame Noirot. Todo mundo.

Um calafrio tomou Eva.

– E Père Clément?

Madame Trintignant sacudiu a cabeça.

– Ele estava bem quando parti. Foi ele que me disse como chegar aqui, que insistiu para que eu fugisse imediatamente – disse ela, hesitante, e desviou o olhar. – Pegaram sua mãe, Eva.

– Minha mãe? Não, não, é impossível. Ela não tem nada a ver com isso.

Uma lágrima escorreu do olho da padeira.

– Os alemães foram procurá-la e, como sua mãe não contou onde você estava, a levaram em seu lugar.

– Não, não, não. Ela... – tentou Eva, sem conseguir completar a frase.

– Ela estava viva quando parti – disse Madame Trintignant, rapidamente. – Mas acho que a levaram à prisão de Clutier. Temo que eles saibam a identidade verdadeira dela.

Eva sentiu-se congelar.

– Como?

Madame Trintignant simplesmente sacudiu a cabeça.

O padre se aproximou, levando uma mão ao ombro de Eva em um gesto de conforto.

– Vou orar por ela, Eva. Todos vamos.

– Mas... – disse Eva, atordoada. – Eu... eu preciso voltar.

Madame Trintignant e Père Bouyssonie se entreolharam.

– Não pode voltar – disse Madame Trintignant, firme. – Eles sabem quem você é. A estão procurando. Vão executá-la, Eva.

– Não posso abandonar minha mãe.

– Deixe para a rede clandestina cuidar disso – disse Père Bouyssonie. – Eles farão o possível.

Eva sabia que os lutadores escondidos na floresta teriam preocupações maiores do que salvar uma mulher de meia-idade encarcerada que não lhes tinha valor. Ela precisava ir embora imediatamente, senão sua mãe morreria. Eva conteve um soluço.

– Não – falou, quando conseguiu respirar. – Tenho que consertar as coisas.

– O que aconteceu com sua mãe não é sua culpa.

– Claro que é! Se eu não tivesse me envolvido em nada disso, eu e ela estaríamos em segurança, na Suíça, há um ano e meio.

– Se você voltar agora, certamente vai morrer – disse Madame Trintignant, baixinho. – Quer cair na armadilha deles?

Eva a encarou, o peito a mil de pavor. A padeira estava certa, mas que escolha existia? Ela nunca se perdoaria se simplesmente deixasse a mãe ser assassinada por escolhas que ela própria tomara. Quando o pai fora levado, ela não pudera fazer nada. A vida de *mamusia*, contudo, poderia ser salva pela volta de Eva.

– Tenho que ir – disse ela, baixinho, já decidida ao se virar para o padre.

Ele hesitou, e finalmente assentiu, resignado.

– Então deve se apressar. O ônibus para Annemasse parte em meia hora.

– Obrigada, Père Bouyssonie.

– Não me agradeça. Temo estar mandando-a à morte – suspirou ele. – Que Deus esteja convosco, Eva. Você estará nas minhas preces.

Foi no fim da manhã seguinte que Eva chegou a Aurignon, após pegar o trem de Annemasse para Lyon, passar a noite insone tremendo na estação ferroviária, e pegar mais um trem para Clermont-Ferrand e o ônibus até a cidade. Ela foi imediatamente à igreja, onde encontrou Père Clément diante do altar, os bancos ao redor quebrados e partidos. Ele se virou quando ela entrou e arregalou os olhos.

– Você deveria estar na Suíça! – disse ele, se aproximando dela, de olhos perdidos, batina torta, rosto machucado. – Meu Deus, Eva, o que você está fazendo aqui? Não é seguro. Você não soube?

– Minha mãe – conseguiu dizer Eva, e, de uma vez, o padre suavizou a expressão e, com mais alguns passos, a puxou para um abraço, permitindo que ela caísse contra ele. – O que aconteceu, Père Clément? – perguntou ela, soluçando. – Onde ela está? Preciso ajudá-la.

– Venha, querida – disse ele, se afastando e olhando ao redor. – Aqui não é um lugar seguro. Ainda não me prenderam, mas temo que seja só por esperança da sua volta e de me usarem para encontrá-la.

Eva secou as lágrimas.

– Destruíram a igreja...

– Não está destruída, Eva. Igrejas sempre estão de pé, desde que Deus continue presente. Não se esqueça. Agora, rápido, saia pelos fundos e vá à escola onde você encontrou Faucon pela primeira vez. Lembra?

– Lembro.

– Daqui a pouco nos encontramos lá. Cuidado, talvez alguém a siga.

Contudo, quando Eva saiu pela porta dos fundos, encontrou uma manhã silenciosa, sem passos esmagando a neve atrás dela. Por via das dúvidas, fez um caminho tortuoso e, quando virou a esquina da escola, tinha certeza de estar sozinha.

O prédio estava frio e escuro, já esvaziado de crianças e professores havia muito tempo. Desde a última vez que Eva estivera ali, o lugar fora saqueado, as mesas, derrubadas, os livros, arrancados das estantes, as páginas, rasgadas e jogadas em pilhas largadas nos cantos escuros, inúteis. Havia um ar sobrenatural e sombrio no lugar. As persianas estavam fechadas, mas a luz do sol entrava por rasgos e nesgas, jogando sombras móveis sempre que o vento lá fora uivava. Uma das janelas estava quebrada, e lufadas de ar frio a atravessavam.

Eva se agachou no canto, perto do quadro-negro, de costas para a parede, sentindo-se exposta. Com o passar dos minutos, a preocupação aumentou. Será que Père Clément fora seguido? Preso? Estariam os alemães atrás dela? Teria ela sido tola de ir vê-lo, um ato que só aumentaria o risco para ambos?

Finalmente, a porta da sala se abriu e, em uma rajada de neve e sol, Père Clément apareceu, fechando a porta rapidamente ao passar.

– Eva – sussurrou. – Cheguei.

Ela se levantou e surgiu das sombras.

– Père Clément. Eu estava tão preocupada.

Juntos na luz trêmula, ele pegou a mão dela.

– Não temos muito tempo, Eva. Você precisa partir de Aurignon antes que reparem que voltou.

– Não posso. Não sem minha mãe.

– Eva, eu sinto muito, mas é provável que ela já esteja morta.

Eva sacudiu a cabeça.

– Não. Não, não acredito nisso.

– Eva...

– O que aconteceu, Père Clément? – interrompeu. – Como tudo deu tão errado?

– Alguém da nossa confiança nos traiu, Eva. É a única possibilidade. Os alemães sabiam praticamente de todo mundo da cidade que estava envolvido no esquema.

— Pode ter sido Erich?

— Também me perguntei isso, mas eu era o único contato dele, e tomei muito cuidado em relação ao que compartilhava – disse ele, respirando fundo. – Eva, Claude Gaudibert foi preso e torturado pelos alemães. Tenho certeza de que Erich não sabia dele, nunca o conhecera e não poderia tê-lo entregado.

Se os alemães tinham chegado àquele líder da Resistência, deveriam ter informação privilegiada, pois só um punhado de gente saberia a verdadeira identidade dele, ou onde encontrá-lo.

— Gaudibert está morto?

O padre assentiu, triste.

— Penduraram o corpo na periferia da cidade, como advertência para todos nós.

Eva engoliu em seco.

— E Erich, onde está?

— É quase certo que também morreu – disse Père Clément, devastado. – Se os alemães sabiam onde encontrar Gaudibert, não é improvável que também soubessem que Erich nos transmitia informações.

— E Faucon? Já capturaram Faucon?

— Até onde eu sei, ele ainda está à solta.

— Vou encontrá-lo. Ele saberá o que fazer com minha mãe.

— Não – respondeu Père Clément, imediatamente, com firmeza. – Mesmo que ele possa ser encontrado, você levaria os alemães até ele. Destruiria o que resta de nosso circuito. Por favor, não faça isso.

— É verdade. Eu me sinto tão impotente – disse ela, abaixando a cabeça. – Como poderei me perdoar se minhas decisões tiverem custado a vida de minha mãe?

— Eva, as suas decisões *salvaram* a vida da sua mãe. E você não pode olhar para trás, só para a frente. Agora, a estão procurando, Eva. Se ficar, você morrerá.

— Mas, se eu partir, nunca conseguirei viver comigo mesma – disse ela, respirando fundo, endireitando os ombros e o olhando nos olhos. – Não posso abandonar minha mãe. Preciso fazer o necessário para salvá-la.

Ele a olhou por um bom tempo antes de suspirar.

— Eu sei. Estava esperando que você mudasse de ideia, mas eu sei. E acho que tenho um plano. Você deve se esconder em algum abrigo seguro.

E eu negociarei com os alemães em seu nome. Direi que, se soltarem sua mãe, você se entregará.

– Eles não vão simplesmente prendê-lo e torturá-lo para descobrir onde estou?

– Estou disposto a correr esse risco.

– E se soltarem minha mãe agora, não vão prendê-la novamente assim que me tiverem também?

– Há algumas pessoas de minha confiança em Lyon que ainda não foram pegas. Madame Trintignant chegou em segurança à fronteira, não foi? Sua mãe também chegará. E, para aumentar nossa probabilidade, tentarei mandar recado para os *maquisards*, avisando que precisamos de uma distração para garantir uma travessia segura.

– E, quando eu souber que ela está em segurança, me entregarei?

– Não, Eva, claro que não. Você vai correr o mais rápido que puder. Voltará à Suíça, onde viverá muito e contará para todo mundo o que aconteceu aqui.

– Mas, se eu fugir, o senhor morrerá.

– Esses homens ainda acham que conhecem Deus. Eles se enganaram, acreditando que cumprem o desejo Dele. Tenho que acreditar que até um nazista pensaria duas vezes antes de matar um padre católico a sangue-frio.

A cabeça dela estava a mil ao olhá-lo. Ela não podia pedir ao padre que desse a vida pela dela, nem mesmo pela vida da mãe. O perigo que a mãe corria era culpa dela – então era ela quem deveria salvá-la.

– Não, Père Clément. Obrigada, mas não. Darei outro jeito.

– Talvez não haja outro jeito.

– Não foi o senhor que me disse que Deus abre portas que nem sabemos existir? Devo confiar que, com coragem e fé, tudo é possível.

O padre sorriu, triste.

– Temo que às vezes, Eva, isso não baste.

– É tudo que tenho. Obrigada por tudo. Por oferecer arriscar sua vida por mim. Por me salvar, no início disso tudo. Por me dar um propósito e um lar. Mas agora é minha vez de me posicionar pelo que é justo. E o senhor deve partir, antes que seja tarde. Vá à Suíça. Viva. Eu e minha mãe o encontraremos lá quando pudermos.

Ela via nos olhos dele que ele sabia que Eva nunca chegaria, que morreria pela liberdade da mãe.

– Não vou embora, Eva – disse Père Clément. – Meu lugar sempre foi, e sempre será, Aurignon. Deus não me abandonou, e eu não O abandonarei. E farei o que puder por sua mãe, pois não posso dar as costas a uma vida inocente, assim como você não pode. É minha decisão, e não sua. Agora vá, Eva. Vá, antes que os alemães nos encontrem aqui.

Eva o abraçou com força e, finalmente, o soltou. Ela sabia que era a última vez que via o padre que a ajudara a se redimir. Ao sair para o vento frio da manhã um momento depois, rogou para que Deus a acompanhasse o bastante para permitir que salvasse uma última vida.

Capítulo 29

Eva sabia, quatro horas depois, ao atravessar Clutier em direção à pequena cadeia de que os alemães tinham se apropriado, que estava adentrando a boca do leão e provavelmente seria devorada viva. No entanto, não havia opção. Sua única esperança era que os alemães na guarda não a reconhecessem e se enganassem pelas camadas de roupas grossas nas quais ela se enroscara, dando a impressão de ser cinco quilos mais pesada. Ela produzira, apressada, documentos que a identificavam como uma viúva de 49 anos cujo marido falecera heroicamente em Verdun, na geração anterior. Apesar de ainda lhe parecer um plano tolo, ela esperava que os alemães que encontrasse se convencessem da farsa, pelo menos por alguns minutos. Era tudo de que precisava para descobrir se a mãe estava viva.

"Por favor, meu Deus", rezou em silêncio, mancando na direção da igreja, de ombros curvados, puxando a perna direita e se apoiando em uma bengala. "Por favor, me ajude a salvar minha mãe. O que quer que aconteça comigo, será Sua vontade." Quanto mais se aproximava, mais convencida ficava de que, se morresse naquele dia, estaria tudo bem. Ela sempre acreditara que, após a morte, as almas seguiam vivas, apesar de o judaísmo não ter uma explicação tão direta quanto a da fé cristã. Se ela estivesse certa, se houvesse um Jardim do Éden à espera dela após a morte, ela reveria *tatuś*, não? E um dia, que ela esperava demorar muitos, muitos anos para chegar, Rémy também chegaria lá, ao outro lado. Ela acreditava que, no além, era possível enxergar a alma das pessoas inteiramente, então, finalmente, Rémy saberia o que ela sentia e o quanto se arrependia de tê-lo deixado ir embora.

Se ela vivesse, contudo, teria que fazer chegar a ele o recado de que sua resposta era sim, sempre fora sim, sempre seria sim. Após o que acontecera ali, sua mãe teria que entender que, diante de tanto mal, a divisão entre cristãos e judeus não tinha significado algum. Só importava o fato de que Rémy era uma boa pessoa e que o tempo era muito precioso para se desperdiçar assim. "Se me deixar sobreviver", disse para Deus ao virar a última esquina da Rue de Gravenot, "prometo que farei todo o possível para me resolver com Rémy também. Devo consertar todos os meus erros, antes que seja tarde."

A prisão finalmente surgiu diante dela, sombria e ameaçadora, mesmo na luz do início da tarde. Ou talvez fosse só um truque de sombras, cobrindo os tijolos em crueldade e desespero.

Preparando-se, Eva entrou pela porta principal, o coração pulando do peito, arrastando a perna direita. Um cachecol cobria a parte de baixo do rosto, e um chapéu escondia o resto. Ao se aproximar do balcão, se assustou ao notar que o guarda não era alemão, como ela supunha. Era um gendarme francês, arrumando papéis, de olhos vermelhos de exaustão, a boca tensa e reta sob o bigode fino.

Ele ergueu o olhar quando ela se aproximou e, naquele momento, ela o odiou com uma fúria que a surpreendeu. Ele não nascera do outro lado. Era um francês, que um dia jurara proteger seu povo. Contudo, ele ignorara a promessa e escolhera se aliar aos invasores, provavelmente para garantir uma posição de poder no fim da guerra. Os alemães pagariam pelo que fizeram ali um dia, Eva tinha certeza, mas haveria um espaço especial no inferno para os homens e mulheres franceses que tinham vendido seus irmãos e irmãs para o inimigo.

O gendarme a olhou de relance, com uma expressão neutra.

– Madame?

Eva respirou fundo, juntando coragem, e se curvou ainda mais.

– Vim visitar Yelena Moreau – disse, mantendo a voz baixa e trêmula, como uma mulher triste, derrotada pela vida.

– E qual é seu assunto com Madame Moreau? – perguntou o gendarme, com o olhar finalmente interessado. – Não que seja o nome de verdade daquela judia imunda.

Ele analisou Eva com olhos estreitos, mas ela manteve o queixo encolhido e o chapéu abaixado, lutando para impedir que a raiva transparecesse em seu rosto. Quando ele se aproximou para tentar vê-la melhor, ela soltou uma tosse violenta e úmida, sem nem cobrir a boca. Ele se retraiu com uma careta de nojo.

— Fui enviada pela igreja — chiou ela.

Antes que o gendarme pudesse perguntar qual igreja, ou por quê, ela voltou a tossir, com força e por muito tempo, cuspindo o máximo possível na direção dele. O homem parecia enojado e, ao empurrar a cadeira ainda mais para longe, ela soube que o julgara corretamente: ele teria muito mais interesse em evitar um caso aparente de tuberculose do que em obedecer às regras alemãs.

— É, enfim, já é tarde — disse ele, voltando para os documentos em que trabalhava.

— Tarde? — perguntou Eva, conseguindo manter o tom tranquilo.

— Isso.

— Ela foi transferida?

Por que teriam mandado a mãe para o leste, se o plano era usá-la como isca?

— Transferida? — perguntou o gendarme, bufando quase como se gargalhasse. — Não, madame, ela foi executada. Hoje mesmo.

Ele levantou o indicador e o polegar da mão direita e imitou uma arma.

O mundo parou. Eva cambaleou, sem fôlego. Tentou engolir, mas a boca parecia cheia de pó. Quando se curvou, tossindo, não foi por teatro, mas por pura dor.

— Não — disse ela, se recompondo. — Não, não. É impossível. Ela não fez nada de errado.

A expressão do homem hesitou entre desconfiança e indiferença por um segundo, e finalmente se firmou naquela primeira.

— Soube que ela tinha uma filha trabalhando com os clandestinos. Se recusou a entregá-la — disse ele, se aproximando um pouco e tentando ver o rosto de Eva, mas ela abaixou a cabeça para esconder as lágrimas. — A senhora não saberia nada disso, não é? Da filha?

— Claro que não — disse Eva, conseguindo manter o tom de indignação, apesar da voz trêmula. — Tem certeza de que não a confundiu com ninguém?

Talvez o mundo não estivesse todo se desfazendo em cinzas enquanto ele a olhava, confuso.

— Vi com meus próprios olhos.

O homem se recostou na cadeira novamente, satisfeito. Naquele momento, Eva nunca tinha odiado tanto um ser humano. *Morta*. Parecia impossível.

— Entendo.

O homem não tinha acabado. Como um animal que cheirava sangue fresco, de repente ficou animado, interessado.

– Sabe o que é pior?

– Nem imagino.

Eva sentia a bile na garganta, amarga e forte. Precisava vomitar e, por um segundo, imaginou derramar todo o conteúdo do estômago no uniforme impecável do gendarme. Mas não podia arriscar transformar a repulsa dele em raiva.

– Ela ainda defendia a filha, até morrer! – gargalhou ele, como se contasse uma piada a um amigo, e não devastando o coração de uma inimiga. – O alemão que deu a ordem perguntou se ela tinha últimas palavras, e ela falou uma baboseira sobre ter orgulho de ser a mãe de alguém tão corajoso – falou, sacudindo a cabeça, com um bufo. – Que velha tonta. É tudo culpa da filha.

– É, sim. Não tenho a menor dúvida.

Eva encolheu o queixo o quanto pôde, tentando esconder as lágrimas que desciam pelo rosto ao mesmo tempo que o peito rachava. Jamais se perdoaria.

– E a mulher detida com ela? – perguntou. – Madame Barbier?

O gendarme deu de ombros.

– Morreu também. O que esperava? Ela estava ajudando os clandestinos. Devia saber o que fazia.

– Entendo – disse Eva, ouvindo a voz ficar rouca de dor, mas o gendarme não pareceu notar. – Bem, preciso voltar à igreja. Farei uma oração para Madame Moreau e Madame Barbier, mas há outros na paróquia que também precisam de nosso auxílio.

– Claro – disse o homem. – Mas talvez a senhora deva conversar com a igreja sobre não apoiar traidores, não?

– Tenho certeza, monsieur – respondeu Eva, a voz trêmula –, que os traidores terão o que merecem quando estiverem cara a cara com Deus.

O homem acenou com a cabeça, satisfeito, e Eva acrescentou mais um ataque de tosse áspera e cuspe para garantir que ele não a seguiria. Ela vomitou nos arbustos esqueléticos logo diante da prisão, expelindo tudo do estômago, e as lágrimas derretendo o gelo ao cair.

Eva não tinha nada a perder.

Os alemães tinham arrancado dela o pai e a mãe, e Eva sabia que era a única culpada. "Ter orgulho de ser a mãe de alguém tão corajoso", dissera o gendarme, mas Eva não era corajosa. Ela estava apavorada, sempre estivera. Era tolice acreditar que poderia engolir o medo e fazer diferença. A única mudança que causara fora a perda da mulher que lhe dera à luz. As últimas palavras de *tatuś* tinham sido um pedido para cuidar da mãe e, em vez disso, Eva a jogara aos lobos.

Eva decepcionara o pai em Paris e decepcionara a mãe também. Os pais dela tinham partido, e era tudo sua culpa. Também tinha magoado Rémy ao deixá-lo ir embora, acreditando que ela não queria se casar com ele. Quem sabia o que poderia acontecer com ele na floresta fria e perigosa antes que ela pudesse corrigir a situação? E fora tudo em vão; a mãe ainda morrera acreditando que Eva traíra sua fé.

Em um dia frio de inverno no ano anterior, quando Rémy dissera que queria lutar de forma mais envolvida, Eva não entendera. Já não estavam resistindo por meio das falsificações? "Alguém tem que levar a luta aos alemães, Eva", ele dissera. "Ninguém vem nos salvar." As palavras dele a assustaram, mas fora antes de perder a mãe. Antes da vida implodir por conta de seus próprios erros.

Antes de os alemães lhe terem arrancado tudo.

Não era mais importante viver, e foi por isso que ela decidiu seguir até a fazenda onde sabia que Joseph às vezes se abrigava. Tomaria cuidado para não ser seguida, mas tinha que fazer alguma coisa. Tinha que levar a luta até os monstros que tinham roubado sua família. Ela passara a guerra ajudando as pessoas passivamente, mas não era mais suficiente. Ela queria sangue, e se ajoelharia para suplicar ajuda diante de Joseph, se fosse necessário. Ele poderia recomendá-la, mandá-la para os combatentes na floresta, dizer que ela faria o que eles quisessem.

O caminho de ônibus de volta a Aurignon e a pé até a periferia da cidade não fez nada para curar a ferida exposta no peito de Eva. Quando chegou à fazenda, no fim da estrada, com as botas esmagando vinte centímetros de neve, ela estava ainda mais furiosa do que estivera ao sair da prisão. Fizera um caminho cheio de voltas para chegar ali, serpenteando pela cidade, entrando em uma loja abandonada para largar uma camada de roupa e a bengala e enroscando o cachecol com mais força para proteger-se do vento, que ia ficando mais feroz ao se afastar do abrigo da pequena praça central de Aurignon. Ela olhou para trás uma última vez ao se aproximar da porta da casa principal, mas estava mesmo inteiramente só.

Ela bateu à porta, mas não houve resposta, nem quando chamou. A porta estava trancada e, quando ela deu a volta na casa e espreitou por uma janela cuja cortina não fora bem fechada, lá dentro tudo lhe pareceu escuro e abandonado. Uma teia de aranha reluzia atrás do vidro.

Parecia que os fazendeiros que ali moravam tinham ido embora, talvez também presos pelos alemães. Mas será que Joseph ainda estaria acampado no celeiro, como antes? Era improvável, mas ela não sabia mais aonde ir. Tomada por pânico, Eva abriu caminho pela neve até a construção velha e torta. Lá dentro, o cheiro era de feno mofado e leite coalhado.

– Oi? – chamou Eva, para o caso de Joseph estar escondido e ouvi-la chegar. – Sou eu! Eva! Por favor, preciso de ajuda!

Alguma coisa se mexeu acima dela, e Eva ergueu o olhar.

– Joseph? – chamou. – Por favor! Você está aqui?

A pergunta dela foi recebida por silêncio e, por fim, ela sentiu os ombros cederem em derrota. O barulho que ouvira provavelmente viera de um camundongo, ou outra criatura afortunada que se refugiara ali do inverno bruto quando os humanos fugiram.

– Por favor? – chamou mais uma vez, mas ela já sabia que a súplica era em vão.

Joseph se fora havia muito tempo e, com ele, qualquer esperança que ela tinha de se juntar à resistência armada.

Eva se virou para ir embora, lágrimas descendo pelo rosto de novo. Tudo lhe parecia impossível, sem esperança.

Mas então, quando estava prestes a sair pela porta do celeiro na tarde congelante, ela ouviu um sussurro.

Ela se virou, olhando para as sombras. Teria imaginado aquilo? Estaria desesperada a ponto de ouvir coisas?

– Eva.

De novo, fraco, mas inegável. A voz vinha do sótão acima da cabeça dela. Havia alguém ali.

– Joseph? – chamou, subindo apressada pela escada estreita encostada na parede do fundo.

No segundo em que emergiu no palheiro, contudo, precisou conter um grito. Vários fardos de feno estavam manchados de vermelho e havia manchas escuras no chão de madeira. A área cheirava a ferro e, no canto, encontrava-se Geneviève, meio deitada, caída para a direita, o vestido azul de algodão desbotado cheio de sangue. Havia um buraco, escuro e enorme, onde antes era a barriga.

— Ah, meu Deus, Geneviève! — exclamou Eva, se aproximando correndo e afastando o cabelo escuro e ensanguentado do rosto pálido.

— Eva — sussurrou ela.

Ela pestanejou; mal conseguindo se manter consciente. Geneviève olhou para Eva, sem conseguir focar.

— É mesmo você? — perguntou.

— Sim, Geneviève! O que aconteceu?

Geneviève tossiu, e algumas gotas de sangue borbulharam pelo canto de sua boca.

— Gérard — sussurrou.

Eva olhou ao redor.

— Ele foi procurar ajuda?

— Não, Eva — disse Geneviève, e tossiu de novo, sangue escorrendo pelo queixo. — Foi ele.

— Como assim?

— Ele... ele me matou.

Geneviève certamente estava falando disparates.

— Não, Geneviève. Você está viva.

A gargalhada de Geneviève foi fraca e amarga.

— Estou morrendo, Eva.

— Vou procurar ajuda.

— Já é tarde — disse ela, tossindo de novo e cuspindo mais sangue. — Gérard é o traidor, Eva. Foi ele quem nos delatou.

Eva estava tremendo.

— Não. Não, não, não. É impossível. Eu o conheço há anos. Ele nunca... — falou, se perdendo na frase. — Não — acrescentou, sussurrando.

— Ele... ele me contou que, quando foi preso em dezembro, os alemães ofereceram pagar a ele caso se tornasse informante.

— Mas ele é judeu!

Geneviève engasgou, o sangue borbulhando.

— Ele disse que você não devia ter ido embora tão cedo. Ele prometeu você a eles; prometeu que entregaria a judia por trás de todos os documentos forjados da região. Ele não acreditou que eu não sabia onde você estava.

Eva sentiu o sangue gelar.

– Ele fez isso com você por *minha* causa?

– Não é sua culpa – disse Geneviève, segurando a mão de Eva, voltando a pestanejar. – É minha – falou, respirando com dificuldade, e Eva ouviu o ruído do pulmão. – Eu... confiei na pessoa errada.

– Eu também confiei nele.

– Você precisa ir. Antes que ele volte.

– Não posso deixar você aqui.

– Já estou acabada – disse Geneviève, a voz mais fraca. – Faça ele pagar pelo que fez.

– Mas...

– Eva. Vá.

Eva hesitou. Ela levou a mão à barriga de Geneviève e só sentiu sangue, quente e abundante. Joseph atirara nela e a deixara para morrer devagar e horrivelmente, sozinha. Mas ela não estaria só. Pelo menos isso Eva podia fazer por ela.

– Não vou abandoná-la, minha amiga. Estou aqui.

Geneviève estava muito fraca para discutir. Então, enquanto ela perdia e voltava à consciência, Eva segurou a mão da amiga e cantarolou baixinho "Au Clair de la Lune", a canção de ninar com a qual a mãe de Geneviève a confortara na infância.

– *Ma chandelle est morte* – cantou Eva –, *je n'ai plus de feu. Ouvre-moi ta porte pour l'amour de Dieu.*

Minha vela morreu, não me resta luz. Abra a porta para mim, pelo amor de Deus.

Enquanto Geneviève se esvaía, Eva cantou de novo, transformando o fim da estrofe em uma oração.

– Abra a porta por ela, por favor, Deus.

E finalmente Geneviève se foi, seu sofrimento havia acabado. Eva se levantou, as mãos cobertas pelo sangue da amiga, e desceu a escada, com mais uma morte inocente na consciência, mais um motivo para lutar ardendo em chamas na alma.

O único lugar ao qual Eva conseguiu pensar em voltar foi a igreja. Ela ainda estava atordoada pela traição, que a pegara desprevenida, a atingindo com confusão e culpa. Como Joseph poderia tê-los traído? Ter traído *ela*? Era óbvio que ela nunca o conhecera realmente, o charmoso moreno bonito de coração de pedra. A fúria erguia-se em revolta dentro dela – contra Joseph e contra si. Como ela fora tão cega, tão disposta a confiar nele só porque o conhecia na vida anterior?

Ela precisava advertir Père Clément. Mas como impediria Joseph se ele já estivesse lá? Ele estava armado, e Eva tinha só... o quê? Sua raiva indignada? Seu luto debilitante? Ainda assim, teria de bastar. Ela não conseguira salvar a mãe nem Geneviève. Não podia fracassar novamente com o padre.

Ela só parou tempo o bastante para lavar o quanto conseguiu do sangue de Geneviève das mãos e do rosto e pegou a bicicleta de Geneviève para seguir em direção à cidade. Precisou empurrá-la pela neve até chegar à rua, que fora limpa. Ela subiu e pedalou o restante do caminho enquanto o sol descia no horizonte e o vento congelava suas lágrimas.

A igreja estava escura e silenciosa, mas a porta estava destrancada. "Esta é a casa de Deus", Père Clément lhe dissera certa vez. "As portas nunca estarão fechadas para uma alma em busca da paz divina." No entanto, não era paz que Eva buscava.

Ela procurou na sala de Père Clément, no confessionário e na biblioteca secreta, mas a igreja estava deserta. Uma rápida visita ao pequeno apartamento atrás da igreja também não deu resultado; as portas estavam fechadas e trancadas, as janelas, escuras. Eva voltou à biblioteca, mesmo sabendo que, ali, estaria vulnerável. Joseph conhecia o lugar, sabia onde Père Clément guardava a chave e, mais cedo ou mais tarde, poderia ir procurá-la.

Mas havia algo que ela precisava fazer.

Em silêncio, acendeu algumas lamparinas e pegou o Livro dos Nomes Perdidos do lugar inofensivo na estante. Era a única coisa que Joseph não pudera tirar dela; ela agradeceu a Deus por só ter compartilhado o segredo com Père Clément e Rémy.

Ela olhou o livro por um momento, segurando-o. O couro marrom estava ainda mais gasto do que da primeira vez que o pegara, a lombada mais marcada, duas manchas desbotadas na quarta capa e uma na capa, causadas pelos dedos dela, de tanto segurá-lo sem limpar completamente os produtos químicos e as tintas das mãos. Contudo, ela era a última pessoa a marcá-lo. Quantos católicos não tinham segurado aquele livro nos dois séculos até que chegasse a ela? Existira antes da Revolução Francesa, antes do nascimento de Napoleão, antes de Luís XVI e Maria Antonieta perderem a cabeça em nome da liberdade, antes de os pais de Eva chegarem à França, na crença de que lhes daria uma vida de liberdade e oportunidade. E ali estava, nas mãos de uma orgulhosa judia, nos fundos de uma igreja onde Deus vira o mal e a perfídia reinarem.

Eva piscou, contendo as lágrimas, e abriu a segunda página, a página de Rémy. Ela sabia exatamente o que queria dizer, o que deveria ter dito naquela choupana na fronteira da França poucos dias antes. Na primeira linha, com a mão trêmula, marcou uma estrelinha no *é* de *étoit* e um ponto no *p* de *prions*. Na página seguinte, mais um ponto no *o* de *recevoir* e, na página quatro, no *u* de *leurs*. Continuou assim pelas páginas de Rémy – seis, nove, quatorze, vinte e dois, trinta e cinco, e assim por diante – até ter dito o que queria: *Épouse-moi. Je t'aime.*

Fechou o livro após desenhar um ponto no primeiro *m* da página 611; não havia páginas restantes para o último *e*, mas bastaria para decifrar a mensagem: *Case comigo. Eu te amo.* Ao deixar o livro de volta no lugar, ela demorou-se tocando a lombada por um segundo. Será que Rémy o encontraria? Saberia que ela o amava? Ou o livro não significaria nada, no fim?

Naquele instante ouviu um ruído à porta, e afastou-se da estante. Era tarde demais, notou, tarde para tudo. Quando Joseph entrou na sala, agarrado a uma arma, Eva se encolheu contra a parede. Não tinha nada para usar como defesa, nada além de livros. Tateou atrás de si e fechou a mão na lombada de uma Bíblia pesada. Ele atiraria, ela sabia, mas ela não queria ceder sem lutar.

– Joseph – murmurou.

O rosto dele se retorceu quando adentrou o espaço que um dia ela compartilhara com Rémy.

– Eva, você é ainda mais tola do que imaginei. Voltou? Para o único lugar onde sabia que eu a encontraria?

Ela respirou fundo, trêmula.

– Foi preciso.

Mesmo se ela morresse ali, naquele dia, o que quase certamente aconteceria, Rémy saberia que ela o amara.

– Sabe, eu nunca entendi você, Eva Traube, mesmo em Paris, com seus olhos arregalados, a cara enfiada nos livros, como se o mundo fora das páginas não tivesse importância. Você sempre foi meio estranha, não foi? E acha que não vi como você me olhava? Como todas as outras. Eu poderia tê-la, se quisesse, a qualquer hora.

Ela o ignorou.

– O que você fez, Joseph? Com Geneviève? Com minha mãe?

Havia lágrimas nos olhos azuis brilhantes dele e, por um instante, ele desviou o rosto.

– Eu não queria machucá-las, Eva. Perdi o controle.

– Do *quê*? Como você pôde fazer tudo isso, seu desgraçado?

Quando ele voltou a olhá-la, as lágrimas tinham sumido, substituídas por uma expressão de firmeza férrea que causou um calafrio em Eva.

– Não tive escolha. Os alemães sabiam que eu fazia parte da rede clandestina. Iam me executar, então ofereci um acordo.

– Foi ideia *sua* trabalhar para os alemães?

– Você teria feito a mesma coisa para se salvar.

– Não, Joseph, não teria. Nem em um milhão de anos.

Ele estreitou os olhos.

– Não teriam te dado a chance, de qualquer forma. Você é judia.

– Você também!

Ele sacudiu a cabeça, o sinal de um sorriso arrogante puxando a boca.

– Meu pai era católico. E minha mãe era só metade judia. Os alemães disseram que eu tive sorte; com mais uma gota de sangue judeu, eu estaria acabado.

– Você está acabado de qualquer forma, Joseph. Acha mesmo que há lugar para você na Alemanha se eles vencerem a guerra? Nunca conseguirão ver além do seu sangue judeu. E se a França vencer, bom, os traidores serão executados.

– Você acha que não pensei nisso? Os alemães prometeram me pagar o suficiente para eu desaparecer depois da guerra e viver minha vida – disse ele, com a expressão endurecida. – Além do mais, não restará ninguém para contar o que fiz, Eva.

Ela engoliu em seco.

– Então você vai me matar. Assim como matou minha mãe.

A expressão dele desmoronou.

– Eu não queria que isso acontecesse. Eu gostava da sua mãe, Eva, mesmo. Ela sempre foi gentil comigo. Só estava no lugar errado, na hora errada. Foram prender Madame Barbier e, quando prenderam sua mãe, me perguntaram se eu a conhecia. Eu ia negar, mas ela me implorou por ajuda. Usou até meu nome de verdade, aquela velha boba! Depois disso, não pude negar que sabia quem ela era, especialmente porque ficara óbvio que ela era sua mãe. E ela se recusou a contar aos alemães o que sabia, Eva. Eles poderiam tê-la mandado para o leste em vez de executá-la se ela contasse onde você estava. Foi culpa dela.

– Nada disso foi culpa dela – disse Eva, engolindo o nó na garganta. – E Geneviève?

Ele apertou a mandíbula.

– Se a situação fosse outra, talvez tivéssemos uma chance. Mas eu precisava saber onde você estava. Você é minha passagem para uma nova vida, Eva. Eu já entreguei Gaudibert. Você é a segunda metade do acordo. Se eu entregá-la para os alemães, entregar a judia por trás da última operação de falsificação da área, posso viver. Você vê meu dilema, não vê? Geneviève tinha informações, mas se recusou a fornecê-las. Eu só planejava ameaçá-la, Eva, mas ela foi egoísta. Falei que entregar você era a única coisa que salvaria minha vida, e ela se recusou.

– Então você deu um tiro na barriga dela e a largou para morrer?

– É mesmo uma pena que tenha acabado assim.

– Você é um monstro.

Ele desviou o olhar.

– Eu sabia que você não entenderia. Como poderia? Vocês, judeus, não têm futuro na França, mas eu tenho. Você certamente enxerga isso.

Ela sentia a fúria crescendo em si, quente e forte. Lembrou-se de se manter calma.

– E agora, o que acontece?

– Você me conta tudo que tem feito aqui no último ano. Sei de onde vêm os papéis, claro, e já contei aos alemães tudo a respeito das entregas argelinas dos Aliados, mas como os documentos em si são tão convincentes? Faz meses que tento tirar a informação de Gaudibert e Père Clément, mas eles são muito cuidadosos, muito resguardados. Nem sob tortura Gaudibert entregou seus segredos! Como você e Rémy apagam informação? Como copiam carimbos com tanta perfeição e rapidez, mesmo quando os alemães mudam de método e tinta? Com que outras redes estão trabalhando? Quem são os seus contatos? Os alemães precisam saber para acabar com todas as organizações de falsificação semelhantes na França. Se eu levar essa informação, eles me deixarão sair de Aurignon, mudar de vida.

– Você é um tolo de acreditar que eles cumprirão essa promessa, Joseph. Vão matá-lo.

Ele sacudiu a cabeça.

– Você não sabe do que está falando. E aí? Confie em mim, será mais fácil me dar a informação.

– Por que eu te diria qualquer coisa, seu desgraçado traidor?

– Porque, se não disser, eu a levarei aos alemães, e eles vão arrancar as informações a pauladas. Vão torturá-la até você implorar por misericórdia, suplicar por uma bala na cabeça. Sou um velho amigo, Eva. Prefiro vê-la morrer em paz. Me ajude, e eu a ajudarei.

– Da mesma forma que ajudou Geneviève?

Alguma coisa surgiu no rosto de Joseph por um instante, uma emoção que quase lembrava arrependimento. Contudo, na mesma velocidade que apareceu, sumiu.

– Eu já falei, ela devia ter se salvado. Eu poderia tê-la levado comigo. Mas ela não me amava o bastante. É culpa dela.

– É culpa *dela*?

Raiva irrompeu dentro de Eva e, antes que ela pudesse reconsiderar, puxou a Bíblia pesada da estante atrás dela e a arremessou com toda sua força. Ele levantou a mão para se proteger, mas a surpresa o fez disparar a arma. A bala rasgou o ar acima do ombro direito de Eva, tão perto que ela sentiu o trajeto. Quando Joseph se endireitou, com um esgar de escárnio, havia uma linha fina de sangue no supercílio direito dele. Pelo menos ela conseguira feri-lo, mesmo que fosse a última coisa que faria.

– Ah, Eva, você vai se arrepender disso – rosnou ele.

Ela endireitou os ombros e pensou na mãe, no pai, em Rémy, em tudo que perdera por causa daquela guerra.

– Tenho mais arrependimentos do que você jamais saberá. Mas feri-lo nunca estará entre eles.

Ele voltou a erguer a arma.

– Me conte das falsificações, Eva, ou eu mesmo vou torturá-la. Vou adorar a oportunidade, sua vaca patética. Vai entregar seu precioso Rémy e todo o resto.

– Prefiro morrer, Joseph.

– Ah, você vai morrer, Eva. A questão é só a dor até lá. Se não começar a falar, enfiarei uma bala bem ali, na sua perna. Você sangrará devagar, e será uma dor insuportável. Vou ter certeza disso.

– Você vai pagar por isso, por tudo que fez.

Ela cuspiu nele.

O rosto dele se tornou mais sombrio, fúria ardendo naqueles olhos que ela um dia achara belos.

– Não quero fazer isso, Eva, mas você não me deixou escolha. Você tem dez segundos para se decidir, e, veja bem, só estou oferecendo esse tempo por causa de nossa longa amizade, mas, se ainda estiver tão teimosa quando eu acabar de contar, temo não ter opção além de apertar o gatilho. Entendeu? Dez, nove, oito...

– Vá para o inferno, Joseph.

Enquanto ele contava, ela fechou os olhos e começou a rezar – não para sobreviver, pois sabia que não havia mais chance disso.

– ...sete, seis, cinco...

Eva rezou para ter a força e a resistência de respirar pela última vez sem ter traído ninguém. Mais ninguém poderia morrer por causa dela; ela não aguentaria.

– ...quatro, três, dois...

Quando Joseph chegou ao fim da contagem, Eva se preparou para a dor horrível que sabia que viria, a agonia que seria só o começo.

O disparo soou como uma explosão. Reverberou pela sala, e ela sentiu um apito nos ouvidos. Contudo, levou um segundo para reparar que não sentia dor alguma. Ele errara? Ela abriu os olhos, e seu queixo caiu.

Ali diante dela estava Joseph, caído de barriga para baixo, a cabeça virada para o lado, os olhos abertos sem ver, boquiaberto, com um buraco de bala sangrento na nuca.

Acima dele, fumaça ainda saindo da pistola em sua mão, encontrava-se Erich, usando seu uniforme nazista completo, olhando para Eva.

– Você precisa ir, Eva – disse ele. – Agora. Estão vindo atrás de você.

Ela começou a tremer, olhando-o em choque e incredulidade.

– Como...

– Joseph também me delatou. Meus superiores sabem que eu estava ajudando os clandestinos. Um amigo me avisou, e eu fugi antes de ser preso. Vim avisar Père Clément. Não consegui encontrá-lo, mas ouvi a voz de Joseph e, no segundo seguinte, o tiro.

– Você me salvou.

Ele sorriu triste.

– Pelo menos posso me sentir bem por um bom feito quando encontrar meu criador.

– Como assim, Erich? Venha comigo, rápido. Poderemos fugir juntos.

– Para mim já é tarde. Para você, ainda não. Vá, Eva. Corra, fuja. Não se preocupe, vou distraí-los por pelo menos alguns minutos. É sua única chance.

– Erich...

– Antes de eu vir me confessar para Père Clément, eu fiz coisas, Eva, coisas que não podem ser perdoadas. Já aceitei o que a eternidade me reservará. Saber que minha última ação foi salvá-la, contudo, me dará certa paz no final. Por favor, permita que minha vida valha pelo menos isso.

De repente, ela entendeu o que ele dizia.

– Erich, não!

Ela tentou alcançá-lo, mas ele se afastou, sacudindo a cabeça.

Vieram outras vozes na igreja, vozes altas, ladrando ordens em alemão.

– Viva uma boa vida, Eva – sussurrou Erich e, sem hesitar, fechou os olhos, encostou a arma na cabeça e puxou o gatilho.

Eva segurou um grito quando ele caiu no chão, mas, no mesmo instante, entendeu o que deveria fazer. Erich criara caos para permitir sua fuga. Assim, logo antes de os nazistas entrarem na igreja, ela saiu da biblioteca secreta e se escondeu sob um banco, prendendo a respiração enquanto uma dúzia de botas pretas correram por ela, até os corpos de Erich e Joseph. Ela esperou todos chegarem à salinha e exclamarem incrédulos, antes de sair dali e seguir caminho, rápido e em silêncio, até a porta dos fundos da igreja. Olhou uma última vez para Jesus no altar e murmurou uma oração rápida pela alma de Erich antes de sair para a noite gelada.

E então, como Erich lhe dissera que fizesse, ela saiu correndo escuridão afora, fugindo.

Capítulo 30

Dezesseis meses depois
Junho de 1945

A luz do boulevard Raspail de Paris estava se esvaindo naquela tarde quente de junho quando Eva seguiu pelo que parecia a centésima vez até o Hôtel Lutetia, a obra-prima *art nouveau* alta e alva em Saint-Germain-des-Près, que um dia fora o lar de escritores e artistas. A guerra transformara o prédio em outra coisa, um quartel-general de espiões e torturadores do Abwehr alemão, mas Paris fora libertada dez meses antes e, em abril, o grandioso hotel ganhara ainda outra vida, como centro de repatriação para refugiados dos campos de concentração alemães.

Eva voltara da Suíça, para Paris, no outono de 1944, dois meses após a libertação da cidade, e vagara pelas ruas na esperança de encontrar alguém que conhecera na vida antiga, alguém que pudesse dizer o que acontecera com seu pai. Mas não havia ninguém. Nada. Uma família de franceses desconhecidos morava em seu antigo apartamento, e nenhum dos velhos vizinhos continuava na área. Ela começara a ir à biblioteca Mazarine todo dia para esperar nos degraus da frente, na esperança de que Rémy fosse encontrá-la, mas, ao passar dos dias e dos meses frios, admitiu a si mesma que ele provavelmente não sobrevivera à guerra. Quase ninguém sobrevivera.

Monsieur Goujon, o antigo chefe do pai, a ajudara a encontrar um emprego de meio período no conserto de máquinas de escrever, o que seu pai um dia fizera, que lhe permitia pagar o aluguel de uma pequena quitinete no sétimo *arrondissement*. Ela ainda não conseguira criar coragem de voltar a Aurignon, mas sabia que um dia iria, quando estivesse mais forte e a malha ferroviária fosse restaurada pelo país devastado pela guerra. Ela precisava saber se Père Clément sobrevivera, se Madame Noirot, Madame Travere e Madame Trintignant tinham suportado a guerra. No fundo, sabia que a resposta provavelmente era negativa, mas ainda não aguentava encarar a realidade. Enquanto esperasse em Paris, podia imaginá-los todos vivos e bem. Além do mais, ela dissera que encontraria Rémy ali. Partir, mesmo por alguns dias, seria admitir que ele se fora de vez.

Na primavera, judeus esfarrapados e macilentos que tinham passado a guerra nos campos de concentração ao leste começaram a voltar. Aqueles que tinham perdido parentes estudavam o rosto dos esqueletos vivos, se esforçando para encontrar as pessoas que acreditavam que nunca mais veriam. Às vezes, havia reencontros alegres. No geral, contudo, os sobreviventes descobriam que todos aqueles que amavam tinham falecido e que a recompensa por sobreviver ao inferno era novo luto e desespero.

Quando o Hôtel Lutetia começara a receber os refugiados, houvera nova esperança. A Cruz Vermelha se instalara lá e mantinha listas cuidadosas dos antigos prisioneiros e de quem os buscava. Todos os sobreviventes recebiam comida, abrigo temporário, dois mil francos e um cupom para trocar por uma nova roupa. Eva registrara uma fotografia preciosa do pai e, todo dia, voltava com um cartaz com o nome dele na esperança de que alguém pudesse dar uma resposta sobre seu destino. Ela sabia que ele estava morto, sentia nos ossos. Mesmo assim, precisava que alguém dissesse as palavras para que ela oficialmente fechasse aquele capítulo da vida. A esperança era um ladrão perigoso, roubando os hojes por um amanhã que nunca viria.

Centenas de pessoas entravam pelas portas do hotel todos os dias, e Eva olhava para cada rosto, atordoada diante dos coros de lágrimas e do cheiro de sangue seco nos uniformes listrados da prisão. Contudo, não podia parar de ir até ali, não até ter uma resposta.

Finalmente, no dia quatro de junho, a resposta veio. Ela estava exausta, procurando pelos olhos dos refugiados recém-chegados, quando alguém disse seu nome em uma voz que reconheceu, mas só vagamente. Ela sentiu o coração dar um pulo e, quando se virou, deparou com o rosto de um homem que não podia pesar mais de cinquenta quilos. O rosto dele estava afundado, só osso; o cabelo tornara-se grisalho, e a barba, falha. Mesmo assim, ela o reconheceu imediatamente.

– *Tatuś*? – sussurrou, temendo tocá-lo, com medo de que fosse uma ilusão que se dissipasse diante de seus olhos.

– É você, *słoneczko*? – perguntou ele, a voz um eco rouco do que um dia fora.

Ela só foi capaz de assentir e, quando ele a abraçou, o corpo era frágil e desconhecido, mas a força do amor foi como voltar para casa. Ela soluçou no ombro dele, e ele, no dela. Quando finalmente se afastaram, ela encontrou o pai que conhecia naqueles olhos castanhos sábios.

– E sua mãe? – perguntou ele. – Cadê sua mãe?

– Ah, *tatuś* – disse ela, voltando a chorar. – Ela morreu. No começo do inverno de 1944.

Os olhos dele se encheram de lágrimas.

– Eu senti, sabia? Vou sentir a perda dela, Eva, mas sempre agradecerei a Deus por você ter sobrevivido.

– Eu... Me desculpe, *tatuś*. Eu queria que ela tivesse sobrevivido no meu lugar.

– Ah, *słoneczko*, Deus tem seu plano para você. Para todos nós – disse *tatuś*, secando as lágrimas dela. – Precisamos sempre seguir em frente.

Eva levou uma semana para contar a *tatuś* o que acontecera com a mãe e, quando ele chorou e disse que não era culpa dela, ela não conseguiu acreditar, mesmo quando ele insistiu que *mamusia* devia ter sentido muito orgulho.

– Ela só queria que você vivesse feliz – disse *tatuś*. – Ela gostaria muito de saber que você sobreviveu.

– *Tatuś*, eu só a decepcionei.

– Não é verdade, Eva.

– É, sim.

Ele se calou enquanto ela contava a história de Rémy, de se apaixonar por ele apesar das objeções da mãe, da fúria de *mamusia* ao descobrir aquilo e tantas das escolhas que Eva tomara.

– Eu a decepcionei, *tatuś* – concluiu, triste. – Se eu a tivesse ouvido, talvez ela ainda estivesse viva.

– Se você a tivesse ouvido, *słoneczko*, também teria morrido, pois o conselho dela a teria levado aos braços de Joseph Pelletier – falou ele, com expressão séria. – Ela não estava certa só por ser sua mãe.

– Mas se eu a tivesse honrado...

– Você a honra, *sim*, e a mim, todo dia, sendo a pessoa que a criamos para ser.

Eva cobriu o rosto com as mãos, e *tatuś* acariciou as costas dela suavemente.

– Esse Rémy, você ainda o ama? – perguntou ele, após um momento.

– Tenho certeza de que ele já morreu, *tatuś*.

– Foi o que você pensou de mim também, não foi? E aqui estou – disse ele, fazendo uma pausa. – Sabe, os pais da sua mãe não queriam que ela se casasse comigo.

Eva o olhou.

– Não queriam?

Ele sorriu.

– Eles achavam que eu era muito pobre, que nunca poderia dar uma vida boa para ela. Queriam que ela se casasse com um homem chamado Szymon Lozinski, filho de um médico. Mas esse tal de Lozinski era um homem cruel, e casar-se com ele teria devastado sua mãe. Eu gosto de pensar que, nos anos que estive com ela, fiz sua mãe feliz.

– Fez, sim, *tatuś*. Fez, sim.

Ele sorriu.

– O que quero dizer é que os pais sempre querem o melhor para seus filhos. Mas todos temos a culpa de só ver o mundo pela lente da nossa própria vida. Às vezes, esquecemos que a vida é sua.

– E a religião de Rémy? *Mamusia* sempre disse que amá-lo seria uma traição da fé judaica, especialmente em um momento em que estamos sendo varridos da terra.

– Você não trai nada se seguir seu coração – disse *tatuś*, firme. – No fundo, você sabe disso também.

Quando ela não disse nada, ele se aproximou e sussurrou ao pé do ouvido:

– Vá, Eva. Vá a Aurignon e veja se alguém lá sabe o que aconteceu com ele. É o único jeito de você encontrar a paz, e todos merecemos isso.

– Você irá comigo, *tatuś*?

– Não, Eva, não posso – disse ele, estremecendo. – Não consigo imaginar entrar em outro trem. Mas vá. Estarei aqui à sua espera quando voltar.

Quando Eva saltou do ônibus em Aurignon, uma semana depois, a cidade estava igual àquele dia de verão de 1942, quando ela e a mãe chegaram. As flores eram abundantes, o perfume colorindo o ar, e as ruas estavam vivas, cobertas pelo sol de mel e pelo cheiro de pinheiro. Eva fechou os olhos por um minuto e respirou fundo, tentando imaginar *mamusia* ao seu lado, mas não adiantou. A mãe era como poeira ao vento, perdida havia muito tempo.

A Église Saint-Alban estava exatamente como em sua lembrança, apesar de ter sido pintada desde que ela partira, e das árvores diante dela terem crescido, formando um arco de boas-vindas na entrada. O sol entrava pelas folhas quando Eva se aproximou da porta.

Lá dentro, a igreja estava silenciosa, mas a conhecida estátua de Jesus na cruz encontrava-se onde ela lembrava.

– Olá – sussurrou, e foi como cumprimentar um velho amigo.

Os bancos tinham sido consertados e a igreja, repintada e restaurada, como se tudo que acontecera ali fosse um mero pesadelo.

Ela procurou no confessionário dos fundos e na sala atrás do altar, mas estava sozinha. Respirou fundo e se dirigiu à porta da biblioteca secreta. Ainda tinha a chave, mas, ao inseri-la na fechadura, não abriu. Tentou de novo, chocalhando a chave, mas não funcionou. Ela sentiu o peito afundar.

– Eva?

A voz veio de trás e ela se virou, tomada por alívio. Era Père Clément, a olhando como se sonhasse.

– É você? – perguntou ele.

Ela também sentia-se diante de um fantasma. Ele era uma casca do homem que conhecera, quinze quilos mais magro, o cabelo loiro tendo se tornado grisalho, a batina larga no corpo esquelético. Contudo, ele estava ali, e estava vivo, e ela precisou se impedir de cair sob o peso do alívio.

– Père Clément – sussurrou.

– Eva, é você – disse ele, se aproximando e a abraçando. – Eu tinha certeza de que você tinha morrido.

– Eu temi o mesmo quanto ao senhor.

Ela inspirou fundo o perfume conhecido dele, incenso e pinho. Havia uma camada nova, também, um toque de fumaça, de ter sobrevivido a um incêndio.

– O que aconteceu com o senhor?

Ele se afastou e abriu um pequeno sorriso.

– Passei um tempo como convidado da Alemanha na Polônia.

– Eu sinto muito.

Ele abanou a mão, ignorando as palavras.

– Mas consegui voltar, e é isso o que importa. A igreja ficou fechada quando fui embora, então fiquei feliz de voltar para restaurá-la e reabrir as portas. E você, Eva? Chegou à Suíça?

Ela assentiu e, rapidamente, contou da volta a Paris e do reencontro com o pai. Finalmente, porque não aguentava mais esperar, fez a pergunta que queimava um buraco em seu peito desde aquela noite fria de inverno, na sombra da liberdade da Suíça.

– E Rémy, Père Clément? O que aconteceu com ele?

Pela sombra que tomou o rosto de Père Clément, e a dor em seus olhos, ela soube a resposta antes de ouvi-la.

– Ah, Eva, você não soube – disse ele, pegando a mão dela. – Meus pêsames, querida. Ele não sobreviveu.

Ela sabia que era verdade, pois, se ele tivesse sobrevivido, teria ido encontrá-la. Entretanto, só naquele momento reparou que se agarrara a uma esperança impossível. O corpo todo gelou e, sentindo-se em câmera lenta, caiu de joelhos, as pernas de repente moles como pano. Ela sentia o sangue correr pelas veias, as lágrimas arderem no fundo dos olhos, o ar suspenso nos pulmões engasgados, o rombo dolorido no peito onde um dia estivera a possibilidade do futuro.

– Não – sussurrou finalmente, começando a beber o ar em goles desesperados, incapaz de controlar o tremor que lhe sacolejava o corpo todo, e então Père Clément se ajoelhou ao seu lado e acariciou suas costas, com Eva ainda soluçando. – O que aconteceu? – perguntou, quando finalmente voltou a respirar. – O que aconteceu com ele?

– Ele voltou a Aurignon – disse Père Clément, devagar. – Eu o vi rapidamente duas vezes, perto da praça, mas, nas duas vezes, ele fingiu não me reconhecer. Depois soube que ele estava seguindo um gendarme de nome Besnard, um homem que era fiel da igreja, cujos filhos batizei.

Eva piscou.

– Eu me lembro dele.

Ele era o gendarme que a encarava, cujo olhar a deixava desconfortável, mesmo que ela tentasse se convencer de que era só imaginação.

Père Clément fez que sim com a cabeça e respirou fundo.

– Parece que Besnard estava traindo os colegas gendarmes, os que eram leais aos franceses, e os delatando ao comando alemão. Ele estava se aproximando das famílias de alguns *maquisards*. Rémy foi mandado para capturá-lo antes que ele pudesse causar mais danos.

Eva mal conseguiu respirar.

– O que aconteceu?

– Alguém deu a dica para Besnard, e ele estava preparado e armado quando Rémy chegou. Pelo que sei, eles lutaram perto do celeiro onde Geneviève morreu, e nenhum dos dois sobreviveu.

Eva começou a chorar.

– Quando?

– Na primeira semana de junho de 1944.

Quatro meses após a fuga dela. Se tivesse esperado mais, teria visto Rémy uma última vez? Poderia persuadi-lo a não entrar na armadilha? De ficar com ela, afinal? Aquelas perguntas a assombrariam para sempre.

– Ele foi... enterrado aqui?

Père Clément sacudiu a cabeça.

– Os *maquisards* se cuidavam entre si, Eva. Vieram buscar o corpo dele antes que pudesse ser profanado pelos alemães. Eu sinto muito – disse ele, hesitante. – De qualquer forma, fiz as orações de ritos fúnebres.

– Acho que teria muita importância para ele.

Por um momento, ela se calou, imaginando um mundo sem Rémy. Era impressionante que o sol continuasse a brilhar, que a terra continuasse a girar, como se nada tivesse mudado. A verdade de que ele já partira havia mais de um ano lhe parecia impossível.

– Meus sentimentos, Eva. Sei o quanto você o amava.

– Se eu tivesse dito que me casaria com ele...

– Não faça isso – disse Père Clément, a interrompendo. – O fim teria sido o mesmo, menina. Ele ainda teria lutado. Ele sentia ser seu dever. Ele morreu como um herói da França.

– Um herói da França – repetiu ela, murmurando. – E os outros? Madame Noirot? Madame Travere?

– Mandadas ao leste. Nunca voltaram.

– E Madame Trintignant? Ela ao menos sobreviveu?

Ele suspirou.

– Infelizmente, ela foi pega na fronteira, tentando fugir para a Suíça. Ela faleceu na cadeia.

Eva sacudiu a cabeça. A dimensão da dor era quase inimaginável. Ela pensou em Rémy, diante do celeiro azul, sabendo que poderia estar prestes a enfrentar a morte. Ele soubera que ela o amava? Ou morrera acreditando que a resposta dela sempre seria negativa?

– Père Clément? Rémy por acaso voltou à biblioteca secreta antes de morrer? Olhou o Livro dos Nomes Perdidos?

Alguma coisa mudou no rosto do padre.

– Eva, não sei.

– O senhor pode abrir a porta para mim? Preciso ver o livro.

De repente, lhe pareceu a maior urgência do mundo. Será que Rémy lera sua mensagem? Deixara uma resposta?

– Por favor, *mon* Père.

O padre não se mexeu, mas a tristeza em seu rosto tornou-se mais profunda.

– Eva, a biblioteca foi saqueada pelos nazistas, perto da época em que Rémy perdeu a vida. Estava claro que a guerra fora perdida, e eles estavam em retirada, mas queriam levar o que conseguissem de volta para a Alemanha. Muitas casas também foram saqueadas, assim como a livraria de Madame Noirot, mas nossa biblioteca secreta foi a mais afetada, talvez porque considerassem nossa coleção de textos religiosos antigos muito valiosa.

– Levaram nosso livro? O Livro dos Nomes Perdidos? – sussurrou ela.

Ele fez que sim, devagar.

Lágrimas voltaram aos olhos dela. Era mais um golpe atordoante. Não só nunca mais veria Rémy, como nunca saberia se morrera sabendo que ela desejava se casar com ele. Nem teria o registro das centenas de crianças cujos nomes foram mudados, cujos passados ela quisera tão desesperadamente preservar. A perda do livro era a morte da esperança.

– Posso ter alguns momentos na biblioteca? – perguntou ela.

– Troquei a fechadura e tranquei quando voltei a Aurignon – disse Père Clément. – Era muito dolorido entrar. Penso em você, em Geneviève, em Rémy, em tudo o que fizemos aqui... mas também em tudo o que perdemos.

Eva abaixou a cabeça.

– É por isso que preciso me despedir.

Père Clément assentiu e a conduziu à sala conhecida. Tirou a chave que estava sob a batina, destrancou a porta e a abriu.

– Ficarei logo aqui fora – disse ele, apertando o ombro dela. – Demore o quanto quiser.

Eva levou alguns segundos para ajustar o olhar à luz fraca; ela não pensara em pedir uma lamparina a Père Clément. Ainda assim, a luz do sol se derramava em fios finos do vitral alto, como sempre fizera, e Eva encontrou certo conforto naquele brilho conhecido.

Contudo, era a única coisa similar na sala. A mesa onde ela trabalhara não estava lá, nem as cadeiras que a ancoravam. As estantes estavam praticamente vazias, só uma centena de livros restantes dos milhares que antes ocupavam a biblioteca. Uma camada fina de poeira dava a tudo uma aparência assombrada e, enquanto Eva passava a mão pelos exemplares ainda ali, foi tomada por tristeza.

Os alemães tinham levado tudo de valor concebível, deixando só os exemplares de aparência mais nova. Havia alguns missais impressos na década de 1920, algumas Bíblias mais recentes, e uma coleção de textos acadêmicos com lombadas gastas demais para ter utilidade. Pareciam solitários ali sozinhos, sem os irmãos e irmãs com os quais tinham passado tantos anos, e Eva sentiu por eles um luto que sabia ser ilógico.

Ela tocou os livros, sabendo ser uma despedida final daqueles velhos amigos que descansavam em um lugar que ela sabia que nunca mais veria. Ao chegar ao fim de uma fileira de Bíblias conhecidas, parou abruptamente, com os dedos tocando a lombada gasta de um exemplar que não estava no lugar certo.

Ela o pegou e olhou para a capa. Era uma edição em inglês de *As aventuras de Tom Sawyer*, um livro que mencionara a Rémy quando trabalhavam lado a lado, dois meses após sua chegada em Aurignon. "Sabia", perguntara a ele, "que *As aventuras de Tom Sawyer* foi um dos primeiros romances escritos à máquina? Era uma das coisas preferidas do meu pai. Tínhamos um exemplar, mas precisamos deixá-lo para trás. É estranho ser uma das coisas de que mais sinto saudade."

Devagar, ela abriu a capa do livro e perdeu o fôlego. Ali, na folha de rosto, havia um recado escrito na letra rabiscada de Rémy.

Para E: Encontrei isto em Paris. Um dia comprarei uma edição melhor para você. R

4 de junho de 1944

Ela leu o recado uma, duas, três vezes, procurando significado e código, mas as palavras eram só palavras, um gesto final de bondade de um homem que pensava nela antes de morrer. Mas será que tinha deixado um recado no Livro dos Nomes Perdidos também? Ou estava com pressa, e só tivera tempo de deixar aquele presente? E por que deixá-lo ali, se sabia que ela já tinha fugido para a Suíça? Será que sabia que ela voltaria se sobrevivesse à guerra?

Horas depois, em um trem a caminho de Paris, após se despedir de Père Clément pela última vez, ela estava folheando distraída o livro de Twain, o último presente de Rémy, quando parou abruptamente na página dezessete. Havia uma marca, um pontinho, acima da primeira letra da primeira palavra de um trecho, o que chamou sua atenção, pois lembrou imediatamente as marcas que deixavam no Livro dos Nomes Perdidos.

Um e outro par de olhares seguiram o do ministro, e então, quase em um impulso único, a congregação se ergueu e viu os três meninos mortos descerem o corredor, Tom na liderança, seguido por Joe, e por Huck, em roupas esfarrapadas e encharcadas, vindo envergonhado por último! Eles tinham se escondido na galeria sem uso, ouvindo o próprio sermão fúnebre!

Eva encarou a página, o coração batendo forte. Na história, Tom e os amigos fingiam a própria morte, um enredo de que Eva se esquecera completamente, pois já fazia quinze anos que lera o livro. Seria loucura acreditar que Rémy deixara ali uma mensagem, um sinal sutil de que planejava fazer o mesmo se as coisas dessem errado? Estaria tentando dizer que ainda estava vivo, que ela não deveria desistir?

Por outro lado, se ele estivesse vivo, já teria ido encontrá-la. Teria aparecido nos degraus diante da biblioteca Mazarine, como prometera. No mínimo, teria voltado para Aurignon, para ver Père Clément. Não, era impossível. Não era? O pingo de tinta na primeira palavra do parágrafo podia facilmente ser uma mancha acidental, ou uma marca insignificante de um desconhecido, deixada anos antes. Talvez não fosse sinal algum.

Ainda assim, a esperança é perigosa. Cresceu como um campo de flores silvestres dentro de Eva, florescendo em todos os espaços que antes tinham só sombra e desespero, até ela começar a crer, com todo o coração, na possibilidade de Rémy ter sobrevivido à guerra, afinal. Assim, ela voltou à biblioteca Mazarine, onde todo dia esperava em vão por seu príncipe, lendo e relendo a passagem de Twain e rezando por um milagre.

Foi um ano depois, em junho de 1946, que seu pai, no leito de morte, implorou que ela parasse de sonhar com um reencontro que nunca aconteceria.

— Por favor, Eva — disse ele, ofegante.

Ele estava morrendo lenta e horrivelmente, os pulmões se deteriorando com um câncer que aparecera para tomar o que os alemães tinham deixado para trás.

— Você deve abrir mão da sua tristeza — pediu ele —, da sua esperança por Rémy, senão nunca terá sua própria vida.

— Como posso desistir dele?

— Ah, minha querida Eva, ele se foi — disse *tatuś*, e tossiu de novo, com força e por muito tempo. — E o livro que deixou para você é só um livro. Você está se agarrando a um fantasma. Não é isso que quero para você. Não é o que sua mãe iria querer. E eu não o conheci, Eva, mas Rémy também não gostaria disso.

— Mas e se...

— Eva, por favor. Você precisa me prometer que voltará a viver.

Ela segurou as mãos dele e, enquanto o pai passava de um mundo para o outro, ela se abaixou para beijá-lo na testa, as lágrimas caindo como chuva.

— Prometo, *tatuś*.

Assim, ela ficou sozinha no mundo, mais só do que jamais estivera. Ela o enterrou e, com ele, a esperança de realizar sonhos impossíveis. Visitou a biblioteca Mazarine uma última vez em uma tarde ensolarada daquele outono e, quando decidiu parar no Les Deux Magots para tomar um café antes de voltar para casa, acabou se envolvendo em uma conversa animada com um turista judeu americano apaixonado por livros, que fora a Paris para seguir os passos de Ernest Hemingway.

Antes que pudesse hesitar, Eva se ofereceu para mostrar a cidade para o homem, que se apresentou como Louis Abrams, e, no fim do segundo dia ao lado dele, reparou que estava se divertindo. Era maravilhoso treinar o inglês e estar junto de alguém que respeitava a palavra escrita tanto quanto ela era emocionante.

Ele a beijou pela primeira vez entre as estantes da biblioteca Sainte-Geneviève, onde ela arranjara um emprego. No quarto dia, logo antes de precisar voltar, ele se ajoelhou no Jardin des Tuileries e pediu a ela que voltasse aos Estados Unidos com ele, como sua esposa.

– Sei que ainda não nos conhecemos muito bem – disse. – Mas tentarei, pelo resto da vida, fazê-la feliz.

Ela viu nele um homem que seria seu amigo, um companheiro com os mesmos interesses, que apreciaria seu amor por livros. E, no pedido de casamento, viu a chance de um recomeço. *Tatuś* estava certo, Rémy não voltaria. Eva sabia que nunca encontraria paz na França, onde as sombras de tudo que perdera ainda eram tão pesadas. Assim, ela aceitou e, um mês depois, estava em um navio para as Américas, destinada a uma nova vida.

Com o passar dos anos, ela amou Louis, sim, mesmo que nunca do mesmo modo que amara Rémy. Contudo, alguns capítulos precisam ser concluídos, alguns livros, fechados. E quando, anos depois, ela teve um filho, soube que a transformação fora finalizada. O filho a via como um fantasma da pessoa que ela um dia fora. A família dela não fazia ideia de que ela lutara pela França, que fora uma falsária que salvara centenas de vidas, uma mulher que um dia amara com o coração inteiro.

Era melhor assim, ela disse a si mesma. O passado ficaria no passado. Entretanto, naqueles anos todos, Eva nunca amou Rémy menos do que no dia em que o viu pela última vez. Nem parou de pensar no destino do Livro dos Nomes Perdidos – nem se Rémy vira sua mensagem naquelas páginas antes de morrer.

Capítulo 31
Maio de 2005

O bibliotecário alemão, Otto Kühn, é exatamente igual à foto do artigo do *New York Times*. Gosto dele imediatamente: tem olhos bondosos e fala inglês quase perfeitamente.

– Sinto muitíssimo por tudo que os alemães fizeram, por tudo que tomamos – diz ele, após eu me apresentar, enquanto me conduz pela biblioteca em direção ao escritório. – E desejo me desculpar com muita profusão pelo roubo deste livro que lhe é tão caro.

Quero correr na frente dele, pegar o livro, abri-lo na página que foi minha desde 1942, mas me obrigo a respirar, a desacelerar. Logo terei minha resposta, e talvez me deixe devastada.

– Senhor – respondo –, só somos responsáveis pelas coisas que nós mesmos fazemos, ou deixamos de fazer. O senhor não me deve nenhum pedido de desculpas.

– Ainda assim, foi uma enorme tragédia. São tantos livros, sra. Abrams, milhões deles. Não viverei o bastante para encontrar todos os donos. E, é claro, tantas das pessoas cujos livros foram roubados já faleceram há anos. Em muitos casos, já é tarde.

Ele abre a porta do escritório e, de repente, sinto o peito acelerar, porque ali, no meio da mesa entulhada, está meu livro. Eu o reconheceria em qualquer lugar. Meu coração está na garganta, e não consigo respirar, não consigo falar.

– É verdade – sussurro. – Está mesmo aqui, após tantos anos. O Livro dos Nomes Perdidos.

– Ah, sim, Nicola, nossa recepcionista, mencionou que a senhora o chamou assim – diz ele, passando para trás da mesa e pegando o livro. – Por quê? E qual é o significado do código? Estou muito curioso para saber.

Eu me recomponho.

– E eu explicarei. Mas, por favor, Herr Kühn, posso olhar o livro primeiro? Faz muito tempo que espero por isso.

– É claro, é claro, minha senhora. Perdão.

Ele me entrega o livro e, por alguns segundos, o mundo parece congelar, e eu simplesmente o olho, sentindo o couro quente e macio sob os dedos.

Passo o polegar pela lombada dourada conhecida e toco o ponto gasto no canto direito inferior da capa. De repente, as lembranças me voltam. Sinto a mão de Rémy roçando a minha por cima daquela mesma capa no dia em que nos conhecemos. Ouço a voz dele cochichar ao pé do meu ouvido, um eco de um capítulo há muito esvaído. Faz mais de sessenta anos que vi este livro pela última vez, que vi Rémy, mas o passado parece estar aqui de novo, nesta sala, comigo, e eu me engasgo com o choro. Sem querer, levo o livro aos lábios e o beijo. Quando ergo o olhar, vejo que Kühn me observa.

– Perdão – digo.

– Por favor, não se desculpe. É por esses momentos que vivo. Devolver um livro ao dono legítimo pode ser mágico.

Eu assinto e, devagar, com cuidado, o coração pulando com uma esperança que achei ter enterrado para sempre, abro o livro e viro para a primeira página. *Minha* página. Aquela com uma estrela no *e* e um ponto no *v*, a estrela no *J* e o ponto no *e*. *Eva Traube. Eu voltarei para você.* Olho para as palavras sem marca, tomada por desespero.

Não há uma terceira estrela. Nenhum recado de Rémy.

Viro para a segunda página, a página de Rémy, por via das dúvidas, mas está como da última vez que a vi. Uma estrela no primeiro *r* e um ponto no primeiro *é*. E uma estrela e um ponto nas primeiras duas letras de *Épouse-moi*.

Case comigo. Eu te amo, escrevi em código uma vida atrás, na esperança de que Rémy lesse a mensagem, mas agora sei que não leu e, ao fechar o livro e abraçá-lo ao peito, estou tremendo. O amor da minha vida morreu sem saber o que eu sentia. Nunca posso consertar esse fato, restaurá-lo; e de repente sinto que tudo que fiz desde então perdeu o sentido.

– Sra. Abrams? – pergunta Kühn, sua voz cortando minha dor, e vejo que ele me olha com preocupação. – Está tudo bem? Quer um pouco de água, talvez?

Seco as lágrimas, lágrimas que não tenho o direito de chorar.

– Não, me desculpe. Estou bem.

Sacudo a cabeça, tentando me livrar dos fantasmas que de repente me acompanham. É 2005, não 1944, e devo àquele homem bondoso algumas respostas. É o mínimo que posso fazer.

– Agora, em relação ao código – digo.

Ele se aproxima, ansioso.

– Sim, mas vá no seu tempo, senhora. Quando estiver pronta.

Respiro fundo.

– As estrelas e os pontos são os nomes perdidos, os nomes de crianças muito pequenas para lembrar, os nomes que precisamos apagar para que elas sobrevivessem. Eu esperava que um dia, ao fim da guerra, eu pudesse ajudá-las a recuperar quem elas foram um dia. Mas não somos definidos pelos nomes que usamos, a religião que praticamos, ou a bandeira nacional que é erguida acima de nós. Agora, sei disso. Somos definidos por quem somos no fundo do peito, quem escolhemos ser nesta terra.

Em silêncio, de olhos arregalados, ele me ouve contar como aprendi a falsificar, como conheci Rémy e Père Clément, como trabalhamos duro para ajudar as pessoas a fugirem das mãos cada vez mais fortes dos nazistas. Explico a ideia de Rémy de usar a sequência de Fibonacci para codificar os nomes, para garantirmos que as vítimas mais jovens da guerra nunca fossem esquecidas.

Conto que, após a guerra, anos após ter me mudado para os Estados Unidos, meu marido me falou de uma organização chamada Yad Vashem que fora fundada em Jerusalém, o primeiro memorial israelense para as vítimas do Holocausto. O título, que significa *memorial e nome* em hebraico, me fez pensar nos nomes que eu tinha perdido no livro, e devagar, ao longo dos meses seguintes, enquanto Louis dormia profundamente ao meu lado, passei as noites em claro fazendo uma lista daqueles que lembrava. Eram mais de cem. Quando finalmente entrei em contato com as pessoas da Yad Vashem na primavera de 1956, com os nomes verdadeiros e falsos que conseguira tirar das profundezas da memória, me prometeram que tentariam encontrar as crianças que tinham chegado à Suíça, na esperança de que algumas delas pudessem redescobrir de onde vinham.

– E conseguiram? – pergunta Kühn. – Encontraram alguma das crianças?

Suspiro.

– Não sei. Eu me recusei a dizer meu nome, ou dar informações de contato. Queriam me reconhecer pelo que eu fizera, mas eu não queria. Nunca fui uma heroína. Era só uma jovem tentando fazer a coisa certa. E, no fim, fiz tudo errado.

Kühn me observa por um minuto e, quando finalmente fala, tem o tom gentil.

– Sra. Abrams, uma mulher muito sábia uma vez me disse que só somos responsáveis pelas coisas que nós mesmos fazemos, ou deixamos de fazer – diz, me fazendo sorrir um pouco, e ele também sorri antes de continuar. – E me parece que a senhora passou a guerra tentando ajudar pessoas inocentes.

– Mas perdi as pessoas que mais amava – digo, hesitante. – Causei a morte de minha mãe – sussurro. – E Rémy também morreu, Herr Kühn. Não importa quantas pessoas ajudei, se não pude fazer o certo por eles.

– Não foi a senhora que causou mal a eles, sra. Abrams.

Estou chorando, soluçando feito uma boba, e Kühn me conforta com um abraço, me lembrando quando fui abraçada, e perdoada, por Père Clément há tantos anos. Quando finalmente me afasto e o olho, ele sustenta meu olhar.

– Sabe o que mais essa pessoa muito sábia me disse? – pergunta ele. – Disse que somos definidos por quem somos no fundo do peito, quem escolhemos ser nesta terra. E acredito, sra. Abrams, que a senhora escolheu o heroísmo, mesmo que não veja desta forma – diz, me entregando o livro. – É seu se a senhora quiser, após a documentação necessária, é claro, mas, se não se importar, eu adoraria guardá-lo por mais alguns dias e fazer uma lista dos nomes. Talvez eu possa ajudar com aqueles que a senhora não lembrou há tantos anos. Não seria uma dádiva poder reunir algumas crianças perdidas com seus passados? Na verdade, por que a senhora não fica e me ajuda?

Olho para o livro e de volta para Kühn.

– Meu filho provavelmente está preocupado comigo. Eu... eu fui embora sem avisar.

– Então ligue para ele. Explique que a senhora tem assuntos inacabados para resolver.

– Mas... ele não sabe nada da pessoa que eu fui.

– Não é hora de contar? Talvez a primeira identidade a recuperar deva ser a sua.

Olho para o livro. Ele contém a mensagem mais importante que já mandei, apesar de ter sido tarde demais. E não é essa a história da minha vida, em relação às pessoas que amo? Tentei resgatar meu pai de Drancy tarde demais. Voltei a Aurignon por minha mãe tarde demais. Não quero que seja tarde demais para meu filho também.

Olho para Kühn.

– O senhor me emprestaria seu telefone?

Ele sorri.

– Achei que nunca fosse pedir, sra. Abrams. Disque dois para entrar na linha, e depois zero, zero, um para ligar para os Estados Unidos.

Pego o aparelho, aperto os números e, em seguida, o número do celular do meu filho. Ouço tocar uma vez, duas vezes, e ele atende.

– Ben?

– Mãe? Cadê você? Eu estava preocupado.

– Não precisa se preocupar comigo.

Sorrio para Kühn mais uma vez e fecho os olhos, tentando ver o rosto de Rémy na memória.

– Ben, querido – continuo –, é hora de contar quem eu sou de verdade.

Capítulo 32

Já caiu a noite quando eu e Kühn acabamos os primeiros setenta nomes codificados no livro. Depois de desligar o telefonema com Ben, incrédulo, eu me ofereci para ficar, pois, afinal, fui eu quem apaguei os nomes tantos anos atrás; nada mais justo do que ajudar a restaurá-los.

– A senhora tem onde se hospedar, sra. Abrams? – pergunta Kühn, se recostando na cadeira. – Acho que devemos descansar um pouco e voltar ao trabalho amanhã. Há um hotel no fim da rua que às vezes hospeda os convidados da biblioteca; posso telefonar e pedir um quarto para a senhora, se quiser.

Quero continuar o trabalho, mas esses nomes já esperaram mais de sessenta anos e provavelmente podem esperar mais um dia. Francamente, estou exausta.

– Parece uma ótima ideia, Herr Kühn. Obrigada.

Ele pega o telefone para ligar para o hotel, e eu vou à página 308, a última em que desenhamos uma estrela. A página pertence à menininha que chamamos de Jacqueline, que eu e Rémy ajudamos a atravessar a fronteira suíça naquela noite fria de inverno há tanto tempo, na noite em que fizemos amor, na noite em que ele me ofereceu a eternidade, na noite em que eu recusei. O nome de verdade dela era Eliane Meisel. Eu me pergunto o que aconteceu com ela, se os pais dela sobreviveram, se ela encontrou o caminho de casa.

Acabei de fechar os olhos, tentando ver aquele rostinho doce em meio às brumas do tempo, quando, de repente, eu e Kühn somos interrompidos por uma voz à porta.

– *Entschuldigung*[6] – diz a voz feminina, e abro os olhos.

Era a segurança, uma mulher de meia-idade, que estava ali, um pouco incerta.

– *Guten Abend*[7], Mila – diz Kühn, abaixando o telefone e se virando para ela. – *Wie kann ich dir behilflich sein*[8]?

Ela me olha de relance e solta algumas frases em alemão rápido para Kühn, apontando com a cabeça para o Livro dos Nomes Perdidos. Tento decifrar o que ela diz, mas não consigo acompanhar. Kühn responde rápido, se levanta e se volta para mim quando ela vai embora.

– O que foi? – pergunto.

– É nossa segurança noturna, Mila. Ela diz que há um homem diante da biblioteca dizendo que o livro é dele, que ele acabou de chegar dos Estados Unidos e não pode esperar mais um segundo para vê-lo.

– Meu livro? – pergunto, pegando-o e agarrando-o ao peito, defensiva. – Ora, é impossível.

– Já tivemos situações como essa, infelizmente – diz Kühn, sacudindo a cabeça. – Colecionadores, tentando conseguir livros para o acervo deles. Esse deve ter decidido vir à noite, achando que conseguiria nos ganhar na força.

– Vamos chamar a polícia?

Kühn sorri.

– Mila é mais forte do que parece, e eu, também. Na verdade, acho que a senhora também deve ser. Acho que ficaremos bem. Deixe-me mandá-lo embora. Voltarei logo.

– Eu vou com o senhor. Se alguém estiver tentando roubar meu livro, quero encará-lo de frente.

Ele hesita, e assente.

– Vamos deixar o livro guardado, está bem?

Eu o espero trancar o livro na gaveta da mesa e, ao segui-lo pelo salão escuro da biblioteca, noto que já sinto saudade do livro, do calor dele nas minhas mãos. Ainda me parece parte de mim, mesmo tantos anos depois.

---

6 Com licença. (N.T.)
7 Boa noite. (N.T.)
8 Como posso ajudá-la? (N.T.)

Mila está parada perto da porta.

– Ele está logo ali – diz, quando nos aproximamos. – Vamos.

Eu e Kühn a seguimos e vemos um homem de cabelo branco, usando um sobretudo leve, a alguns passos de nós, de costas, olhando para a cidade.

– *Herr?*[9] – pergunta Mila, o tom firme e frio, e o homem se volta devagar, com um leve sorriso educado no rosto.

O sorriso desmorona e o queixo dele cai quando encontra meu olhar, e eu congelo, como ele. Noto que Kühn diz algo ao meu lado, mas as palavras soam distantes, porque, de repente, os anos se esvaem e avanço na direção do homem, tonta. Estou vendo um fantasma e, apesar de o meu cérebro dizer que é impossível, meu coração sabe que não é.

– Você errou de biblioteca, Eva – diz o homem em francês, a voz me devastando de emoção.

Há lágrimas em meus olhos, pois é uma voz que eu tinha certeza que nunca mais ouviria.

– *Rémy?* Como é possível?

Ele sorri e avança na minha direção também, lágrimas escorrendo em seu rosto.

– Deveríamos nos encontrar na entrada da Mazarine, Eva – diz ele, pegando minhas mãos.

As mãos dele estão ásperas, devido à idade, mas ainda assim encaixam nas minhas exatamente como encaixavam há uma vida.

– Eu esperei por você lá – murmuro. – Esperei muito tempo.

– Achei que você tivesse morrido – diz ele. – Voltei a Aurignon no final de 1947. Père Clément já tinha falecido, mas algumas pessoas da Resistência que sabiam quem você era me disseram que você tinha morrido na guerra.

Fecho os olhos. Após a guerra, caos, confusão e mal-entendidos tinham reinado.

– Eu também soube que você tinha morrido.

– Confrontei um traidor, um gendarme de nome Besnard, caso você lembre, e fui gravemente ferido em 1944. Fui evacuado para a Inglaterra. Passei muito tempo no hospital e, por causa de uma confusão diplomática, só fui liberado para voltar ao continente em 1947. Fui à Mazarine, Eva, por meses, para o caso de você ainda estar viva. Mas você nunca apareceu.

---

9 Senhor? (N.T.)

– Esperei lá por dois anos – sussurro. – Eu me convenci de que você tinha tentado deixar uma mensagem em *As aventuras de Tom Sawyer*. Foi o que me deu esperança.

Ele levanta as sobrancelhas.

– Você encontrou o livro? *Era* uma mensagem, Eva. Eu planejava fingir minha morte se as coisas dessem errado com Besnard. Só não achei que fosse ficar tanto tempo no hospital e depois atrapalhado com confusões de visto.

Seco o rosto, mas minhas lágrimas não param de cair.

– Achei que estava louca. Finalmente me convenci de que estava errada, que estava me agarrando a um fantasma. Eu me mudei para os Estados Unidos no fim de 1946.

– Para os Estados Unidos? Onde?

– Flórida.

– Ora, imagine só. Eu moro no Novo México desde 1951 – disse ele, sorrindo. – Los Alamos tinha lugar para um químico como eu, depois que completei minha formação na Inglaterra.

Sacudo a cabeça, incrédula.

– Mas o que você está fazendo *aqui*, Rémy?

– Vi o livro no *New York Times*. Vim imediatamente – diz ele, respirando fundo, sem nunca parar de me olhar. – Voltei atrás do livro há sessenta anos, Eva, antes de confrontar Besnard, no dia em que deixei o livro de Twain. Você já tinha ido, imaginei que a caminho da Suíça, e eu rezei para você ter me deixado uma última mensagem. Mas os nazistas já tinham saqueado a biblioteca. Notei que nunca saberia.

Eu o encaro. Parece um sonho, mas não é. Otto Kühn está atrás de mim, vendo esse conto de fadas se desenrolar em silêncio, e Mila já voltou às sombras. Estamos em Berlim, no coração da terra de nosso antigo inimigo, e nos reencontramos, apesar da probabilidade impossível.

– Eu deixei, sim. Deixei uma mensagem.

– Deixou? – pergunta ele, o olhar caloroso, familiar. – O que era, minha Eva?

Minha Eva. Depois de todos esses anos, ainda sou dele, e ele ainda é meu.

– *Épouse-moi. Je t'aime.* Foi isso que escrevi. Eu... eu te amo, Rémy. Sempre te amei.

– Eu também te amo, Eva. E, se a oferta ainda estiver de pé, minha resposta é sim.

Ele se aproxima pelos centímetros que restam entre nós e me beija, e, de repente, volto a ter 25 anos e a vida toda diante de mim, e não atrás, com todos os capítulos ainda a serem escritos.

Nota da autora

Da realidade para as páginas

Quando estava pesquisando para meu romance anterior, *The Winemaker's Wife*[10], que se passa na região francesa de Champanhe durante a Segunda Guerra Mundial, encontrei algumas menções ao papel importante que falsificadores representaram na Resistência. Eu nunca considerara aquilo antes, mas, ao ler sobre adegas de champanhe e contrabando de armas, estava sempre pensando nas pessoas corajosas que usaram sua habilidade artística e engenhosidade científica para produzir documentos convincentes que permitiram que pessoas inocentes sobrevivessem.

Ao acabar de escrever *The Winemaker's Wife*, minha curiosidade já estava atiçada, mas ainda me perguntava se falsificadores serviriam de base para um livro. Até que li *Adolfo Kaminsky: A Forger's Life*[11], de Sarah Kaminsky, e *A Good Place to Hide: How One French Community Saved Thousands of Lives During World War II*[12], de Peter Grose, dois livros excelentes de não ficção que abordam a falsificação na época da guerra, e soube então que estava em bom caminho. Havia muito mais envolvido na vida de falsificadores na Segunda Guerra do que eu imaginava.

---

10 "A esposa do enólogo", em tradução livre. (N.T.)
11 "Adolfo Kaminsky: a vida de um falsificador", em tradução livre. (N.T.)
12 "Um bom lugar para se esconder: como uma comunidade francesa salvou milhares de vidas durante a Segunda Guerra Mundial", em tradução livre. (N.T.)

Ainda assim, sentia estar faltando alguma coisa – até que minha agente, Holly Root, me mandou por e-mail um artigo do *New York Times* sobre o saque nazista a livros e o fato de que a maioria das maiores bibliotecas alemãs ainda estão repletas de livros roubados nos dias finais da Segunda Guerra. Ao ler o artigo, escrito por Milton Esterow, a peça final do quebra-cabeça se encaixou: eu podia escrever um romance sobre falsificação, estruturado por uma história de um livro roubado que era de suma importância para alguém. Assim, poderia mergulhar na pesquisa sobre técnicas de falsificação e a história fascinante de saques nazistas e compartilhar isso tudo com vocês, em meio a uma história de amor, perda, coragem e riscos imensos.

Este é meu quinto livro sobre a Segunda Guerra Mundial, e uma das minhas coisas preferidas em escrever sobre a guerra é que posso mergulhar fundo em assuntos que muitos de nós talvez não conheçamos bem. No meu romance de 2012, *The Sweetness of Forgetting*[13], por exemplo, parte da história envolve muçulmanos tentando salvar judeus em Paris após a invasão alemã, algo de que muitos leitores nunca tinham ouvido falar. *When We Meet Again*[14], o romance que publiquei em 2015, fala dos mais de quatrocentos mil prisioneiros de guerra alemães nos Estados Unidos na década de 1940, uma parte da nossa história que desapareceu com a passagem do tempo. E em 2019, em *The Winemaker's Wife*, escrevi sobre a resistência que acontecia sob a terra e entre os vinhedos retorcidos da pitoresca região de Champanhe. Fico sempre emocionada quando me dizem que leram um livro meu e aprenderam alguma coisa de que nunca fizeram ideia. Poder compartilhar fatos históricos e (espero) proporcionar entretenimento ao mesmo tempo é muito satisfatório.

Isso me traz a *O livro dos nomes perdidos*. Otto Kühn, o bibliotecário alemão da história, é fictício, mas o trabalho que ele faz é baseado na realidade. Na Zentral- und Landesbibliothek de Berlim, por exemplo, pesquisadores estimam que um terço dos 3,5 milhões de livros tenha sido roubado por nazistas, de acordo com o *New York Times*. Pesquisadores como Sebastian Finsterwalder – um Otto Kühn da vida real – e Patricia Kennedy Grimsted, do Instituto de Pesquisa Ucraniano na universidade Harvard, trabalham incessantemente para reunir livros saqueados e seus donos, mas é uma batalha

---

13 "A doçura do esquecimento", em tradução livre. (N.T.)
14 "Quando nos reencontrarmos", em tradução livre. (N.T.)

difícil, especialmente agora que a guerra já está há mais de 75 anos de nós. Infelizmente, poucas das pessoas que foram donas daqueles livros queridos ainda estão vivas.

Por sinal, se tiver interesse em aprender mais sobre livros saqueados e a busca pelos donos legítimos, recomendo *Ladrões de livros: a história real de como os nazistas roubaram milhões de livros durante a Segunda Guerra*, de Anders Rydell, que também foi muito útil em minha pesquisa.

No meu romance, a bibliotecária Eva viaja a Berlim para reencontrar o exemplar do século XVIII que foi roubado dela décadas antes. A premissa é a estrutura para uma história do passado que foi baseada, em parte, nas histórias verdadeiras de falsários como Adolfo Kaminsky e Oscar Rosowsky, dois jovens judeus que começaram a falsificar por necessidade – como a jovem Eva em *O livro dos nomes perdidos* – e, consequentemente, salvaram milhares de vidas inocentes. Kaminsky escapou por pouco da deportação e se tornou um dos principais falsificadores de documentos na Resistência em Paris, ajudando a salvar uma estimativa de quatorze mil pessoas, mesmo que, na época, fosse ainda adolescente. Oscar Rosowsky, cuja história Peter Grose conta em *A Good Place to Hide*, tinha apenas dezoito anos em 1942, quando foi forçado a fugir de casa e, por sorte, acabou em Le Chambon-sur-Lignon, um pequeno vilarejo nas montanhas francesas que escondeu milhares de pessoas procuradas pelos nazistas, inclusive muitas crianças cujos pais tinham sido deportados. Assim como Eva, Rosowsky começou falsificando documentos para si e para a mãe, mas, quando se encontrou entre pessoas aliadas, começou a desenvolver novos métodos de falsificação, mais rápidos e eficientes. Ao fim da guerra, ele tinha ajudado a resgatar mais de três mil e quinhentos judeus.

Para não dar a impressão de que só havia homens falsários, havia muitas mulheres trabalhando em organizações de falsificação também, como Mireille Philip, Jacqueline Decourdemanche e Gabrielle Barraud, na área de Le Chambon-sur-Lignon, e Suzie e Herta Schidlof, irmãs que trabalhavam no laboratório de Kaminsky em Paris.

Muitos dos detalhes que aparecem em *O livro dos nomes perdidos* são baseados em métodos de falsificação verdadeiros usados na Segunda Guerra. Rosowsky, por exemplo, usava o *Journal Officiel* para procurar identidades falsas adequadas. Kaminsky, que tinha conhecimentos de química, como Rémy no livro, descobriu o segredo para apagar tinta azul Waterman com ácido lático. Foi Gabrielle Barraud que teve a ideia de usar a prensa manual para produzir carimbos oficiais em volume. Rosowsky aparece até discretamente em *O livro dos nomes perdidos*; quando Geneviève chega em Aurignon, ela menciona ter trabalhado para um homem chamado Plunne em uma área chamada de Plateau. Jean-Claude Plunne era o codinome de Rosowsky; foi para ele que Geneviève trabalhou.

Durante a escrita deste romance, minha mesa ficou abarrotada de exemplos verdadeiros dos tipos de documentos que Eva, Rémy e Geneviève usariam como base e falsificariam. Tenho dezenas de exemplares em frangalhos do *Journal Officiel* de 1944; assim como os falsificadores deste livro, até escolhi nomes para os personagens das páginas do jornal. Tenho uma certidão de batismo francesa de junho de 1940, com carimbos oficiais, e um visto de viagem alemão *Ausweis laissez-passer* carimbado em Paris em dezembro de 1940. Talvez, o mais importante, tenho o verdadeiro exemplar encadernado em couro de *Epitres et Evangiles*, impresso em 1732, no qual *O livro dos nomes perdidos* se baseou. Conforme Eva e Rémy codificavam nomes e mensagens nas páginas, eu usava as páginas do livro verdadeiro como guia.

Como aparte divertido, eu era ótima em matemática quando criança; na verdade, à noite, na cama, tentava decifrar problemas matemáticos sem solução. Sonhava em me tornar famosa como a primeira criança a solucionar equações que os matemáticos de maior destaque do mundo não conseguiam resolver. (Confesso que eu tinha aspirações estranhas! Não se preocupe; alguns anos depois, eu passei a ter fantasias muito mais normais de me casar com Donnie Wahlberg e me tornar estrela do pop.) Foi durante essa fase de obsessão matemática que aprendi sobre a sequência de Fibonacci, e toda noite dormia tentando somar números de cabeça. Quando pensei em usar a sequência como parte do código em *O livro dos nomes perdidos*, achei graça; todas aquelas noites acordada fazendo contas não tinham sido perda de tempo, afinal!

Esses são apenas alguns dos elementos reais que se juntaram para inspirar *O livro dos nomes perdidos*. Se tiver interesse em aprender mais sobre a França na primeira metade da década de 1940, recomendo sinceramente os livros já mencionados de Kaminsky e Grose. Caroline Moorehead também escreveu um livro fascinante sobre Le Chambon-sur-Lignon, chamado *Village of Secrets: Defying the Nazis in Vichy France*[15]. Eu me apoiei em alguns antigos

---

15 "Aldeia dos Segredos: desafiando os nazistas em Vichy França", em tradução livre. (N.T.)

favoritos, incluindo *Jews in France During World War II*[16] (Renée Poznanski), *Resistência: a história de uma mulher que desafiou Hitler* (Agnès Humbert) e *O diário de Hélène Berr* para concluir a pesquisa. E, é claro, morei um pouco em Paris e voltei à França inúmeras vezes para pesquisa. A cidade de Aurignon é fictícia, mas é baseada em várias cidades semelhantes na área ao sul de Vichy.

Espero que você tenha descoberto alguma coisa nova em *O livro dos nomes perdidos* – e que lembre que não precisa de dinheiro, armas nem uma grande plataforma para mudar o mundo. Às vezes, só uma caneta e certa imaginação podem alterar o curso da história.

Obrigada por me acompanhar nesta jornada e por ser uma pessoa que encontra algo de especial em livros. Como Eva diz em *O livro dos nomes perdidos*, as pessoas "que percebem que livros são mágicos [...] terão as vidas mais incríveis". Eu desejo a você os dias mais incríveis.

Kristin Harmel

---

16 "Judeus na França durante a Segunda Guerra Mundial", em tradução livre. (N.T.)

Agradecimentos

Minha nossa, que furacão foi este ano! Eu só escrevo as palavras – quem faz a magia de verdade é minha agente incrível, Holly Root; minha editora magnífica, Abby Zidle; minhas sensacionais relações públicas, Michelle Podberezniak (Gallery) e Kristin Dwyer (Leo PR); e minha santa milagreira literária Kathie Bennett (e seu marido, Roy Bennett). Tenho dívidas eternas com todos vocês por sua amizade e seu esforço em meu nome. É uma alegria estar cercada de pessoas que adoro enorme e genuinamente. Apesar de eu não dizer isso o bastante, por favor, saibam o quanto sou grata a todos vocês. É mesmo uma enorme sorte.

Para minha agente internacional, Heather Baror-Shapiro: É uma delícia trabalhar com você, e sou muito agradecida por tudo o que você fez. Obrigada, especialmente, por sua orientação contínua neste ano – e pelo ótimo novo lar na Welbeck. Dana Spector, você continua a ser uma estrela dos direitos cinematográficos. Também fico muito feliz de trabalhar com a especialista em marketing Danielle Noe, tão simpática quanto talentosa. E Scott Moore e Andy Cohen: Um dia desses faremos um filme juntos, tenho certeza! Obrigada, também, a Susan McBeth e Robin Hoklotubbe, duas mulheres que coordenam eventos incríveis para unir autores e leitores.

Para Jen Bergstrom: eu não poderia ter mais orgulho de ser autora da Gallery Books. É uma honra ser parte da família da Gallery desde 2012, e sou eternamente grata por você ter me ajudado a crescer tanto como autora durante esse tempo. Você comanda um navio maravilhoso, e fico feliz de estar a bordo. Muito obrigada pelo apoio e pela bondade. Obrigada também ao restante da equipe da Gallery, inclusive Jen Long, Sara Quaranta, Molly Gregory, Sally Marvin, Anabel Jimenez, Eliza Hanson, Lisa Litwack, Chelsea McGuckin, Nancy Tonik, Sara Waber, Ali Lacavaro, Wendy Sheanin e a incrível equipe de vendas da Simon & Schuster, e, claro, Carolyn Reidy. E obrigada também para minha sensacional equipe da S&S Canada, inclusive Catherine Whiteside, Greg Tilney, Felicia Quon, Shara Alexa, Kevin Hanson e Nita Pronovost.

Um agradecimento especial às pessoas que me ajudaram na pesquisa para este livro, incluindo a pesquisadora e autora Renée Poznanski, o tradutor do francês Vincent, o tradutor do polonês Agrazneld, o tradutor do russo Michael, o tradutor do alemão Jens e, claro, meu querido e velho amigo Marcin Pachcinski, que surgiu com apelidos carinhosos poloneses exatamente quando eu precisava.

Menciono na dedicatória que este livro é em parte em homenagem a livreiros e bibliotecários do mundo todo. Não tenho palavras para dizer o quanto fui impactada pela magia de livrarias e bibliotecas. Livros podem mudar vidas, mas são as pessoas que os amam, que dedicam a vida a eles, que fazem a verdadeira diferença. Se os livros não puderem encontrar o caminho de leitores que precisam deles, que serão tocados por eles e transformados por eles, perdem seu poder. Então obrigada, do fundo do peito, a todo mundo que trabalha em livraria ou biblioteca – e especialmente àqueles que tiveram coragem e ousadia o bastante para se tornar donos de livrarias, o que deve ser tão arriscado quanto satisfatório. Livros vão além de palavras na página; são pontes para construir comunidades e desenvolver cidadãos com mais compaixão e consciência. Aqueles que amam livros o bastante para querer compartilhá-los estão verdadeiramente mudando o mundo.

Eu também gostaria de agradecer a cinco escritoras muito especiais: Lisa Gerber, Alyson Noël, Allison van Diepen, Emily Wing Smith e, especialmente, Wendy Toliver, a escritora que nos uniu pela primeira vez há tantos anos para o que se tornaria um retiro de escrita anual. Escrevemos juntas só uma vez ao ano, mas essa semana sempre é muito importante para mim, assim como a amizade que construímos ao longo dos anos. Considero que vocês cinco estão entre minhas amigas mais próximas. Estar com vocês me torna uma escritora melhor e uma pessoa melhor. E para Jay Asher: Apesar de você não ter ido ao retiro nos últimos anos, ainda está entre nós! Mal posso esperar para ler os próximos livros de minhas amigas de Swan Valley!

Os melhores escritores também costumam apoiar outros escritores, e fico feliz de fazer parte de uma comunidade de mulheres e homens que trabalham para se encorajar. Um agradecimento especial a "Mary Alice and the Kristies" – as autoras Mary Alice Monroe, Kristina McMorris e Kristy Woodson Harvey –, por serem pessoas incríveis e as melhores e fantasiosas companheiras de banda e irmãs de sauna que eu poderia querer.

Um agradecimento especial a todos os blogueiros e resenhistas de livros, que fazem um trabalho incrível de construir comunidades online – especialmente Melissa Amster e a rainha, Kristy Barrett, pois as duas se esforçaram este ano para ajudar uma autora querida quando pedi! Vocês são todos maravilhosos, e fico muito agradecida por compartilharem meus livros com leitores e promoverem a literatura de forma geral.

Obrigada também à minha família, especialmente minha mãe (e companheira preferida da Disney World/DVC), Carol; meu pai, Rick; e meus irmãos, Karen e David, e suas famílias. Wanda e Mark, vocês são parentes agregados incríveis, tenho muita sorte. Um agradecimento especial a tia Donna, Courtney, Janine e todos os Sullivan e Trouba/Lietze também!

Para Jason (o melhor marido do mundo) e Noah (meu filho divertido, maravilhoso e gentil): amo vocês mais do que posso expressar. Perdão por ter precisado passar tanto tempo longe de vocês este ano para promover meus livros. Sinto saudade a cada instante em que estou longe! E para Lauren Boulanger, assim como Bridget, Kristy, Dayana, Rachel, Dinorah, Debbie e Cindy: Obrigada por serem tão maravilhosas com Noah. Eu não poderia fazer o que faço sem vocês. Obrigada também a Shari Resnick pela ajuda e generosidade este ano.

Finalmente, obrigada a você, que me lê, por me acompanhar nesta jornada (e, nossa, por ler até o fim esta longa lista de agradecimentos!). Sei que você tem muitos livros dentre os quais escolher e fico agradecida por passar um pouco de tempo com um dos meus. Espero conhecer mais de você este ano na estrada.

BBC é uma marca registrada de BBC / Journal Officiel é uma marca registrada pela República Francesa / The New York Times é uma marca registrada de The New York Times Company. Todos os direitos reservados.

Esta obra foi composta em PSFournier Std e impressa
em papel Avena 70 g/m² pela Gráfica e Editora Rettec.